# 她所存在的世界线

〔日〕中田永一 著

金鱼 译

上海文化出版社

**图书在版编目(CIP)数据**

她所存在的世界线 / （日）中田永一著 ；金鱼译.
上海 ：上海文化出版社，2025．6. -- ISBN 978-7-5535-3171-7

Ⅰ.Ⅰ313.45

中国国家版本馆 CIP 数据核字第 2025H0N590 号

**图字：09‑2025‑0106 号**

出 版 人　姜逸青
责任编辑　王皎娇
封面设计　华　婵



书　　名　她所存在的世界线
作　　者　[日]中田永一
译　　者　金鱼
出　　版　上海世纪出版集团　上海文化出版社
地　　址　上海市闵行区号景路 159 弄 A 座 3 楼　201101
发　　行　上海文艺出版社发行中心
　　　　　上海市闵行区号景路 159 弄 A 座 2 楼　201101　www.ewen.co
印　　刷　上海盛通时代印刷有限公司
开　　本　889×1194　1/32
印　　张　14.375
版　　次　2025 年 6 月第一版　2025 年 6 月第一次印刷
书　　号　ISBN 978‑7‑5535‑3171‑7/I.1222
定　　价　79.00 元
敬告读者　如发现本书有质量问题请与印刷厂质量科联系(021‑37910000)

# 登场人物

城崎亚久斗　　　反派角色，"我"的寄宿对象。
叶山波留　　　　女主角。
佐佐木莲太郎　　男主角。
樱小路姬子　　　亚久斗的跟班。
出云川史郎　　　亚久斗的跟班。

城崎凤凰　　　　亚久斗的父亲。
城崎有里亚　　　亚久斗的母亲。
濑户宫　　　　　城崎家的管家。
小野田　　　　　城崎家的副管家、亚久斗的随从。
大田原　　　　　亚久斗的司机。

佐佐木勇斗　　　莲太郎的弟弟。
佐佐木日向　　　莲太郎的妹妹。

叶山理绪　　　　波留的姨妈。
早乙女里津　　　波留在云英学院高中部的朋友。
北见泽柚子　　　波留从小学时期开始交到的朋友。

南井五郎　　　　南井调查所的所长。

# 目　录

# 第一部分

## 序　章

　　我死了，在下班回家必定会路过的十字路口。当我走过人行横道时，有一辆卡车无视信号灯冲了过来。

　　当时我在听音乐，由于事故撞击耳机掉了出来。倒在地上的我用尽最后的力气把掉落的耳机塞回到耳中。渐行渐远的意识里留下的是"她"的歌声。

　　死亡年龄二十八岁，兴趣爱好是看动画片，没有恋人。家人只有老家的双亲、哥哥、弟弟、狗。我是一个独自生活于城市中的工薪族。

　　我确实已经死了。

　　理应如此才对……

　　死后变成其他人被称为"穿越"，发生在我身上的好像就是这么一回事。十二岁的某一天，我在自家游泳池玩耍。拿着浴巾、果汁、零食的佣人们候在泳池边。

　　我命令大人们特别订制的水上滑梯很棒，滑过弯弯曲曲的狭窄管道后才落入水中。水温设置得不冷不热，潜入水中，仿佛于母亲体内一般安心。我没有母亲，所以特别喜欢这种漂浮感。

然而，体验了好几次滑梯的刺激之后，我在泳池边摔了一跤。突然一阵天旋地转，后脑勺受到一股强烈冲击。我的意识自此消散。

　　我做了一个长长的梦……

　　梦中我是一名出生于普通家庭的少年。

　　父母关系很好，还有哥哥、弟弟、狗。

　　我在有爱的家庭中长大成人，步入社会。

　　我有一部很喜欢的动画片，看了无数遍。

　　在我二十八岁的某一天，我被卡车撞死。

　　我的身体被撞飞，所以确实是死了。

　　当时我在用耳机听着一名女性的歌声……

　　当我再次睁开眼睛，发现自己躺在软乎乎的床上。看到豪华的天花板，我没有认出这是自己的房间。梦中的人生回忆与这一生的记忆交错，形成混乱状态。

　　看到我醒了，佣人去喊来了医生，一名高龄医生为我诊察。

　　"亚久斗少爷在泳池边摔了一跤，撞到了后脑勺。没有发现外伤，骨头没有异常。不过发着高烧，我开点退烧药吧。"

　　"亚久斗少爷……是我吗？"

　　医生露出讶异的表情。

　　"是啊，少爷。这个家里只有你一个人叫城崎亚久斗。"

　　城崎亚久斗。

　　是我的名字。

　　我躺在床上整理起思绪。梦中的人生——被卡车撞死的人是谁？那应该不是单纯的梦，很真实，而且我还记得自己作为工薪族努力工作的样子。我确实活过那二十八年的人生。为了考大学背的数学公式、英语语法都留存于脑中。

我尝试用英语和医生交谈。

"Hello. The pain in the back of my head has disappeared. I'm fine now."（你好，我后脑勺的疼痛已经消失了，没事了。）

医生露出震惊的表情。

"我说的能听懂吗?"

"能听懂。"

我明明不懂英语语法。一定没错，那不是单纯的梦，很有可能那是"前世"的记忆。

前世我被卡车撞死了。

然后我穿越变成城崎亚久斗。


苏醒后，我开始用前世的价值观看待事物。我用前世的人生经验涂满了城崎亚久斗的这十二年人生。我看着自己的手掌，毫无伤痕的一双小手。

有人敲门，是神色紧张的佣人。

"亚久斗少爷，我来送饮料与食物。"

穿着女仆服装的女性将餐盘放于室内的桌上。容易消化的热粥冒着热气。

"谢谢。"

我躺着说道。没想到佣人惊讶得差点没拿稳托盘。

"……对、对不起。"

她惊恐万分地走出房间。

看样子佣人很怕我，那是当然。城崎亚久斗这名少年，自从懂事以来就把别人当垃圾一样对待。只要佣人犯错就必须惩罚，他以欺负弱者为快乐。

说起城崎亚久斗……

吃完饭，我起身在镜子前端详自己。映在镜中的是令人想起爬虫类或鲨鱼的脸。眼睛是细长的三白眼，眼角往上吊；一张嘴就露出三角形尖尖的牙齿。这是一张恶魔般的令人恐惧的脸。

没错，我见过这张脸——自己当然见过自己的脸，我不是这个意思。前世的工薪族生涯中，我就知道这张脸。城崎亚久斗是我很喜欢的动画片中的一个登场人物。也就是说，我穿越到看了无数遍的动画片中了……

这部动画片的名字叫《想和你一同前行》，被简称为《和你同行》，是一共二十四集的电视动画。讲的是少男与少女相遇，在关系越来越亲密的同时一同成长的故事。

动画片的舞台是夏目町，也就是现在我所生活的夏目町。作品中所描述的景色与这个街道一致，在拥有前世回忆之前我还不曾发现，原来自己活在《和你同行》的世界中。可是，我偏偏穿越成为城崎亚久斗……好绝望。

城崎家的宅邸建于山丘之上，是一栋巨大的西式建筑，让人联想到中世纪贵族的家。暗色实木地板锃亮，窗外投入的光线落在地上如水塘一般闪耀。窗上挂着厚实的天鹅绒窗帘，其高级感让我不禁觉得，仅仅是一小块可能都要前世工薪族时代一个月的工资。

撞了头之后卧床休息的我终于想洗澡了，于是走出了房间。

听到有人在讲话，我在走廊的角落驻足。

"老天爷怎么会让他活下来？"

"就是，要是没醒过来就好了。"

"他是恶魔转世，那张脸看上去就像蛇、蜥蜴。"

穿着女仆服装的佣人在讲悄悄话，她们说的人应该就是我。我悄声后退着离开了。

　　故事中往往都有反派角色，《和你同行》里的反派角色就是城崎亚久斗。他使用金钱与权力随意使唤人，干了不少坏事。他知道自己是有钱人家的公子哥，所以自命不凡。在《和你同行》中，傲慢的他吩咐手下的人，暗地里多次欺负男女主角。我居然穿越成为城崎亚久斗，而且在毫不知情的情况下活到了十二岁。

　　一楼的浴室花了不少钱，柱子与雕像都透露着古罗马风情，出水口是纯金打造的。我刚泡进去就听到有人喊。

　　"亚久斗少爷，您在这里呀，发现您离开了房间，我们四处寻找。"

　　讲话的是穿着一身黑的纤瘦年轻男子，他的名字叫小野田。他二十几岁，是我的随从，也是这个家的副管家。这名戴着银框眼镜的美男子并没有在《和你同行》中登场。

　　"小野田先生，我想和你商量个事。"

　　"小野田……先生?"

　　他面露疑惑。动画片中，城崎亚久斗的讲话方式确实更粗暴。刚才的措辞给他带来了违和感吧，于是我清了清嗓子再次开口。

　　"小野田，我想和你商量个事，请不要再称呼我①为'少爷'了。"

　　现在我的精神内核是二十八岁的普通男子，被称为"少爷"什么的实在太丢脸了。

　　"那么该怎么称呼您好呢?"

　　"都行。"

　　"那么叫'亚久斗阁下'可以吗?"

---

① 原文为ぼく，比较谦逊。

"可以，把这个指示传达下去。"

"亚久斗阁下，您从什么时候开始称自己为'我'的？"

"不知不觉中就这么用了，没问题吧？"

"当然没问题。"

走出浴池来到换衣服的地方，发现自己脱下的衣服已经被叠好，替换衣物也已经备好。在回自己房间的途中，我被考究的玄关空间与墙壁上挂的画所吸引，仔细观察会发现，这个宅邸可不简单。

跟在后面的小野田发现我痴迷于景物感到十分不可思议。

从走廊上的一扇窗向外望去，银杏叶已经变黄，一阵风吹过，黄色的叶子旋转飘落于城崎家的庭院。

"这棵银杏树将在年底铲除。"

"太可惜了，这么漂亮的树。"

"据说是亚久斗阁下您的命令，因为觉得银杏果实很臭所以需要铲除这棵树。"

"我撤回，请不要铲除。今后也请继续维持庭院之美。"

离开窗边时，小野田一脸惊讶地微微驻足，随后带着不可置信的表情跟在我后面。

晚上我躺在巨大房间的床上，看着屋顶思考起来。为什么自己偏偏穿越成为城崎亚久斗？太不走运了。

我的悲观是有根有据的。故事里，反派角色终将悲剧收场，城崎亚久斗也不例外。《和你同行》的最后一集中，城崎亚久斗将受到惩罚。

傲慢且毫无慈悲的他干了各种坏事，而且每次都利用家里强大的权力息事宁人，不过最后一集他将被逼到绝境。

首先，城崎亚久斗的父亲城崎凤凰遭到逮捕，他为了自己的利益不惜犯下数条罪行：逃税、内幕交易、行贿政治家，等等。所有证据已经被泄露给媒体。其结果，城崎集团解体，被国内外各种企业吞并。

城崎亚久斗一旦失去了家庭这个后盾，等于失去了守护者。动画片的最后一集中，他被赶出自己居住的宅邸，没有一个人拯救走投无路的他。被虐待过的佣人们也都离他而去。曾经遭到他欺负的同学见到在街上游荡的他，一边嘲笑一边扔石头。最终他离开了这座城市，此后再也没有在故事中登场。

在这个世界中也会发生一样的事吗？

如果是的话，那是多少年之后呢？

现在我十二岁，动画片中登场的他应该是十六岁。《和你同行》是以学校高中为舞台的故事，也就是高中生之间的故事。

《和你同行》的故事开始于四年后，既然我存在于此，说明男女主角也存在于这个世界的某个地方——只不过他们一无所知。

我的人生会不会和动画片是一样的结局？城崎家破产之后，我会不会被赶出这座城市？想着想着，我睡了过去。

## 1/1

我的职场上有一个恶魔。

名字叫城崎亚久斗。

我的同事由于他的恶作剧受了很严重的伤。在楼梯上打扫的时候，被人从背后推了一把。她从台阶上滚落，腰部骨折。为什么要这样做——我们怕得不敢问少年。他应该只是想看佣人跌落台阶的样子吧。据说当时小恶魔站在台阶上注视着痛到起不了身的她，捧腹大笑，露出嘴里一排尖尖的牙齿。同事养好伤后再也没有回来。

城崎家的宅邸建于可以一览夏目町的山丘之上。一家之主是城崎凤凰——城崎集团的总帅，是一个能影响这个国家政治经济的人物。不过一家之主很少在家，他一直奔波于世界各地。

城崎家宅邸有数十位佣人，管理我们的是管家濑户宫，以及副管家小野田。

濑户宫是一位偏瘦的老先生，常年工作于城崎家。他受托打理宅邸的全部事务，深得城崎凤凰的信任。

小野田一边干着副管家的活，一边负责照顾可怕的恶魔。要是听说恶魔让同班同学受伤了，就带着点心去人家家里低头赔罪。小野田外表知书达理、潇洒自如，所以有不少女性佣人爱慕他。因此，大家更讨厌这个时不时令小野田犯愁的恶魔。

城崎亚久斗有一张凶恶的脸庞，要是被他狡猾的三白眼瞪上一眼，弱小的动物可能会停止心跳。嘴里长着獠牙似的尖牙，总是说着贬低别人的话。我从未遇见过如此让人不悦的人。

这个恶魔有一天在泳池边摔了一跤，撞到后脑勺晕了过去。

不知道是哪位同事吐露了一句。

"别醒过来就好了……"

这是不是天注定？这名少年一旦长大成人就要继承城崎家庞大的资产，到时候不知道会做多少坏事。为了不扩大被害者，还是不要醒来为好。虽然这么想不好，但我也在如此祈祷。

可是，城崎亚久斗醒了过来。他在自己床上恢复了意识——得到这个消息的时候，佣人们一片叹息。据说他一开始在床上呻吟着，看起来很痛苦的样子。

替他诊察的医生在走廊上面露难色。

"医生，你怎么了？少爷说了什么难听话吗？"

"不是，我只是有些在意，亚久斗少爷看起来很奇怪。他醒来之后，没有像之前那样有攻击性了。该怎么说呢……讲话方式变得正常且知性起来。"

正常且知性？

那个野蛮的恶魔绝不可能。

"更奇怪的是，他还对我讲了英语。"

"英语？亚久斗少爷？是不是搞错了？"

医生一直用困惑的表情思考着。

然而不久之后，我也和医生一样感受到了城崎亚久斗的违和感。有一次小野田拜托我给恶魔送食物，进入房间的时候我十分紧张，因为一旦做错点什么必定会遭到唾骂。

恶魔在床上休息，三白眼转向了我，我举步维艰。这是一间好比高级酒店套房的房间，我将食物放在桌上，突然，恶魔居然对我开口说：

"谢谢。"

我惊讶得差点没拿稳银托盘。我怀疑自己听错了，那个恶魔居然会说"谢谢"。我的脑子一片混乱，逃也似的离开房间。

城崎亚久斗这名少年，他认为周围的人为自己所做的一切都是理所当然的。这样一个人居然会说"谢谢"。好恶心，我不由得觉得，恶魔一定是在谋划着什么。

到底发生了什么……

1/2

人们嘲笑的声音。

别人扔的石头击中了脑袋。

好痛，皮肤破了，血流了下来。

"快看，是城崎亚久斗，他蹲在地上！"

穿着学院校服的男学生指着我笑。

"唔……唔……"

悔恨得发出呜咽声。被赶出宅邸的我没有落脚之地，在街上晃来晃去。啊，这是《和你同行》的最后一集，曾经被我欺负过的同学都追了上来。

"喂，等一等！"

"这是欺负我们的惩罚！"

恐怖、压迫感，最严酷的状况。不过观众的心里只有爽快感、宣泄感。毕竟城崎亚久斗至今所做的事情都活该让自己得到这种惩罚。

这便是反派的结局。

也就是我的命运。


"早上好，亚久斗阁下，该起床了。"

一位老人站在我的床边。

我猛地起身，环顾四周。我出了一身汗。

"是不是做了噩梦，您一直在呻吟。"

"是的，很可怕的梦。"

我调整了一下呼吸，面向老人。他是一位满头白发的老人，眼睛如线一般细，纤瘦的身体上穿着紧身黑衣。他的名字叫濑户宫，是这个宅邸的管家，以职位来说他是小野田的上司。

"早上好，你是特地来喊我起床的吗？"

"听说今天您要回去上学。"

我是云英学院的小学生。头上的伤好得差不多了，是时候该回去上学了。

换上校服走向食堂，城崎家宅邸格外安静，由于足够宽阔，我的脚步声回响着。

好怀念前世喧闹的家，我有哥哥、弟弟，还有狗。生活在那个窄小的家里时，每次吃饭都特别闹腾。晚饭的时候，刚结束社团活动的哥哥和弟弟都一身汗臭味，还把脏袜子扔得到处都是。尽管家里又小又臭，但是从不缺乏笑声。

在这个家里，不要说脏袜子了，就连一片灰尘都没有，都是佣人辛勤打扫的结果。

我与在食堂前干活的佣人擦肩而过，我不禁微微颔首说了一句"辛苦了"。这是工薪族时代的习惯，每次在公司里与同事擦肩而过时，总会说上一句。听到我这么说，佣人停下了手上的活，目瞪口呆地看着我。

副管家兼我的随从——小野田已经候在了食堂。

"早上好，亚久斗阁下。"

他替我拉开座椅。这如同在高级餐厅进餐般的待遇对我而言只是日常生活。

负责服侍我吃饭的佣人端来了早饭的餐碟，是刚刚用家里的窑炉烤出来的面包，以及玉米浓汤、牛奶。

由于我的父亲城崎凤凰几乎不在家里，所以我们没机会一起吃饭。而母亲在生我的时候去世了，也就是说我只能独自吃饭，这一生注定与家庭温暖无缘。

"小野田，家里有没有不要的零食罐子？如果正好有要扔的就给我。"

我一边吃饭一边问。刚烤出来的面包一撕开就有热气冒出，放进嘴里有一股黄油的甘甜味，非常美味。

"零食罐子？请问需要用来干什么？"

"秘密。"

我打算用零食罐子当储蓄罐。既然知道未来会破产，那么从现在开始就必须存钱。城崎家没落后我会被赶出这里，必须为了那一天存点钱。

这么说起来，工薪族时代我存在银行里的钱会怎么样？反正要死，真后悔没早点挥霍完。

饭后甜点是应季水果，高级蜜瓜。一放进嘴里就果汁四溢，美味令人感动。

"亚久斗阁下，路上小心。"

我坐进高级轿车，在佣人们的注目礼下出发。缓缓离开城崎家的领地，能看见山丘脚下的一片高级住宅。有人开车接送上学真舒适，前世的我可是步行上学的，上了班之后开始挤人满为患的电车，可谓地狱级通勤路。

路过车站前的闹市区，我对环形交叉路口的纪念碑有印象。歪歪扭扭的银色柱子构成的抽象设计——没错，这就是《和你同行》动画片所描绘的车站背景。

不远处是被高墙环绕的建筑物。云英学院有小学、初中、高中，也就是所谓的小初高一贯制学校。顺带一提，由于小学特别贵，所以只有有钱人家的小孩读。这个学院便是《和你同行》的主要舞台。现在是故事开始的四年前，所以男女主角应该都没入学，他们还在读别的公立学校。我仔仔细细地读过《和你同行》的官方设定资料集，非常清楚这一点。

车子停靠在学校门前，司机下车为我开门。

"亚久斗阁下，请走好。"

"谢谢，我走了。"

见我下车行了个礼，司机肩膀颤抖。穿越之后，每次只要我开口说话，佣人都会惊讶不已。

见学生们走向教学楼，我便跟在其后。走着走着，我发现唯独自己身边很空。以前我以为他们平民是惧怕我的压倒性强者气息，所以为我让道，其实不是的，大家只是不想和我有一点瓜葛。

我的父亲城崎凤凰给云英学院捐过很多钱，恐怕就连老师们也不敢反抗我吧。所有老师都特殊对待城崎亚久斗，并对暴行视若无睹。一旦被我盯上，老师也无能为力，所以大家都尽量离我远远的。

一进小学教学楼的教室，教室内热闹的谈话声便戛然而止。同学们都向我投来恐惧的眼神。窗边最后一排是我的座位，换作以前的我，一定会傲慢地坐上去。如今我已经拥有了前世记忆，便无法再这样入座。过去的自己实在太不成体统。

我轻轻地坐在座位上，从书包里取出水杯喝了一口。是我拜托佣人给我准备的温热绿茶。

"呼……"

我回忆起工薪族时代在茶水间里泡的绿茶味道。不知道同事们都还好吗？我突然离世，一定给他们添了不少麻烦。也没来得及和客户打声招呼就穿越来了这里，更不要提工作交接了。正当我回忆着前世的职场，听到有人喊我。

"亚久斗阁下，早上好。你的伤势如何？"

"我也很担心你，没有亚久斗阁下的学校，仿佛没有草莓的草莓蛋糕。"

少年与少女围住了我的课桌。

突然。

我感觉有一件被我遗忘，却十分重要的事。

"亚久斗阁下，怎么了？"

"不，没事，出云川。"我回答少年。

他的名字叫出云川史郎，脸庞犹如金发碧眼的天使一般甜美。他的父亲是大企业的董事，母亲是法国有钱人家的后代。他应该是这个学院里仅次于我的有钱人。

"再次祝你健康，亚久斗阁下。"

少女名叫樱小路姬子，长及腰间的棕色竖卷犹如童话故事中的公主。她家是夏目町古老的名家，大地主、大资本家。

这两个人是城崎亚久斗的跟班，动画片里他们会狠狠欺负新学生，不是什么好家伙。观众常调侃他们为跟屁虫、马屁精。

"早上好，谢谢你们和我打招呼。我的身体已经彻底好了。"

有人过来打招呼我很高兴，我微笑着回复道。普通人见到我这张凶狠的脸上浮现出微笑一定会以为性命攸关，赶紧逃之夭夭吧，不过这两个人和我交情颇久，他们毫不动容。

"亚久斗阁下？"

"你看上去好像很不同？"

以前我总是一副不高兴的样子，对什么事都发火。他们不可思议地看着我。

"是啊，养病期间我重新审视了自己，以后也请多多关照。"

"我，樱小路姬子，必定全力支持亚久斗阁下。"

"我也是，亚久斗阁下。如果您的行进前方有障碍物请告诉我，出云川史郎必将全部清理干净！"

然而我很清楚，他们并不是真的爱慕城崎亚久斗。因为在动画片

《和你同行》的最后一集里，这两个人和城崎亚久斗完全切割，自己躲进了安全领域。

原本他们对我就没有友情——他们自小受父母之托尽可能接近城崎家的独生子并讨好他。对他们而言，奉承城崎亚久斗伴其左右就是目标。为了自己家里的利益、将来的地位，只是唯命是从的关系罢了。这便是《和你同行》中他们的设定。

不过我现在并不打算疏远他们，他们只是忠诚地完成父母交代的事，好比打工人听从上级命令调到根本不想去的地方一样。在我心中，想好好对待他们的情感更重一些。

班主任进入教室。

"看来闲聊时间结束了，真可惜，我还想多听听亚久斗阁下说话。"

樱小路姬子回到了自己的位置。这时，我再次产生了自己好像忘记了某件事的感觉。和刚才一样，我感觉自己可能会想起这件很重要的事。结果我什么也没想起来，课外活动课开始了。


上午的课程很顺利地结束了。语文、数学、社会，由于是六年级的内容，所以十分简单。教室正中央的位置空着，是一个名叫野村宏的少年的位置。他不久之前开始拒绝上学。他个子很矮，肥胖型身材，是没有在动画片《和你同行》中登场的人物。在拥有前世记忆之前，我一直欺负他。虽然这段记忆好像不是我的，但城崎亚久斗肆意妄为的行为我都记得。

之所以将野村宏作为目标，是因为他在休息时没留意前方，不小心撞到了我。我看着脸色苍白一直道歉的他，心想这下找到玩具了。

撕毁他的教科书、把文具扔进厕所，老师知道了也不帮他。我无法理解别人的痛苦，以欺负人为快乐。如果不一直发怒，一直毁坏什么就无法满足。这就是注定贯彻反派路线的城崎亚久斗的人生。

吃完便当开始午休，我带着出云川和樱小路去外面走一走。这一天秋高气爽，十分舒适，许多孩子在小学的操场上玩耍。

"出云川、樱小路，有件事情我想拜托你们。"

在树阴下休息时我对他们说。

"亚久斗阁下，有什么尽管吩咐。"

"没错，为了亚久斗阁下做什么事都可以。"

二人的相貌比在《和你同行》中登场时要年幼不少。四年后，他们会长高，越来越像大人。

"听着，我以前看不起同学，态度很差而且时刻都在吐露恶言，不过现在我想改变。"

二人看起来十分困惑。

"我一直以欺负软弱的孩子为快乐不是吗？我还命令你们偷他们的东西，扔进垃圾桶。以后我不会这么做了，绝对不会。"

"可这样就不像亚久斗阁下了，追求刺激寻找猎物才对吧？"

"没错，这个学院对亚久斗阁下而言就是愉快的狩猎场。追逐四处乱跑的兔子，随手惩罚的乐趣难道你忘了吗？"

"今后我打算活得更正常一些。不伤害他人，和平度过每一天。"

数年后，城崎集团将消失。在此之前我只想过安稳的日子，尽量存一些钱，为破产后的人生做准备。

"你们可能会觉得我改头换面的生活很无聊，不过我已经决定了。"

这时，操场上飞来了一个速度极快的物体。"危险！"有人喊道。我看向声音传来之处，不料球已经来到了我的眼前。

啪一下撞在了我的脸上。我一屁股摔倒在地，热闹的操场突然之间鸦雀无声。所有视线集中在我身上，撞到我的球滚落于旁侧。

"没事吧？亚久斗阁下！"

出云川扶我起身。我的鼻子里涌现血的味道，用手一摸，血红色的液体汩汩流出。樱小路瞪着球传来的方向大喊道：

"凶手是谁？伤害亚久斗阁下可是重罪！"

用球击中城崎亚久斗，还让他流血了——这等同于毁灭。投掷这颗球的凶手可不仅仅是被学校开除这么简单，整个家族可能都会被城崎家捏碎。城崎家确实有这样的能力。

一名低年级女生抽抽搭搭地走到我面前。

"……是我扔的。"

她就像走上绞刑台的罪人般颤抖不已。

操场上的所有人都用同情的表情看着她。

"是你啊，你应该看明白了吧？你扔的球击中了亚久斗阁下，你的人生已经完了。"

"没错，从明天开始这所学院不欢迎你来。"

樱小路和出云川说道。

"等一下。"

我喊道。我一边流着鼻血一边站到女孩子面前，她发出短促的悲鸣声。我这张如同恶魔般的脸还流着血，一定有超出想象的压迫力。

"好痛，你先道歉。"

"唔，对不起……"

"好的，原谅你了。"

樱小路和出云川用惊讶的表情看向我。

"我接受你的道歉，好了，这件事结束了。不会把你赶出学院的，请放心。"

"亚久斗阁下，这样起不到训诫效果。必须给予惩罚，让她意识到自己到底做了什么。"出云川说道。

"不需要训诫，把球还给她，我们去医务室吧。鼻血流得黏乎乎的，我想快点洗干净。"

内心已经是大人了，拥有超强忍耐力的工薪族精神寄宿于这副躯体中，才不会因为这点小事而生气。我在工作中经历了太多委屈事，作为机器里的一个齿轮必须放下自己的情感，甚至还有精神被压迫到快要崩溃的时刻。与那时候相比，这点伤根本不足挂齿。我催促着二人离开了现场，余光看到女孩子瘫坐在那里。

鼻血止不住地流出，在一旁扶着我的出云川与樱小路的手也沾上了血。来到医务室，我们用那里排成一列的三个水龙头冲洗血迹。

"不好意思，弄脏了你们干净的手。"

"就像我们三个人一起杀了人似的。"

"亚久斗阁下，你快看，肥皂泡沫被染成粉色了呢。"

止住鼻血后，医务室的老师给我准备了干净的替换衣服。

我用医务室的镜子端详自己，鼻子里塞着脱脂棉球的反派脸显得有些滑稽，樱小路站在我身后。

"如果是以前的亚久斗阁下，一定已经无法控制怒火攻击那个女孩子了吧。"

"我不会这么做了。那个女孩子也不是有意的。"

出云川也站到我的身后，透过镜子与我四目交汇。

"今后你打算这样活下去吗？"

"是的，今后我打算以这种风格活下去。"


放学后，我和出云川、樱小路一同离开学院。其他学生一看到我们就避而远之，仿佛诸侯出行的仪仗队伍，人群纷纷给我们让道。以前我以为这是理所当然的事，出云川和樱小路总是得意地跟在我身后，不过现在我只想制止这一切，太招摇了。

城崎亚久斗是偏矮的角色，站在手长脚长纤细的二人旁边，更显得我矮人家一截。

校门口停着好几辆来接放学的车，并不只是我一个人车接车送，出云川和樱小路都没有步行上过学。

城崎家的司机从车上下来，为我打开后排车门。

"那么就明天见了。"

"亚久斗阁下，今天辛苦了，祝你愉快。"

"二位再见。"

和他们打完招呼，我坐进车里，司机启动汽车，车里只有我和司机大叔。

"我可以和你聊聊吗？"

"亚久斗阁下，怎么了？"

"你的名字叫什么？"

"我叫大田原。"

"你一直接送我，我却不知道你的名字。"

司机大田原看起来五十多岁，我主动开口聊天让他显得很紧张，看来他明白我的喜怒随时牵动自己的饭碗。

"大田原先生，我有想去的地方，请开到这个地址。"

我读起手机屏幕上显示的地址，是上学的时候我问班主任要到的。车子偏离平日的轨道，开向郊外住宅区。

到达目的地，车子停下。

"大田原先生请在车里稍等。"

"请问您要去哪里？"

"我去同学家里。"

我把书包留在车上走下了车，面前是独栋住宅。虽然比不上城崎家的豪宅，但比我前世的老家要大不少。门口名牌上写着"野村"。也就是休学少年野村宏的家。

我紧张地按响对讲门铃。

"你好，哪位？"

对讲机传出女性的声音，应该是野村宏的母亲吧。

"我是城崎亚久斗。"

对讲门铃是带摄像头的，对方应该看得见我。沉默了，我能感觉到紧张的气氛——将自己家孩子迫害到拒绝上学的人居然来到家里。对方一定感到很不安。

我回忆起工薪族时代做错了事，和上司一起去客户那里赔罪的情景。

"最近，我的胡乱行为伤害了野村宏，给你们添了许多麻烦，我表示深切歉意。"

出于礼貌，我的表达方式很庄重。

"那个，城崎家的儿子……亚久斗阁下？"

"是的，我是城崎亚久斗，为了直接向野村宏表达歉意，虽然很不礼貌但还是直接上门了。"

我鞠了一个四十五度的躬。

"你是想道歉吗？"

"我，城崎亚久斗深切反省过去的行为，今后会努力改变生活态度，不再犯这样的错。"

"请稍等。"

我感觉到停在路边的司机大田原向我投来的视线，等了三分钟左右，玄关的门开了。个子矮矮的胖墩少年牵着母亲的手走了出来，他就是野村宏。透过大门，他一看见我就脸色发青。他的母亲则警惕地看着我，看来是没有完全相信我是来道歉的。

"唔……"

野村宏的脸看起来好像马上就要呕吐了。从他站立的玄关门口到我所在的大门口有三米，这点距离完全不妨碍对话。

"野村宏，我，城崎亚久斗最近做出了无法被原谅的行为，我在深刻反省，真的很对不起。"

他拼命握住母亲的手，瞪着我。

"你在谋划些什么？"

他的母亲心惊胆战地问道。

"我只是来道歉而已。"

"城崎家的副管家立刻就来我们家道过歉了，也收到了赔罪信、点心盒和赔偿金。这样就够了。"

无声胜有声的气氛在劝我赶紧离开这里。

我再次向玄关处的二人低头赔罪。

"突然造访，给你们添了不少麻烦，野村宏，我再也不会对你做什么过分的事情了，我可以发誓。可能你无法立刻相信我，不过希望你心情好的时候可以来上学，我和出云川、樱小路也说过了，以后一定要好好地做人。"

我转身走向车边，司机大田原下车为我打开后排车门。我刚想上车，突然听到大门打开的声音。

回头一看，野村宏站在大门口，微微颤抖着胖乎乎的脸颊问道：

"你是谁？"

充满恐惧的眼神。

"我是城崎亚久斗，你的同班同学。"

"骗人。"

"真的，野村宏，我对你的所作所为无法得到原谅，不过我想先和你道歉，所以就来了。"

"不对，你不是城崎亚久斗。那个城崎……他不可能道歉。"

他的母亲走过来，将手放在他的肩上。

我微微点头示意告别后坐上汽车，大田原发动汽车。他偷偷通过车内后视镜观察我。

"开车不看前方很危险哦。"

"明白。"

"刚才那个男孩，因为我的关系休学了。我为了城崎亚久斗的所作所为前来道歉。"

秋日的天空变得通红，我坐在后排看着窗外。

"明天可能要请你带我去别的同学家里。"

还有许多被我、出云川、樱小路伤害过的人。从今天起，我打算每天去一家道歉，尽管这么做自己犯下的罪行也不会得到宽恕，这只是自我满足罢了。

数年后，城崎家将破产，恐怕这是无法避免的事。我的父亲城崎凤凰已经染指了不少坏事，无论我如何选择自己的人生方向，父亲干过的坏事也不会一笔勾销。城崎集团将会解体，我会得到应有的惩罚。曾经被我欺负过的人将目睹我跌入谷底，真是恶有恶报。不过现在我还是希望以自己的方式来表达歉意。

车子在路口遇到红灯，停了下来。上公立小学的孩子们开始过马路，大家都穿着自己的衣服。有一个孩子的书包非常破旧，应该是别人送的旧物吧。前世我用的也是哥哥用旧的书包，所以觉得特别有亲切感。

就在这时，我发现小学生里有一个特别眼熟的女孩子。

心脏怦怦乱跳，甚至忘记了呼吸。

在被夕阳染红的风景下，那个女孩子和朋友边笑边走过人行横道线。她是一个长相格外美丽的女孩，乌黑的长发及腰，随着一举一动而飘逸。我认识她，她的所有台词我都倒背如流。

信号灯转绿，车子发动，很快就看不见她了。

"叶山波留。"

听到我在低语，司机大田原从后视镜看了我一眼，正好和我四目相对。

"没事。"

叶山波留是《和你同行》的女主角，和我一样大，今年应该十二岁。她看起来比动画片中稚嫩不少，不过我不会认错。

好想听她的声音。

她的声音……

说起来，前世我遭遇车祸的时候，也在听她的歌声。当时由于事故撞击耳机掉了出来，倒在地上的我用尽最后的力气把掉落的耳机塞回到耳中。在她歌声的环抱之下，我慢慢失去意识。也许正因为这样，我才可以穿越到《和你同行》的世界中。

这时我才终于明白，今天早上在教室里听到樱小路和我打招呼时，我有一种好像忘记了某件重要事情的感觉，现在我终于知道是什么事了。我怎么没早点发现这件事。

樱小路和我讲话的声音就是《和你同行》中登场的樱小路的声优的声音。

这是动画片《和你同行》的世界。登场人物的声音和声优一致，是再正常不过的事了。

现在我的声音和城崎亚久斗声优的声音一样吗？声音是自己体内震动形成的，和录音下来听起来也不一样，所以我不太清楚。而且我现在正处于变声期之前，一定比动画片中的城崎亚久斗声音要高。出云川的声音亦然，变声期前的稚嫩声音与动画片中声优的声音听起来很不一样。

唯一与变声无缘的女性角色樱小路姬子的声音，让我听出了动画片的味道。

"原来如此！"

坐在后排的我突然兴奋地喊了起来，司机大田原根本摸不着头脑。《和你同行》中登场的角色与各自声优的声音都存在于这个世界，这一事实令我激动颤抖。

叶山波留的声音应该也是叶山波留声优的声音。

也就是说，在这个世界里，她的声音并没有消失，一定如此。

## 1/3

我每天都坐电车上班，早晨的拥挤电车很可怕。素不相识的大叔的手肘会嵌入我的肚子，还会被人突然狠狠地踩一脚。工作也很辛苦，好几次都受到重挫。进入社会后净是一些不尽如人意的事。不曾有人教过我社会人的礼仪，我总是被上司骂，前辈骂，客户骂。每当这时我都觉得很受挫，想放弃回老家。

第一次听到她的声音，是在下班回家的电车中。那天在工作中也发生了不愉快的事，我带着想哭的心情坐上摇晃的电车。我戴上耳机，调整到某个电台。

电车车窗很暗，外面是无尽的黑夜。除我之外，电车上还坐着好几位工薪族，我筋疲力尽地闭上双眼。

耳机中传来女性的歌声。

虽然谈不上好听，但是十分打动人心。

演唱者是新人声优，也就是她。

我碰巧听到的这个节目正好在放她的歌，我很喜欢这首歌，于是马上购买了。在上下班路上，我反反复复地听着，就像一杯温水一样，旋律能扫光我内心的疲劳，舒缓我紧张的情绪。这首歌没有什么高昂的曲调，不过她的声音十分温柔，如毛毯一样包裹住我。

我立刻被这个声音迷住，上网搜索她的名字，查阅她作为声优的演出经历。还是新人的她只给几部作品的小角色配过音，她的照片、出生年月都是未公开信息。

然后她终于为动画片的主角配音了。

这部动画片就是《想和你一同前行》。

作为女主角叶山波留的配音，她备受瞩目。由于知名度不高，许多观众会好奇："这是谁?"不过随着动画片播出，大家一下子就认可了她的演绎能力。

她所配音的叶山波留给人一种真的是活人的感觉。在动画片这种虚拟信号的集合体中，她将灵魂注入角色。充满活力的声音、嘶哑的叹息声、笑声、愤怒时的颤抖声。她把女主角演绎到了极致。

动画片《和你同行》并没有成为现象级爆款，不过观众给的评价很高，甚至有许多人将它评为当年看过的最喜欢的动画。她的人气急剧增加，我十分期待她将来能参与演绎更多种类的作品。我打算永远支持她，一生为她应援。

可是她消失了。《和你同行》播出后，她的名字再也没有出现过，也没有发过歌。我上网搜索她的信息，看到了动画片相关工作人员的匿名投稿。

她正在对抗病魔，没有办法继续工作了。

病魔？那什么时候复出？如果病治好了，一定能再次听到她充满活力的声音吧。我等待着她回来。

可是她再也没有回来。

没过多久，她的事务所就发布了正式通告。在冬日的某一天，她去世了。没有公布死因，不过看事务所的公告行文，应该是很难治愈的疾病。

不敢相信，她已经不在这个世上了。

一首歌。

配角的简短台词。

《和你同行》的主角叶山波留。

她只给世界留下了这些。

她本应该收到许多工作邀请，创造成绩，击中更多人的心才对。她本应该用温柔的歌声温暖其他像我一样的人才对。

从公寓到公司的往复电车中，我一直在听她的声音。在特别沮丧的日子里，想消失的日子里，她的声音总是陪伴着我。我从她的声音中得到了勇气，重新振作起来。多亏了她，我才能渡过作为社会人的痛苦时期。

她所存在的世界线在何处？我想象着，在那个世界中，她战胜了病魔，继续作为声优展开工作。随着出演作品越来越多，她为各种各样的动画人物注入灵魂。她将念出许多新台词，发新歌，成为音乐节目主持人，同时收获一大批粉丝。

没有她的世界是悲哀的，暗淡无光，即使如此我也只能苟活着。每天早上穿着西装，系着领带，坐上人满为患的电车，然后工作到筋疲力尽回家。如此循环往复。

渐渐地，我习惯了这份工作，不太做错事了。

我也拥有了后辈，开始指导他们。

有了作为社会人的决心了。

我终于成为一个接近三十岁的成年人。

在这样的情况下，某一天我遭遇车祸去世。

## 1/4

早晨，我坐在长椅上，这里地势偏高，可以一览夏目町。作为《和你同行》舞台的这座城市，本来应该是不存在的架空舞台。不知道为什么我却存在于这个世界中。如同我前世读过的官方设定资料，夏目町位于日本关东地方的一个角落，从东京坐电车不到一个小时。

地势偏高的长椅、一览无余的夏目町。在动画片中，这个场景不断出现。《和你同行》的女主角叶山波留上下学时必定会出现这个背景，她通过长椅旁边的路去学校。

也就是说这里是她上学的必经路。动画片所描绘的故事发生于四年后，现在她正在读公立小学，不知道会不会经过这里，但我觉得偶遇她最好的方法便是埋伏于此。

昨晚，我画了一幅这里的风景画问随从小野田。

"你知不知道这是哪里？"

小野田召集所有佣人集思广益。有一位穿着女仆服装的佣人说自己知道这个地方，于是我确定了场所。今天早晨于上学途中，我让大田原带我来到这里。城崎家的高级轿车在稍微远一点的地方等着。

应该多穿点来的，我颤抖着拿出水壶，将温热的绿茶注入可以当杯子用的壶盖中。长椅旁的路有些坡度，不断有跑步、遛狗的人经过。喝完绿茶，我正准备把杯盖盖上，就在这时，手一滑杯盖掉在了地上。

杯盖滚呀滚，滚到了很远处。我马上站起身追赶杯盖，杯盖停在了一位路过的女孩子脚边。

站在那里的是背着红色书包的小学生，比我高——并不是她特别高，只是我特别矮罢了。

黑色长发及腰，头顶一圈乌黑头发折射着朝阳。

看到那双美丽的大眼睛，我紧张得忘记了呼吸。

"给你。"

她捡起杯盖递给我。

听到这句话，全身似炸裂一般。

这就是她的声音。

叶山波留就站在我的面前，给我捡杯盖的就是她！她直直地看着我。在动画片中，对待反派角色城崎亚久斗，拥有强烈正义感的她一直都投以冷酷的视线。然而现在，她对我并没有不好的印象。

"你是云英学院的学生？"

她看了看我的校服，注意到胸口的校徽。

她总有一天会考取云英学院，来读高中，不过这是后话了。

她之所以要考云英学院，是因为这里有一流的教师，拥有最新的教学设备。她十分有上进心，想赶快进入社会，报答养育自己的姨妈。官方设定资料集里如此写道，所以我知道。

没错，我十分了解她。

宛如我人生的一部分。

"喂，你怎么了？"

叶山波留有些困惑地眨了眨眼睛。

"你怎么哭了?"

我感觉到自己的脸颊湿润了。我用校服袖子擦,却怎么也止不住泪水。

因为我听到了她的声音。

这是曾经永远失去的声音。

是我认为再也听不到的声音。

"唔……啊……"

她的声音让我感到正直、勇敢。每当我不安时,总是鼓励着我。前世她的声音让我感谢了上万次,现在她的声音存在于叶山波留这个女孩子的体内。

"唔……唔……"

"喂,你没事吧?"

叶山波留有些慌张,可我的眼泪鼻涕都停不下来。

稍远处传来汽车开门的声音。司机大田原走下轿车,看向我。

他察觉到我不对劲,正犹豫着要不要问我。

"怎么了……是不是哪里痛……"

"没有……对不起,我突然……没事……"

"看起来一点也不像没事的样子。"

我终于停下呜咽声,看向她。

一群女孩子路过这里,看着我们,好像是叶山波留的朋友。

"波留,你在干吗?"

"马上就去学校啦。"

"那个人是谁?"

叶山波留一边留意我的情况,一边回头回答朋友。

"你们先走,我马上就追上你们。"

她把杯盖放在我手上，我触碰到她的手指，被早晨的冷风吹过，是冰凉的触感。她是有血有肉，存在于这个世界上的人啊。居然可以实际接触到动画片里的登场人物，这是多么震撼的体验！

"对不起，我得走了。"

"等，等一下！"

我拦住即将离去的她。

"怎么了？"

"你现在身体好吗？"

"什么？"

"身体有没有什么不舒服的地方？"

面对我的问题，她歪头思考，由于不理解问题的含义，所以看起来很费解。

"普通吧？"

"那就好。"

"真是个怪人。"

叶山波留皱了皱眉，看来我给她添麻烦了。她的皮肤在早晨看起来白得发光，转身离开时，头发飘飘摇摇。和朋友汇合后，她们一边聊天一边离去。我一直看着她，直到消失我的视野中。

司机大田原站在车旁边，交替看着我和叶山波留。他一定觉得不可思议。才带我来到地势较高的长椅，就看到我在第一次见面的女孩子面前哭泣。他一定有很多问题想问，但是忍住了，真是一位可靠的司机。

我要去云英学院上学了，不过在此之前我想先平复一下心情。我盖上杯盖，坐到长椅上，遥望夏目町。太阳比刚才的位置稍高了一些。

好了，接下去该怎么办，好好想一下。

《和你同行》中我是反派角色，命运最终走向灭亡。理论上我根本无暇顾及男女主角，我应该很忙才对。在故事完结之前，我必须存钱，以保证破产后的生活费。还要考取一些证书，为了将来能找到工作。如果有几张有利于求职的证书那就再好不过了。为此我还得努力学习。

不过，见到叶山波留之后，我的内心动摇了。

叶山波留正在用她的声音编织语言。

她的声音存活于叶山波留的体内。

我无法忘记得知她去世的那一天。

那一天的绝望——仿佛世界末日般。

我很苦恼。如果这个世界是被《和你同行》所支配，拥有同样走向的话——

几年后，叶山波留将迎来死亡的结局。

因为《和你同行》的主线故事便是主角罹患重病。


结束了上午的课程，我趁午休来到图书馆。出云川和樱小路本来也想跟来，但我想一个人查资料，便拒绝了他们。

云英学院里有一个知名设计师设计的时髦图书馆，这个巨大建筑物一共有五层，是中间挑高的建筑样式，一楼还有一家咖啡馆。图书馆内既有面向低年龄段的简单读物，也有研究者才会看的专业书籍。

我坐上电梯来到学术书那一层，寻找医学书架。这里有许多医疗相关的书，我想看的是血液癌相关的书籍。我拿起一本瞧了一瞧。

白血病。书名里就有这个词，这个病就是几年后夺走叶山波留生命的疾病。我来到阅读区，翻阅起来。这本书的内容很难懂，如果没有前世记忆的话应该无法看懂。

人类的血液由骨髓制造，得了白血病的话，制造血液的细胞会无法运作，不能制造血液。如果治疗不到位，患者的结局就是死亡。

书里有患者的口腔照片：牙龈全是血。白血病严重的话，牙龈的一点点出血也止不住。昨天我虽然流了鼻血，不过用脱脂棉球塞住鼻孔的话，过一会儿血就止住了。这多亏了我的血液正常。对白血病患者而言，可能会一直流血，危及性命。

动画片《想和你一同前行》中，叶山波留一边与病魔对抗一边与男主角加深了解。她对男主角抱有一丝爱恋，二人精神有连接与共鸣。但是死亡无情地分开了他们。

主角罹患重病的故事大抵是这个结局。悲剧结局往往给观众留下伤痕，不过正因为是悲剧恋情，才显得分外美好，让人体会到生命之宝贵与永恒。

动画片被简称为《和你同行》，这也是工作人员故意安排的。白血病的英语是 Leukemia，发音正好是《和你同行》①四个字换一下顺序。按照故事发展，叶山波留将进入云英学院的高中部，一年后的冬天得白血病。

我站在图书馆的窗边，眺望外面。学生在学院内来来往往，落在地上的树叶随风舞动，一阵旋风拨弄过后，树叶随性地掉落在地面上。

人生中也有不受控制的时刻，比如我遭遇车祸而亡，比如声优事务所公布她的死亡。命运嘲笑着人类，随意搅乱人生后，若无其事般离去。

———————————

① 日语为キミアル，白血病用的日语读法为ルキミア。

我接受不了。既然我已经来到了有她声音的世界，就不允许再失去她的声音。

合上书，我暗下决心。这个世界上只有我知道叶山波留的命运走向，我要试着改写《和你同行》的结局。绝对不可以失去叶山波留的生命与她的声音。

离悲剧结局还有好几年，从现在开始挣扎反抗，说不定能改写未来。我在图书馆的窗边暗暗发誓，我要活在有她的世界中。

## 2/1

公寓前的樱花树开满了樱花，住在这个木造公寓中看樱花已经是第五次了。父亲就职的公司倒闭，搬离原本的家，是五年前。

"哥哥，今天要去新学校吗?"

弟弟勇斗问我。

"是啊，你看我的新校服，很酷吧?"

说着我给他展示云英学院的初中校服。

"厉害，好酷啊!"

勇斗今年九岁，春天起上小学四年级。

"不过哥哥，这个校服看起来很贵，多少钱啊? 你是不是借钱买的?"

妹妹日向一边摸着校服一边问，她才七岁，但很爱操心。

"放心吧，校服是免费的。哥哥在入学考试拿了高分，所以得到了免费校服。"

今天是云英学院的初中开学典礼，在夏目町最好地段的云英学院是一所特殊的学校。这里有一流的教师，拥有最新的教学设备，不过只有少数人能在这里上学。首先必须通过高难度的入学考试，即使通过了，还要支付昂贵的学费。所以云英学院的学生大多生在富裕家庭。我的情况很特殊，我在入学考试拿了高分，得以全额免除学费。多亏了这个特殊制度。

"莲太郎，真酷啊！"

父亲是一个像熊一样的大块头男人，他张开嘴放声大笑。母亲是纤细的美人，和粗犷的父亲形成鲜明对照。

"你上云英学院一定没问题的，莲太郎加油！"

我的名字叫佐佐木莲太郎。

"没法一块去开学典礼真可惜，店长说什么都需要我，没办法。"

"我一个人没关系的，爸爸你也加油。"

在家人的目送下，我在玄关穿着运动鞋。这双鞋是父母送我的开学礼物。"抱歉，只能给你买这样的东西"，父亲十分愧疚，不过对我而言已经很好了。

"我走了！"

"一路顺风！"

迎着春天的暖风，我走上住宅区的下坡道路。

我之所以不上公立学校，选择考取云英学院，是想守护父母的名誉。父母的一些亲戚只以学历、地位评价人，他们嘲笑失去了房子和车子的父母。虽然父母看上去并不介意，不过我在内心暗暗生气。于是我努力学习，成为云英学院入学考试的成绩优等生，得到了全额免除学费的优待。

前几天，父母为了做法事回了一趟老家，原本嘲笑父母的亲戚似乎很不甘心，毕竟他们的子女都没有考上云英学院。

走了二十分钟左右，我来到学院气派的大门口。门口停着一长排黑色高级轿车，有的学生一边打着哈欠一边走出轿车。家境富裕的学生都有司机接送上下学。

我感到不安，自己到底能不能好好过完初中生涯。走进大门的学生很多，看起来都挺精神，没有人像我一样顶着一头乱糟糟的头发就来上学。我带着低落的心情走进校园。

开学典礼在礼堂举办，校长讲完话，我们来到教室，坐到自己的座位上。我发现同班同学分两类人，一类是聚在一起开心交谈，另一类则一脸紧张地坐在位置上沉默。

开心交谈的那一批人应该是从小学一起升上初中的，教室里有许多自己的朋友，所以很放松。这些人被称为内部学生。能够上学费如此昂贵的小学，一定都是有钱人。

另一方面，一脸紧张不和任何人讲话的人应该是刚刚入学的外部学生。这些人是凭本事考上的，都是聪明人。根据入学考试的分数，有一部分人能够免除学费，所以这些学生里有不少是普通家庭。

今天是开学第一天所以不用上课，听班主任讲完话，上午就放学了。来都来了，我打算参观一下学校再走。

"好厉害!"

教学楼宛如近代美术馆一般高大。从窗户往外看，校园里有许多巨大建筑物，分别是小学教学楼、高中教学楼、图书馆、礼堂、体育馆。建筑物之间种满了绿植，听说这里有便利店、餐厅、植物园。在长满草坪的庭院中，还有一个巨大的喷水池。

"和公立学校差别真大。"

附近有一所公立中学，没有那么漂亮。教学楼是由一碰水就变色的混凝土制成，不过那才是普通学校该有的样子吧。

在校园里走着走着，我看见一副奇怪的场景。原本边聊天边走在走廊上的同学突然退避到墙壁边，让出了中间通道。我正好奇发生了什么，一看原来是三名学生走了过来。

两名男生，一名女生。金发碧眼脸庞秀美的男生、棕色竖卷的公主分别跟在左右，打头阵的是矮矮的、眼神尖锐、一脸凶相的男生。他一边走一边用眼神打量着周围，仿佛正在海底寻找猎物的鲨鱼。他的黑色头发紧紧贴在头皮上，看起来发量很少，身高比周围的人都矮一个头，却给人带来极大压迫力。

在场的学生都显得很害怕，看来他们不是一般人。为了不妨碍他们通行，都特意贴着墙壁留出中间走道。我搞清楚状况后也模仿大家，低头看着自己的脚站着。

可是不知道为什么，三个人的脚步声停在了我面前。确切地说，一脸凶相的男生先停下了脚步，另外两个人也随之停下。

"亚久斗阁下，怎么了？"

"发生什么事了吗？"

"……不，没事。"

被称为亚久斗阁下的男生平静地回答道。

我抬起头，视线正好撞上了他的三白眼。他是在看我？不，搞错了。下一个瞬间他已经迈开脚步往前走去。

男生领着二人离去。他们走远后，走廊上的紧张感消除，恢复了聊天声。


城崎亚久斗。

出云川史郎。

樱小路姬子。


几天后，我知道了他们的名字和秉性。

"千万不要和那三个人扯上关系。"

同班的内部学生告诉我。那个三人组从小学时期开始就品行不端，把许多学生欺负到不愿意来学校，学校老师也拿他们没办法。

"听说最近变老实了。"

"就算是这样，我也害怕，不敢和他们讲话。"

"他们一定在谋划着什么，千万不能被他们盯上成为下一个目标。"

内部学生这么说道。

父母回家晚的日子，我要给弟弟妹妹做饭。吃完饭，我一边教他们功课，一边帮他们把名牌缝上体操服。

"哥哥，学上得怎么样？交到朋友了吗？"

做完算数题目的勇斗问道。

"算是吧，大家都很不错。"

"不过那是有钱人上的学校吧？你没被欺负吧？"

过了一段时间，我已经习惯了上学。不过能感觉到内部学生和外部学生间庞大的贫富差距。

"今年夏天我打算去法国旅行。"

"真好啊，我也去求求爸爸。"

这种寻常可见的对话令我震惊。因为我甚至都没在国内旅游过，要说出远门，也就是和家人换乘电车去过海水浴场。

勇斗和日向泡澡时，父母下班回来了。他们吃着我做的饭，听我汇报这一天发生的事。父亲从工作的超市带了即将过期的小菜回来，用微波炉加热。

"莲太郎，谢谢你。"

母亲很感谢我。

由于家里很小，睡起来很拥挤。要把客厅里的暖炉搬开，铺上被子，我和勇斗、日向才能睡觉。父母则睡在房间里。

在被子里，勇斗和日向紧紧抱着我，我看着二人熟睡的脸庞，十分暖心。要是让富裕的内部学生看到我这样，会怎么说？可能会同情我的贫穷吧。不过我并不讨厌自己的生活，有时候早上醒来时，睡相很差的勇斗的脚会挂在我头上，我正是从这种日常中获取幸福感。

我之前的奋斗目标是考上云英学院，现在这个目标已经完成了。从现在开始，我要制定一个新目标。为了家人，我一定要顺利毕业。然后找到工作，让父母过上舒坦的日子。我还想给弟弟和妹妹买他们喜欢的东西，所以我必须平稳度过学生生涯。

## 2/2

早晨，一下车就看到我的两位朋友在等我。

"早上好，亚久斗阁下。"

"亚久斗阁下，祝你心情愉快。"

金发碧眼的出云川与竖卷的樱小路。最近他们习惯在大门口等我，一起走进初中教学楼。升上初中，他们依旧是我的聊天伙伴。

"樱花季马上就要结束了。"

我在校园中边走边看着樱花，绿色的叶子已经长出来了。上了初中，最大的变化是不用背书包了，现在我拎着一个皮革包。和前世工薪族时代用的商务包很像。小野田觉得很奇怪，还问我"为什么要用这种便宜东西"，不过对我来说这个最顺手。

我们只要一接近人潮，就仿佛摩西分海般，大家退让到左右，留出中间道路给我们。明明不必这么做……到底要向哪里申诉才能取消这个规则。

升入初中后，我发现不太了解情况的外部学生用怪异的眼神看着这一切。

外部学生中包括佐佐木莲太郎。

高高的瘦弱体格，顶着一头乱七八糟的头发。这个学院的学生大多会把头发打理得很整齐，所以他特别醒目。第一次见到他的时候，我紧张得停下了脚步。

终于见到真人了。有一瞬间我们四目相对，不过当时太引人注目了，所以我马上走开了。

佐佐木莲太郎，我当然知道他。他住在木造公寓中，得到云英学院学费免除制度的优待，进入初中部。可能本人没有意识到，他在这个学院里也属于脑子特别好的优等生。体育成绩好，性格沉稳、靠得住，家庭成员是父母和弟弟妹妹。一想到他的家人也实际存在于这个世界，我就心情激动。

毕竟他是《和你同行》的主角。

佐佐木莲太郎和叶山波留二人的交流共鸣才是《和你同行》故事的核心。顺带一提，叶山波留高中才会入学，所以现在还不在云英学院。按照动画片的设定，她应该就读于公立初中。动画片的第一集发生于三年后，即她入学云英学院高中部开始。

我和出云川、樱小路一起走进教室，同学间弥漫着紧张气息，他们故意压低声音说话。我坐在自己的位子上，从包里拿出水壶喝着茶。出云川和樱小路盯着我看，我问：“你们要喝吗？虽然我只有一个杯子。”二人诚惶诚恐地用我的杯子喝茶。

“苦味中带着一丝甜，很好喝。”

“不愧是城崎家的茶，有高贵的芳香。”

二人总是说着让我心情愉悦的话，就像讨好上司的打工人似的。我很佩服二人的不懈努力。

"你们也懂得品味绿茶啊。"

"是的。"

"当然啦。"

我不能总是和这两个人在一起。最近我开始厌恶显眼的感觉，越来越渴望单独行动。出云川和樱小路身上高贵的氛围感太强了。二人的脸庞、身材、举止完全就是贵族，从远处看也知道是他们。

所以休息的时候我总是溜出教室，来到没人的地方，偷偷戴上假长发。这样我低下头，长发就像窗帘一样遮住我凶狠的脸。我能在不被任何人注意到的情况下行动于校园内。

"城崎亚久斗最近看起来很老实。"

最近我戴着假发在男厕所上厕所时，听到有人这么说道。是其他班级的男生，他们没发现变装的我。

"真扫兴，我以为上了初中他会欺负那些平民的。"

"这样下去，外部学生会越来越多的。"

经常有人嘲讽外部学生是平民。免除学费入学的人基本都是普通家庭，所以有一部分内部学生看不起外部学生。

"外部学生真惹人嫌啊。"

"看我们像看傻子一样，都是勤奋的书呆子。"

我心生厌恶，赶忙离开了厕所。

休息时的走廊特别热闹，我隐藏起面容穿过人群。通过人多之地且不接触任何人是我工薪族时代习得的技能。以前上下班时，必须快速通过车站混杂的人群。

路过一年级（2）班教室门口，我总会停下来窥视一番。从长刘海的间隙，能看到教室内热闹的景象。佐佐木莲太郎已经和同学打成一片，嘻嘻哈哈。他应该能好好度过自己的学生生涯吧，确认了这一点，我松了一口气。

他是很特别的一个人。我比任何人都渴望佐佐木莲太郎和叶山波留能得到幸福。动画片《和你同行》中，城崎亚久斗是反派角色，不过现在的我是他们的粉丝。我的目标是创造一个能让他们快乐生活的未来。为此，我已经有所行动。

放学后，我坐上轿车。当司机大田原把车开到车站前的闹市区，我对他下达指令。

"今天我也在车站前玩一会儿再回家。我在这里下车。"

"明白了。"

玩一会儿再回家是谎言，我有别的打算。看到大田原开着车离去后，我走向车站大楼。在厕所里脱下云英学院的校服，换上量贩店买的不起眼衣服，戴上假发后，我走向环形交叉路口。

那里有一些给过路人分发传单的人，旁边立着一块广告牌，上面印着：为了白血病患者，请登记成为捐献者！他们是做公益活动的人，我靠近他们打了个招呼，已经混了个脸熟了。

"黑崎君，你又来了！"

"是的，今天也请多多关照。"

我使用黑崎这个假名字加入公益组织，用变装的样子参与活动。我领到自己需要发出去的传单，和他们排成一列呼吁路过的行人。

"请登记成为捐献者！"

"许多人深受白血病之苦，哪怕能帮到一个人！"

"拜托您了！"

这就是我制定的拯救叶山波留大作战。

她即将罹患的白血病即血液癌。血液由骨髓产生，也就是说制造血液的细胞产生了问题。

　　如果健康人能将正常的骨髓细胞分一部分出来，就可以通过移植治疗患者。提供骨髓的人我们称为"捐献者"。

　　提供骨髓细胞的人需要经过筛选，如果 HLA（人类白细胞抗原）不匹配，就会产生排异反应，无法与患者融为一体。

　　"为了治疗白血病，有许多患者在寻找捐献者！"

　　"登记成为捐献者，或许能拯救性命！"

　　和自己 HLA 匹配的人，几百到几万人中有一个。现在从我面前经过的人里，或许就有和叶山波留 HLA 匹配的人。几年后当她发病时，如果正好有捐献者的 HLA 与她匹配，那么立刻就可以进行骨髓移植手术了。

　　所以现在必须让更多的人登记成为捐献者，我期待着捐献者中有人与叶山波留的 HLA 匹配。我就是这样参加了公益组织。

　　也许有的人会认为，做这种小事根本毫无意义。我知道，仅凭我参加公益组织做的这些事，就想让她寻找到匹配的捐献者，就像海底捞针。但总比什么都不做要好。

　　我利用五月的连休去出云川家的湖畔别墅玩，那是一个被白桦树环绕的美丽建筑物。我和樱小路、出云川乘坐大巴抵达，排成一列的佣人一齐鞠躬："恭候您的光临。"初夏的风从湖面上吹来。

　　"这里真漂亮啊，就像进入了画中一般。出云川家居然在这种地方有别墅，虽然有点不甘心。"

　　樱小路看着风景说道。为了防晒，她撑着阳伞，戴着太阳眼镜。这家伙真的才十二岁吗？今天她的竖卷依旧完美。

　　出云川眯起蓝色的眼睛微笑。樱小路一副沉醉的样子。

“樱小路家也很有实力呀，我听说你们买下了一整座岛，在建别墅呢。”

“建成后请务必赏脸来玩。不过终究还是无法和亚久斗阁下家的别墅相比。”

“这个别墅也将黯淡无光。”

我的父亲，城崎凤凰花重金打造的别墅是由世界著名建筑家设计的，十分具有历史价值，可以说入选文化遗产也不为过。几年后，等城崎集团灭亡之时，不知道别墅会落入谁手中。

佣人替我们搬来行李。

“亚久斗阁下、樱小路，请尽情放松休息。”

躺卧于现代艺术般的红色沙发，我吃着几千日元一粒的巧克力。在整面玻璃窗的外头，是一片湖泊，看着令人心旷神怡。真奢侈啊。前世拼命工作的我真傻，现在我必须好好享受，破产了就再也没有这种机会了。

午饭吃的是主厨烹饪的法国料理。

“亚久斗阁下最近变得好温柔。”

正当我品味法式香煎鱼之时，出云川说道。

“我知道，简直就像重生一般对不对？”

窗外天色渐黑，窗玻璃上映出自己的影子。握着刀叉的我看起来简直就像恶魔，眼神似乎能杀死人。即使笑起来，嘴角也带着阴谋诡计。

“曾经的我是故事里的反派，不过我觉得那样可不行。”

“现在的亚久斗阁下对外部学生太纵容了，他们就像猴子一样。”

“有些人毫不在意仪容仪表，最无法原谅的是，我看到有人顶着一头乱糟糟的头发就来上学。”

出云川仰天长叹。

头发乱糟糟的少年……是佐佐木莲太郎吧。

"放过他吧，说不定是没有时间梳理睡乱的头发。"

他替工作繁忙的父母照顾弟弟妹妹，还要送他们去学校，肯定顾不上自己的头发。这便是动画片里的设定。

樱小路偷偷一笑。

"让佣人帮忙梳理睡乱的头发就行了。"

"既然亚久斗阁下如此体谅外部学生，那我也不说他们的坏话了。"

"你能这么做就太好了，出云川。"

"我也是。既然亚久斗阁下怜悯那些人，我也会尽量不去伤害他们。"

"谢谢。不过你们还是说得太夸张了，什么体谅啊怜悯啊……"

菲力牛排被端了上来。肉汁四溢，入口即化。这一口就得好几千块钱吧。量大到吃不完，如果能封上保鲜膜带回去当明天的菜就好了——受到前世的影响，我突然产生这种想法。

吃完饭，我们玩起了扑克牌。玩了一会儿，我发现客厅里有国际象棋，于是问他们要不要一起玩。

"真抱歉，我没有玩过国际象棋。"

"我也是，亚久斗阁下知道国际象棋的规则吗？"

"知道一点。大学时期我有个很喜欢桌游的前辈，经常陪他玩。"

"大学时期？"二人摸不着头脑。

"啊，不是，是教我国际象棋的佣人说的。那个人大学时期似乎有个很喜欢桌游的前辈。"

我教起出云川和樱小路。他们学东西很快，马上就掌握了。

然后我们玩起了电视游戏。连接整面墙巨大电视机的游戏机是我闻所未闻的。和前世日本贩卖的所有商品都不相同，这个品牌我也没听说过。

这是怎么回事？扑克牌、国际象棋，这种老款游戏和前世并无二致，游戏机却变成没见过的款式。可能因为这里是动画片《和你同行》的世界。

在动画片和漫画中，如果要画实际存在的商品，就必须得到品牌方的许可。所以多数情况作者会选择设计一款虚构产品放入其中。

平时坐车时我发现，路上没有广为人知的便利店、家庭餐馆，净是一些没见过的连锁店招牌。同理，这应该也是成年人世界的游戏规则。

"亚久斗阁下不怎么喜欢这种游戏吗？"出云川问道。

"有兴趣，不如说我非常喜欢。"

出云川家的别墅有各种各样的游戏卡带，整齐地排列于墙壁上。我逐个查看名称，都是没见过的游戏。

前世我玩过许多游戏，后来由于工作太忙暂时不玩了，不过小时候我常和哥哥、弟弟一起玩格斗游戏，高中开始玩联机游戏、射击游戏，大学时代玩开放世界沙盒游戏。

但是这个世界里，没有任何一款我所熟知的游戏。

"出云川，这些是最新款游戏吗？"

"是的，刚发售的游戏也都买齐了。"

我玩起了这个世界里的畅销游戏，感觉相当过时。也许《和你同行》的相关工作人员没有玩过新款游戏，因此影响了这个世界里的游戏发展。

不对，由于前世的我死于《和你同行》制作完成后好几年，亲眼见到许多游戏更新换代。再加上现在是《和你同行》开播的三年前，这里的游戏理应落后于时代。

"这个游戏真好玩！"

樱小路十分快乐地玩着节奏游戏。随着箭头飞来，她按着对应的上下左右键，竖卷随着节奏摇摆。

出云川喜欢角色扮演游戏，我询问他关于游戏的事。

"啊，居然还可以换属性？"

"只要提高紫魔导师的等级，就能学会紫魔法。"

出云川一脸得意的样子。没想到他居然这么喜欢玩游戏，曾经的我们是单纯的主仆关系，从来也没有聊过兴趣爱好。

第二天，吃完早饭我们在湖上坐起了游船，以防万一，有救生员资质的佣人在稍远处待机。撑着阳伞的樱小路端正地坐着，带着高贵的气质，犹如一幅画一样。

"下次我想去樱小路家的医院参观，可以吗？"

我坐在船的边缘，把手探入水中。指尖接触到的水凉凉的很舒服。樱小路在阳伞下歪着脑袋。

"咦，我家有医院吗？"

"确实有。我调查了之后才发现，夏目町的圣柏梁医院所在地其实是樱小路家的土地。"

圣柏梁医院是《和你同行》里的大医院，也是主角叶山波留治疗白血病的场所。我让随从小野田调查过了，圣柏梁医院好几代以前的院长曾和大地主樱小路家签订契约，租借土地。在樱小路家提供了多笔资金援助之后，医院实际由樱小路家掌权。

"为什么想参观医院呢？"

"因为我很感兴趣。你知道白血病吗？最近我看了白血病相关的纪录片，所以想和圣柏梁医院的医生聊一聊。要是能参观病房就更好了。"

看纪录片的部分是虚构的。为了改写叶山波留的命运，我想学习白血病治疗的相关知识。

"我会和父亲商量的。不过只要是亚久斗阁下的要求，他一定会同意的。"

"樱小路，你帮大忙了。"

"小事情。能帮到亚久斗阁下就好。"

她眯起眼睛，很得意的样子。在动画片《和你同行》中，她作为城崎亚久斗的跟班，是一位不安好心的反派大小姐。不过现在我眼前的樱小路却是公主般楚楚可怜的女孩子。几年后，她的眼神会不会变成动画片里那样充满恶意？如果可以的话，但愿她能一直保持今天这个样子。

"听说白血病是一种很难治好的疾病。"出云川说道。

"没错，很难治好。有许多患者因白血病去世。这么说有点突然，你们可能会吃惊，不过我打算学习白血病相关知识，想更了解这种疾病。"

我回忆起初次见到叶山波留的那个早晨。

她的声音还存在于这个世间。

"怎样才能拯救白血病人呢……"

听到我低语，他们很困惑地看着我。

我正在做的尝试是脱离《和你同行》故事本身的。如果说创造这个世界的神是编剧，那么我正在做的事情就是反抗编剧。反抗神？太适合我了，毕竟我是恶魔转世。

工作中我开的车是王侯贵族乘坐的高级车。打磨过的黑色车身锃亮，犹如宝石一般。夫人有里亚还在世时，我被雇为专属司机，来到城崎家。

城崎有里亚是一位美丽的女性，对所有人都很温柔。她笑起来犹如鲜花绽放，屋子因她而明亮。城崎凤凰和有里亚从小便有婚约，他们打心底里爱着对方。结婚当时，他们还一起坐过这辆车去百货店购物。

可是有里亚夫人在生亚久斗阁下时去世了。有里亚夫人生来体弱，她没有挺过生孩子这个难关。

那时起，城崎家变了。家里再无笑声，始终笼罩着沉闷的氛围。凤凰老爷丝毫不顾婴儿时期的亚久斗，成天不回家，可能是怕一回家就不由得想起有里亚夫人吧。

婴儿时期的亚久斗阁下由专门负责育儿的女佣照顾。然而在照顾亚久斗阁下期间，她们开始做起了噩梦。"从来没见过这么可怕的婴儿。"她们的说法一致。

亚久斗阁下的脸型既不像凤凰老爷也不像有里亚夫人。他的眼睛是细长的三白眼，眼角往上吊，哭起来的声音也难听——嘎嘎嘎。简直不像是人类的孩子，这是怪物的孩子。育儿女佣始终无法喜欢这个小家伙。

随着亚久斗阁下长大，也没有人真的喜欢他。只要幼小的亚久斗阁下一接近，就好像恶魔来袭般，佣人会发出恐怖的悲鸣。

不知是因为没人喜爱，还是生性本恶，亚久斗阁下长成扭曲的性格。他会半开玩笑地伤害佣人，有一次突然把人推下台阶，嘲笑别人痛哭流涕的样子。

管家濑户宫请来教育学家和心理学家，听取了他们的意见，让亚久斗阁下学习正确的价值观，不过最后算是白忙一场。

管理女佣们的年老女管家也辞职不干了。

"我已经放弃这个家了，我很怀念有里亚夫人在世的时候。城崎家一定会败在这个孩子手里的。"

有几位女佣跟随她也离开了城崎家。

我也开始思考换工作的事。只要亚久斗阁下坐在后排，开车这个工作就只剩下痛苦。他在车里吃零食，留下许多乱七八糟的垃圾；把穿着鞋子的脚放在座椅上，留下脏兮兮的脚印。这还算好的，他常常在我开车时踢我的座椅。

有时还会下达荒唐的指令。

"喂，再靠近点那辆车！"

就在送亚久斗阁下去云英学院上学的途中。

"按喇叭，提速！吓吓他们，告诉他们要撞了！这一定很好玩！"

传来难听的笑声。

"不能这么做。"

"你要反抗我的指令？开除你！"

"这是十分危险的行为。"

"开什么玩笑！提速！按照我说的做！"

令亚久斗阁下心情不好了，他就会一直从后面踢我的座椅。毫无素质、野蛮、损人不利己。亚久斗阁下就是这样的人。由于我不听话，他的惩罚方式是用尖锐的石头划伤宝石般美丽的车身。看到我沮丧的样子，他大笑不止。

我告诉妻子可能要辞去城崎家的工作。

"打算换其他工作？"

"出租车司机之类的。"

我有个年幼的女儿，所以必须工作养活这个家。干脆就趁现在换工作吧——就在我这么想的时候出现了转机。

十二岁的亚久斗阁下在泳池边摔了一跤昏迷了。几小时后醒了过来，然后在房间里躺了三天没有起来。虽说没有很严重的伤，但自那以后，亚久斗阁下的行为举止就变得很奇怪。他变老实了，也不骂人了。

"请走好，亚久斗阁下。"

"谢谢，我走了。"

将亚久斗阁下送到云英学院的大门口，下车时他这么说道。他从未对我说过感谢的话，我受到极大震撼。

有的佣人说，在家里和亚久斗阁下擦身而过时，会听到他说慰劳的话，"你辛苦了"之类的。佣人们对此感到吃惊，亚久斗阁下的脸庞与过去一致，是一副恶魔的样子，所以怀疑他是不是在谋划什么坏事，现在故意表现得很乖巧。

其实是由于撞到了头，他的性格才发生了变化，世界上有许多类似的病例。由于交通事故、高烧导致脑部产生功能障碍，有的人的性格会变得具有攻击性，有的人会做一些以前不会做的事。

变老实的亚久斗阁下安静地坐在汽车后排眺望窗外，没有要求我进行一些危险的驾驶行为。放学回家的路上，他有时会去一些曾经被自己欺负过的孩子家里，向家长和本人道歉。看来是在反省自己过去做的错事。

管家濑户宫召集所有佣人说道。

"亚久斗阁下说不定变成一个正经人了，日常生活中看到他的任何变化都请向我报告。"

报告接二连三传来。根据一名女佣人说，在搬运重物时，亚久斗阁下路过帮了自己一把。负责端菜的佣人说，他变得不挑食了。

我也向濑户宫报告了一些情况。

"亚久斗阁下成了读书家。"

"读书?"

"是的，最近他经常在车里读书，是实体书。好像是从学校图书馆里借的。"

有一次他把书落在了车上，书脊上贴着学校图书馆的贴纸。

"亚久斗阁下在读实体书? 是什么类型的书?"

"医疗相关的书。"

我记得书名里有白血病三个字。

"亚久斗阁下到底怎么了?"

"不知道，但应该是好兆头。"

"亚久斗阁下发生了这么大变化，小野田也松了一口气吧。"

"是啊。"

小野田是家里的副管家，同时也是亚久斗阁下的随从。过去他被亚久斗阁下的肆意妄为搞得晕头转向，一直和别人道歉，压力过大导致肠胃药不离手。要是亚久斗阁下不消停一点，下一个辞职的恐怕就是他了。

五月，亚久斗阁下利用连休出去旅行了，住在同学出云川家的别墅。

几天后，亚久斗阁下回来了。

"我回来了，大田原先生，原来你在这里。"

正当我给轿车上蜡的时候，他喊住我。依旧是充满魄力的三白眼，随着年龄增长，眼神越来越像蛇。换作以前的我，一定害怕得缩成一团了。

"大田原先生，你家里有孩子对吧？这个给你。"

亚久斗阁下将看起来很奢华的巧克力盒子递给我。

"我从出云川家的别墅拿的，听说很贵，一粒要几千日元，我也不知道为什么这么贵……"

"我可不能收这么贵重的礼物……"

"这是我们的秘密，因为只拿了一盒，所以想送给一直关照我的大田原先生。"

亚久斗阁下把巧克力塞给我后便离开了。一定是一趟愉快的旅行吧，他看起来很高兴。

回家之后，当着家人的面打开巧克力盒，里面排放着好几粒价值几千日元的巧克力。我和妻子女儿一起将巧克力放入口中，香甜中混着一丝苦味，咬开后里面流出果汁。

"太好吃了！"

女儿笑嘻嘻地蹦跶着。

渐渐的，换工作的话题消失了。

## 2/4

"莲太郎，那件事你考虑得怎么样了？"

叶山波留从病床上抬起身体。

她头上戴着毛线帽。

乌黑亮丽的头发已经不复存在。

由于抗癌药的副作用掉光了。

"我做不到。"

"你一定可以的，你有能力改变学校。"

佐佐木莲太郎坐在她的床边。

我端坐在电视机前，看着他们的对话，手上拿着的擦泪手帕湿透了。不知道看了多少遍了，每逢假日我都会重放《和你同行》的DVD。

"我没想过改变学校，那是你的任务。"

拥有强烈正义感的叶山波留不认可外部学生在云英学院受到的不公正待遇。看到城崎亚久斗欺负外部学生，老师也睁一只眼闭一只眼。她想为此做些什么。

然而由于罹患重病，她的生命将在此止步。

"想象一下没有我的世界，莲太郎，如果我不在了，你会哭吗？"

病房的窗户开着，窗帘摇晃着。

阳光照射进来，照亮她虚弱的笑容。她的皮肤惨白，眉毛脱落，面颊凹陷，她似乎熬不过太久。


梦到前世看《和你同行》时的光景，我哭泣着醒来。那一幕是莲太郎去叶山波留住的病房探望她，虽说是动画片，但看到叶山波留虚弱的样子，我仍然倍感心痛。

进入梅雨季节，阴雨不断，这种时候我特别感谢有车接送。在往返云英学院的车中，我一直在读书。我从学校图书馆借来了白血病相关的书籍，有时候也读国内外的推理小说、玄幻小说、科幻小说。

前世我虽然很喜欢读书，但由于工作繁忙，成为工薪族到发生交通事故的那几年，没有机会好好读书。如今我拥有完美的阅读环境，对此心存感激。

图书馆里净是一些没见过的小说，前世的那些畅销书似乎这里都没有。

可能和我现在是小孩子有关，知识立刻就被脑中的海绵吸收了。读过的书能一直记得内容，上课时候老师说的知识点也能马上记住。

"今天是突袭考试。问题很难哦，请各位加油。"

数学老师如此宣布道。我确认了一下拿到的问题纸，马上做起了题目。初中一年级的题目对我而言小菜一碟。做完后，我从头检查了一遍自己有没有做错，不能大意。工薪族时代的一位后辈由于微小的错误导致数额巨大的损失，边哭边和相关人员道歉。检查是十分重要的工作，不可盲目自信。

结果我拿了满分。聪明的外部学生也没有拿满分的，数学老师在大家面前不停表扬我。

"城崎君，太棒了!"

我有点后悔，应该故意做错几道题的。同班同学对此很冷漠。

气氛十分尴尬，没有人相信我是凭实力考了满分。城崎亚久斗从来不学习，成绩垫底，甚至可能都背不出九九乘法表，绝对不是考试能考满分的人。

同学们一定觉得我是作弊才得满分的，或者是数学老师为了夸我才故意给了一个满分。在这样的视线中我感到很不自在。

午饭时间，云英学院的学生大多会去咖啡馆。如同国外学校的午餐风格，学生们拿着托盘挑选自己想吃的菜，西式自助餐。餐费包含在学费中，学生们爱吃多少就吃多少。

我和出云川、樱小路则在学校里的高级餐厅吃午饭。我们坐在露天平台，从那里可以眺望长满草坪的庭院，同时品尝一流厨师的手艺。这里的午餐是需要付费的，一顿要花好几万日元。

桌上摆着刀叉，先上了前菜和汤。

"亚久斗阁下是什么时候学习突飞猛进的？小学时期看起来可没有那么爱学习，居然一下子考了满分。"

出云川喝了一口杯中的矿泉水，金发碧眼的他优雅地喝水的样子仿佛电影桥段。

"让我来揭晓这个秘密。其实是贿赂了老师提前得知了答案。"

"居然是这样？"

樱小路的竖卷像弹簧一般上下跳动。

"开玩笑啦，樱小路，我可没干那种事。"

"所以说果然是凭实力考的咯？"

"我在偷偷努力学习。小学时期没好好学，终于才追上大家。"

"今后我也要努力学习，争取能和亚久斗阁下比肩。"

"是吗？加油啊出云川。"

"期中考试我也会努力的，我打算请求父亲为我找一位家庭教师。"

较之以往，出云川、樱小路和我聊天时更轻松了。以前命令他们二人做事，他们就只是点头顺从。不过现在看起来，有时候我们更接近普通朋友。

结束了一天的课程，从云英学院回家的路上，我请司机大田原把车停在公立中学旁。这里是叶山波留上的学校。

今天早上做了那种梦，我突然想见见她，顺便确认她现在是否健康。该不会比动画片中的发病时间来得早吧……

中学生走出校门，经过车边。我从后排座位的窗口盯着校门口看，却不见叶山波留的影子。

"走吧大田原，回家。"

"明白了。"

如果这个世界遵照《和你同行》的故事发展，那么她迟早会考取云英学院高中。在此之前，我只能在远处祈祷她身体健康。要是过于纠缠，就和跟踪狂没两样了。

叶山波留病发时是高中一年级的冬天。

她时常喘不上气，发着低烧、乏力，于是去医院查了一下。检查结果发现血液有异常，怀疑是白血病。像走陡峭的下坡路，她的病情突然恶化，和病魔战斗了半年后，在夏日结束之前她便离开了这个世界。


周日，我得以去圣柏梁医院参观学习。医院工作人员给我带路，参观各处。樱小路是肯定会跟来的，毕竟她家和医院有着紧密关联，不过出云川为什么也在呀？

"出云川，难得的休息天，你不必跟着我瞎转的，自己好好休息呀。"

周末就没必要遵守父母的命令跟着我了，工薪族时代，我不知为周末加班叹过多少次气。出云川明明可以在家尽情玩游戏的。

"别孤立我！"

出云川根本不想回家。

圣柏梁医院属于夏目町的郊区，沿着河有一排白色的建筑物，内部通过连廊贯通，是动画片《和你同行》的主要舞台之一。这里到处都是我熟悉的景物。

我们来到名叫"造血干细胞治疗中心"的楼层，在那层的会议室和白血病专家——一位年轻的男性医生聊天。我随便捏造了一个理由。

"为完成学校的自由研究课题，我在学习白血病相关知识。"

医生给我看了教学用黑板，以及一些研究资料，向我讲授知识。

"白血病即血液中的癌症。"

说起来，癌症是什么？

我们的身体由细胞构成，普通的细胞会受伤、变老、死去。死去的细胞与新生的细胞交替，维持着我们身体的健康。如果机械受损，就需要替换坏掉的零件，与此一个道理。

不过有时因为一些错误，会产生"不会死去的细胞"，那便是癌细胞。"不会死去的细胞"即使变老也无法排出体外，不和新生细胞做交替，就留在原地。要是无法替换坏掉的零件，机械最终将无法正常运作。

白血病即原本制造血液的骨髓细胞发生故障，产生癌变的不良血液。

"治疗白血病通常有哪些方法？"

出云川问医生。

"往脖子的血管上扎针，注入抗癌药剂。这种治疗方式被称为化学疗法。"

抗癌药剂可以杀死癌变细胞。但是抗癌药剂药性很强，有一些甚至碰到皮肤就会导致灼伤。

"如果使用抗癌药剂，会产生剧烈呕吐，毛发也会掉光。"

听医生这么说，樱小路忍不住按住了自己的竖卷，出云川也按住了金色的头发。

"要是没了这些头发，我……我就不是我了！"

樱小路十分珍爱自己的头发，每天早上都花大把时间让佣人给自己打理。

"对女孩子而言头发是最重要的！"

听着樱小路悲痛欲绝的声音，我回忆起动画片《和你同行》最后一集中叶山波留的样子。那时她一直戴着医疗用的帽子。看到动画片中的女孩子由于抗癌药剂头发掉光只能戴帽子，我心痛不已。但是动画片中的她并没有康复。

"还有其他治疗白血病的方法吗？"

出云川问道。

"还有放射性治疗，或者移植造血干细胞。"

樱小路和出云川认真地听着男性医生的讲解。我也时不时提几个问题，在笔记本上记录下重要信息。

我们还去了白血病患者住的楼栋。但那里可不是我们这种无关人士随随便便可以踏足的地方，我们只是在门口远远参观了一下。我们身上带着无数眼睛看不见的细菌，所以最好不要接近患者居住的房间。

"再往前走就要进行全身大扫除了，比如用滚轮去除衣服上的宠物毛发。曾经有过外面穿的鞋子带进来的泥土导致感染的案例。来探视的话，禁止带毛绒玩具和鲜花，这些都是细菌的温床。"

带领我们参观的医院工作人员说道。

"这栋楼的最里面是无尘室，也就是无菌室。那里住着进行骨髓移植的患者，来探视也无法直接见面，只能隔着玻璃。"

和自己拥有同样型号白血球的人，几百到几万人中有一个。动画片《和你同行》中，叶山波留没有找到骨髓提供者，所以无法进行手术，最终结束了生命。

但是正因为如此，我觉得一定有活路。要是她有机会进行骨髓移植手术，说不定就得救了呢？我如此想象。

寻找 HLA 匹配的捐赠者十分困难。但还有几年时间，我会一直寻找叶山波留的匹配捐赠者，直到最后关头。

我和姨妈生活在一起。

姨妈的名字叫叶山理绪，三十几岁，公司职员。

她收养了还是婴儿的我，把我抚养长大。所以我一直把她当作母亲一般，但她不喜欢我那么喊她。

"用名字叫我，理绪，或者理绪姐姐。"

我的母亲是理绪的姐姐，十几年前，她带着刚刚出生的我来到理绪面前。她把我托付给理绪后销声匿迹。自此以后，我们没有见过，当然也不知道她在哪里生活，甚至不知道她是否还活着。

"一定是不得已。波留，你别记恨她。"

我没有母亲相关的记忆，但是家里留有母亲的照片，所以我知道她长什么样。

理绪给我看以前的相册，小时候的理绪和母亲。应该是在老家生活时拍的，两姐妹的父母也在相片中。他们就是我的外公外婆吧，据说已经去世了。

我不知道父亲是谁，理绪或许知道，但我实在问不出口。由于没有父亲那边的亲属，所以目前和我有血缘关系的只有理绪。

"你看这张照片，波留还是个小婴儿。"

我和母亲的合影唯有这一张。据说是母亲将我托付给理绪时，放在行李中的。

不知在哪座古老的教堂前，母亲抱着还是婴儿的我。我可能在笑，也可能在哭，说不清。我的脑中疑惑重重。

这是哪座教堂？

拍照的人是谁？

是我父亲拍的吗？

母亲是在哪里认识父亲的？

现在他们二人还活着吗？

要是能遇到他们，我想发发牢骚，也希望他们能向理绪道歉。理绪长得很美，但是她没有恋人。要是她能在二十几岁时谈恋爱，现在一定已经结婚过上幸福的生活了。理绪为了给我换尿布、喂离乳食、寻找幼儿园，每天忙得不可开交，当然也没有时间交男朋友。

理绪为了不让我感到寂寞，十分努力。当我在小学和同学吵架时，即使第二天一早有工作，她也会和我谈心到很晚。看了恐怖电影睡不着的时候，她会牵着我的手直到我睡着。

我想让理绪变幸福。为此我能做的，是尽快能够独立生活，搬出去住。我要尽快工作，领到工资，然后给理绪买高价礼物。

"理绪，再不起床上班就要迟到了。"

"波留，再让我睡会儿。"

这是每天早晨的对话。以前是我起不来，最近换成她。

我们起床做了吐司、煎蛋，一边看电视一边吃早饭。综合新闻在放高中生卧轨自杀的事，据调查，那名高中生在学校遭到了霸凌。

每当看到这种新闻，我都会感到愤怒。

"冷静一点，为什么你要为不认识的人那么生气？"

"不知道，性格使然。"

理绪在洗面池前化妆，我换上中学校服。我们一起走出家门，锁上大门。我们住在夏目町的住宅区，一栋独栋建筑。玄关前摆放着一排鲜花盆栽。

"工作加油！"

"波留也学习加油！"

一走出家门就是公交车站，我和理绪在那里分别。我独自去公立中学，在下坡路前和小学时期的朋友汇合。那里能够俯瞰夏目町全貌，有一把长椅，每次路过那里，我都会回忆起——

去年，我遇到一个奇怪的少年。水壶还是什么的杯盖滚到了我脚边，我替他捡了起来。他穿着十分漂亮的校服，应该是云英学院初中部的。估计是有钱人家的孩子吧，毕竟那所学校以学费昂贵而出名。

他的脸给我留下了深刻的印象，尖锐的目光看起来像猛兽一般，嘴里的牙齿是锯齿状的，让我联想到锯子。我捡起杯盖打算还给他，可他却突然哭了起来。到底是怎么回事？

## 3/1

城崎家是战前便存在的财阀家族。我的父亲，城崎凤凰在政界有许多人脉，影响力庞大。他是一个体格高大的男性，鹰钩鼻是显著特征。头发与眉毛逆向上，看起来很有威严。

我几乎没有在家里见过他。他可能每个月回来一次，即使在走廊上遇到也不说话，只是瞪着我。明明是父子，却没有任何交谈。

我们是失败的家人。城崎亚久斗没有和父亲一起玩过棒球，也没有和父亲一起泡过澡。我前世的家庭十分温馨，所以知道这种父子关系并不寻常。

在拥有前世回忆之前，我十分害怕父亲。父亲一瞪我，我便颤抖着隐藏起自己的蛮横样子，其实就是因为怕他。

城崎亚久斗的蛮横是建立在家这个强大后盾上的。要是遭到父亲抛弃，城崎亚久斗便会失去所有能力。对城崎亚久斗而言，父亲是神一般的人物。

"我想和父亲聊聊，该怎么做才行？"

我问跟班小野田。

"和凤凰老爷吗？突然之间怎么了？"

"和家人聊天是什么奇怪的事情吗？我只有他一个家人，却连联系方式都没有，这太不正常了。请转告他，下次回家时我想见他。"

"我会转达的，但可能有点难。"

"为什么？"

小野田陷入沉默，这个问题好像很难回答。戴着眼镜的眼睛低垂，一脸悲伤的样子。

"他是在躲避我吗？"

城崎亚久斗知道自己没有得到父亲的爱，所以变得性格扭曲。官方设定资料集虽然没有写这些，不过我能想象得到。

"我一直渴望与他对话。小时候我多么希望他能关注我，由于得不到满足，所以我才对周围的人乱发脾气吧。"

这是我自己对于城崎亚久斗这个人物的理解。虽然我只是在自言自语，不过小野田似乎也听到了，他露出惊讶的表情。

我知道自己被父亲疏远的契机，因为听佣人们聊起过。他的妻子，也就是城崎亚久斗的母亲——城崎有里亚之死。母亲在生我的时候去世，所以父亲讨厌我。

"小野田，希望你能安排父亲与我谈一次，拜托了。"

"知道了，我会和濑户宫商量的。"

这些对话其实发生在很久之前。

几个月过去了，我还是没能和父亲谈话，渐渐我觉得，这种生分的家庭关系也挺好。反正再过几年，父亲做的坏事将被公之于众，城崎家会走向灭亡。神一般的父亲遭到逮捕，我会被逐出这个家。

在参观完圣柏梁医院之后，我有了一些想法。

为治疗白血病成立的各种组织都需要资金援助，我想让城崎家拨一点款给他们。

要是有了城崎家的援助，应该能做很多事。比如研究开发有效的抗癌药剂、招募骨髓提供者的活动，甚至可以拍一条号召更多人登记成为捐献者的电视广告。如果能请到明星参与活动，说不定可以增加几百、几千位捐献者。这样一来，将有更多生命得到救助，也大大提高了叶山波留找到匹配捐献者的可能性。

在真正的夏日酷暑来临之前，我终于与城崎凤凰当面谈话。从云英学院回家后，我发现家里的佣人都格外紧张，宅邸的空气似乎都无法放松。一定是父亲回家了。

"亚久斗阁下，老爷在书房。"

我一回家，小野田立刻跑到我跟前。

"可以和他谈话吗?"

"只有十分钟，他马上要出去参加商务宴席。"

"商务宴席比儿子更重要吗?"

我叹了一口气。

"我放下行李就去书房。"

"明白了。"

我穿着校服走向书房，家里顶层深处的那片区域是我平时无法踏足的。那里是父亲的寝室与书房，门永远上着锁，不允许别人随意进出。

"亚久斗阁下来了。"

小野田敲了敲厚重的房门，对房间内说道。

"进来。"

低沉得好似震动般的声音。房间里很暗，深红色地毯、黑檀木桌子，城崎凤凰像黑手党老大一样端坐着。光线原因，眼睛下的凹陷处形成黑影，管家濑户宫站在父亲身后。

我鞠了一个四十五度的躬，看着他。

"父亲好久不见，我是亚久斗。"

要说不紧张肯定是骗人的，但没有前世入职面试那么紧张。找工作时我去许多公司面试过，每次都紧张得想吐。还是大学生的我来到素不相识的大人们等候的会议室，忍受着评估自己的视线，进行自我介绍。现在可比那时候好多了，毕竟自己眼前的人可是家人。

城崎凤凰拥有犹如猛禽似的尖锐目光，以前看到他的眼睛我就吓得缩成一团，现在没那么害怕了。难熬的沉默持续着。

"父亲？"

我又喊了一次，他终于有了反应。

"你是谁？"

他把手肘撑在桌子上，手指交错，像要射杀对手一般瞪着我。濑户宫和小野田屏住气息。

"我是亚久斗，您忘记了吗？"

"外貌是。这张恶魔般的脸的确是我儿子，到底随了谁。"

父亲将视线投向墙壁上挂着的女性肖像画，那是我的母亲，城崎有里亚。她的眼神像圣母般慈悲深邃，粉色的嘴唇，皮肤如同瓷器般透白。她戴着一条银项链。

"不像母亲，但是也不像父亲。"

其实我是动画片《和你同行》的制作人设计的坏人面相。所以可以说我的父亲也是故事的受害者——明明可以有一个更可爱的孩子的。为了配合故事情节，生出了一个这样的儿子，他们一定非常失望。

"你是谁？为什么要扮演我儿子？"

父亲紧皱眉头。但他并没有生气，他在观察我。

"父亲，我就是我。"

"我所认识的亚久斗不会这么喊我。"

"因为父亲对我而言很特殊，我不敢轻易与您对话。不过现在我已经是初中生了，我想差不多该进行父子交流了。"

"父子交流？"

父亲惊讶地反问道，他好像并不渴望。

我出生的同时城崎有里亚去世了，所以父亲很讨厌我。年幼的我得知此事后感到十分痛苦，无法被父亲接受的自己犹如被神所抛弃。不过有了前世记忆后，我不那么想了。母亲之死确实很可惜，但是将悔恨遗憾发泄在儿子身上很奇怪吧？这个人有问题。

我清了清嗓子，继续说道。

"这件事先放一放，我想说的另有其事。"

城崎凤凰丝毫不为所动。

"什么事？"

"父亲每年给云英学院捐许多款对吧？为此学校的学生能够享受美丽的校园环境，体验最新的教学设施。我感到十分骄傲。我查了一下，不仅是学校，父亲还为一些社会团体、非营利组织捐款。"

"为了免税，并不是出于善意。"

"我明白。我有一个请求，希望您能给医疗相关领域也提供资金援助。具体来说，希望能给白血病相关研究团体捐款。"

"目的是什么？"

父亲眉间的皱纹深过科罗拉多大峡谷。

"最近我看了白血病相关的纪录片。"

"撒谎。"

"您是怎么知道的?"

"我见过不少诈骗犯,和你的话术一样。"

在城崎凤凰尖锐的视线前,我畏缩了。我确实没有看过纪录片,怎么办,我总不能说这个世界是动画片中的世界,我想治好女主角的白血病吧。要是说了如此非现实主义的事情,一定会被当成疯子吧。

"不过无所谓,我给你钱。"

城崎凤凰用低沉的嗓音说。我吃了一惊。

"真的可以吗?"

"你的话只有最后部分不像真的,在此之前我能感受到你的决心。你确实很想要我的帮助,是有什么秘密吧?让人有点在意,不过无所谓。我有一个条件。"

城崎凤凰从桌上的木箱中取出雪茄,用雪茄刀剪开口子。

"条件是什么?我要怎么做才行?"

濑户宫给他指尖的雪茄尾端点上火。他确认点着了后,吸了一口。

"是生意。"

就像在喝红酒,他在口中品着烟。

"你想几个能赚钱的点子,然后我来决定捐款金额。要是点子不值钱,那么这件事就当没发生过。好好动动脑子吧。"

濑户宫确认了一下时间,在城崎凤凰耳边低语着。看来快到商务宴席的时间了,该结束这场谈话了。

"明白了,我会想能赚钱的点子的,今天能与您对话,十分感谢。"

我低下头,和随从小野田交换了一下视线,转向右后方打算离开房间。

就在这时，我注意到房间入口处的实木柜子，上面摆放着国际象棋。白色与黑色的棋子点缀于棋盘上。

"父亲，您玩国际象棋吗？"

我下意识地问道。官方设定资料集中几乎没有城崎凤凰的资料，所以我感到很意外。父亲用鹰钩鼻呼出滚滚烟雾。

"和亡妻一边聊天一边玩象棋的时光非常快乐。"

看了一眼棋盘，我才发现这是一个象棋谜题，类似将棋残局。请在几步之内完成将军——这样的智力考题。

前世我有个大学前辈，他经常给我出类似的桌游题目。这里的棋盘上布置的是十分有名的谜题，用将棋类比的话就是"三步将军谜题"。先走白色棋子，下一步无论黑色棋子下在哪里，第三步白棋都必须将军。

说起国际象棋，我想起在出云川家别墅玩的时候。国际象棋、扑克牌这类古典游戏和前世一样存在于这个世界，我曾经十分爱玩的家用电子游戏却不存在。这里是动画片《和你同行》的世界，所以受到约束，注册了商标的产品无法出现于此。

就在这时，我的脑中闪过一个灵感。虽然很狡猾，但这也是情非得已。只要能得到城崎凤凰的大额资助，就能救许多人的性命，并不仅仅是叶山波留。为了这个世界中许多遭到病痛折磨的人，我必须这么做。

不知不觉中我思考了许多，手无意识地伸向棋盘。我抓住白后，将其移动到理想解答的位置上。这样一来黑棋就完了，无论怎么走，下一步都会被白棋的剑指向喉咙。

当我回过神来才发现房内的三个人都奇怪地看着我。

"小野田，走吧。"

"好的，亚久斗阁下。"

我走到书房门口，回头看了一眼父亲。

"刚才的事，我会尽快整理出资料提交的，请稍稍给我一些时间。我先告辞了。"

我鞠了一个四十五度的躬，来到走廊上，关上门。有一种舒畅的释放感，让我回忆起工薪族时代在客户那里开完苦闷的会议，走出大楼望向天空的那一瞬间。在走向车站途中，我好像都会在自动贩卖机上买咖啡。如果有后辈同行，我会请他喝一个他喜欢的饮料。

窗外的天空已经被夕阳染红，红色的光线斜着从窗外射入，照亮走廊。

"小野田，我刚才好紧张啊。"

"您讲得很好，亚久斗阁下。"

走下台阶，我来到自己房间。小野田去干活了，我换了身衣服，立刻开始着手写商业提案。我的所谓灵感，便是前世玩的那些游戏。这个世界里不存在的前世才有的那些游戏，具有压倒性人气赚取庞大利润的那些。

城崎集团拥有许多关联企业，其中当然也有制造、销售家用电子游戏软件的公司。我所要做的就是利用前世玩过的优秀游戏创意，在这个世界开发并销售。

老实说，这么做是不对的，剽窃别人的游戏创意，等于侵犯了著作权。但是在这里无法联系前世的游戏开发者，也无法支付版权费。而且我背负着许多人生存的希望，现在可不能在意这种事。无论我盗取多少创意，都不会有人告我。那我就堂堂正正地偷吧。我本来就是反派角色，背负罪孽活下去就行。总之，我一定要得到城崎凤凰的捐款。

参观完圣柏梁医院，我注意到这里似乎没有前世那么先进的治疗白血病的药物与技术。前世，随着抗癌药剂的研究发展，白血病的存活率比以前高了不少，但是这个世界里，白血病依然是无法救治的疾病。或许这也是动画片制作者们的良苦用心。如果女主角因为抗癌药发挥作用得到了救治，故事就不成立了。所以药物开发停滞在了多年以前的水平。要是能够得到城崎家的资助，应该可以提升白血病相关研究的速度吧。不过就算药物研发速度提升，真的制作出药物可能也要过一段时间了，不知道能不能赶得上治疗叶山波留。不过总得试试。

我彻夜写完游戏企划书。最初我写的是开放世界沙盒游戏，由正方形盒子构成的世界为舞台，收集木材、矿石等材料，搭建各式各样的建筑物。这是前世游玩人数最多的游戏种类。

还写了通过网络与许多玩家厮杀到底的大逃杀游戏。

以宇宙飞船为舞台，数名玩家在线聚集，找出隐藏其中的外星人杀手游戏。

用枪射击可以瞬间移动的椭圆形窗户的游戏。

同时我还制作了手机端游戏的充值提案书——通过抽奖。想要稀有道具就得在游戏里花钱抽奖，恶魔般的设定。然而这个世界的社交游戏里没有这些理所当然的东西。让人痛心的是，一旦有了充值抽奖机制，这个世界可能会因此产生不幸的赌博事件。

彻夜工作让我想起前世最忙的时候。把公司里做不完的工作带回家，在家里制作会议资料。上下班电车里，一直处于意识蒙眬的状态，只有耳机里传来的她的歌声治愈着我。我不能再失去她的声音了，即使令充值赌博这种祸事降临这个世界。

第二天，我把写完的提案书交给小野田。

"请把这个交给父亲。"

我交给他的资料有一定厚度。

"居然写了这么多，而且……"

他翻了翻提案书，瞪大了银框眼镜后的眼睛。

"有什么不对的地方吗?"

"不，十分精炼，我吃了一惊。好像成年人做的，十分工整。"

我用了专业文字软件和表格软件。这样一来，无论提交到哪种会议上也不显拙劣。

"从现状分析到收支计划，您是什么时候学会用表格的?"

"我试着用了一下，没想到意外很简单。"

前世工作中用的那些软件这个世界都没有，好在使用方法没有太大差别，所以一用就学会了。

小野田向我保证一定会把提案书交给父亲。我只要等着就行了，这些毕竟都是在前世收益颇丰的游戏，都是得到验证的产品。只要找一个有品位的人进行开发，就很有可能卖起来。

不过，城崎凤凰到底有没有辨别游戏创意好坏的能力呢? 这点我有些担心。

## 3/2

七月进行了期末考试。考试期间中午就放学了。

"大田原先生，今天我也想在车站前玩一会儿再回家。"

"明白了。"

能干的司机即使听到我这个考试生要玩，也不说一句牢骚话。我在车站前下了车，当然目的不是玩。我走进车站大楼的厕所，完成变装，来到约定地点——环形交叉路，做公益活动的人们已经等在那里了。

"我是黑崎，今天也请多多关照。"

我用假名字打了个招呼。

"来啦黑崎君，今天也要加油！"

一名脸熟的公益活动大学生十分愉快地迎接我。

我们在车站前排成一列，发起传单。基本上都会遭到无视，不过偶尔也有行人接过传单。放学的高中生、下班的工薪族、买完东西的家庭主妇，接连走过我们面前。

"黑崎君，你为什么想做公益活动？"

休息的时候，一名脸熟的女大学生问我。

"我的朋友可能得了白血病。"

我回答了一个不痛不痒的答案。

"真伟大。其实我根本不关心白血病。"

"那你为什么参加？"

"为了就职。要是有做过公益活动的履历，可以在面试时宣传，其他人可能也是为了这个。"

我把视线投向其他的公益活动人员。发传单的大学生们正互相用手机拍下照片。

"把公益活动时的照片拍下来，发布到社交平台，面试的考官检查社交平台的话，会留下好印象吧？"

"原来如此。"

不过对我来说只要能增加捐献者就行。

"为了能找到一份稳定的工作，大家都拼尽全力。"

"我十分理解大家的心情。"

"你还是个初中生就理解了？"

当然理解，我可是经历过的。

虽然想讲出来，但我忍住了。

结束了期末考试，暑假开始前一天，每个年级的成绩前二十名都会被公布在告示板上。能够登上名字是一种荣誉。告示板前人山人海，学生们既期待又不安地寻找着自己的名字。

当我和出云川、樱小路走过去时，学生们纷纷退散远离。这次的考试结果，能够上榜的依旧都是外部学生。动画片《和你同行》的男主角佐佐木莲太郎又得了第一，不愧是主角。

"亚久斗阁下，我的名字也上榜了！"

"恭喜你，出云川君！"

他的名字排在第十五名，在内部学生中是第一名。

"非常出色，三个人一起学习果然是值得的。"

为了考试，我们展开了学习会，努力有了回报。我没有上榜，是因为故意写了一些错的答案，以避免成绩太优秀。

"好奇怪，为什么没有亚久斗阁下的名字。一定是搞错了，我要去问问老师！"

"樱小路，不必如此。考试当天我因为肚子痛没能好好答题。"

"如果是因为这样，应该让亚久斗阁下重新参加考试才对。"

"没错，利用家庭背景拉拢老师吧。"

"等一下，不能使用家庭背景，而且拉拢老师听起来就很吓人。"

我安抚了二人，打算离开那里。只见在远处围观的学生们又重新回到了告示板前。看来我依旧是"移动的灾难"啊。

说实话我没想到出云川居然这么聪明。动画片《和你同行》中，他只是城崎亚久斗的阴暗小跟班，喜欢一边用梳子打理金发一边吐槽别人，是个典型的自恋者。动画片中没有描写他的背景，他只是构成故事的一个齿轮。现在他的成绩能提高，应该是受到拥有了前世回忆的我影响，我感到很骄傲。

"以后也要努力学习哦。"

"我一定要维持这个成绩。"

"我也希望能上榜啊。"

一学期结束，学校进入暑假。

我有时和出云川、樱小路一起玩，在酒店套房放松发呆，或者陪二人购物。我的生日在八月中旬，出云川和樱小路为我举办了生日会，据说花了很多钱。租一艘快艇，在海上放烟花，如果我们有许多朋友的话，应该都会请来参加快艇派对，但是船上只有我们三个孩子。差不多也该承认这件事了，我们三个除了彼此之外没有朋友。太不受人喜欢了，我长成这样实属没办法，不过出云川和樱小路是不是可以努力一下呢？

顺带一提，我做公益活动的事是瞒着他们的。我想象了一下如果告诉他们，事情一定会变得很麻烦。

"亚久斗阁下在发传单啊，我也要一起！"

"那我必须也要参加！"

虽说参加公益活动的人越多越好，不过他们太显眼了——金发碧眼的美少年和竖卷的美少女。再加上变装中的我，其实是"城崎集团家的少爷"。我很担心参加公益活动的人会求我让他们走后门进城崎集团，还是对他们保密为好。

暑假结束了，第二学期我也继续进行着公益活动。发传单的场所不仅限于车站前，还有附近的商场、商店街前的广场。参加的人员每次都有点不同，有第一次参加的，也有参加过几次脸熟的人。

发出去的传单有时会出现于附近的垃圾桶里——被捏成一团。我感到很失望，不过这也是没办法的事。前世我在看《和你同行》之前，根本没想过要成为骨髓捐献者。

我们一直发到天黑，最后道一声"您辛苦了"后，和大家分别。这种连带关系让人感到舒适，有一种结束了社团活动后的充实感。酷暑的日子里发完传单，衣服吸饱汗水重了不少，在厕所脱下时特别费力。

入秋，冬日临近。

"许多得了白血病的患者在等待骨髓提供者，有些人在上小学前就不幸失去了生命，为了他们请登记成为捐献者！"

天气转凉，来往于车站前的工薪族、放学回家的高中生都紧紧包着大衣。天也黑得早了，今天一张传单都没发出去，天空便染成了红色。

"拜托了！你的白血球型号可能与患者一致，说不定你能拯救一条生命！"

拿着传单的指尖变冷，动作僵硬。

"请登记成为捐献者！"

就在那一天，正当我发着传单，不小心撞到了行人。在这个冲击下，我差点摔倒，手里拿着的传单散落一地。撞到我的是一个急着回家的男性，他拿着智能手机边走边玩。男性咂了咂嘴。

"小心点！"

"对不起。"

好像都是我的错一样。总之我先道歉。这点程度的委屈对前世做工薪族的我而言根本不痛不痒。

男性快步离开。我打算捡起散落于地上的传单，于是蹲下身子，伸出冰冷的手。有些已经被风吹到了远处。

"我来帮你。"

一个声音响起。一位路过的好人心在帮我，透过假发刘海看不太清他长什么样，但我心存感激。他帮我捡来了飞到远处的传单。

"给你。"

"谢谢，帮我大忙了。"

我低下头。

"刚才那个人真讨厌。"

他主动和我搭话，应该是看到了我被撞到的那一幕。

"可能是工作上有什么不顺心的事吧。"

"你是在做公益活动吗？很值得尊敬。"

"谈不上什么尊敬……"

我突然发现，这位替我捡来传单的人的声音很耳熟，和前世某个男性声优很像。这位男性声优便是《和你同行》中的男主角佐佐木莲太郎的配音。

强风吹过，车站前有许多高楼，产生了强劲的穿堂风。我的假发被风吹歪，原本遮住脸的刘海也飞了起来。我的脸露出了一半。

一张熟悉的脸庞出现在我面前，头发睡得乱蓬蓬的少年，他就是《和你同行》的男主角，佐佐木莲太郎。在毫不知情的情况下讲了话，他还帮我捡了传单。应该是过了变声期，他的声音和动画片配音完全一致。

我愣愣地看着莲太郎，要是能反应过来遮住脸就好了，已经太迟了。

"城崎……君？"

他瞪大眼睛问道，我的脸实在太好记了，凶狠的三白眼是城崎亚久斗的特征，但我决定装傻。

"嗯？你说什么？"

我赶紧戴好假发遮住脸，虽然这么做很勉强。

"城崎？我不认识，你是不是认错人了。"

"是吗……"

留下困惑的他，我转过身去。从刘海的缝隙中，我看到莲太郎带着怀疑离去的背影。

## 3/3

我的父亲是城崎家的厨师，母亲是太太的贴身女仆。现在他们都辞职了，不过我还记得小时候跟着父母去过城崎家宅邸。

还健在的城崎有里亚会给年幼的我零食吃。我无法忘记对美丽的有里亚夫人的憧憬，十几岁开始我就在城崎家做佣人，二十几岁升为副管家。我喜欢和城崎家有关的一切，这里有我的人生——有里亚夫人去世前，我都是这么认为的。

亚久斗阁下诞生之时，老天爷带走了有里亚夫人。亚久斗阁下是拥有独特相貌的婴儿，哭声也很难听，仿佛是恐怖片中的人形怪兽，被人暗中操控着。

没有人喜欢亚久斗阁下，他性格扭曲、变形，最终长成了像破坏之神一般的残暴人物。由于受不了他的谩骂，许多佣人都辞职了。我的父母也是在当时辞职的。

我是副管家，同时也是亚久斗阁下的随从，必须贴身服侍他。亚久斗阁下调皮点燃窗帘的时候，我身负烧伤和佣人们一起传递着水桶。有一次亚久斗阁下打算从二楼窗户扔盆栽下去砸园丁大叔，要是我发现得晚，城崎家可能已经发生杀人事件了。我一把从背后扣住他双手，他生气狠狠咬了我一口。

"请让我辞职，我坚持不下去了。"

我低着头向上司濑户宫提出辞呈。

他一脸为难抬头看着天花板说道。

"没有你的话，谁能对付那个孩子。你看我已经这么老了，即使发现他想扔盆栽，也无法像你这样有力制止。女性佣人就更不可能了。"

出于无奈，我打算留下时，发现濑户宫细长的眼睛里渗出了泪水。他一定也被逼到了绝境。

随着亚久斗阁下年龄增加，词汇量变多了。他无节制地说着贬低人的残酷话，用恶魔般的三白眼观察着佣人，专挑别人感到自卑的地方攻击。一些佣人精神出现问题，接二连三地辞职。我和濑户宫只能赶紧招人紧急培训。

"小野田，你也很讨厌我吧?"

亚久斗阁下经常这么问我。

"不，没有这种事。"

"怎么可能，这个家里的所有人都憎恨我，你老实说，是不是希望我赶快死掉?"

"大家都爱着亚久斗少爷，请放心。"

谎言。没有任何一个人爱他。

"小野田，我记得自己在出生的时候杀死了母亲。还是婴儿的我，从母亲肚子里出来时狠狠踢了一脚她的心脏。没想到那个人发出青蛙般的叫声就死了，太滑稽了，我笑着从那个人肚子里出来。怎么样，是不是很恨我? 是不是想杀我?"

胡编乱造。亚久斗阁下喜欢故意惹怒别人，只有别人愤怒到极点他才罢休。没有得到任何人疼爱的他，可能只知道这种与人交流的方式。

但是我无法容忍他称有里亚夫人为"那个人"，那个圣女一般的人。我捏紧拳头，保持着平常心，由于压力过大导致肠胃药不离手。

等他长大成人，城崎家会变成什么样？所有佣人都在担心这事。恶魔化身的他成为城崎家当家人，手握权利，还有谁能阻止他？我们战战兢兢地度日。

不过从某天开始，亚久斗阁下发生了很大变化。到底发生了什么事？好像换了个人一样，不随意谩骂，也不加害于人。虽然脸看起来还是很吓人，但思想仿佛有社会经验的大人。

没有人知道原因，大家都祈祷要是能一直这样就好了。我的工作变得无比轻松，肠胃药也吃得越来越少了。

不过亚久斗阁下性格变好之后，开始做一些奇怪的事。他向我提出想和父亲谈话时，我惊讶万分。本来我很好奇他们会聊什么，虽然不太可能是亲子间的聊天内容，但再怎么也想不到居然是求父亲捐款给医疗领域。他到底在想些什么？

第二天，亚久斗阁下给了我一堆打印出来的资料，据他所说，是游戏类企划书，使用了专业文字软件和表格软件，完成度很高。我无法判断想法好坏，不过看起来仿佛是十分熟练于整合企划书，出入社会多年的成年人制作的。

几天后，待凤凰老爷回家之时，我将企划书交给了他。凤凰老爷在书房里通读了一遍，没有给出明确回复，只是沉默地抽着烟。

"亚久斗阁下似乎在等捐款的回复。"

我小心翼翼地问道。凤凰老爷突然瞪了我一眼。

"需要花时间研究，捐款的事稍后再说。"

说完后，他便将我赶出书房。

亚久斗阁下十分在意能否给医疗领域捐款的事。他又制作了一些新的游戏企划书，并将一沓纸交于我的手中。"这些也请交给父亲。"

能感受到争分夺秒的紧迫感。

"父亲还没有回复吗？"

"听说已经把企划书交给集团的软件开发公司了，在等对方的回复。"

亚久斗阁下不太高兴地抱着手肘，嘀咕道。

"大公司没有随机应变的能力，回复都很慢。这种情况要是给小规模的开发公司，回复就会快很多。"

有人报告说，亚久斗阁下对白血病治疗十分感兴趣，他向凤凰老爷索取的捐款应该是为了帮助运营骨髓库的公司，以及开发抗癌药物的公司吧。

听司机大田原说，亚久斗阁下最近还参加了公益活动。难以置信！亚久斗阁下居然会参加招募白血病捐献者的公益活动！而且他为了不被我们发现，小心谨慎地参加着，其实早就有人向我们汇报了。

我命令佣人跟着亚久斗阁下，并从远处拍下照片——他在车站前的环形交叉路口戴着长长的假发，和其他参加公益活动的人排成一列发着传单。

在凤凰老爷回家的某一天，濑户宫与我来到书房。凤凰老爷一剪开雪茄，濑户宫便用打火机为他点上火。

"亚久斗阁下说的捐款一事，还请您积极考虑。"

我深深地低下头。亚久斗阁下在参加公益活动，一定有他自己的道理。我被深深打动。这个从小看到大的坏孩子，正在为素未谋面的人努力。没有得到任何爱的他，正在为了挽救别人的生命，站在艳阳中、风雨中。

凤凰老爷有些不高兴，对着我吐出烟雾。

"过段时间我会回复的。对了，他还没从学校回家？"

书房里有一张国际象棋棋盘，凤凰老爷看着它。

"回来了叫他来书房一趟，就说来陪我下棋。"

动画片《和你同行》中的城崎亚久斗是一个会对外部学生使坏的阴暗角色。女主角叶山波留为了抵抗他站了出来，她生来就有强烈的正义感，绝不放弃被欺负的弱者。正因为这样，她被城崎亚久斗盯上了。

幸好，协助叶山波留的人出现了，他便是男主角佐佐木莲太郎。他数次解救叶山波留于困境，无论城崎亚久斗如何挥舞自己的势力，这个世界是站在莲太郎这一边的。有时借助小机智，有时借助别人的力量，总之二人跨越了无数难关。

没想到居然会在做公益活动时偶遇男主角佐佐木莲太郎，不知道莲太郎会不会把这件事告诉别人。在教室里，我会偷听别人聊天，至少目前还没有"城崎亚久斗在车站前发传单"这样的流言。在学校里有时和莲太郎进行视线接触，不过我们并没有交流，就这样过了一段时间。

说起来，不知道城崎凤凰的心态发生了什么变化，他突然邀请我下国际象棋。求他捐款的那天，我把白后下到正确位置，解开了象棋谜题，可能因为这事，他想试探我。

只要他回家，就不管我有没有空，一个劲喊我去书房玩象棋。下象棋的时候我们都会拼尽全力，所以毫无对话。有时我为了增加感情想说几句话，他都会叫我闭嘴。他总是苦大仇深地抽着烟，用鹰钩鼻呼出。在国际象棋这方面，我和他的水平似乎没有多大差距，所以有时赢有时输。

做过工薪族的我，深谙讨好上司的重要性。当我故意走错让他赢时，却被他发现了。

"开什么玩笑。"

他发出深沉的声音。

"你故意想让我赢对吧？要是这么做人类就会变成垃圾，我见过太多这种人了。我要惩罚你，如果这局你无法将我的军，我就不给你捐款了。"

我急了。为了挽回这一局，我绞尽脑汁。一边攻击一边防守，终于有机会来到敌营。理解对方的想法，看穿对方的诡计，迫近他的国王。虽然最终输了，不过父亲似乎很满意，他心情颇好地对着天花板吞云吐雾。

"你是谁？"

下完棋，城崎凤凰问道。

"我是您儿子亚久斗。父亲，请尽快回复捐款一事。"

没想到他狠狠地瞪着我，让我滚出房间。

"最近您和父亲相处得不错呀，家里的佣人们都很吃惊，凤凰老爷看起来也挺高兴的。"

随从小野田在帮我干活时说道。看起来挺高兴的？那张倔强的脸？我和他之间没有任何父子对话，只有杀气腾腾的国际象棋对战。而且他看起来十分焦躁。

"濑户宫说了，老爷现在的表情和有里亚夫人健在时很像。"

"小野田，你见过我母亲对吧？"

"我还小的时候，就受到有里亚夫人的照顾。"

银框眼镜之后，小野田眯起眼睛。小野田的父母也做过这个宅邸的佣人，所以他从小便出入城崎家。

"母亲去世，父亲受到很大打击吧。"

我理解失去重要的人是什么心情。没有她的世界，仿佛不会再有光。

"国际象棋的话，我会陪他下的。"

和父亲关系亲近的话，更容易得到捐款。为了能顺利合作，我甚至还被迫参加过毫无兴趣的高尔夫。

第二学期结束进入寒假，圣诞节那天，城崎家举办了一场盛大派对。出席者当然只有我、出云川、樱小路。我们装饰了一棵巨大的圣诞树，一起吃了蛋糕。在互赠礼物环节，出云川送了我一块名贵的手表，樱小路送了我请设计师订制的外套。

我给二人送的是亲手做的饼干。

"送你们这么便宜的东西，真是抱歉。"

是我借了厨房，听着佣人的意见做出来的。星形的肉桂饼干、水滴形状可可味饼干、软糯的雪球饼干，我做了许多种类给他们。

"亚久斗阁下，谢谢！"

"我第一次收到这么温暖的礼物！"

"味道应该不错，我家的厨师很棒。"

为了尝味道，我让许多佣人都试吃了刚烤出来的饼干，大家都说好吃。那一瞬间，我感觉自己和他们的距离缩短了。

过完年，进入第三学期。云英学院的初中部风平浪静。小学时扰乱和平的人是城崎亚久斗，作为元凶的我已经变老实了，自然不会有人兴风作浪。然而外部学生和内部学生之间还是有冲突。内部学生都是富裕阶层，他们有些看不起家庭资产平平的外部学生。最近又发生了一起令人深思的事件。

某一天午休时，我戴着假发伪装自己，低头弓背地散着步。然后在学校的便利店里买饭团当午饭。这是我时不时会想念的味道，非常美味。

大冬天里呼出的气息是白色的。学生们大多待在有暖气的教学楼里，外面几乎没有人。云英学院很美，我在池畔散着步，享受风景。动画片中也有这一景色。我在停船棚屋旁边的自动贩卖机上买了热煎茶，捂着瓶子暖手。就在这时，稍远处传来了并不和平的声音。

"佐佐木别跑，你拿我们当傻子吗？"

几名男学生围着一个人。被围着的那个是头发乱糟糟的高个子男生，他就是《和你同行》的男主角，佐佐木莲太郎。

"我没有拿你们当傻子啊……"

他看起来十分困惑。莲太郎周围的那些人是从小学开始就在这里读书的人，也就是内部学生。

"我知道你家住的是木造公寓哦。"

"不觉得羞耻吗？这个学校有你这样的人，对我们造成了困扰！"

"你这种穷人让云英学院的品格降低了。"

我吃了一惊。这些人平时在教室里都很老实，是行为端正的好青年。他们在我、出云川、樱小路面前都是低声下气的样子。

莲太郎看起来很气恼，不过忍着没有还嘴。

"退学吧，不要再给我们添麻烦了！"

"而且你连学费也没付吧？"

我该怎么做？站出来调停，还是假装没看到？

"消失吧，碍眼的家伙。"

一名男学生踩了一脚莲太郎的运动鞋。这双鞋子是父母送给莲太郎的开学礼物，动画片《和你同行》中，他把鞋子穿破了也不舍得扔，还好好地保存了起来。由于公司经营不善，他的父亲失业了，现在同时打着好几份工维持着生计。看到鞋子被踩踏，我忍不住跳了出来。

奔跑途中，我的假发飞了出去。我扔出的饮料瓶正好击中了踩莲太郎的那个男生的头部。

"好痛……"

男生摸着头一脸痛苦的样子。在场的所有人都看向了我，露出惊讶的表情。我的登场让他们感到很困惑。

"城崎？"

我狠狠瞪着内部学生，他们知道我是带着愤怒的。在这个学校里，只要惹怒了城崎亚久斗，就无法好好过完学生生涯。但是他们应该无法理解我为什么会愤怒。

我和莲太郎四目相对，他虽然很吃惊，但并不害怕。确切地说，他是呆愣住了。

"你是叫佐佐木莲太郎吧？"

我问道。他愣愣地回答。

"您居然知道我的名字？"

"当然。"

你可是我最喜欢的作品的男主角！

你可能不知道我对你倾注了多少感情。叶山波留去世时，我也在显示器前陪着你哭。

"我叫城崎亚久斗。"

"我知道，您很有名。"

"那就好，简单来说让我们成为朋友吧。"

"朋友？"

"是的，只要我们成为朋友，他们就不会盯上你。毕竟我在这个学校里有威慑力。"

回头一看，内部学生一脸惊吓的样子向后退步。

"怎么样，要不要和我成为朋友？"

"啊，好的，如果可以的话。"

"你不用和我说敬语，正常讲话就行。"

见莲太郎默认，我回头对内部学生说道。

"正如你们所见，我和莲太郎是朋友，懂了吧？我不会原谅逼他退学的人的。"

要是莲太郎真的退学了可怎么办，莲太郎就不会认识叶山波留，《和你同行》的故事就不成立了。我还打算努力使二人过上幸福的生活呢。

我的三白眼比想象中威力还大，内部学生紧张得不敢呼吸，一副马上就要哭出来的样子。

"居然是城崎的朋友啊！"

"我真是有眼不识泰山！"

他们开始辩解，祈求得到我的原谅，我制止了他们。

"知道了，不用说了，回去吧。"

他们松了一口气，往教学楼方向逃去。我和佐佐木莲太郎留在原地。

"谢谢你，城崎……君？"

他摸着乱糟糟的头发行了一礼。我捡起掉在地上的饮料瓶。

"我只是顺势帮了你，看到他们踩你鞋子，我突然就很来气。"

白色的运动鞋上留下了鞋印。这双鞋子是开学礼物，应该是去年春天买的，到现在快一年了，所以看起来并不新。

"你是因为这双鞋子生气的？为什么？"

"感觉他们踩碎了什么重要的东西。"

"城崎君，你是在车站前的那个人吧？"

"那时候谢谢你，替我捡了飞出去的传单。今天这事你就当回礼吧。"

"原来如此，看来待人亲切是有回报的。"

云英学院内响起钟鸣，该回去上课了。

"莲太郎君，再见。"

我向教学楼走去。

"城崎君，真的谢谢你。"

他对着我挥挥手。

男主角和大反派在池畔成了朋友，与《和你同行》的剧情大为不同。但是如果我没有挺身而出，将来一定会后悔吧。所以这么做应该是最好的选择。

一旦冷静下来，还是会感到不安。我和他成为朋友，那么他和叶山波留要通过什么事结缘？

为了反抗残暴的反派，男主角和女主角相识相知，关系渐渐变得亲密，这是《和你同行》原本的设定。编剧为了缩短他们的距离，设置了我这个反派，可如今我的行为脱离了剧本，接下去，这个世界将何去何从？

# 4/1

　　早晨，为了不吵醒还在熟睡的弟弟和妹妹，我悄悄钻出被子，来到配送报纸的公司。接过捆着的一沓报纸，我在天还没亮的漆黑街道上踩着自行车。这份报酬是用来给一家人买食材的。

　　"这是你赚的钱，你可以花在自己身上，买点衣服、书籍，总之是自己喜欢的东西。"

　　尽管父亲这么说，我没有特别想买的东西。

　　"花点钱去剪个头发怎么样？"

　　"这也太浪费了，我可以自己用剪刀剪。"

　　"你是在修行吗？"

　　母亲无可奈何。

　　我有时会在上课的时候打盹，被老师提醒过几次。还好我的成绩一直都在年级前几名，每次考完试，成绩前二十名都会被公布在告示板上，学生们围在告示板前查看自己和朋友的名字。这次我的名字出现在第一名。"佐佐木，真厉害啊！"关系不错的外部学生用手肘轻轻捅捅我。

　　这时，我听到有人咂嘴。

　　"可恶……明明是穷人……"

　　背后一阵发冷，我环顾四周，不知道是谁说的。可能是内部学生在自言自语吧。

　　临近冬天的某一天，我在车站前停下自行车步行时，发现正在做公益活动的一群人。立牌上贴着的海报写着"白血病治疗""骨髓移植"等词语。

　　"许多得了白血病的患者在等待骨髓提供者，有些人在上小学前就不幸失去了生命，为了他们请登记成为捐献者!"

做公益活动的人中，有一位黑色头发的男孩子。前刘海把脸遮得七七八八，从身形来看，还像个小孩子。可能和我差不多大吧，我心想，这个人真了不起啊。

就在这时，一名穿运动装的男性撞到了发传单的男孩子，手中的传单掉在了地上。男性呲嘴后迅速离开，男孩子一个人捡着地上的传单。

我捡起被风吹跑的一张递给他，他感激地低下头。他的脸被刘海遮住了看不太清，我发现还有一些传单也被风吹走了，于是捡起来。

"给你。"

"谢谢，帮我大忙了。"

这时一股强劲的穿堂风把他的头发吹歪，原本遮住脸的刘海也飞了起来。原来是假发，他的脸露了出来。这张脸只要见过一次就不会忘记，他的三白眼仿佛能杀人于无形。

"城崎……君?"

我们都是云英学院的初一学生，然而他是属于金字塔顶端的人，城崎家的少爷。

城崎亚久斗就站在我面前，犹如恶魔般凶恶的他却不敢直视我的眼睛。

"嗯? 你说什么?"

他打算装傻，可他明明不是这种人。从他的反应来看，应该是不希望我再深究下去，恐怕有什么无法告知别人的内情。尽管很在意，但我还是先离开了。

城崎亚久斗是一个只有恶评的少年。小学时期他就开始到处欺负人，毫不把别人放在眼里。外部学生一入学就开始担心，自己会不会被当成目标对象。不过听说他最近变老实了……

他的坏话在学校里满天飞，怎么都不像是会在车站前做公益活动的人。这究竟是怎么回事？

我在云英学院的校园里散步时，时不时会遇见城崎亚久斗和他的两名跟班。只要和城崎亚久斗有视线接触，他就会不自然地看向别处。我能够肯定，那天在车站前遇到的人就是他。

尽管如此，我没有和他讲话的勇气。能够靠近他的，只有出云川家的少爷出云川史郎，以及樱小路家的小姐樱小路姬子。这是大家默认的规则。

我没有告诉任何人他在车站前做公益活动的事，即使说了应该也没有人相信。我们之间的关系不会发生改变，今后不会有交集——在过完寒假，进入第三学期之前，我一直都是这么觉得的。

云英学院的小学部、初中部、高中部分别都有咖啡馆，午餐时间会提供西式自助餐，东西都很好吃。有一次正当我大口吃着意大利面，有几名内部学生坐到了我的旁边。我和他们并不熟，但不至于完全没有交流。

"佐佐木，等会儿一起去散步吗？"

"好啊。"

我以为他们想和我玩，感到很高兴。然而当我们走到池畔，我发现了异常。

"佐佐木，免费的饭好吃吗？"

"听说你可没有付钱啊。"

我不知所措地点点头。

"学费和杂费都得到了免除，因为我入学考试考得不错。"

"真好啊，只要成绩好就能吃免费的饭，难怪穷人要拼尽全力考到这所学校来。"

"你的餐饮费可以说是我们代付的，知道吗?"

"没错，你得好好感谢我们。"

听他们这么说我感到很不甘心，于是坦率地表达了自己的看法。

"我很感激这所学校能够免除我的学费和餐饮费，如果没有这个制度，我可能无法入学。"

他们可能无法忍受我这种没花钱就在这里读书的人，不过免除学费制度是为了吸收更多成绩优秀的学生，是学校方面制定的策略。

"我理解你们不喜欢免除学费的外部学生，不过这是规章制度。当然如果能得到你们认可，我还是会感谢的，谢谢你们。"

内部学生看起来很焦躁。

"我该走了，午休快结束了。"

一名内部学生拦在了我面前，然后他们围住了我。

"休想逃走，佐佐木。你拿我们当傻子吗?"

他们想打我。对他们来说，我这种外部学生正好是发泄不满的对象。

"消失吧，碍眼的家伙。"

一名外部学生左右扭脚使劲踩着我的运动鞋，把我最为珍贵的东西踩脏。我不禁高声喊道："住手!"

就在这时有一个东西往内部学生的头边飞来——一瓶饮料，是被人扔过来的。

回头一看，看到一个不可思议的人物，城崎亚久斗。他浑身散发着不详的气息，犹如魔王降临般的压迫感令人呼吸困难。城崎亚久斗轮番看着他们，最后将视线落在我身上。

"你是叫佐佐木莲太郎吧?"

"您居然知道我的名字？"

"当然。"

聊了几句后，我放松下来，因为他的怒火并没有指向我。

"正如你们所见，我和莲太郎是朋友，懂了吧？我不会原谅逼他退学的人的。"

说完，围着我的外部学生便落荒而逃，池畔只剩下我和城崎亚久斗二人。事情发展得太混乱了，不过幸好他比传闻中容易沟通。

云英学院内响起钟鸣，该回去上课了。

"再见，莲太郎君。"

城崎亚久斗说完便走了。

这个学校中人见人怕的支配者，不知为何帮助了我。刚才发生的事过于没有真实感，过了一会儿，我甚至觉得是不是搞错了。不过第二天他也和我打招呼了，看来是真的。

"早上好，莲太郎君。"

第二天，城崎亚久斗在走廊上和我打了招呼。金发碧眼的出云川、竖卷的樱小路跟在他身后，听到招呼声，二人疑惑地看向城崎亚久斗。

"早上好，城崎君。"

走廊上有许多学生，为了给三人让路，他们都靠边站着。见此状所有人都惊呆了，他们看看我，议论纷纷。只是和城崎打了一声招呼，就得到如此瞩目。毕竟城崎亚久斗从来没有和二位跟班以外的人讲过话，而且居然还是一个外部学生——我仿佛能听见大家在如此窃窃私语。

城崎亚久斗与我交换了视线后，和平常一样走向教室。出云川、樱小路有些不舒服地瞪着我，也跟着他离开了。

回到教室后，我遭到同班的外部学生不停发问。为什么城崎亚久斗会和你打招呼？你们从什么时候开始成为互相问候的关系？甚至还有人担心我是不是被他欺负了。

"佐佐木，你还是小心为妙。有些人一开始故意装成朋友接近你，然后约你出去玩，再找一大群人围攻你。我听说他们特别喜欢对外部学生下手。"

"知道了，我会小心的。"

答完，我特意看了看昨天打算围攻我的那些外部学生，他们颤抖着移开视线。这些人应该不会再找我麻烦了。

到了休息时间，我看到出云川和樱小路在寻找城崎亚久斗。我仔细观察周围，发现一名匆忙离去的长发少年，此人用长长的刘海遮住脸庞，尽量降低自己的存在感，悄悄来到没人的地方。这就是城崎亚久斗，他的变装和车站前一致，由于与平时的样子大为不同，所以没人留意到。但不可思议的是，我发现了这一切。

## 4/2

我在床底下藏了一个零食罐子，时不时放一些钱进去，现在已经存了有一百万了。这是我的私房钱，用于城崎家没落之后，应该够很长一段时间的日常开销。我不想被佣人察觉此事，毕竟等家族没落，我的钱很有可能会被带有敌意的佣人没收。

"以后我会自己打扫房间。"

我如此对随从小野田宣布道。我的房间带有卫生间和洗脸池，所以也需要打扫这些，不过对于前世过惯了独居生活的我来说并不难。

打扫完，我把装吸尘器和抹布的清洁桶拿到管理清洁物品的房间。

"辛苦了。"

和佣人擦肩而过时，我总是忍不住这么说一句。每次佣人都会很吃惊地看着我。

这么说起来，原本难得回家的父亲，最近每周都会回来一次。城崎凤凰和我在书房下国际象棋时，总是抽着雪茄，或喝着威士忌、白兰地。

"捐款一事后来怎么样了？"

我看着棋盘问道。

"你在说什么？"

"您不是说，如果我的企划书能赚钱，就给我捐款吗？"

"还在讨论。"

"您知道已经过去几个月了吗？"

"别吵，小心我宰了你。"

城崎凤凰思索许久后移动棋子，然后叫来了濑户宫。

"我想吃点肉。"

只说了这一句，主厨便煎了牛排端过来。父亲的眼睛丝毫不离开棋盘，大口吃着带血的上等牛肉。

"你在上云英学院对吧？"

"是啊。"

"有没有关系好的人？"

"最近我交了一个外部学生朋友。"

佐佐木莲太郎。

"那个人只是在讨好你，因为你是城崎家的人，所以假装和你成为朋友。"

"不是那样的。"

"一定是。"

"请您收回自己的话。我清楚知道他不是那种人。"

你以为我看了几遍动画片《和你同行》？他可是一而再再而三对抗城崎亚久斗的人哦。

"你只是被他欺骗了。"

父亲嘲笑道。我叹了口气，不打算反驳了。如果我是一个单纯而热血的人，那么一定会为朋友的名誉争论到底。不过经历过工薪族时代，我的想法发生了改变，先冷静下来。我要让面前的这个人为自己捐款，所以还是息事宁人为好，先假笑着糊弄过去吧。即使有不同意见，也要往肚子里咽，这就是我前世的生存方式。我努力保持平常心，严肃地移动棋子。

二月持续着严寒，早晨我坐进私家车准备上学，路上看着雪花飘落在窗户玻璃上。这样的日子能够坐车上学实在太幸福了。

情人节当天，樱小路送了我和出云川巧克力，是国外的知名品牌。课间休息时我们偷偷吃着巧克力聊天。

"亚久斗阁下，你和那个外部学生是什么关系？"

"我也在想这事。"

"最近刚认识的，他人不错。"

二人似乎很在意佐佐木莲太郎，可能是因为我们在走廊上偶遇时，都会打招呼的缘故。我的一举一动都相当醒目，稍微挥个手也会引来一片喧哗，看来还是不要表现得过于亲密为好。我在小学时的行径至今依旧恶评不断，所以担心我们之间的交流会不会导致莲太郎也受到不好的评价。

"我对那个外部学生可没有好印象，以前就发现他不注意仪容仪表。"

"可能是睡相不好吧？"

"我很想问问他的发型师，这个头发和门外汉剪的有什么区别？"

"因为他就是自己剪的，后脑勺部分好像会让弟弟妹妹帮忙修剪。"

我回想起《和你同行》中有类似镜头，为描绘男主角的日常。

"自己剪头发？这是多么野蛮……"

"外部学生都是这样的吗？"

"不，大多数人都在理发店或美发沙龙里剪头发，他是为了省钱才自己剪的。"

"可不仅仅是仪容仪表的问题，听说那个外部学生还在上课时打瞌睡！身为云英学院的学生怎么能这样？"

"我赞同，上课时打瞌睡说明态度有问题。"

"我上小学的时候也经常打瞌睡。"

"亚久斗阁下打瞌睡没问题。"

"都说睡觉多的孩子长得快，到小学为止打瞌睡都是值得奖励的行为。"

"无论我做什么你们都会认可啊……"

我还是应该多担心你们才对。

"打瞌睡这种小事就别管了，他每天早晨都要配送报纸，所以起得很早。当我们还在熟睡的时候，他已经起床开始给周围的人送报纸了。我记得这是他的设定来着……"

"设定？"

"设定是什么意思？"

"总而言之，他在上课的时候打哈欠也好，打瞌睡也罢，都请体谅。"

"明白了，既然亚久斗阁下这么说，我们就接受那个外部学生吧。"

出云川露出一副苦恼的贵公子模样。樱小路用手玩弄着竖卷的尾梢问道。

"不过亚久斗阁下，送报纸到底是怎么回事？为什么他每天早晨都要做这件事？"

身为大小姐，她根本不知道世界上还有配送报纸这个工作。

"送报纸是一种工作，莲太郎每天早晨做完这份工作后才来上学。"

"哇，居然是工作！要是每天早上都工作，很难投入到学习中吧，他到底在想什么？"

"莲太郎的成绩比我们都好，经常拿第一，他一边干着送报纸的工作一边努力学习，这么想的话很厉害吧？"

"为什么他非得做这份工作不可？他还是学生吧。"

"家里有什么难言之隐吧。我能说的唯有——我们都是得到眷顾的人。"

他们根本不知道贫困为何物。前世我也有贫困时期，那是我上大学的时候。家里发生了一些事，父母没办法给我生活费，于是我必须自己打工赚房租、水电费。想吃拉面的时候在拉面店前来来回回地走，但为了省钱，哭着忍住食欲。不过我觉得自己还算好的，真的没钱的一个朋友，他平时喝自来水充饥。由于付不起煤气费，只能洗冷水澡。靠大学同学施舍一些零食的碎渣当伙食，如此续命。

"我们是得到眷顾的人，带着这个意识活下去。世上有许多孩子没有那么好的日子过。"

出云川和樱小路显得很困惑。

"亚久斗阁下，我不理解，我们出生于特殊的家庭。"

"是的，我们没必要在意身份低下的人们。"

"如果现在不改变想法的话，我们会遭到孤立的。"

虽然我给出了忠告，不过似乎不用太担心二人的将来。只有城崎家会破产，他们十分安全，资产足够吃喝玩乐到老。

"算了，你们忘记这件事吧。"

对于自己的发言，我感到羞愧。不过樱小路和出云川靠近我说。

"不，既然亚久斗阁下这么说，那我们就应该改变想法。"

"我也这么认为。亚久斗阁下说的话应该载入史册，因为从没说过任何错事——从地球诞生至今。"

"真、真的吗？"

这两个人正常吗？是不是被洗过脑子了，我说的话是绝对正确的？

"佐佐木莲太郎是一位清贫的学生，要是你们发现他遇到困难了，也请帮他一把。"

"明白了。"

"一定照做。"

看到二人点头，我将宝石般的巧克力放入口中。几年后城崎家一旦破产，我就再也吃不到这种好东西了。趁现在好好享受。


午休时间，我打算溜出教室去散步。校园的角落里有一片植物园，其中有一个玻璃温室。那里离教学楼稍微有点距离，所以学生不太会去那里。

进入温室，是一大片楼梯井空间，冬季也能保持恒定温度与湿度。这里布满高高的植物，仿佛原始森林。猛吸一口气，泥土味混合着树叶的香味，让我回忆起前世在祖父母家的田里帮忙劳作的时候。祖父母家在郊外有田地，小时候一到暑假我就会乘新干线过去玩，十分快乐。等我被逐出这座城市，去乡间种地也不错……到那时，不知道叶山波留怎么样了，我能不能把她从白血病中救回来？

这个温室也在动画片《和你同行》里登场过。某一天放学后，由于城崎亚久斗的恶意捉弄，莲太郎和叶山波留逃到植物园里，当时叶山波留还没有发病，应该是高一夏季的校园活动期间。二人在植物园里藏身，打算避开城崎亚久斗他们。

"往哪里逃！喂，出云川，要是找到他们立刻带来！我要用剪刀把他们的校服剪成碎片！樱小路，你在外面守着！要是有人靠近就赶走！"

城崎亚久斗用恶魔般的脸说道。

二人从后门逃走后，发现先于亚久斗抵达的跟班的行踪，于是打开最近的一扇门潜入。那里是收纳园艺用品的仓库，是设置在温室背面外墙壁上的一扇金属门。

"可恶，到底逃去哪里了！"

是城崎亚久斗的恶骂声。发现他们的声音渐渐远去后，莲太郎与叶山波留松了一口气。动画片中看了无数遍的场景，轻松地在脑中放映。

让我来实际探访一下这个他们藏身过的仓库吧。这是属于我的"圣地巡礼"。

我从温室的后门出去。温室内保持着舒适的温度与湿度，外面则刮着冷风。后门口旁边就有一扇生锈的金属门，这里一定就是动画片中莲太郎他们藏身的仓库。仓库里没有窗户很暗，打开墙上的开关，电灯亮了起来。

"好厉害！和动画片里一模一样！"

八叠大小的空间里堆满了园艺用品。带泥的铁锹、缠在一起的软管、花盆、不知道派什么用处的布，等等。金属门是会自动关上的款式，在我背后关上时发出响声。

这个空间与动画片中一模一样。二人躲藏于此的那一集被粉丝封神，通过这一次的近距离接触，二人之间变得更亲密了。

我回忆起在这里发生的对话。

她的演绎实在太逼真了。


"好像安全了。"

"差不多可以出去了吧，我看一眼外面。"

莲太郎把手放在金属门的门把手上。

然而又一个灾难降临。

"咦？"

"怎么了？"

"门打不开。"


莲太郎拼命转动门把手，门就是不开。可能是因为金属门严重老化。莲太郎更加使劲转动门把手，没想到门把手断了。

二人都傻眼了，失去了门把手的金属门就只是一块平坦的金属板。他们被困了相当长一段时间，用身体撞击金属门也丝毫不起作用，大声求救也没有人来。二人聊着有关家人、未来的话题，还分享了喜欢的食物，喜欢的书，以此消磨时间。互相了解之下，心灵间的距离缩短了。四个小时之后，他们得到救助。一位偶然路过的工作人员救出了他们。

"真怀念，好想再看一遍。"

最后一次看动画片《和你同行》还是前世，体感上已经过去十三年以上，不过我还清楚记得分镜。突然伤感起来，我环视仓库后，重整心情。

该回教室了。我转动门把手打算打开金属门，门没有开，门把手纹丝不动。金属门是朝内打开的款式。于是我更使劲地转动门把手，下一个瞬间，我手中拿着断裂的门把手。

我记得这一出，才刚刚在脑内重播过。现在我和动画片《和你同行》中的莲太郎、叶山波留遭遇了一样的困境。理应他们被困仓库时门把手才会断裂，可能是用力程度、时机、气候等因素相叠加，这次居然变成我了。

原本用来固定金属门的地方，方形轴已经飞了出去。我试着把门把手塞回去，可马上又掉了出来。是不是某根螺丝已经坏了。方形轴已经无法固定门把手，也就无法从内部打开金属门。

"有没有人！"

我大声叫唤，但是无人应答。金属门等同于一块金属板，敲击也好，推也罢，用身体撞都没用。

"喂！有没有人啊！"

手机也打不通，动画片《和你同行》中也是一样的情况。如果莲太郎和叶山波留马上就能获救，那么故事就无法发展下去了，所以这个地方被设定为没信号。

"我是城崎亚久斗！帮我开门！"

没有人来救我。

过了几个小时。

出云川和櫻小路应该会觉得很蹊跷吧，我居然逃了下午的课。虽然小学时期我经常逃课，但是拥有了前世记忆之后我就不逃课了。他们一定会来救我的。

我看着手机上的时间，快要天黑了。我听到响彻云英学院的放学钟声。大田原驾驶的汽车应该已经停在校门口了，怎么也等不到我，应该会觉得奇怪吧。

"亚久斗阁下不见了！"

"我在找了，但是没找到！"

我想象着出云川和櫻小路拼命寻我的样子。他们应该没有城崎亚久斗的目击情报，因为我戴着假发变装来到此处。没有人会给出证词，说城崎亚久斗往植物园的方向去了。一怒之下我把假发往墙上扔，今天这身变装带来了反效果。

还好这里有灯光，勉强让我维持冷静。如果没有灯，这里将是漆黑一片。肚子很饿，口也很渴，孤身一人，很无聊，也很冷。周围净是水泥墙，砸也砸不坏。

"喂！谁来救救我……"

每隔十分钟我就大声呼救一次，没有得到任何回应。我想上厕所了，于是在堆在墙边的园艺用品中找到了装腐叶土的袋子和空桶，用这些东西做了一个简易厕所。顺带一提，动画片《和你同行》中也有莲太郎和叶山波留想上厕所的描写，幸好在忍无可忍之前就得到了援助。

好冷，我把一块破布盖在身上。破布上带着干燥的泥土，稍微一晃动就冒起白色的尘烟。虽然有一股土腥气，但多亏了它抵御严寒。

"快来人……"

城崎家应该也已经骚动起来，可能正在考虑我被绑架的可能性。

动画片中，他们被困四小时之后得救，是偶然路过的学校工作人员救了他们。这是为故事情节而设计的，如果不是编剧安排，一定不止四小时。要是运气差一点，可能被关上好几天。

"喂！谁也路过一下吧……"

又过了好几个小时。

早已超越莲太郎和叶山波留的被困时间。他们通过聊天消磨时间，而我孤身一人，唯有无趣。这里仿佛是一个大型冷藏库，即使用破布包着身体，还是止不住颤抖。太奇怪了，动画片中的莲太郎和叶山波留可没有这么冷。对了，他们是夏天被关的，所以不像现在那么冷。

这下糟了，再这样下去我可能会冻死，手指渐渐失去知觉，当我再次用手机看时间，已是半夜十二点。现在是二月，所以越晚气温越低，天亮前温度可能会跌破冰点。

我会就这么死去，在这里结束自己的一生。一旦我死了，叶山波留会怎么样？和动画片中迎来一样的结局？

我被关在这里，是编剧的想法吗？这个世界是有剧本的，我的所作所为已然超脱剧本，违背编剧，属于异端。为了回到原本的故事线，编剧是不是打算把我这个叛逆者冻死在仓库里？我如此揣测。

灯光忽明忽暗，是供电不稳定，还是灯泡快坏了？在明暗之间切换了数次后，黑暗降临。

"谁来救救我……"

我咬紧牙关，强忍住寒冷与不安。我并不害怕死亡，毕竟已经死过一次了。我最怕的是无法拯救她，这个世界将再一次失去她的声音……

"编剧，求你了，让我拯救了她再死，现在请放过我吧……"

不行，这样下去真的会冻死。

下定决心后，我站起身来。

"编剧！"

我拿起铁锹，鼓励着自己。我用尽全力举起铁锹，对准金属门发起攻击。哐当一声。抓着铁锹的手受到反作用力，手指发麻。然而金属门丝毫不为所动。

"可恶！"

我一边喊一边再次抄起铁锹。哐当——唯有巨响。门毫发无损，我的手倒是很痛。但我不放弃，依旧攻击着金属门，我渐渐地愤怒起来。

"你这个可恶的编剧！为什么要安排那样的结局！"

声音回响着，我的攻击软弱无力。

"没有其他结局了吗？不把人写死不行吗？"

铁锹猛地撞向坚固的金属门。哐当——毫无作用。还是算了吧，我不应该这么做。

"可恶的编剧！为什么要把人写死！太残酷了！不过是重病罢了！"

手麻得拿不动铁锹了，我得到的回应唯有声响。哐当——这是证明我软弱无力的声音，哐当——直到我使不上劲，铁锹掉了下来。放弃吧，只是在浪费体力，这么做毫无作用。

"开什么玩笑！我想看完美结局啊！"

我再次捡起铁锹，敲打金属门。可我已经没力气了，击打门的声音也越来越弱。可悲得想落泪。

"搞什么……可恶的编剧……你以为把主角写死就有人感动是吧……是的没错，的确很感动……铭记于心……但是大家并不喜欢这个结局……不要把叶山波留写死……求求你了……帮帮我吧……她还活着……未必会死……别把她写死……求你了……"

我跪倒在地上，脑中回忆起由于抗癌药物影响而脱发的叶山波留，她正虚弱地躺在病床上，瘦到脱相，皮包骨头。在这个世界线上，她是不是也会变成这样？世界将要失去她的声音，不行，我不允许！

我把铁锹当拐杖用，撑起身子。即使知道没用，我也要继续用它攻击金属门。

就在这时，我听到了人声，好几个人在叽叽喳喳，即使隔着金属门也能听到。我把铁锹扔向金属门，用最大的声音喊道。

"我在这里！我被关在这里！救我！"

过了几秒我听到回应声。

"亚久斗阁下！"

"你在哪里？"

是出云川和樱小路的声音。还有好几个大人的声音夹杂其中。

"这里！我在仓库！温室旁边那个！"

我握紧拳头敲打着金属门，不停地敲。总之要发出点声音。我听到许多人的脚步声靠近，然后是一阵嘎吱嘎吱声，门终于从外侧打开了。从带着门把手的外侧轻而易举地就能把门打开，真沮丧。

首先看到的是出云川和樱小路的脸，确认自己安全后，我全身乏力，跪倒在地。他们身后紧跟着学校相关工作人员，还有城崎家的佣人，包括随从小野田、管家濑户宫、司机大田原。

"亚久斗阁下！"

大家喊着我的名字跑过来。

"把担架抬来！"

濑户宫指示道。他居然丢下家中大小事跑来这种地方，真的好吗？救生员赶来，将我抬上担架。我的身上被盖了一张厚毯子，温暖了之后睡意来袭。

深夜中，一辆救护车停在植物园旁。红色的警报灯照亮四周。我突然觉得愧疚，事情居然搞得这么大。为了寻找我出动了许多人力。

还站着一个高个子学生，他的头发乱糟糟的。这个人就是故事的男主角佐佐木莲太郎。由于刚才在仓库回忆了许多动画片片段，我怀疑是不是自己出现了幻觉。然而他是真人。他靠近即将坐上救护车的我，对我说道。

"终于找到你，真是太好了，大家都在找城崎君哦。"

陪在我身旁的出云川和樱小路也转向莲太郎。

"佐佐木莲太郎，感谢你，多亏了你的情报才找到亚久斗阁下。"

"真是的，要是你早点想起来，不至于让亚久斗阁下一个人待到这么晚。"

樱小路瞪了莲太郎一眼。

"不过今天姑且饶了莲太郎，表扬一下你也无妨。"

"啊，谢谢，樱小路。"

莲太郎苦笑道。

被困期间，我也想过他们之间会不会有什么交集。现在多亏了这条毯子，我的睡意达到顶峰。救生员替我量了血压和体温，发现我有点失温。救护车的门关上后，我立刻陷入沉睡。

我在圣柏梁医院住了几天，从小野田那里得知了事发当日的大致情况。那一天，由于我在午休时消失不见，大家都以为我是逃课回家了。到了晚上才知道我并没有回城崎家，终于展开搜索。有人觉得我是被绑架了，由于可能性非常高，于是警察开始对周边地带进行盘问。毕竟我是城崎家的少爷，图谋不轨之人很可能以赎金为目的实施绑架行动。大家努力地收集我的目击情报，奇怪的是没有人见过我。时间逼近深夜，依旧没有我的下落。

事情有了突破。一个外部学生打了一通电话来城崎家。

"我在学校里看见城崎君了，午休时他往植物园的方向去了。很抱歉这么晚才联系你们，我也是刚刚才听说还在寻找他，没想到他居然会失踪……"

打电话的这个人名叫佐佐木莲太郎。他提供的情报马上就被扩散出去，出云川和樱小路把他喊了出来，一起来到学校。城崎家但凡有空的佣人也全都出动了，包括小野田、濑户宫。他们在植物园附近搜索，终于发现了我。

话说回来，我是戴着假发变装去的植物园，莲太郎是怎么发现我的？是不是因为见过我在公益活动时的变装？还是说主角特有的敏锐观察力？

"替我给莲太郎送些点心当感谢礼吧。"

我躺在病床上说道。

"请放心，已经送过去了。"

小野田削着苹果说道。

"考虑到事态严重，学校方面也有意道歉。据说他们打算拆掉温室，并辞退管理人员。"

"不行，温室不能拆，只需要把老旧的零部件换掉就行。不要追究管理人员，这次完全是老天爷的错。"

"老天爷……?"

小野田面露诧异之色。

"是的。"

要说是谁的错，那必然是编剧——老天爷的错。那个门把手是为了将男女主角关在一起而准备的舞台装置。

然而我在仓库里骂了老半天，指责故事走向，还贬低编剧。该不会生气了吧——事到如今我开始担心起来。

不过这个世界并不是由一位"神"创造的，除了编剧，还有导演、画师等各种各样的工作人员。《和你同行》是集大成之作。我只骂了一位"神"，应该不至于被责罚。现在也只能这么想了。

说实话，我发自内心尊重他们。无论如何我都想抵抗叶山波留的死亡结局，不过也同样深深感谢创造出这个世界的人。我将带着对"神"既爱又恨的情感，继续活在这个世界之中吧。

## 4/3

结束了第三学期的考试，迎来了毕业典礼。

春假的某一天，我在夏目町的商店街上参加着公益活动。和往常一样，几个人组成一队分发传单。快到春天了，已经没有那么冷了。

傍晚，我看到商店街的行人中有一个哭泣着的女孩子。从身高来看似乎是小学低年级学生，她焦虑地东张西望，一会儿跑来这里，一会儿跑去那里。是迷路了吗？这张脸我看着很眼熟。她的丸子头盘踞于头顶，光滑的前额很容易给人留下印象。我想起来了，她和《和你同行》中登场的一个角色长得一模一样。没错——

她是佐佐木日向，莲太郎的妹妹。根据官方设定资料集，她比莲太郎小五岁，今年八岁。动画片《和你同行》中，仔细描绘了主角莲太郎的日常生活，所以妹妹日向的登场频率很高。

日向看着往来的人群，似乎在找人。我决定和她打个招呼，为了避免她被我吓到，我调整了刘海，遮住自己凶狠的三白眼。

"小朋友。"

听到有人喊自己，日向肩膀一抖。

"你是不是佐佐木莲太郎的妹妹呀？"

"你认识我哥哥？"

听到莲太郎的名字，她放松了警惕。

"我是莲太郎在云英学院的朋友，你的名字是叫日向对吧？是和家人走散了吗？"

"我找不到哥哥了。"

"哥哥是指莲太郎，还是勇斗？"

"你居然还知道勇斗？"

"当然啦。"

佐佐木勇斗，比莲太郎小三岁的弟弟，是个不喜欢学习的调皮孩子，但很会营造气氛。据日向所说，她和勇斗在这附近玩，但是一不留神走散了。她不认识回家的路，正手足无措。

"日向，你在这里等一下。"

我和公益活动的负责人打了一声招呼，打算提前结束工作。我指了指不安地看着我的日向，解释道："我认识的一个朋友的妹妹走丢了……"负责人马上允许了。

我来到日向身边，给莲太郎家拨了个电话。得知小野田给他送过点心，我要来了他的电话号码与家庭住址。据我所知，莲太郎为了省钱，似乎并没有买手机。打给他的电话响了又响，却无人接听。

"爸爸妈妈在上班，莲太郎哥哥去购物了，去买晚饭食材。"

日向说明道。

"那我送你回家吧？"

"我不能跟不认识的人走。"

"你说得没错……"

我对她而言是陌生人。

"那我们回到和勇斗走散的地方等一下吧。说不定能等到他。"

商店街很热闹，挤满了买晚饭的主妇、刚刚下班的打工人。药妆店、肉铺等店铺排成一列。其中卖糯米丸子的展示柜里，酱油丸子显得格外诱人，酱油汁包裹着丸子闪着光。

"请给我两串。"

我把钱交给店员，接过两串酱油丸子。

"我不吃，要是吃了陌生人给的东西，会被骂的。"

"真的不吃吗？那我可扔掉了哦。"

日向犹豫了一会儿，接过丸子。

微甜的酱油汁搭配丸子的焦香味，非常好吃。

"日向，听说你喜欢绘画。"

"嗯，莲太郎哥哥给我买了蜡笔。"

"是用自己配送报纸赚的钱给你买的吗？"

"是啊，你怎么都知道？"

"因为都写在官方设定资料集里。"

"那是什么？对了，我可以和你打听哥哥的事吗？哥哥在学校里交到朋友了吗？"

"有很多朋友哦。他和我不同，很受大家喜爱。"

喜欢莲太郎的人很多，不仅是外部学生，内部学生中也有不少关系好的朋友。不仅学习成绩名列前茅，运动神经也发达，不愧是主角啊。说起来我和出云川、樱小路才更像被孤立的人，我们没有融入集体。

"你和莲太郎哥哥同班吗?"

"不同班哦。"

"经常聊天吗?"

"也没有很经常吧。"

"那你怎么会知道我和勇斗哥哥呢?"

"因为我是你哥哥的粉丝。"

"粉丝?"

"一直对他很上心的意思。"

"可是莲太郎哥哥每天都把头发睡得乱糟糟的,看上去很邋遢吧?"

"这难道不也是他的优点吗?"

作为角色的重要构成要素,是特别设计的视觉情报。

"我一直在替你哥哥鼓劲,因为他很优秀。大清早就去配送报纸,打着哈欠来到学校上课,即使这样学习成绩还能拿第一。放学之后还要干家务活,照顾你们,做晚饭……能够做到这一步的初中一年级学生去哪里找啊,他是最棒的哥哥。"

听到哥哥的好话令日向很高兴,她嘴角上扬点了点头。

勇斗迟迟也不来找她,于是我再次往佐佐木家打了个电话,这次电话响了几声后便有人接起。

"喂,我是佐佐木。"

是莲太郎的声音。他应该已经买好晚饭食材回家了。

"啊,莲太郎君,我是城崎亚久斗。"

"城崎君……?"

"突然来电,你可能吓了一跳吧。上次多亏了你帮忙,让我免于冻死,你是我的恩人。"

"不客气，感谢你们家送来的烤制点心，很好吃。"

"对了莲太郎君，其实你妹妹在我旁边……"

我简洁地说明了情况——我在商店街前做公益活动时发现了日向，以及日向与勇斗走散了。

"唔……怎么回事……"

莲太郎的语气听起来很困惑。

"勇斗在家，就在我面前。"

"什么？"

"等一下，我问问他。"

电话那头进行着对话。

过了一会儿，莲太郎和我说明了情况。

"勇斗这个家伙，似乎忘记自己是和日向一起出去的了，一个人回了家。"

"忘记了？妹妹？"

"是的。"

我想起勇斗确实是这样的角色，善于营造好气氛，也会制造麻烦。

"城崎君，告诉我你们在哪里，我去接日向。"

"我送她回家吧，这样能快一点。"

通完电话我把情况告诉了日向。

"我们出发回家吧。"

"嗯！"

一边看着手机里的地图软件，一边往佐佐木家走去。离开商店街，穿过鸦雀无声的住宅区。天空披上晚霞，电线杆的影子拉长。别人家的换气扇里传出晚饭的香味。

一阵风吹来，把我的刘海吹偏了。看到我毫无遮掩的三白眼，日向发出一声短促的尖叫。我一边整理假发一边苦笑道。

"我长得像恶魔似的，所以要用假发遮住脸。毕竟眼睛能最直观捕捉长相带来的印象。"

日向似乎对自己的尖叫声感到愧疚，她点了点头。

住宅区有一条小河，走上斜坡，看到几户零星民家。

"这里我认识，能一个人走回家。"

似乎来到了日向的生活范围内。

"来都来了，我送你回公寓吧，再说我在电话里也说过要送你回家。"

"你怎么知道我们家是公寓房？"

"我当然知道，毕竟在动画片里见过。"

"嗯？虽然没听懂，不过无所谓。"

我们来到动画片中也登场过的小公园。动画片美术背景中的攀登架、秋千等实物出现在眼前时，我感动了一番。颜色和锈迹都如出一辙。

再往前走，来到熟悉的路段，是动画片中莲太郎上学的必经之路。这个背景出现过很多次……同一背景出现很多次有什么不好？为了省制作费用嘛。

前方有一棵樱花树，旁边是一栋二层楼的木制公寓。

"到了。"日向说道。

这里便是男主角一家生活的场所。房龄较高，租金便宜，弥漫着温馨的气氛。

"一楼最旁边那间就是我们家。"

日向飞奔过去，按响门铃。门铃也是古色古香的款式。

"我回来了!"

门立刻就开了,是莲太郎。

"日向!还有城崎君……"

他先看到自己的妹妹,然后又看到站在后面的我。尽管我用假发遮住了脸,但他还是认得出我。

莲太郎的旁边出现一个活泼的少年,是勇斗。他的脸也和动画片中的一模一样,特征是黝黑的肤色。他整天在外面玩,所以被晒成这个颜色。

"日向,对不起……"

勇斗突然跪下道歉。日向的怒火完全不消,用拳头噼里啪啦砸向他。莲太郎穿着拖鞋走了出来,一脸不好意思的表情。

"城崎君谢谢你,你居然认得出日向是我妹妹。"

"以前偶然撞见你们走在一起。"

于是记住了她的长相——暂且用这个理由吧。

"勇斗是个粗枝大叶的人,没想到居然会把妹妹丢下自己一个人回家。"

问题少年在玄关不断向妹妹道歉。"对不起,请原谅我!"日向双手交叉在胸口,俯视着低声下气的他。好怀念啊。《和你同行》中也有这种温暖可爱的场景,打动了无数观众的心。要是没有勇斗营造氛围,这部动画片整体风格偏暗,会让人看得十分揪心。

"完成使命,好了我该回家了。"

"莲太郎哥哥,不给客人上一杯茶吗?今天多亏了他帮忙。"

"给城崎君上茶?"

莲太郎左右为难地挠了挠头。

日向来到我跟前,拉着我的手。

"来我家坐坐，虽然我家很小。"

"可以吗?"

我向莲太郎确认道。

"当然，只要城崎君不嫌弃。"

要是错过这次，可能再也没机会参观公寓内部。这么一想，立马回家的话太可惜了，我决定在佐佐木家坐上一阵。

我的心中充满感激之情，这和普通动画片爱好者所做的"圣地巡礼"天差地别。他们去的是画动画片所参考的地方，而我实际来到了动画片的世界之中，受主角邀请来到他的房间。

打开玄关门，脱下鞋子一进门就是厨房区域。桌子上摆着书包、文具，和我老家的味道很像。不是城崎家，而是前世生活的老家。拉开磨砂玻璃移门，是六叠大小的生活区域。有一台小小的电视机，这里同时也是起居室。现在放着一张暖炉，晚上则挪开它铺上被子，莲太郎、勇斗、日向一起睡在这里。

"我坐哪里?"

"都行，我家很小，抱歉。"

"哪有，这里很舒服，让人放松。"

我坐进暖炉和墙壁之间的位置，那里是他们父亲一直坐的地方。

莲太郎把水壶加满水放上煤气灶，日向帮忙准备了茶壶、茶叶，勇斗则呆呆地站着。

"这个房间真好啊。"

我看看天花板和柱子。房间里堆着各式各样的行李，凌乱得恰到好处，一大家人一起生活的温馨感扑面而来。

"城崎君和大家口中说的不太一样呀。"

"有可能，其实我是个普通人。"

勇斗小心翼翼地靠近我。

"喂喂。"

"怎么了？"

"你叫什么名字？"

"城崎亚久斗。"

"名字真奇怪，你的发型为什么像女生？"

勇斗说完，便兴致勃勃地抓着我垂在肩头的黑发，假发一下子就掉了下来。

"哇！掉了！"

"这毕竟不是真发。"

我露出了原本的面容。看到我凶狠的三白眼，勇斗脸色煞白，表情僵硬。他颤抖着嘴唇说道。

"啊！有鬼……！"

完全出乎我的预料。

居然说我是鬼。

"这是吃人的鬼啊！"

锯齿状的牙齿确实拥有能把人咬死的威慑力，不过还是第一次有人当面对我这么说。

莲太郎和日向十分抱歉地看着我，打算和我道歉。不过我先开了口。

"糟了被你发现了，那我只好把你们一家人全都吃了！"

勇斗仿佛少年漫画里的角色一般，他迅速远离我，摆出守卫家人的姿势。

"哥哥，日向，你们快逃！"

"既然身份暴露，我不会让你们逃走的！"

闹剧到此为止。

"勇斗哥哥，别挡路。"

日向端着茶杯和茶壶走了过来。勇斗似乎想说什么，莲太郎把手按在他的肩膀上。

"这个人不是鬼，不要乱说了。要是惹怒了他，我们可能会被逐出这座城市。"

"勇斗哥哥，这个人虽然看起来很可怕，但他是个普通人。"

"城崎君是普通人？也行吧……勇斗、日向，你们记得之前有人送来一盒豪华的烤制点心吗？那就是城崎家送的。"

"那个超好吃!"

"我第一吃到那样的点心!"

"太好了，喜欢吃的话我再送你们。"

"对不起，我误会你是伪装成人类的食人鬼。"

"没关系我没生气，你刚刚还打算保护家人呢，真了不起。"

我喝了一口茶杯里的茶，叹了一口气。虽然远不及城崎家的高级茶叶，但这杯茶好喝又暖心。动画片里他们父母一直喝的煎茶原来就是这个味道，我心存感激。

"内部学生后来没找过你麻烦吧？"

"多亏了你。最近出云川、樱小路也开始和我讲话了，应该不会再有问题。"

自从植物园一事，出云川、樱小路和他拉近了距离，现在的人物关系与动画片《和你同行》产生了分歧。原本在动画片中，他们二人和莲太郎是敌对关系，根本不可能讲话。这个世界已经完全脱离了原作。

"只要我们带头与外部学生搞好关系，那么其他的内部学生也不会主动攻击外部学生吧。"

莲太郎不可思议地看着我。

"我听说城崎君以前会欺负别人，现在完全看不出来。"

"去年我在家里的泳池边摔了一跤，自那以后性格发生了改变。脑损伤好像会导致这种情况，仿佛换了个人似的。"

就这么说吧。要是搬出前世的故事事情会变得很复杂。

"自己家的泳池?"

勇斗提高了音量。他钻在暖炉里看着电视，但也没有漏听我们聊天。

"家里居然有泳池? 太厉害了! 我可以去看看吗?"

"随时都欢迎，我家还有一个水上滑梯哦。"

"哇!"

勇斗兴奋得站起身。日向有些尴尬，表情仿佛在说：我哥哥真丢人。没关系，他这个样子怎么都看不厌。

仿佛在老家和亲戚孩子新年闲聊一般，度过了快乐的时光。我曾经也有哥哥和弟弟，那是成为城崎亚久斗之前的人生。看着莲太郎他们，我想起自己的兄弟，有点想哭。不知道他们是否健康，现在过着怎样的人生。是不是已经结婚了，我该有侄子侄女了吧? 他们见过佛龛上我的相片了吧? 当然这一切都属于我死去的那个世界线。

"我差不多该回去了。"

我穿上鞋子走出玄关，莲太郎目送我离开。

日向说："以后请再来玩。"

勇斗说："下次去泳池! 约好了哦!"

莲太郎说："城崎君今天谢谢你，难得能好好聊上一回。"

街上的灯光照亮马路，我挥挥手，离开了男主角生活的木造公寓。

城崎家的庭院里有喷泉、雕塑、玫瑰园。中间是一块休息区域，有一个凉亭，道路呈放射状四散。圆锥形西式风格的凉亭有个简易屋顶，还有一张桌子，一把椅子。某一个休息日下午，我坐在那里看书，随从小野田给我准备了红茶。

"亚久斗阁下，有消息了，城崎集团公开发表将给白血病治疗相关机构提供大额援助资金。"

"是认可了我的游戏企划书吗？"

"专家评估似乎花了不少时间，有几个游戏还做了试玩版本，以判断是否有利润空间……"

"专家是指游戏公司的人？"

"好几家游戏公司详细研究了企划书，听说对手游充值抽奖机制评价很高。"

"充值抽奖机制啊，虽然可以带来庞大的经济效益，但也有可能引发别的社会问题，小心为好。开放世界沙盒游戏的企划书怎么样了？"

"据说那个游戏不太适合市场……有一些意见说，由正方形方块构成的世界不符合追求真实感的 CG 玩家的喜好。游戏缺乏故事性，收集材料创造世界的玩法也无法传递趣味性……大游戏公司对此不抱兴趣，认为此游戏不会带来收益。"

"是吗？可惜了。"

"不过开发独立游戏的小公司似乎对此很感兴趣，有公司拿来了授权申请书，不过基本只有一两个人来制作。"

"很好，请他们制作这款游戏。"

这是前世玩家最多的一款游戏，一旦成功，经济效益不可估量。

"终于可以放心了。不过我作了弊，不太好意思。"

"作弊是指？"

"没什么，是我个人的问题。"

喝了一口小野田替我准备的红茶，香气与风景融为一体，带来幸福感。

能够得到资金援助，这个世界上白血病相关治疗将会有所进步吧。是否能稍微将叶山波留拉离死亡一点？不，不仅仅是她，应该会给众多血液病患者带来福音。我要将这个世界引领向更好的方向，这样能不能守护住她的声音？

当然我会继续从事公益活动，努力寻找与叶山波留血液匹配的人，因此需要庞大的捐献者基数。

小野田行了一礼回到宅邸，我独自留在城崎家的庭院里。我下意识地哼起前世她的歌，是工薪族时代，每天在人满为患的电车中听的歌。那时候，每天身心俱疲地乘坐拥挤的电车，稍不留神可能就会晕过去。她的歌声支撑着我，窗外是暮色中的城市风景，只要能听到她的歌声，我连死亡也不畏惧，因为我知道她已经先我一步去往那个世界了。我应该是爱着她的，可我对她的长相、性格一无所知。


两年过去了。

我从云英学院初中部毕业，升入高中。用一般方式来表达，也就是说我要开始高中生活了。这同时也是动画片《和你同行》开始的时间点。

学校里满是欢迎新生的明朗氛围，现在距离叶山波留去世还剩多少时间？她自己应该什么也不知道。新生前赴后继地走入学校，我站在能看到校门口的地方看着他们。樱花花瓣转着圈飘落。

云英学院的高中校服真是世界第一可爱！使用高级布料制成，买一套要花好多钱。幸运的是，我丝毫不必担心经济问题，入学考试名列前茅的人拥有免除学杂费的优待。

开学典礼那天早晨，我在镜子前端详穿着校服的自己。

"波留真是个美人啊。"

我的姨妈叶山理绪说道。

"居然长这么大了。"

"理绪也赶快换衣服吧，不然上班要迟到了。"

她还穿着睡衣，也没化妆打扮。昨天她加班到很晚，应该是没睡醒。

"不想上班，想在家里睡觉。"

"理绪和我一起加油吧！"

"我好羡慕波留啊，想回到高中时代。"

理绪抱怨起来。对我而言她既像母亲，又像麻烦的姐姐。她不擅长做饭、洗衣服、打扫房间，从我记事起，叶山家的大部分家务活都是我做的。

当得知我考上了云英学院高中部，理绪打心底里为我感到高兴，好像在职场也吹嘘了一番。虽然害羞，但心情还是很得意的。在这座城市，云英学院的学生总有高人一等的感觉，能穿上云英学院的校服是所有人的憧憬，这里的学生生涯将会多么光辉灿烂，我不禁浮想联翩。

"我的职场全是老头子哦！波留在学校里好好找个对象吧，应该有不少有钱人家的少爷，真好啊，要是我也有这种机会就好了！"

理绪叹着气走向洗手间，她化个妆，换上西服，准备出门上班。

"理绪也还很年轻，人生长着呢。一定会有美好的相遇的！"

没错，人生长着呢。

日本女性的平均寿命大约是八十七岁，只要运气别太差，比如碰上交通事故，或得了重病，人生还很长。

做完准备，我们一起出门。我在公交车站与理绪分别，步行前往云英学院。坡道上有一把长椅，从那里可以一览夏目町。清晨的清爽阳光洒满这个世界。

云英学院的正门被美丽的行道树包围，许多学生家里有车接送，不愧是贵族学校。这些车看起来都像是明星的座驾。我这样的平民到底有没有资格上这所学校？朋友告诉我，我们这种初中或高中才入学的人会遭到从小学读起的有钱人冷眼相待。自己能不能交到朋友？能跟得上别人的学习进度吗？好担心啊。

走入正门，路上全是绽放的樱花树，好美啊，如果这所学校对大众开放，这里一定会成为赏樱圣地，有无数观光客会来打卡吧。

一个凶狠的男学生站在樱花树旁，他的目光犹如利刃一般，头发三七开紧贴头皮，我好像在哪里见过这张脸，但怎么也想不起来。他身体很瘦，很矮，双手挽在胸前瞧着走进学校的学生们。

我和那个男学生四目相对，他突然瞪大眼睛，随即移开视线。有一个瞬间，他流露出说不上是喜悦还是悲伤的复杂表情。

他转身走向教学楼，别的学生只要一看到他，就会急忙闪避，让出一条通行路。

虽然有点在意，但现在不是关心这些的时候。开学典礼是在哪里开来着？我发现路上有指示牌，于是顺着指示牌走，风吹过，樱花花瓣飘舞于空中，旋转着掉落，好似被命运捉弄的人生。

人生还很长，今年我才十六岁。

从今往后会经历许多事情吧。

享受青春，长大成人，毕业就职，结婚，也可能不结婚，生个孩子，养育孩子，笑着，哭着，年龄逐年递增。如此理所当然的生活，自己早晚都会体验。

曾经，我是如此认为的。

# 第二部分

## 5/1

云英学院是一所很特别的学校：午餐可以畅吃烤牛肉；著名设计师设计的教学楼布满玻璃，简直像近代美术馆；世界著名设计师设计的校服也很优雅。只要能上云英学院，就可以和很多人自夸。当然，这所学校并不是想上就能上的。

首先你得出生在有钱人家里，云英学院是小初高一贯制学校，只要能上小学，就能升上初中和高中，不需要参加入学考试。

不过想上小学，就必须支付一大笔学费。所以小学全是有钱人家的孩子。

"公开课会有许多企业老板、董事来，甚至有些人还会直接在学校走廊谈起生意。运动会时会有许多明星、运动员来支持自己家孩子。"

我的朋友北见泽柚子，曾经也是云英学院的一员。柚子的父亲是企业老板，她是有钱人家的千金。

"小朋友上学都有司机接送，以防被绑架。"

不过柚子在小学四年级时退学了。她被最恶劣的人欺负了。

"一个恶魔转世般的男孩子和我一个班，他眼角往上吊，看不起所有人。他最喜欢看别人哭、痛苦的样子。老师也不敢违抗他，因为他的家人给云英学院捐了许多钱。他把我叫到教学楼后面，用油性笔在我脸上写下：我是猪。"

柚子为了从恶魔手上逃脱，转校到公立学校。

在公立学校她和我成为朋友。

"能遇到波留是转校的最大好处。说起来如果没有被那个恶魔盯上，我可能现在还在云英学院读书，没有错过波留真好。"

这次轮到十五岁的我就读云英学院了。作为普通人，我是怎么进入贵族学校的呢？那是因为在入学考试时取得了优秀的成绩。根据特招生制度，入学考试排名前几的学生能够得到免除学杂费的优待。

我的考试成绩居然是全校第一，于是我不花一分钱就读云英学院。午餐费包含在学费中，所以以后我可以每天畅吃不同的甜品、应季水果。这简直太棒了！

"不过你要小心，那个恶魔还在学校里。他和我们同年级，所以你们一定会在教学楼里遇见。千万不要被他盯上，不然就会像我一样每天生活在地狱中。他的名字叫城崎亚久斗，千万不要接近他！"

城崎亚久斗。我牢牢记住了这个名字。

绝对要小心这个人。

## 5/2

"亚久斗阁下，早上好。"

"看起来心情很好啊，亚久斗阁下。"

见我下车，我的两位朋友说道。金发碧眼的出云川史郎，与竖卷的樱小路姬子。

"早上好，出云川、樱小路，今天也请多多关照。你们还是老样子啊，打扮得整整齐齐。"

"亚久斗阁下今天也很英俊呢。我认为应该立刻拍一部以亚久斗阁下为主角的电影。"

"是啊，如果不是要上课，应该立刻把剧本家喊出来，讨论如何拍出亚久斗阁下的英姿。"

出云川和樱小路跟在我后面，周围的学生以一种不知是害怕还是憧憬的眼神远远看着我们。只要来到教学楼内，走廊上的学生就会一齐给我们让出路。太羞耻了，不知道为什么他们就是改不掉这个习惯。

有一位女生发现我们走近时，正站在走廊正中央，她连忙躲到墙边，却不慎绊了一下摔倒了。

"你没事吧？没受伤吧？"

出云川立刻跑上前去扶她起来。出云川相貌帅气，简直就像童话故事中的王子。

"没事！不好意思！"

女生满面通红，痴痴地看着出云川。周围的女学生们也着迷地对出云川投以热烈的眼神。

出云川回了一个微笑，再次跟在我后面。在动画片中，他可不是这样的人。自尊心很强、自恋、只会拍城崎亚久斗马屁。大家都很讨厌他。然而现在他成了学校女生们的偶像。

拥有人气的不仅是出云川，樱小路也类似。但樱小路并不知情，她的男粉丝已经具有一定规模。甚至有男生偷拍了她的照片，用作手机壁纸。

"亚久斗阁下，我们快去教室吧。马上就是课外活动的时间了，云英学院的学生可不能迟到。"

她挺直腰背，英姿飒爽。细长的双眼在动画片《和你同行》中带给观众坏印象，然而现在的她拥有犹如美术馆中雕塑一般的美感。如同公主般的竖卷标志着她的与众不同。

动画片中他们受城崎亚久斗的影响导致性格扭曲，相由心生。如今在我稳重性格的影响下，他们没有染上恶习，始终保持着高贵的氛围感。

休息时间他们也打算跟着我，不过我偶尔也想独自散步。走出教室，我戴上假发头套，于校园内走动。微微弓背，用刘海遮住脸庞，就不会被人认出来了。城崎亚久斗怎么可能不带跟班，这是所有人的思维定式。

走出教学楼，我来到空无一人的地方，摘下假发深呼吸一口。我喜欢在没有人的池畔、树林中散步消磨时光。

我最喜欢的是植物园里的温室，布满玻璃的建筑物中培育着各种各样的植物。由于是动画片中登场的场景，所以我对温室有特别的情感。某一天，发生了一件事——正当我在温室中独自散步之时。

## 5/3

入学仪式那天，樱花花瓣落满一地，刚长出的绿色新叶十分醒目。这一个月以来，我接连感受到震撼。学校有一座好似古希腊神殿般的体育馆，还有欧洲古堡般的高级餐厅，总之一点也不平凡。老师都是从著名私塾以及大学挖来的专业人才，讲话风趣，教学水平也高。

五月连休过后的那几天，内部学生一直在聊国外旅行的事。内部学生即从小学开始便就读于云英学院的学生，都是有钱人家的孩子。他们在长假期间会去欧洲旅行，去纽约听歌剧，去澳大利亚乘坐父母的游艇。

另一方面，像我这样通过入学考试考入云英学院初中部、高中部的学生被称为外部学生，基本都是普通人，主要是一些得到免除学费政策优待的成绩优异的学生。

"叶山同学长假期间出去旅游了吗？"

坐在我附近的内部学生问道。她的名字叫早乙女里津，父亲是外交官，替政府干活。她是个稳重的大小姐。

"我参加了当天来回的大巴之旅。"

"大巴之旅？是怎么回事？"

"就是和许多人坐一辆大巴去观光旅游。到了之后吃吃当地特产，买买伴手礼。"

我是和姨妈一起去的，姨妈对我而言是唯一的家人，既像养育我的母亲，又像偶尔和我闹矛盾的姐姐。

"大巴之旅有许多类型哦，可以和大家一起去摘草莓，也有以神社、寺庙为中心的路线。"

"世间居然还有这样的文化啊，学习了。"

早乙女十分感兴趣地聆听。和去国外旅行比，价格实惠的大巴之旅太平民化了。一开始我还担心会不会被人嘲笑，幸好没有。

外部学生和内部学生之间存在一道看不见的沟壑。生长环境不同，金钱观念也不同。在这个学校里，内部学生拥有绝对权力。云英学院得以运营，靠的就是富裕阶层交的学费。虽然对外宣称人人平等，不过一旦出现问题，老师会偏袒内部学生。这些是听朋友北见泽柚子说的。

我算幸运的了，没有和恶名高筑的城崎亚久斗一个班级。好几次我在走廊上看见城崎亚久斗，只要他和跟班一现身，所有人就默不作声闪躲开，为他们让出一条道路。

他的黑眼珠很小，也就是所谓的三白眼。嘴里长着犹如鲨鱼一般的锯齿状牙齿，头发紧贴头皮，三七开。身高矮于平均值，小小的身体却拥有着大大的压迫感。他的样子仿佛急于捕猎的小型肉食动物。

我总觉得以前好像见过他，他可能就是入学典礼那天，站在樱花树旁的少年。多年以前我还在读小学时，有一天上学路上遇到了一个奇怪的男孩子，感觉也很像他，但无法考证，我也不可能直接去问他。

"我见过他带着跟班的样子，简直就是游戏里最后现身的大魔王。大家都很害怕，不敢和他讲话，敢和他打招呼的就只有几个跟班而已。"

有一天我和柚子通了个电话。

"他是披着人皮的野兽，必须伤害别人才高兴的暴君，波留，你千万不要和他扯上关系。想要安稳地过完学生生涯，就绝对不能在他面前铤而走险。他是地狱派来的人。我还是好痛苦，不管过多少年，我都会记得他对我的所作所为。什么时候我才能从中解脱啊。"

我听从她的忠告，警惕着城崎亚久斗这个人。只要他和跟班一出现在我的视野中，我就立刻低下头减少动静。如果距离足够，我扭头就走。而且我会选择城崎亚久斗不会去的地方度过休息时间。

五月中旬的一天午休，我一个人在植物园的温室中散步。云英学院校园内有一栋玻璃建筑物，那里是一个温室。

犹如热带丛林般密密麻麻的绿植中有一条小道，这里安静又惬意，我十分喜欢这里。

我望着蕨类植物，放空大脑。突然飘来一阵烟味。我皱起眉头环顾四周。

是谁在抽烟？居然敢在这里抽烟？

到底是谁，我决定要找出凶手，满足自己的好奇心。

我尽量不发出声音，往散发着烟味的方向前行，那里传来了女孩子的哭泣声。

"呜……呜……"

我来到常春藤像窗帘般垂落的地方，拨开藤蔓看了一眼。一个柔弱的女孩子在哭，他对面还站着一个男生。看不清脸，不过他的手上确实有一支点燃的烟。

"快交出来！你有的吧?"

男生高高在上地命令女生。

女生抽泣着左右摇头。

"我……没有。"

"撒谎！你知道自己的下场吧?"

看起来男生是在威胁女生，想搜刮她的钱。好想管这个闲事——我称这种心情为正义感。我必须帮助这个女生，于是一下子从植物后蹦了出来。

"你在干什么?! 你没看见她在哭吗? 我已经告诉老师了，老师马上就来，你不要乱来!"

我鼓起勇气说道，其实我根本没告诉老师。听到我的声音，他们吃惊地回头看着我。

"啊……"

我不禁叫了一声，怎么刚才没发现呢。我本以为他不会出现在植物园里。这个男生是三白眼，软弱一点的性格可能光看到这张脸就会昏过去。简直是噩梦成真，绝对不能靠近之人第一名！他就是城崎亚久斗，他正盯着我看，好可怕。

"唔……"

我是鼓起勇气蹦出来的，但面对城崎亚久斗实在说不出任何话。

129

要是我没管这个闲事就好了，后悔万分。已经晚了，我的人生完了。在近处看他的脸，更能感受到压迫感。要是他自我介绍说自己是从地狱之火中诞生的生命体，我可能会一下子就接受这个说法。警报声回响于我的脑中。

"嗯……对不起！"

女生说完后便逃跑了，她拼尽全力跑离我们。等一下！别丢下我！我也想逃走！我害怕得腿脚不利索了。

城崎亚久斗看了一眼逃跑的女生，并不打算追上去。

"算了。"

说着他把烟扔到地上，用脚踩灭，就像在踩踏弱势群体。他瞪着我，眼神的杀伤力足以令我心脏冻僵。

"叶山波留，我们居然会在这里相遇。"

我惊呆了，他居然喊出了我的名字。他是怎么知道我的？我们明明没有任何交集。

"城崎……同学，是吧？"

我努力挤出这句话。

"没错，我是城崎亚久斗。真意外，我还没做好心理准备呢。"

他嘟哝着，捡起踩扁的烟头，火已经灭了。

在教学楼中，他一直带着小跟班，如今却是独自一人。我也想学刚才的女生那样一跑了之，然而恼人的正义感却不允许我这样做。能忍住不说就好了，可我忍不住。

"香烟……"

"怎么了？"

城崎亚久斗把烟头朝向我。

"抽烟违反校规。"

"没错，要是被老师发现了，事情就没这么简单了，刚才那个女生真是的。"

"刚才那个女生？"

"她在抽烟，我路过这里制止了她。我没收了这支她正在抽的烟，并让她交出其他香烟和打火机，就在这时，叶山同学出现了。"

我混乱了，抽烟的是刚才那个女生？

"可她在哭，是你惹她哭的对吧？"

"因为我长相吓人，和我讲话的大部分女生都会哭。还好是在日本，如果是允许持枪的国家，我可能会被误认为怪物直接遭到射杀。"

"这个烟头你打算怎么处理？"

"当然是找个垃圾桶扔掉，不能随地乱扔吧？"

他单手拿出手帕，包住烟头塞进口袋。真奇怪，恶名高筑的城崎亚久斗居然如此注重礼仪？不，等一下，不能忘记柚子提醒的事。

"真的是刚才那个女生抽的吗？你有证据吗？"

"你觉得我在撒谎？"

"是的，推卸责任是最差劲的行为。"

我不禁脱口而出。

一贯如此，我时不时会以为自己是故事的主角，直率地表达自己认为正确的观点。特别是见到弱者就想帮助。小学时期和柚子成为好朋友也正是性格使然。转学而来的她在学校里遭到孤立，于是我主动和她讲话成为朋友。不过这次的对手可不妙，毕竟是城崎亚久斗，我要是能闭嘴就好了。

"最差劲的行为？"

他狠狠地瞪着我，双眼通红，看来是被我激怒了。

快道歉吧，道歉才是正确的选择。

然而嘴里说出的却是指责的言语。

"没错，惹女生哭以及推卸责任，都是最差劲的行为。"

"……你能再说一次吗?"

"什么?"

城崎亚久斗的表情扭曲，嘴巴仿佛裂开一般，尖锐的牙齿露了出来。他似乎在笑。由于脸实在太凶狠了，所以我一开始没发现他是在笑。这个笑容仿佛在宣布我命悬一线。

"我想再听一遍这句台词。这是动画片中我最喜欢的台词，快点再说一次，'最差劲的行为'。"

动画片? 台词? 这个人到底在说什么?

莫非他是喜欢被人辱骂的变态?

"等一下叶山同学，请允许我录个音。"

他取出智能手机，打开录音软件将麦克风那头对着我。

"好了，狠狠瞪着我说'最差劲的行为'吧。我打算用你这句话当闹钟铃声，每天早上听着你的声音醒来，这该是多么幸福的事情啊。"

城崎亚久斗喘着粗气，和刚才不同，我感到另一种恐惧，浑身起了鸡皮疙瘩。这个人不正常，和柚子口中的坏事不同，是不同种类的可怕。

"这么做你很开心是吗?"

"能够在这一世也听到叶山波留的名台词，我感到十分幸福。我快发疯了，好了，像动画片里那样，瞪着我说那句话吧!"

"不可能! 好恶心!"

这个人到底怎么回事? 像动画片里那样?

不知所谓，而且他为什么笑?

我必须逃跑，腿脚不再发软，我全力奔跑起来。

"等一下，叶山同学！求你了给我录个音！"

他追着喊道，不过这是不可能的。

来到温室外面，五月温暖的风吹来。宣告休息时间结束的钟声响彻校园。我挠着头朝教学楼走去，心中十分悔恨和城崎亚久斗扯上关系。我居然还骂了他，当时自己到底是怎么想的……完了，我的学生生涯。

## 5/4

前世我把所有叶山波留的台词都背了下来，并录音了一份，方便在上下班的电车中听。叶山波留的配音演员是我的偶像，也是我的神，是我活下去的理由。对我而言人生最大的幸福便是遇见了她的声音。在公司里不论遇到开心的事、不开心的事，我都会听她的台词或歌声。

在这个世界线中最重要的事便是叶山波留的声音和动画片中叶山波留的配音演员声音一致。

叶山波留入学之后我便十分关注她，总想着能不能听到她的声音，有时故意靠近她竖起耳朵。但她总是躲着我，也没有机会与她交谈。干脆在学校里装个窃听器吧？不，这么做真的和变态没区别了，不行。

某一天，她出现在植物园里。

"你在干什么?! 你没看见她在哭吗？我已经告诉老师了，老师马上就来，你不要乱来!"

她瞪得圆圆的眼睛里透露出强大的意志力，绷紧的嘴角显得有些紧张。她就是春天入学云英学院的外部学生，叶山波留。四目相对之时，她显得很吃惊，露出彷徨的神色。抽烟的女生找着机会就跑了，植物园里只剩下我和她。

"城崎……同学，是吧?"

听到叶山波留的声音，我感动万分。这就是她的声音，而且她说的是动画片中没有出现过的台词。她的声音作为构成这个世界中一位女生的要素而存在，她还活着。想哭的冲动涌上心头，我知道，她的声音与叶山波留是不同人物。我爱着的是她的声音，以及用她声音配音、注入灵魂的角色。不过我愿意相信，她还活在叶山波留的体内，一想到此我就热血沸腾。

这个世界线中，她的声音将永远存在。我无法抑制住内心的喜悦。

"真的是刚才那个女生抽的吗? 你有证据吗?"

"你觉得我在撒谎?"

"是的，推卸责任是最差劲的行为。"

"最差劲的行为?"

这是动画片《和你同行》中叶山波留对城崎亚久斗讲的台词，这句话在我脑中绽放出各色烟花。我居然能听到动画片中的名台词!

"……你能再说一次吗?"

"什么?"

不能错过这次机会。我有责任让她说出名台词，并且录音，作为人类遗产保管。她的声音必须流传下去。我打开录音软件将麦克风那头对着她。她流露出害怕的神情往后退步。

"好了，狠狠瞪着我说'最差劲的行为'吧。"

然而她不愿意说这句话。

为什么? 在动画片中，她明明大义凛然地对着恶棍城崎亚久斗如此宣告，伸张自己的正义。

虽然她的声音微微颤抖，却有着不屈服于恶势力的强烈意志，观众们都为之折服。她的声音完美表现出叶山波留的精神层面，她的演绎能力深深打动了我，我决定永远支持她。所以请再说一次吧，蔑视城崎亚久斗的台词。

"不可能！好恶心！"

她叫喊着逃走了。我试着追上去，不过一下子就被拉开了距离。城崎亚久斗的肉身运动能力很差，在平均值以下，所以叶山波留一下子就不见了，我只好喘着粗气放弃追赶。她能如此全力奔跑，看来血液还是健康状态。


进入高中，我和佐佐木莲太郎成了同班同学，大家知道我们关系不错，所以学校故意把我们安排在了同一个班级。在动画片中敌对的二人，在这个世界线中却关系良好。不过我有一件很在意的事，那就是佐佐木莲太郎和叶山波留毫无交往的感觉。

"叶山同学？是春天入学的人吗？"

我在教室里问莲太郎对叶山波留的看法，结果反响很冷淡。

"你和叶山同学讲过话吗？"

"没有，她是别的班级的。"

"她毕竟是外部学生，可能有许多不懂的事，你也是外部学生，是不是可以带她参观一下校园，告诉她一些学校的规章制度呢？"

"要是我看到她有困难，应该会帮她……"

他可能觉得摸不着头脑吧。不过动画片《和你同行》的第一集讲的就是这些内容。刚刚入学云英学院的叶山波留迷了路，在去别的教室的时候，遭到内部学生戏弄，故意带她走了错误的路。莲太郎发现了这一切，主动与叶山波留交流，亲切地带她来到正确的教室。这就是二人命运的相遇。

这个世界线中，好像并没有这一出。

"你有没有见到过叶山波留被内部学生戏弄啊？比如故意带她走错误的路。"

"唔……没有见到过。"

"是吗，那就算了。"

虽然二人缺少了讲话的契机，不过叶山波留没有被内部学生戏弄也算是个好消息。不过为什么这个契机会消失呢？

站在我身后的樱小路对他说道。

"莲太郎，今天你的头发也乱糟糟的，作为云英学院的学生不感到羞愧吗？真是的。"

她无奈地叹了一口气，强制递过去一把梳子。

"梳子我借你，赶快弄整齐吧。"

"樱小路同学，谢谢你每次都借我梳子。"

"真是的，怎么整天发型都那么邋遢。"

莲太郎用借的梳子梳起头发。

"他要照顾弟弟和妹妹，从早晨开始就很忙。不像樱小路，有大把时间梳理头发。"

出云川插了一句。

"我当然知道咯。"

经过初中的几年时间，他们三个人已经关系很融洽了。和动画片中的关系大相径庭，不过比起互相仇恨，还是现在这样好。

别的同学在远处看着我们聊天，他们平时也会和莲太郎聊天，不过看到我、出云川、樱小路，就不会来聊天了。极端点说，我们是全班同学敬而远之的人。所以像莲太郎这种光明正大和我们聊天的人，才是异类。真不愧是主角啊。

"莲太郎，你平时注意着点叶山同学。"

"知道啦，城崎君这么说的话。"

动画片中，叶山波留是一个不会屈服于城崎亚久斗恶言恶行的人，即使遭到欺负，也会用正义的眼神瞪回去。不知道为什么现在的她给人一种冷漠的印象，上次在温室偶遇之后，我们偶尔也会在走廊上相遇，但她看我的眼神不像是见到恶棍，而是见到怪人那般嫌弃。

她躲避我的原因和动画片中描绘的不同，莲太郎和叶山波留至今仍无交集。男主角和女主角为什么还不讲话？太奇怪了。只要二人不交流，动画片《和你同行》的故事就无法拉开序幕。

## 5/5

我比以前更害怕城崎亚久斗了，经过上次温室的事情，我很可能被他盯上了。现在我无比小心翼翼，在校园内走动时极力躲避着城崎亚久斗。

城崎亚久斗有三个跟班，出云川史郎、樱小路姬子，还有一个名叫佐佐木莲太郎的人。出云川和樱小路都是有钱人家的孩子，我能理解他们为什么和城崎亚久斗玩在一起。

我不理解的是那个叫佐佐木莲太郎的人。他是初中开始进入这所学校的，情况和我差不多，家里没有很富裕，他到底是怎么和城崎亚久斗交流上的？

六月阴雨不断，夏目町开始进入梅雨时期。我和理绪看着晨间新闻，在餐厅吃早饭。她吃着涂满黄油的吐司问我。

"波留，你在学校交到朋友了吗？"

"嗯，有几个聊天对象。"

"是有钱人吗?"

"也有有钱人，父亲是外交官，替政府干活的。"

"会不会感到有隔阂?"

"隔阂?"

我边喝用热水冲泡的速溶咖啡边问。

"富裕阶层与平民在同一所学校学习，对各种事物有没有价值观的差异?"

"要说没有是假的，不过并不是很大的问题。"

和内部学生交谈时，时不时会大吃一惊。有人说家庭派对请来了某个明星，还有人说自己父母是总理的朋友，总理每年会给自己压岁钱。目前内部学生和外部学生之间没有纠纷，如果能一直像现在这样和平度日就好了。

这么说来，以前北见泽柚子曾这么对我说。

"内部学生有看不起外部学生的倾向，小心点哦。"

吃完早饭，我和理绪整理完东西一起出发。我和她还是在老地方公交车站分别，我和她挥了挥手，走向云英学院。

教学楼一楼，挑高空间中有一家咖啡馆，午餐时间向学生们提供餐饮。我和班上几名要好的女生围坐在一起，聊聊天吃吃饭。

午餐时间过得很休闲，城崎亚久斗绝不会现身于此。他一贯在学校里的付费高级餐厅吃午饭。明明有免费的自助餐，却要花钱吃饭，真是有病。

"叶山同学，意大利面的酱料沾到嘴唇上了哦。"

朋友早乙女用超高级名牌手帕为我擦嘴，我连忙制止了她。明明用餐巾纸随便擦一擦就行了。

吃完饭，我决定一个人去图书馆，下雨了，我打着伞走在树木环绕的步行道上。石板路很窄，到处都是水洼。

小学部、初中部、高中部各自的教学楼里都有图书室，另外云英学院还有一座巨大的图书馆。我喜欢在图书馆里寻找稀有图书。将来要是能从事图书相关的工作就好了，最好是能进入出版社编杂志、文库本，或者能当个图书管理员也不错。

落在伞上的雨滴声令人心情愉悦。离图书馆还有一段距离，我遇到几名并肩行走的女生，横向占满了整条路。她们撑着伞聊着天，迎面向我走来。应该是高三学生，我记得每个年级的校徽颜色不同。从她们优雅的氛围感来看，应该是内部学生。

我微微颔首打招呼，为了给她们让路，站到了步行道边上。

"喂，等一下。"

她们喊住了我，恶狠狠地投来视线。

"你是一年级外部学生?"

"是的……"

"看样子就知道你是外部学生了。"

说着她们开始偷笑起来。

"为什么我们会喊住你，你还没搞明白吧?"

"最近的外部学生是怎么了，对内部学生的敬意完全不够啊。"

"我来教教你。在狭窄的道路遇到内部学生该怎么做? 应该站到路外面去。"

"毕竟内部学生与外部学生的关系并不对等。"

"你是外部学生对吧?"

好震撼，原来真的有差别。

富裕阶层对平民的轻蔑充斥于言语之中。

"不过这种事该怎么说呢……"

我终于说出口了——停下这种事就好了。近处树枝上滴落的水滴，在伞上奏出声响。

"擦肩而过时，双方各让一步不就行了？这么做的话可以不影响双方通行。"

"啊？!"

"你不过是一个外部学生！"

女生们向我施压般靠拢过来，她们高三的面容像大人一般很有压迫感。

"这个学校是由我们内部学生家庭支撑起来的，外部学生是污染美丽校园的害虫！"

"快站到污泥中去！"

一名高三学生将我推到步行道之外。我的鞋子陷入泥泞之中。

"……啊!"

我没注意到泥泞中有一截树枝，脚没踩稳晃了几下后摔倒了，溅起许多泥水。

"看她这副笨样子。"

"大快人心。"

三年级学生用手遮着嘴，笑着离开了。

我站起身，用手梳理沾满泥土的头发。好狼狈，校服没有干净的地方，全是泥。不过我早就做好准备了，一定会经历这种事。结合柚子告诉我的种种事情，可以说此事在我的心理预期范围之内。

"原来如此，这就是云英学院。"

不能穿着满是泥土的衣服去图书馆，我决定返回高中教学楼。临近教学楼，路上的学生越来越多了。见我这样，有人投来好奇的视线，有人紧皱眉头。

我向班主任说明了情况，决定提前回家，毕竟不能穿着这身衣服继续上课。我告诉班主任，自己遭到高三内部学生责难，并推了一把才摔倒的，老师一副心领神会的样子。

回到家中，洗完热水澡换上自己的衣服，内心平静了下来。我把校服扔进洗衣机并倒入洗衣液，明天应该能干吧。但愿泥土不要留下什么印子。

听着外面的雨声，我想起那些高三内部学生。我的同班同学们是不是也和她一样，内心其实是看不起外部学生的呢？如果真是这样，接下去我该如何和班里的内部学生打交道呢？

我决定为理绪做一顿晚饭，卷心菜包肉和清汤。正当我在厨房忙碌的时候，门铃声响起。

"来了！"

我手忙脚乱的，甚至忘记通过摄像头确认一下来者为何人。然而开门后发现，门外没有人。

在门口淋不到雨的地方放着一个看起来挺高级的纸袋子。这是什么？我拿起袋子往里看，没想到是一套云英学院的高中女子校服。看样子是新的。

脑中闪过一连串问号。

是谁？为什么？要送我？

除了校服袋子里空无一物，也没有快递配送单，应该是某个人直接放在这里的。我返回家中，比了一下尺寸，居然正正好好。

是不是学校工作人员听说了今天的事，为我送来替换的新衣服？我是特招生，得到了免除一切学杂费的优待，说不定校服也能免费多

141

领一套吧。可就算是这样，也不必放下纸袋子就走吧？如果真是学校的工作人员送来的，至少应该在门口说明一下缘由。

第二天，我穿着新校服上学。

"叶山同学，你没事吧？"

"真是的，原来这里真的有欺负外部学生的事。"

早乙女和我聊起来。我向她告知了昨天发生的一切。

"天哪，高年级学生的古老价值观可真糟糕。"

"古老价值观？"

"你不知道吗？外部学生和内部学生携手共建云英学院的美好未来，是最近才有的口号。"

"哦？居然还有这种讲法？我第一次听说。"

"三年级内部学生不知道这个口号，所以还在搞差别对待那一套。"

"所以说早乙女同学能接受我这样的外部学生，对吗？"

"当然啦。"

她露出温和的笑容。每次和早乙女同学聊天心都会融化，她应该是天使吧。

"说起来为什么方针会发生变化？"

"大概是受到城崎阁下的影响吧。"

"城崎……君？"

听到这个出人意料的名字，我大为震撼。

"说起城崎君，他不正是带头欺负外部学生的人吗？"

"小学时期是的，但自从进入初中，他的态度发生了巨大的改变，甚至还和外部学生交起了朋友，现在也维持着良好的关系。"

"出于什么契机？"

"不知道。自从城崎阁下与外部学生有了交集，出云川阁下、樱小路阁下也开始接受外部学生了。我们也见样学样，转换了价值观。"

根据早乙女同学的话，城崎亚久斗与其跟班根本不欺负外部学生，甚至见到外部学生遭受不公平对待时还会拔刀相助。别的内部学生正是受此影响。

柚子没有告诉过我这些，当然，她也无从得知。城崎亚久斗改变习性应该是柚子转学离开学校之后的事。

"也就是说，现在的城崎亚久斗不是什么危险人物？"

"没错，不过也不是能轻松交谈的对象。现在我们还是有点怕他。"

"也难怪，毕竟他是这张脸。"

每次想起他的长相我就背脊发凉。如果一个长成这样的人在大晚上逼近自己，一定会忍不住尖叫吧。

"叶山同学，可不能一直这么说，虽然很好笑。"

早乙女同学优雅地用手遮住嘴巴忍住笑。

"对了我有一个问题，早乙女同学，是你给我送来这套校服的吗？"

"校服？什么校服？"

看来不是她。她歪着脑袋的样子特别可爱。我把昨天在家门口发现一套新校服的事告诉她。

"不是我哦，应该是认识叶山同学的某个人送的礼物吧。"

"到底是谁呢……"

虽然不知道是谁，不过谢谢啦！

"看起来很合身啊，也就是说这个人知道叶山同学穿什么尺寸的衣服。"

"这么说的话确实。总感觉有些不舒服……"

我收回刚才的那句谢谢！

## 5/6

"喂，是小野田吗？我有一件急事要拜托。"

当我检查城崎家酒窖的时候，接到了亚久斗阁下的来电。宅邸的地下室储藏了几千瓶高级红酒。

"请吩咐。"

"准备一套云英学院的校服。"

"校服？"

"是的，今天之内准备一套高中女子校服。"

"明白了。"

虽然有些好奇需要高中女子校服干什么，不过我没有仔细打听。亚久斗阁下详细告知了校服的尺寸后便挂断了电话。如果亚久斗阁下直接和学校提出这个要求，应该想要多少套都行，这点面子学校还是会给的。他应该是不想引人注目，所以才拜托我的吧。

我将亚久斗阁下的这个紧急委托告诉了管家濑户宫。濑户宫许多年前便受雇于城崎家，他是一位满头白发的老人，眼睛如线一般细。他是我的上司，所有佣人都归他管理。

"现在我先坐车去学校，在那里与亚久斗阁下汇合。"

"请大田原小心驾驶。千万不能出什么事，不能让亚久斗阁下的脑部再次受伤。"

"明白了。"

亚久斗阁下转变性格，变得不再蛮横无理是因为在泳池边撞到了头。脑部受到强烈撞击，性格也跟着发生了变化。

我们十分担心亚久斗阁下再次转变性格。要是撞了头，变回原来的性格就麻烦了……毕竟由于一些契机，令亚久斗阁下再次变回暴徒也并非不可能。

走出濑户宫的房间，我拜托司机大田原发车。坐在后排，我与学校内部人员电话沟通，让他们准备了校服。只要报出城崎这个姓名，一切事情都好说。

"最近亚久斗阁下在车里都干些什么呢？"

我向司机大田原提问道。

"主要还是热衷于读书。"

"医学相关的书吗？"

以前司机曾报告说，亚久斗阁下在图书馆借了好几本白血病相关书籍在车里读。

"最近似乎在看考证相关的书。"

"考证？"

"是的。考什么证书更便于就职——我听亚久斗阁下在后排嘀咕过。似乎在关注危险品从业资格证、起重机司机证。要是有这两张证书，应该能找到一份建筑工地的工作吧。"

"亚久斗阁下到底有什么打算……"

只要亚久斗阁下愿意，可以凭借父亲的力量入职任何企业。而且他根本不需要工作，目前的资产一辈子也花不完。

"性格大变之后，根本猜不透亚久斗阁下的想法。"

"真的。"

聊完，我们的表情都柔和了不少。

云英学院门口停满了接送车辆，不过正门附近有一个车位空着，那里是亚久斗阁下车辆的停车位，似乎是其他家族的司机特意为城崎家留出来的。

云英学院的高中教学楼里有豪华的接待室，在那里我接过校长与副校长递来的新校服，顺便闲聊了一下次年学校的预算问题。聊完城崎家的捐款后，我回到车子附近等待亚久斗阁下。

"小野田，你已经到了。"

一见我，亚久斗阁下便说道。跟在他身后的是出云川史郎阁下和樱小路姬子阁下。

"我取来了您需要的东西。"

"太好了，谢谢。"

亚久斗阁下转身面向两位朋友。

"出云川、樱小路，明天见。"

"辛苦了。今天学校中也充斥着亚久斗阁下的威严，我感到很自豪。"

"走好，亚久斗阁下，明天我再接着陪你。只要亚久斗阁下存在于世上便是传奇的一天，十分荣幸我能参与。"

"你们两个过分了。"

亚久斗阁下苦笑着坐上车，对我说道。

"小野田也一起上车。"

亚久斗阁下让我坐在后排空着的位置，大田原发动汽车。

"大田原先生，回家之前我想去一趟这个地方。"

亚久斗阁下说出的地址是能一望城市的山丘半山腰的居民区。这是哪里呢？亚久斗阁下告诉了我们。

"有个同年级同学住在那里，我想给她送这个。"

"为了这个同学特意准备了校服？"

"她的校服弄脏了，今天提前回了家，我没有亲眼见到，是听莲太郎说的。"

佐佐木莲太郎是亚久斗阁下从初中开始交的朋友，每年他都会带着弟弟妹妹来家里玩，和我也混了个脸熟。

"她被高三的内部学生推倒了，真是的，怎么会这样！要是她喉咙受了伤，可是全世界的损失……"

从亚久斗阁下的牢骚中能感受到愤怒之情。亚久斗阁下生气了，换作以前他一定会找个人出气，现在居然能够控制情绪了。

车子进入狭窄的住宅区道路，临近目的地。

"停远一些，从玄关看不见的地方。"

把车停在路旁，亚久斗阁下打开车门，抱着纸袋子走了出去。我打算下车为他撑伞，他委婉地拒绝了。

"雨很小，而且就一会儿，你们在车里等着，办完事我立刻回来。"

亚久斗阁下在雨中小跑几步后便不见了踪影。我和大田原一边等待亚久斗阁下，一边欣赏雨中的住宅区景色。

"回程也请谨慎驾驶，万万不可由于追尾等事故，让亚久斗阁下的头部再次受伤。"

听我说完，大田原无声地点了点头。

## 5/7

云英学院的体育课也十分出色，聘请了原奥运代表选手作为特别讲师为我们授课。获得体操金牌的选手上周刚来过，据说冬季会从国外请来世界著名花样滑冰教练。云英学院有自己的滑冰场地，冬天体育老师会适量教授滑冰。

下了体育课，我们来到女子更衣室脱下体操服换回校服。更衣室也不同寻常，配备了浴室，甚至还有桑拿房。墙边是一排仿佛给明星使用的化妆台，只要学生提出申请，便可以请学校雇的美发师员工来梳理发型。

"叶山同学。"

从更衣室走向教室时，我被人喊住。教学楼走廊装的是玻璃墙，这样能清楚地看见外面的景色。

喊住我的人是前几天在步行道将我推倒的高三女学生们。

"……有什么事吗？"

我紧张地吞了一口口水，不妙，是不是又要对我做什么。要是和早乙女同学她们一起走就好了，悔恨之情涌上心头。要是我们这边人多，对方也不敢轻易出手。

"我们在找你哦，叶山同学。"

高三女生们向我走近，我挺起胸膛面对她们。我没有做任何坏事，所以没必要畏畏缩缩的。然而她们的行为令我大跌眼镜——她们来到我面前一齐低下了头。

"对不起，叶山同学……"

"请原谅我们，我们错了。"

"我是特地来向你道歉的。"

我被搞得云里雾里，她们脸色煞白，嘴唇还有些颤抖。

"请原谅我们的言行举止。"

"求求你了，我们绝不会再对你做什么。"

"不，不仅是你，我们不会再对任何外部学生做这种事了。"

她们恳求我。

"虽然不太理解发生了什么，不过我原谅你们了。"

我困惑地回应道。高三女生们终于松了一口气。

"谢谢你叶山同学，愿意放过我们的罪行。"

"我真的在反省，对不起。从今往后我们会改头换面的。"

"过去的我们太愚蠢了。"

她们到底怎么了？不停地道着歉，慢慢离开走廊。途中撞见外部学生时，她们还侧身让了路。我惊叹到一动未动，目送她们离开。我无法理解到底发生了什么。

我感受到视线。稍远处一名男生盯着我看，他的头发乱糟糟的，不过应该也像大家一样梳理过吧。表情一看就没睡醒，他就是城崎亚久斗唯一深交的外部学生，名叫佐佐木莲太郎。四目相对后，他用食指挠着脸颊向我走来。

"你是一组的叶山同学吧？"

这是我和他第一次交谈。

"你是三组的佐佐木君吧？"

"我叫佐佐木莲太郎，请多关照。"

我警惕地看着他，即使和我说请多关照，也不可能一下子就混熟吧。

"刚才高三内部学生和你道歉了吧？该不会就是把你推倒的人吧？"

"你是怎么知道这事的？"

"我是听一组的同学说的，我告诉城崎君之后，他可生气了。"

城崎亚久斗？听到他的名字，我不禁后退一步。不过他为什么要生气？

"你是怎么想的？"

"什么事？"

"高三内部学生突然反省，转变态度这事。"

"佐佐木君知道内幕？"

"我猜是城崎君干的。也有可能是出云川君或樱小路同学察觉了他的怒意，为他操办的。那三个人可以轻易查到是谁把你推倒的。也许是找专业人员调查的，也许是查看了设置在学校各处的摄像头，然后只要打电话到这些人家里，让她们反省就是了。"

"让她们向我道歉？"

"这个学校里没有敢违背城崎家、出云川家、樱小路家的学生。"

这么做对他们而言有什么好处？

"你是不是想错方向了？他可是城崎君。"

回忆起那张凶狠的脸，我颤抖了一下。

"你光凭外表就能判断他的性格？"

佐佐木莲太郎挠挠头，乱糟糟的头发晃动着。

"我认识被他欺负过的学生。"

"听说他小学时期的确是很过分，不过某一天突然脱胎换骨。我认识他的时候，已经是成熟稳重的性格了。"

"是吗？我只和他说过一次话，而且并不这么认为……"

我回忆起温室那天，他喘着粗气请我录音，那是成熟稳重的性格？骗谁呢。

"说过一次话？和城崎君？"

"并不是什么很好的回忆，真想快点忘记。"

"你误会城崎君了，他是个很有亲和力的人，比起其他内部学生，金钱观念也更接近我们。"

"真不敢相信，你为什么要特意告诉我这些？你的目的是什么？"

"……我可没什么目的性。"

"你是不是犹豫了一下？"

"好敏锐。其实是城崎君很关心我们两个认不认识。"

"我和佐佐木君？为什么？"

"不知道，他在教室里劝我有空记得和叶山同学聊聊天。当听说我们还没说过话时，他的反应十分微妙。虽然不知道为什么，但我觉得城崎君希望我们能成为朋友。"

"这么说很抱歉，不过朋友并不是这么交的。"

"我知道，但是城崎君一直很照顾我，我的弟弟妹妹也和他相处得不错，所以我想尽可能尊重他的想法。"

他也不过是城崎亚久斗的跟班之一吧，为满足城崎的愿望来和我聊天，其实对我这个人根本毫无兴趣。

"他该不会是为了追踪我的动向，才派你来的吧。"

我担心城崎亚久斗派人盯着我，是在暗中谋划着什么。

"也许是，也许不是。"

"模棱两可的回答。"

宣告休息结束的钟声响了，该回教室了。

"佐佐木君，感谢你提供的有用情报。"

"不客气，对城崎君的误会解除了吧？"

"我只是明白了你很崇拜他。"

"对了叶山同学，你这件衣服是新的？"

"是的，不知道是谁放在我家门口的。"

"是吗……"

他的表情仿佛欲言又止。说不定是在思考，这套校服是城崎亚久斗放的。不会吧？结果他什么也没说，只是挥了挥手便离开了。


城崎亚久斗到底是什么人？

有钱人家的少爷，这点不会错。

坏人还是好人？要搞清楚这点才行。

我在家里边煮意大利面边思考，结束了工作回到家里的理绪在沙发上休息。进入云英学院之前，我听说他是犹如恶魔转世般的恶霸，不过根据早乙女和佐佐木莲太郎的话，他突然变得性格温和，不会故意伤害别人。仿佛罪犯忏悔自己犯下的罪行一般反省过去，彻底改变生活方式。

计时器响了起来，我关掉火，给意大利面淋上番茄酱。我把已经做好的清汤一起摆在桌上，和理绪面对面吃着饭。用叉子卷起意大利面放入口中，真好吃，番茄酱的酸味混着大蒜味很特别。

"理绪，你知道山丘上有一座很厉害的房子吗？城崎家。"

"当然知道，多亏了城崎集团的税金，这座城市的财报才那么好看。"

山丘上的城崎家就像国王住的宫殿一般，从城市的任何一处都可以看见。

"城崎家的少爷和我同年级。"

"他是个怎么样的人？"

"眼神凶狠，嘴巴像鲨鱼，很矮，我只和他说过一次话，总之是个怪人。"

"挺好啊，我喜欢怪人，不过城崎家的孩子嘛……"

理绪停下吃饭的动作。

"怎么了？"

"虽然不是这个孩子的错，不过城崎集团相关的公司特别'不干净'，据说对付敌对公司的手段很肮脏，导致许多公司破产。"

城崎家的富贵与繁荣建立于许多人的不幸之上。

"我认识一对夫妻由于城崎集团的手段，半夜仓皇出逃。算了不说这种事了，聊点开心的吧。"

理绪闪躲着我的视线。开着的电视机中正放着募集白血病捐献者的广告。不久前开始，各种艺人明星都加入呼吁大家登记成为捐献者的活动，我们沉默地看着这个广告。

理绪洗碗的时候，我开始泡澡。我泡在水中思考着，刚才理绪的反应好奇怪，特别是突然转换话题时她那躲闪的眼神……

直觉告诉我，理绪提到的"我认识一对夫妻由于城崎集团的手段，半夜仓皇出逃"说的可能就是我的父母。

为什么我的父亲和母亲不见了，她从未告诉过我。很久以前，当我还小的时候问过，理绪也像今天这样，眼神躲闪，匆忙结束话题。

如果我的直觉准确，是城崎集团导致我失去了父母。但我并不会因此而记恨城崎亚久斗，而是打心底里感到不舒服，天注定我们本就该是敌对关系。

## 6/1

有一个好消息，莲太郎终于和叶山波留讲话了。

"叶山同学似乎对城崎君很戒备。"

"你在说什么，她当然需要戒备我。"

动画片中就是这么拍的。莲太郎才不正常，他会和我这个原作中的恶霸聊天。

"你能和她相处好吗？"

"嗯？和叶山同学？怎么说呢……"

"你们都是外部学生，当然要互相帮助啊。"

"如果有机会的话，我还会再和她聊天。"

"请务必。"

这个世界中没有上演原本二人相识的桥段，我仔细思考了一下，原因在我。我和动画片中的城崎亚久斗不同，我不欺负外部学生。出云川、樱小路也学我，和外部学生保持着良好的关系。其结果，内部学生和外部学生相处融洽，没有发生动画片第一集中叶山波留迷路被内部学生戏弄的情节。

虽然花了不少时间，好在男主角终于和女主角说上话了，我放下心来。将来二人一定会关系亲密起来，比如一起出门玩，夜晚在公园一起看星星。动画片《和你同行》中就有这些片段，所以必须发生这一切。要是没有莲太郎，就没有人陪在与白血病斗争的她身边支持她了。

梅雨过后，天一下子热了起来。为了迎战第一学期末的考试，我、出云川、樱小路展开了学习会。地点是城崎家，我们三个围着豪华古典风的木质桌子摊开教科书与笔记本做着题目。

如果有不会的题目，就把在另一个房间里候着的各科名师喊来讲解。名师针对我们的水平当场出题，当然我们会支付相应的报酬。

做数学题的时候，出云川打了个哈欠看起来很困的样子。樱小路问他。

"出云川同学，今天很累吧？"

"最近没睡够，晚上打游戏打到很晚。"

出云川是个游戏爱好者，我兴致勃勃地问道。

"最近发售了什么有趣的游戏吗？"

"亚久斗阁下，最近的游戏界发生了巨大变化，许多日本游戏公司都发售了很有新意的游戏，全世界的游戏爱好者都沉迷于此。"

他最近沉迷的游戏，居然是几年前我的企划案之一，是可以瞬间移动设置障碍的格斗游戏。一百个游戏玩家一起来到一座岛上，收集武器战斗，最后只有一个人能通关，这样的大逃杀性质游戏。

"最近这几年感觉游戏行业在迅猛发展。"

出云川把手贴在胸口痴迷地说道。樱小路则拨弄着竖卷聆听。

"最近的游戏真的这么有趣吗？"

"樱小路也应该玩玩看，其中最有意思的是一家小公司开发的沙盒游戏。通过挖地、切木材来收集材料制作工具。"

随从小野田给我们换上新的红茶，抬头一看，教数学的老师正在等我们闲聊结束。

某天我和父亲一起吃晚饭时得到了一个情报。

"你的游戏收益让城崎集团的股票上涨了，十分惊人的成果。"

"谢谢，父亲，不过那不是我的游戏，只是我的提案罢了。"

我剽窃了别人的想法，内心饱受痛苦。我撕下一块面包，涂上黄油送入嘴中。家里的窑炉刚刚烤出来的面包，由特殊渠道从法国进口的小麦粉制成。

"手机端游戏的充值系统带来了庞大的收益。"

城崎凤凰吞下还在滴血的高级牛排。管家濑户宫、随从小野田、其他伺候的佣人站在墙边听着我们的对话。

"亚久斗，你有什么想要的东西吗？"

城崎凤凰用带着杀意的眼神瞪着我。

"我可以奖励你，想要什么？"

"请为医疗相关组织提供更多资金援助吧。制药公司、研究机构、骨髓库，不仅是日本国内的，给世界各地的公司都捐点款吧。"

妥善利用城崎集团的协助，说不定还能请明星拍一条号召更多人登记成为捐献者的电视广告，新型抗癌药研发也将取得突破吧。要是能得到更多资助，这一切都将加速进行。

"你不打算给自己用点钱?"

城崎凤凰喝干威士忌,嘴中呼出热气。

"我已经很满足了。"

"真无趣。"

"我本就是无趣的人。"

"要是没有活吞敌人的野心,我是不会放心把城崎集团交给你的。"

我吓了一跳。原来他是有打算让儿子继承城崎集团这个巨大的帝国的,不过绝对无法实现就是了。

"没关系,我只是个毫无野心的人罢了。不过还是要谢谢您,父亲。"

他是城崎亚久斗唯一的血亲,这一点不用怀疑。趁现在多和他说说话吧,再过一阵子,想见也见不到了。我们是注定将迎来破灭的父子——虽然他还不知情。

放学后和闲散的周末,我都会去车站前做公益活动。

"白血病是血液癌! 为了正常生产血液,必须进行骨髓移植手术!"

"要是和患者血型不合,就无法进行骨髓移植!"

"为了拯救受白血病之苦的人,请登记成为捐献者!"

我和参加公益活动的伙伴们边吆喝边给路人发传单。

叶山波留将于今年冬天罹患急性白血病,在动画片中,她没有找到匹配的骨髓。不过我坚信,只要像这样踏实地进行公益活动,未来一定会发生变化。说不定在这些人群之中就有一个和叶山波留匹配的人物,正好听到了我的呼声,决定登记成为捐献者呢——虽然可能性接近于零,却不等于零。我递出的传单被一个大学生样貌的男性顺手接过,为表达感谢之情,我深深地低下了头。

"黑崎君辛苦了,谢谢!"

"明天也请多多关照。"

傍晚六点解散，我和公益活动团体的负责人打过招呼后离开环形交叉路口。我来到车站大楼的厕所，脱下伪装用的便宜衣服，换上云英学院的校服，然后打电话给司机大田原让他来车站大楼的地下停车场接我。

从厕所往外走时，我注意到贴在墙上的烟花大会的海报。

夏目町烟花大会

日期：八月十日

场地：柏梁川河岸

海报上画着大大的烟花素描图，每年这座城市都会举行这个活动。动画片《和你同行》中有莲太郎和叶山波留一起去看烟花大会的情节，一想到这事我就焦虑。

我最近发现，莲太郎和叶山波留完全没有变亲密，他们明明是动画片的男女主角，却至今仍未交换联系方式，在走廊上擦肩而过时也只是微微颔首示意，这种关系和陌生人有什么区别！

不过，说不定可以利用这次的烟花大会，让二人一下子拉近关系。我在海报前挽起胳膊计划起来。

## 6/2

早晨骑着自行车送报纸时，明显感觉到季节变化。冬天我都是颤抖着在漆黑寒冷的环境下送报纸的，不过现在天亮得早，能披着朝露看麻雀鸣叫飞行。

回到家中，父母已经在做出门准备了，弟弟勇斗和妹妹日向终于揉着眼睛起床。

"哥哥，早上好。"

"日向，早上好。"

上小学五年级的妹妹和我打了个招呼走向更衣处，洗了把脸换上前一天晚上准备好的衣服。妹妹已经不是能在大家面前换衣服的年纪了。

弟弟勇斗丝毫也不着急，慢悠悠的。

"勇斗，快去洗脸换衣服。"

"哥哥，我的衣服呢？"

"自己找。"

他今年初一，换衣服时毫不避让，脱下的衣服也随手乱扔一通。真该好好教育他一顿。

一家人一起吃早饭。父亲是一个像熊一样的大块头男人，外表看上去像摔跤选手，实际是一流大学毕业的知识分子。

母亲是个美人，稳重的性格，能冷静应对任何事。最近她在附近的工厂从事事务性工作。

"莲太郎的校服看起来真帅啊。"

当我换上云英学院高中部的校服，母亲有感而发。

"能免费得到这样的校服，真幸运。"

"莲太郎，这是你的实力。你已经习惯高中生活了吗？"

"和初中没多大差别。"

"城崎君最近怎么样？"

母亲知道城崎亚久斗，弟弟妹妹都很受他照顾。城崎每年都会招待我们去他家几次，让弟弟妹妹在他家的游泳池玩耍。勇斗、日向都和他很熟了，每次去城崎家都能吃到许多高级点心、蛋糕、水果，待客之道远远超出想象。

升入高中后不久，我就发现城崎亚久斗不太对劲。出云川史郎和樱小路姬子也发现了他的细微变化。

"最近亚久斗阁下显得很烦躁。"

"就像一直在找人似的，张望着四周。"

我们推测造成他不安的人是今年春天进入云英学院高中部的女学生，名字叫叶山波留。一头亮丽的黑发是她的特征，是个眼神坚毅的外部学生。

某天，城崎亚久斗问我认不认识叶山波留，他似乎很在意我们有没有交流过。不知道为什么，他很希望我能和叶山波留成为朋友。

"搞不好亚久斗阁下是恋爱了！"

樱小路在背地里说道。

"现在下结论还为时过早，樱小路同学，如果亚久斗阁下真的恋爱了，那可是不得了的事。"

出云川把手掌抵在额头叹了一口气。

"城崎君从未对特定的女生抱有兴趣吗？"

"没有，这是第一次。"

"城崎君总是说让我和叶山波留多讲话，到底是怎么回事？他应该自己去才对。"

"莲太郎，你一点也不懂他。"

"什么？"

"如果亚久斗阁下突然上前搭话，这一定会成为全校学生的关注事件。"

出云川赞同樱小路的想法。

"没错，亚久斗阁下应该是想偷偷恋爱，所以第一步是：莲太郎，由你与叶山波留保持联络，然后亚久斗阁下从'朋友的朋友'这种距离感开始培养感情。"

"原来如此，真有你们的，不愧是城崎君多年的好友，连这种小心机都看透了。"

城崎亚久斗的面貌乍一看有些吓人，突然和女生搭话，恐怕大多数人都会害怕。搞不好人家还会产生心理阴影，所以才决定使用"朋友的朋友"这种迂回战术。我终于理解了。

"莲太郎你理解了吧？接下去靠你了。"

樱小路竖起一只手指向天空，不知道这个动作意味着什么，不过看上去很有精神。

"知道了，交给我吧。"

于是我终于和叶山波留展开交流，不过也仅仅是聊了几句话，对方完全不想和我成为朋友。

课间休息时，城崎亚久斗常常甩开出云川和樱小路一个人行动。他戴着长长的假发在校园内散步。

"莲太郎你来得正好，亚久斗阁下又不见了，你知道他去哪里了吗？"

某天午休，吃完自助午餐回教室途中，樱小路喊住了我。

"不知道，要不要一起找找？"

"太好了！"

我和樱小路一起寻找城崎亚久斗。

并排行走时，她的竖卷总是跃入我的视野。我偷偷看了一眼樱小路的侧脸，犹如陶瓷般雪白的肌肤，即使装饰在美术馆里也不过分的脸型。她的父母明明是日本人，却给人一种西洋瓷娃娃的感觉。

"找不到他啊……"

她甚至窥视起走廊上的装饰盔甲。云英学院的教学楼里装饰着骑士盔甲、动物标本等，各种奇特的物品。

"这里面也没有……"

樱小路查看了灭火器的后面。怎么想这也不是能够藏得住城崎亚久斗的地方吧！没必要特地蹲下来查看。其实我之前就发现樱小路有些天然呆，所谓的天然呆是呆兮兮这个词的柔和版本。我绝不是在说她坏话，甚至觉得她有点可爱。

我们决定去教学楼外面找找。

"城崎君有可能是想享受独自的时光。"

"你的意思是他觉得我和出云川同学很烦人？"

"不是，人总需要私密空间思考事情。"

"那这种时候我该做什么呢？"

"和朋友聊聊天怎么样？"

"我没有朋友。"

"出云川君是你的朋友吧？"

"他是同伴以及战友，我们致力于为亚久斗阁下提供舒适的校园生活。"

"你是这么认为的啊。"

正好发现一张长椅，我坐了下来。樱小路在长椅上垫了一块白色手帕后也坐下了。她是为了不弄脏校服裙子吧。长椅旁有一棵阔叶树，阳光透过树叶洒落下来，风吹过，光影也跟着摇晃。

"树叶的影子真漂亮啊。"

"是啊。"

对她而言我是什么角色呢？

有点困了，我打了个哈欠。

"听说你每天早晨都打工，工作辛苦了，莲太郎。"

"谢谢，樱小路同学。"

她知道我每天早上都在配送报纸。直到午休结束，我们都在长椅上坐着。透过薄薄的树叶，能看见太阳光线。

第一学期期末考试终于结束了。考试持续了好几天，考卷马上就被批出来了。各年级的成绩优异者名字会被贴在告示板上，很荣幸这次我是第一名，心中倍感荣耀。第二名是叶山波留，看来她学习能力很强。

告示板前围着一大批学生，我张望了一下，看见了叶山波留，她也看到了我，我们点头打了招呼。她看起来有些不甘心，我犹豫着要不要和她聊几句，不过今天还是算了吧。

回家后不久，我接到城崎亚久斗的联系。我没有手机，所以他都是往我家打的电话。

"下个月要不要一起看烟花大会？"

八月份柏梁川河岸将举行大型烟花大会，两万发烟花绽放于夜空，这是每年都会举行的活动。

"好啊，谢谢邀请。"

"约好了哦，一定要空出时间来。"

"知道了。"

"如果你真的有什么事，也请尽早告诉我，我会倾尽城崎家的力量，让烟花大会改期的。"

还能这样？以城崎家的财力来说确实有可能实现，不过会对许多人造成困扰吧，还是尽可能避免这件事为好。

## 6/3

母亲的老家是法国勃艮第大区的著名财主，广阔的农场里种着葡萄，用这种葡萄酿制的葡萄酒带来了巨大财富。父亲去法国出差时认识了母亲，从恋爱到结婚，并生下了我。我叫出云川史郎。

"史郎，你好好记住我的话。你必须和城崎家的少爷成为朋友，他的名字叫亚久斗。不管他是多么讨人嫌的家伙，你也要在他身边讨好他。"

进入云英学院小学前，母亲如此叮嘱我。

"明白了，母亲。"

"据说亚久斗性格任性，连我都听说过，说明本人应该更过分。只要是他的命令，哪怕欺负其他孩子也没关系。捧着他，让他开心，是你接下去的人生目标。"

目的是取得亚久斗阁下的信任，将来与城崎集团缔结友好关系。我遵照母亲的要求，从进入云英学院小学起，便成为亚久斗阁下忠实的仆人。

当时亚久斗阁下的性格十分暴躁，会用脚踢哭泣的同学。不过我从未想过远离亚久斗阁下，因为母亲的命令必须遵从。

出云川家中没有任何人会违背母亲的指令，父亲也是看着母亲的脸色生活。父亲之所以能成为大企业的董事，多亏了背后有母亲老家支撑。

"史郎，有没有讨好城崎家少爷？"

"没问题，母亲。"

"樱小路家的孩子也打算这么做对吧？"

"是姬子同学对吧。我们一起服侍于亚久斗阁下左右。"

樱小路姬子是夏目町大地主家的孩子，听说车站周围的商业地块都是她家的。她也遵照家里的吩咐，在学校里始终伴随于亚久斗阁下身边。

刚入学的时候，当樱小路见到亚久斗阁下把同班一个女孩子在厕所欺负到哭，她脸色铁青发着抖。面对首次见到的暴力行为，她大受打击。不过过了一阵子，她逐渐习惯了，能够撕同学的教科书了。与大家做同样的事情能促进同伙意识，也能讨亚久斗阁下欢心。

　　小学六年级的秋天，我们的世界发生了翻天覆地的变化。突然有一天，亚久斗阁下的性格变得稳重起来。

　　"从现在开始我们要善良，由于过去的种种行为，我们处于被孤立的状态，所以要亲切待人才行。"

　　我和樱小路听从他的安排，一旦在学校里发现遇到困难的人就及时帮助他们。最开始大家都警惕着我们，经过初中三年时光，周围对我们的评价逐渐改变。

　　那个时期，我明显能感受到女同学向我投来热情的目光。我的长相不凡，照镜子时，有时不禁被自己迷住。从母亲那里继承的金发碧眼、尖尖的下巴，完全融合在这张脸上。早晨我走出房间时，甚至会把女性佣人迷得站不稳脚跟。

　　不过我没有喜欢过任何一个女生，一看到女生，母亲的身影便会闪现，那个在出云川家讲话最有分量的母亲……我很害怕她，看到异性就会想象，这个人将来是不是也会变得像我母亲一样，所以无法产生任何类似恋爱的情感。

　　说起异性，亚久斗阁下似乎找到了自己心仪的对象，是一个名叫叶山波留的外部学生。亚久斗阁下十分关注她的动向，在学校里走动的时候，也总是东张西望地寻找她。

　　亚久斗阁下也多次与初中时期交的外部学生朋友佐佐木莲太郎谈及她的话题，我们知道，亚久斗阁下一定是倾心于她。虽然我不太懂恋爱是什么感觉，不过我衷心希望亚久斗阁下能够成功追到她。

问题的关键是不是亚久斗阁下的面貌？他的脸犹如地狱使者一般。曾经有一次我们在云英学院的树丛中见到一只松鼠，它和亚久斗阁下对视了一眼后，晕了过去，从树枝上掉下来了。似乎认为亚久斗阁下面相恐怖的不仅仅是人类。

第一学期期末考试结束，各年级的成绩优异者名字会被贴在告示板上。这次第一名是佐佐木莲太郎，第二名是叶山波留，我是第十九名。我不仅长相不凡，脑子也特别优秀。

"恭喜你，出云川君，你是内部学生里的第一名，太厉害了，能和你做朋友是我的光荣。"

亚久斗阁下说完拍了拍我的肩膀。

"谢谢，我的努力没有白费。"

我的父亲和母亲都不太会夸奖人。不管我多么努力，他们都毫不关心。性格变沉稳后，亚久斗阁下会由衷地替我们感到高兴。得到他的鼓励，我的内心十分充实。

"真厉害啊，不过为什么明明一起学习，我却考不到名次呢？这个世界是不是搞错了？"

"别灰心，樱小路同学有樱小路同学的优点。"

确认完告示板，我们跟着亚久斗阁下离开那里。原本退让到墙边的学生们纷纷拥向前方，交替着看告示板。所有人都为了不妨碍亚久斗阁下留出了空间，值得赞许。最近亚久斗阁下不太喜欢受到特殊对待，不过我很高兴能看到他受大家敬仰的样子。

放学后，亚久斗阁下下达了一则通知。

"有件要紧事想和你们商量，占用一些你们的时间可以吗？"

池畔有一家高级餐厅，我们常去那里。我们选了一个最里面的包房，我和樱小路点了红茶，亚久斗阁下点了咖啡。

"所谓的要紧事，是叶山波留。"

我和樱小路交换了一下眼神。

"简单来说，我希望她和莲太郎能更亲密一些，所以我打算利用烟花大会这个机会，'偶然'拉近他们的关系。我需要你们在指定的时间内，把他们带来指定的地点。"

"我有问题。"

"请说，樱小路同学。"

"这么做是为了让叶山同学与莲太郎成为朋友，这么理解对吗？"

"对的没错。"

"亚久斗阁下也会在场，对吗？"

"叶山同学对我怀有戒备心，所以我不在比较好。重点是，必须让莲太郎与叶山同学在烟花大会开始的一个小时后，在稍稍远离河岸的地方偶遇。我准备了地图，你们看。"

亚久斗阁下拿出夏目町的地图摊开给我们看，这是放大版的柏梁川河岸周边的地图。柏梁川在夏目町南面的平原地区转弯流入大海，河岸边有棒球场和自行车专用道。

"你们把他们带到这里。"

流经住宅区的一条细细的支流与柏梁川汇合之处，那里有红笔画的印记。

"流经住宅区的支流上有一座红色的桥，把他们带到这里是你们的任务。"

"为什么是这里？樱小路家有观赏烟花大会的特等席，可以为大家都留好位置。"

"不行，这个地方会发生一件重要的事，非这里不可。樱小路同学和出云川君等任务完成了再去特等席观赏烟花吧。"

重要的事是指什么？虽然很在意，但我不觉得亚久斗阁下会告诉我。事已至此——

"你们会帮我吗？"

"当然会，亚久斗阁下。我们就是为了帮你达成梦想而存在的。"

"没错，我们是亚久斗阁下的左右手，当然不可能拒绝。"

"谢谢，感谢你们的忠诚。"

"要告诉莲太郎这个计划吗？"

樱小路问道。

"我想给他一个惊喜，所以保密吧。"

"问题是，该怎么邀请叶山同学呢？"

我把手贴在额头上思考起来。约莲太郎出来很容易，但是我们之中没有可以轻易约叶山同学的人。

"这正是我想和你们商量的点，要是有好主意请告诉我。现在离烟花大会还有一段时间，努力思考吧。"

结束会议我们走出餐厅，云英学院正门口停着城崎家的车，司机打开后排车门，亚久斗阁下英姿飒爽地坐进去。我和樱小路目送城崎家的车开出去。

"明天起就是暑假了。"

"是啊，樱小路同学打算做些什么？"

"每天都要上舞蹈、古琴的课。"

她同时要学许多东西，本人其实并不想学，但无法对父母开口。

"出云川同学呢？回母亲的法国老家吗？"

"我打算待在日本，打游戏，参加派对。"

"听起来真有趣，祝你愉快咯，出云川同学。"

"也祝你愉快，樱小路同学。"

我们分别坐上自己家的车踏上归途。

母亲人脉很广，每天都有派对邀请。七月末的一个酷暑的夜晚，我陪母亲参加一个露天派对。是和母亲关系密切的首饰商的聚会。大人们穿着西装、晚礼服在郊外的庭院中开香槟。长满草地的广场上有个喷泉，旁边是一台三角钢琴，音乐家演奏出稳重的旋律。年轻的女性看到我，纷纷叹气嫉妒我的容貌。我知道自己的脸庞容易引人注目，越是有这个意识，越是担心自己会不会发型凌乱，所以总是时刻检查着自己的头发。我从口袋中取出化妆镜，以毫米为单位确认刘海有没有乱，嗯，还算好。

正当我沉迷于镜中自己的容貌，突然听到女生的叫声。

"啊……"

我和站在不远处的一名女生四目相对，这个人看起来好眼熟，年纪和我差不多大，虽然不如我，但是脸也挺漂亮。

她似乎觉得自己的叫声很丢脸，脸颊通红地跑开了。就在这时，我想起了她的名字。换作往常，我绝对不会想和她打招呼，不过如今事出有因。

"早乙女同学，等一下！"

她马上停下了脚步。果然是她，云英学院的内部学生。虽然没有直接交流过，不过小学和初中我们曾在一个班级待过。早乙女同学用困惑的表情和我打了招呼。

"你好，出云川同学。"

"早乙女同学，太巧了，居然能在派对遇见你。"

"是啊，我吓了一跳，出云川同学居然记得我。"

她的讲话方式很稳重，穿的草绿色连衣裙也很端庄。

“这条裙子真好看，很适合你。”

“谢……谢。”

她耳根都红了。这一晚上我一直和她待在一起。我们听了钢琴演奏，拿了水果吃，还坐在一起听了许多关于她外交官父亲的事。

我很少和同年龄的人这样交流，我的生活完全是围绕着亚久斗阁下为中心转的。我对于和亚久斗阁下无关的人毫无兴趣，毕竟和不熟悉的人交谈很麻烦。当然，看在早乙女同学有利用价值的份上，我才接近的。

派对接近尾声，许多人开始准备回家。

“对了，早乙女同学。”

“怎么了，出云川同学？”

“你认识叶山波留吧？”

她惊讶地歪了歪头。

“认识，叶山同学和我一个班，座位很近。你认识她吗？”

我见过叶山波留和早乙女同学在学校里亲密交谈的样子，出于谨慎，我斟酌着语言。

“有件事想拜托早乙女同学，能不能为我创造一个和叶山同学交流的机会？”

“和她交流？”

“是的，我记得叶山同学是外部学生吧？我从几年前开始就积极与外部学生交流，学习、协调他们的文化，使校园生活变得更为丰富，这是我的责任。为此我想尽可能多和外部学生交流。说起来马上就是烟花大会了，如果可能的话，早乙女同学约上叶山同学和我一起去看怎么样？”

“哇，真是个好提议！”

169

她笑得很开心。对于这种不懂得质疑、天真无邪的反应，我感到有些心痛。

## 6/4

樱小路家是纯日式宅邸，房屋之间由走廊连接，家里的佣人也都穿着和服，有种来到温泉旅馆的感觉。

某天樱小路邀请我和出云川去她家玩。中庭有一个被称为"能乐舞台"的日式演出台，在那里表演古琴演奏。除了我和出云川，还招待了许多人，我们落座于观赏演出的椅子上。

跟随好几名演奏者，樱小路也穿着和服登上能乐舞台开始演奏。一阵凉风吹过，优雅的琴声，配上抚动宅邸周围竹林的音色。

演奏完，她深深地鞠躬，退下舞台。

"演奏太出色了，竖卷与和服这个组合也很神奇。"

"简直就像欧洲贵妇在演奏。"

我和出云川分别陈述了感想。

演出结束后，佣人带我们来到樱小路的起居楼，我们在冷气十足的日式房间里喝着茶，不久，换好衣服的樱小路就来了。

"久等了，亚久斗阁下，出云川同学，二位莅临寒舍，不胜荣幸。"

分享了演奏会的感想后，我们从包中取出暑假作业学习起来。

"能像这样一起学习，小学时期真是想也没想过呢。当时我可一点也不在乎学业，为此爷爷的脸色一直很难看。"

"自从我开始认真学习，我家的佣人都感到很惋惜。"

"咦，出云川同学，这是为什么？"

"因为以前的作业都是靠钱解决的，给佣人足够的零花钱，他们就会模仿我的笔迹替我写作业。他们会用这笔钱旅游、买车。当我开始认真学习，这笔额外收入就没了。"

"看看你们两个人，人类确实是会变的。"

"亚久斗阁下说什么呢。"

"是啊，这是我们想说的话。"

话被他两个人说去了。我的变化是不言而喻的，城崎亚久斗的人格毕竟被我前世的人格替换了。在我看来，靠自己努力改变的这两个人才更厉害。

"是亚久斗阁下先做出改变的，我们只是追随者。"

"没错，亚久斗阁下是我们行动的指南针，是所有事物的中心。"

"又说得过分了……"

樱小路的爷爷送来了日式点心和茶，于是我们稍作休息。高级豆沙馅糯米饼，和工薪族时代吃到的上司给的便宜豆沙馅糯米饼完全不是一回事，太好吃了。

"对了亚久斗阁下，关于烟花大会我有一件事要报告。"

"出云川君，快说。"

我模仿前世上司的口气说道。

"有希望邀请叶山同学去参加烟花大会。"

说完这句，他便讲起和母亲一起参加派对的经历。通过早乙女里津，也许能把叶山波留带到烟花大会场地。

"出云川君，干得漂亮啊!"

他把手贴在胸前闭上双眼。

"能为您效劳是我的荣耀。"

他的金发晃动了一下。即使没在派对上偶遇早乙女同学，只要他说一声，也许一大把女生愿意为达成他的期望而努力。

"烟花大会当天，由你负责把叶山波留带来。"

"交给我吧，出云川必将叶山同学带到亚久斗阁下面前。"

"不是我面前，是汇合点。地图我已经给你们看过了吧，烟花大会开始一个小时后，把她带到那里，明白了吧？"

我看着樱小路。

"那么樱小路同学就负责带莲太郎过去，怎么样？"

"我带莲太郎过去？"

"我将在汇合点附近等他们，并不打算直接见面，只打算在远处守望。"

"明白了，请交给我。"

樱小路也很有干劲。

关于烟花大会，有一件事我没告诉他们。在动画片《和你同行》中，烟花大会当天发生了一起意外事故。现在很难向他们解释这一切，毕竟人无法未卜先知，说了他们也会觉得不可思议吧。

意外事故将发生在汇入柏梁川的支流上。烟花大会开始的一个小时后，有一位欣赏烟花的五岁少年，从支流桥上的栏杆缝隙中掉了下去。

少年溺水呼救。发现孩子掉入河中，母亲喊得撕心裂肺。河岸边有人通行，不过都只是看着，不敢下去救人。这时候，有一个人跨过栏杆跳入河中，他便是男主角佐佐木莲太郎。

虽说是支流，也是挺深的河，莲太郎成功救出溺水少年。目击这一经过的正是女主角叶山波留。

经过烟花大会一事，叶山波留开始关注莲太郎，她心中升起对莲太郎的尊敬之情，这种感情逐渐变成好感。

在这个世界线中，会不会发生与动画片《和你同行》一样的少年溺水事件呢？不清楚，说不定什么也不会发生，但有所准备总不会错。莲太郎英姿飒爽地在叶山波留面前救起少年，就能猛地提升自己在她心中的好感度。

## 6/5

暑期，我坐上理绪开的车出去兜风，我的任务是坐在副驾驶座摊开地图和旅行指南为她指路。开到海岸边，打开窗户吹着风很舒服。我们在能看见海的公园中找了一把长椅，坐下聊天。

"期末考试能考第二名真厉害啊。"

"嗯，能在云英学院取得这种成绩排名，我也算放心了。"

"第一名是谁？"

"是初中就入学的外部学生，叫佐佐木莲太郎。"

"你认识他吗？"

"不太熟，只是说过几句话而已。"

我并不是非要考第一名不可，但要说不懊恼是假的。我可能对他存在竞争心理，明明是外部学生，却攀附权力庞大的内部学生，一定是图将来利益。只要利用人脉关系，就能轻松找到工作，真好啊。听说他性格不错，运动也好，尽管头发总是乱糟糟的，不过个人能力很强。海风吹乱了我的头发。

"你似乎对佐佐木君有意见。"

理绪说道。可能是我的表情太明显了。

我们来到能够游泳的沙滩，来客摊开垫子坐在沙滩上，小朋友们套着救生圈在海里玩耍。

"好怀念啊，以前我们在这里游过泳，你还记得吗？"

"是我几岁时候的事？"

"四岁吧。"

"那么久以前的事怎么可能记得住。"

"波留想吃海边小卖部的冰激凌，我去买的时候店员还说：'真是一位年轻的母亲啊。'"

当时理绪才二十出头，我们明明不是真正的母女。

"不知道下次来是什么时候了。"

"也许是波留成人仪式结束之后。"

"我们都得多活几年才行。"

七月末的一天晚上，我接到早乙女同学的电话。她问我要不要一起去柏梁川河岸的烟花大会，换作平时我一定会立刻答应下来，不过这次有一些特殊情况。

"出云川同学会来接我们，我们三个人一起去看吧。"

出云川史郎是城崎亚久斗的跟班之一，对绝大多数外部学生而言都是十分难讲上话的对象。

"出云川君为什么要来接我们？"

"前几天我们在一个派对上偶遇，聊了一会儿。"

云英学院中有出云川君的粉丝俱乐部，早乙女同学也是粉丝之一。在走廊上遇见出云川君的时候，她都会忍不住喊出声，把手贴在胸口脸色通红。能和他在派对聊上天真了不得。

"一起去看烟花大会是怎么回事？我也能一起去？"

"出云川同学说自己对外部学生的文化很感兴趣，所以想和叶山同学聊聊天。"

"和我？"

"所以趁着烟花大会的机会，他问要不要三个人一起去？要是我能和叶山同学、出云川同学一起去烟花大会，该是多么幸福……叶山同学，请帮我实现这个梦想！"

"知道了，我会去的。"

要是我拒绝了，可能连早乙女同学都去不成，为报答早乙女同学平日里的关照，我决定参加这次的活动。

"谢谢，叶山同学，能和你成为朋友真是太好了!"

结果她一个劲地向我道谢，去就去吧。


八月十日，夏目町烟花大会，从早晨开始就是个大晴天。我告诉理绪自己和朋友一起出去玩。犹豫了一下要不要穿浴衣去，最后还是决定穿平常的衣服。

傍晚时分，玄关的门铃声响了。来到门外，我看到一辆外国电影中会登场的豪华轿车，那么长的车身，居然能拐进如此窄小的住宅区小路里来。比起这辆车，更夸张的是站在我面前的这个人。

"叶山同学，我来接你了，我是出云川史郎。"

金发碧眼带有贵族气质的这个人令我紧张起来，这是我第一次如此近距离看他。

"初次见面，我叫叶山，对了，早乙女同学呢?"

"她在车内等候。"

我将视线投向豪华轿车，透过后排车窗，看见早乙女同学向我挥手。出云川君以守卫者架势将我送到车边，为我打开后排车门。

就在这时，得知门前停了一辆不得了的汽车的邻居们纷纷探出头来，理绪也从玄关探出头。

"我走了。"我向理绪挥挥手。

"嗯……云英学院的朋友，还真是了不得……"理绪十分惊讶。

豪华轿车的后排十分宽敞，简直就像把一个客厅放进了车里。先上车的早乙女同学见我坐进来，优雅地和我打了个招呼。

"你好呀，叶山同学。"

她穿着白色浴衣，上面是睡莲花图案。不经意间，我闻到她身上飘来的香味，应该是喷了香水吧。

"早乙女同学，谢谢你邀请我，没想到我能乘坐这种轿车，好像自己变成好莱坞演员。"

"若是二位联系我，我会立刻用这辆车来接你们。"

出云川君说着坐到了我们对面。司机发动汽车，小心翼翼地打着方向拐过住宅区的小道。

出云川君从车内的饮料吧取出玻璃杯和冷的果汁，车里居然还带有冰箱，好厉害。而且这是只有高级超市里才有得卖的果汁。顺带一提，出云川君穿着燕尾服，明明是烟花大会，居然穿西装！听说他在小学时期和城崎亚久斗一起欺负过不少弱势学生，不过现在在我们面前的这个人是优秀青年，完全没有柚子所说的坏人同伙的感觉。

"叶山同学平时都在家干什么？"

出云川君问道。

"读读漫画，看看综艺节目。我反而更好奇出云川君的生活，平时都在干什么？"

"我也想知道。"

早乙女同学也露出十分感兴趣的表情。

"打游戏，我玩遍了所有游戏。"

"是电视游戏吗？"

"电脑游戏也玩。"

"好意外，我还以为是类似骑马这种爱好。"

"当然我也很喜欢骑马，法国的祖父养着比赛的马，还有好几个牧场，我常常去那里骑马玩。"

"出云川同学骑马的样子一定很帅气吧。"

早乙女同学叹息一声。

豪华轿车驶向河岸的方向，天空染上绯色，烟花大会会场中是不是也有城崎亚久斗？是不是打算在河岸边与他汇合？出云川君毕竟是他的跟班。要是城崎亚久斗出现了，我就混入人群中逃跑。

我依旧躲避着城崎亚久斗，即使听说他不再欺负人，以防万一还是保持距离为好。柚子反复提醒我的话，我必须记住。

我没有完全信任出云川君，也不会像早乙女同学那样痴迷他的容貌。如果我现在说出北见泽柚子这个名字，问小学时期的事他会作何反应？应该会装傻吧。这么做会破坏愉快的烟花大会的气氛，我不能问。我不想被早乙女同学讨厌。

来到河岸附近，人行道上挤满了人，有些车行道被封了，路上堵得很厉害。从这里开始步行比较好，我们下了车，行走于混杂的人群中。

天色渐暗，离河岸已经不远了，但由于实在人太多，我们动弹不得。湿气与热气之下，浑身都出了汗。

"你们跟紧我，我想带你们去一个地方。"

已经能看见堤坝了，远处传来广播声，宣布夏目町烟花大会正式开始。像笛声一般的高音在空中响起，光线绽放，火药的爆炸声使空气为之一振。周围的人们欢呼起来。

## 6/6

太阳下山后的漆黑天空中升起一轮烟花。红色与蓝色、绿色与粉色的光点沿着轨迹扩散开来，又马上消失。烟花的爆破声会晚几秒传来，响彻河岸。

"真美啊，幸好今年也能看到烟花。"

樱小路在一旁说道。

"居然能在这么美的地方看烟花，谢谢你，樱小路同学。"

河岸边人山人海，每年烟花大会时人都很多，我从没在这么近的地方看过。我们所在的地方是樱小路家观赏烟花大会的特等席——由垂下的幕布隔开的空间，旁边站着保安。这里摆放着椅子和桌子，是樱小路家客人专享的空间。桌子上摆着食物和酒品，想吃就能吃。

"我们家出了很多钱赞助烟花大会，所以得到了特别观赏席。"

樱小路自豪地拿起红酒杯，尽管里面装的是葡萄汁。每当烟花在夜空中绽放，都会点亮她美丽的脸庞与竖卷。

"姬子姐姐，这里的食物我都可以吃吗？"

我的弟弟勇斗问道。不等樱小路回答，他就用手指抓起盘子里的三文鱼片送入口中。

"哥哥别这样，太没礼貌了！"

妹妹日向制止道。

"没事的，大家都在看烟花，没人留意我。"

"不是留不留意的问题！"

二人的吵骂声被接二连三升起的烟花声所掩盖。樱小路一直很注重打扮、礼仪，但看勇斗这样也没批评，反而快乐地看着他们胡闹。

"勇斗君一点也没变，去年年底的圣诞节聚会也这样。"

其实今天受到烟花大会邀请的只有我一个人，不过当得知可以在特等席看烟花，弟弟妹妹也吵着想一起来，于是我和樱小路商量了一下，没想到她立刻就答应了。所以今天是临时带他们来参加的，得好好感谢樱小路才行。

"对了，城崎君呢？"

我环顾四周。幕布空间中不见他的身影。邀请我来看烟花的应该是城崎亚久斗，不过来接我的却是樱小路家的车。

"亚久斗阁下在其他地方，再过一会儿我们就去和他会合。烟花大会开始一个小时后，他让我带莲太郎去指定地点。"

"明白了。"

我们看着夜空，偶尔小聊几句。今天她穿着浴衣，如同公主般的竖卷、黑色的高级浴衣，二者展现出奇妙的平衡感。在夜空中闪耀的蓝色、绿色的烟花照亮她的脸庞，我看着她的侧脸着了迷。

不远处，日向看着我冷笑着——在看哪里呢？快看烟花吧！

勇斗则痴迷于吃东西，他吃了一口蓝纹奶酪，皱起眉头。这是用蓝色菌制成的独特风味奶酪。他一脸快要哭的样子，寻找着果汁喝。

"真美，就像宝石一般在空中绽放。"

樱小路说道。烟花呈放射状四散，过了一会儿传来大炮般的轰鸣声。不同烟花的声音也不同。有一种烟花，会发出像雨滴打在雨伞上的声音，发出金黄色的光。

烟花大会开始后四十五分钟，差不多该行动了。

"该去亚久斗阁下指定的地点了。莲太郎，准备好了吗？"

"勇斗和日向怎么办？让他们待在这里？"

"你去见城崎哥哥对吗？我也要去！"

"我也想见他，可以一起去吗？"

"我想应该可以。"

我们跟着樱小路出发。走出特别观赏席，面前人山人海。

"这条路，别走丢了。"

我们紧跟着樱小路，她的竖卷在这种时候特别醒目，在人群中一眼就能认出来。

走了五十米，日向叫了起来。

"哥哥，等一等!"

"怎么了?"

"勇斗哥哥去小吃摊了!"

我看向日向指的方向，只见勇斗在小吃摊前逛着。

"我去带他回来，你跟着樱小路同学!"

"明白了!"

勇斗是一个自由散漫的人，只要一见到自己感兴趣的东西，就会忘记该做什么。小吃摊上，铁板炒面传出诱人的吱吱声，酱汁发出焦香味，旁边卖的是香肠、薯条。勇斗痴迷地向小吃摊走去。

"勇斗! 回来!"

我好不容易才追上他，使劲晃着他的肩膀。

"哥哥我想吃这个，好香啊，给我买一份吧!"

"不行! 我们会跟不上樱小路同学的!"

"对哦! 我们要去见城崎哥哥!"

"你才想起来吗?"

"是的!"

我抓着勇斗的手腕，来到刚才的场所，可是哪里都不见樱小路和日向的身影，可能是没注意到我回去找勇斗了，她们已经往前走了。

我和勇斗一边找着樱小路和日向，一边向前进。烟花将路上的人们染上不一样的色彩。结果我怎么也没找到竖卷的那个人，还时不时撞到欣赏烟花的人，得到无数不满的咂嘴声，看来我们是彻底走散了。

"对不起哥哥，都是我的错……"

"没事，总能找到的。"

我和勇斗决定先返回樱小路家的特等席，幸好保安还记得我们，放我们进去了。这时烟花大会已经开始一个小时了。

住宅区里有一条二十米长的河，烟花大会的五彩缤纷映照在河面上，这条河再往前就流入柏梁川，最终成为大海的一部分。

我用长长的假发遮住自己这张凶狠的脸，靠在河边栏杆上。莲太郎和叶山波留应该马上就要来这里了，支流上有一座红色的桥，看烟花的人站在桥上眺望夜空。我记得这一幕，与动画片《和你同行》里登场的景色一致。

我的脑中上演着《和你同行》里的各种场景，就连日常片段也能清晰跃入脑中。闲暇时我一贯如此消磨时间，有时通过回忆台词、背景旋律，会忍不住泪眼婆娑。

"莲太郎君，谢谢你……有你陪着我真好……要是没有你，我一定无法支撑下去……"

冬天，她独自在病房里的台词。

通过抗癌药剂化学疗法，她的精神变得很差，这时陪伴左右支持她的人正是男主角莲太郎。

所以冬天之前，必须让莲太郎和叶山波留变得亲密起来。不然独自在病房中被黑暗笼罩的她该如何是好？在这个世界线，我十分焦躁于莲太郎和叶山波留一点也不亲近。

看了一眼时间，已经是烟花大会开始后一个小时了，却不见莲太郎和叶山波留的身影。我打电话给出云川和樱小路问情况，却没人接，只有呼叫音空响。

要来不及了，烟花大会持续进行，低沉的爆破音响彻头顶。

一位母亲领着孩子走过我身旁，孩子看起来五岁大，穿着浅蓝色的衣服。这身衣服我有印象。

"妈妈快看！好漂亮啊！"

少年指着夜空，跑到了妈妈身前。就是他！动画片中没有出现过姓名的路人甲，是推动剧情的重要道具，然而在这个世界中，却是活生生的一个人。

"慢点，别一个人跑那么快！"

母亲停下脚步，用手机打着电话。可能是和别人约好在河岸见，正联络对方。少年百无聊赖地用胳膊挽住河边的栏杆，等待母亲。

我看了一眼时间，没多久了。莲太郎还没来，叶山波留也没有抵达红色的桥上。看来计划要失败了，不过我还存留着最后一丝期望。现在还来得及，快来吧莲太郎，快来吧叶山波留。动画片中的桥段即将上演，编剧特地为你们准备的情节，真的要白白浪费了吗？

夜空的高位散开一束光，过了几秒传来震撼人心的厚重爆破声，皮肤也能感受到撼动，烟花的鲜艳色彩展现出稍纵即逝之美。

看烟花看得痴迷的少年靠在河边的栏杆上左摇右晃。有一处的栏杆缝隙特别大，少年从中滑落。少年落在河中的黑影正好被我看见。

他的母亲还没察觉，由于太突然了，少年没来得及呼救。落水的声音被烟花声掩盖，来往的行人们都只顾着看烟花。

莲太郎，你在哪里？孩子落水了，快去救他！我在人群中寻找莲太郎。完了，他果然还没到。

烟花的间隙，留白时间，有人在水中使劲扑腾的声音传来。

"……谁来……救……我……"

少年挣扎着喊道。我本以为莲太郎一定会赶来的，拯救落水少年是他必须做的事。然而他却没来，这样下去那个少年会溺水而亡。

要是准备得更充分一点就好了，将莲太郎没有赶来也考虑进去，带个游泳圈或救生衣来就好了。

水面泛起波浪，路灯和烟花映照在水面上形成复杂的纹样。这时，少年的母亲越过栏杆往水面看去，发出尖叫。来往的行人停下了脚步，纷纷一探究竟。大家发现一名少年落水后骚动起来，但是没有一个人跳入水中去救他。可恶，是我不好，明知有人落水，却没有做万全的准备。

我翻过栏杆，一瞬间的失重感，全身投入水中。假发掉了，衣服吸饱水变重，脚踩不到河底。

我并不擅长游泳，滑动手臂，摆动双腿，一会儿就累了，动作变迟钝了。动画片中的莲太郎轻松跳入河中救出少年，然而我模仿了一下才发现，这需要费很大体力。可能是他的主角光环起了作用吧。

我不是主角，城崎亚久斗的肉体，只有平均线以下的运动能力。身材矮小、没有肌肉的我，拥有的只有权力。本人没有任何过人之处。

终于来到落水少年的身旁，疲劳、缺氧令我浑身无力。

"你还好吗？听话，别动!"

少年贴着我继续扑腾，他已经陷入混乱了。他往下沉的时候就压着我，然后我被他压入水中。我无法呼吸，意识开始断片，水面很暗，只有偶尔的烟花光影。

"你别乱动!"

我想起动画片中莲太郎的行为模式。他先让挣扎的少年冷静下来，然后抱着他踩水，慢慢移动到岸边。

然而这次少年的反应十分激烈。

"哇……"

少年很害怕我的脸，一定是这样。他落入漆黑的水中，突然一个长相凶狠的怪物朝自己游过来，这真的是很可怕的事。他一定以为自己会被我活吞。

"我是来救你的！别怕！你再乱动我们两个都会没命的！"

边游泳边讲话很耗费体力，少年始终不肯停下，没办法了，我只好抱起他就游。"这边！"几名大人来到岸边对我喊道。应该是来援救的。太好了，我拼命往那边游过去。已经到体力极限了，我把少年交到大人手上时——为了不让少年沉下去我使劲把他举到水面上，自己则沉了下去。

我呛了水，意识渐渐模糊，浑身使不上力气。我看见头顶上的水面映出烟花绚丽的色彩，茫然地意识到自己要死了，第二次人生将在此画上句号。

突然，有人一把抓住了我，把我拉回水面上。是一个大人发现了我救我上来。

"喂，你没事吧？"

我听到呼喊声。

我和少年被抬到河岸边，少年的母亲哭着抱着他。我疲劳地蹲着，想吐。刚刚喝下去的水在胃里翻腾。随着呕吐眼泪也流了出来，一塌糊涂。动画片中的莲太郎英姿飒爽地救出少年，和我现在这副鬼样子截然不同。

我抬头看看围观的人们，他们看到我这张凶狠的脸都纷纷后退。湿掉的头发贴在前额，仿佛袭击人类的半鱼人。

这时我发现人群中有一个熟悉的身影，叶山波留用吃惊的表情看着我。搞什么，原来她来了啊。转念一想，我这副沾满呕吐物的狼狈样子被她看到了，好丢脸，于是立刻站起身跑开了。

烟花于空中绽放，在夜空中涂满星星点点，我低着头跑在忽明忽暗的路上，就像逃离被轰炸的战场。

在河岸边行走时，早乙女同学摔了一跤，她光顾着看烟花，不小心撞到行人，脚一扭。看样子她无法独自行走了，于是我们在河岸边找了一块空地休息。

"对不起，是我不好。"

"没必要自责，在这里休息一下吧。需要我去买点什么东西来吗？"

"我不想麻烦出云川同学……"

旁边有一棵大树，枝叶会挡住烟花，所以这一带没什么人，还能坐下来歇一歇。烟花大会开始五十分钟了，出云川君显露出焦虑之色。

"叶山同学，我想拜托你一件事，你能去地图上的这个地点吗？"

他给了我一份复印地图，上面有一个红点。

"去这里就行？"

"是的，樱小路同学和佐佐木莲太郎会去那里，我们约好在那里见面。能替我转告他们我去不了了吗？"

"可以。"

我决定孤身前往。为了早乙女同学，也该让她和出云川君单独待在一起。

"我走咯。"

我走了起来。震动鼓膜的爆破声响于头顶，空中铺满金色的烟花，我确认着地图，来到支流附近的桥上。

"有个孩子落水了！"

我听到呼救声，是从支流传来的。人们往声音传来的方向看去，我也跑了过去。

住宅区中的这条河将汇入柏梁川，有一点宽度，也很深。我透过桥上的扶手看过去，烟花的光影落于漆黑的河面上。

有个孩子落水了，是个小男孩。河里好像还有一个人，尽管很暗看不太清，但应该是和我差不多年纪的男孩。这个人应该是发现小男孩落水跳下去救他的。

看热闹的人并排站在栏杆边上，看着落水的小男孩和营救他的人。

男孩来到落水的小孩边上，但是小孩陷入恐慌，有点控制不住。终于有其他大人开始参与营救活动了，几个人跳入河中，将二人救出。

游到岸边时，男孩整个人沉入水中，可见已经耗尽了全身力气。一个大人赶紧抓住他把他拉上岸，太好了，得救了。

这个男孩的所作所为令我感动，很可惜没有看见他跳入河中的瞬间，如果他没有这么做，那个小孩可能无法获救。

浑身湿透的男孩瘫倒在地，好不容易坐起身，就呕吐起来。周围的人们皱着眉头退避开来，当看到狼狈的男孩抬起头来，人们都倒吸一口凉气。

"这张脸好可怕啊……"

站在我旁边的中年女性说道。周围并没有响起本该称赞英勇行为的声音，他的这张脸只给人们带来了恐惧感。

我认识他，他叫城崎亚久斗。原来跳入河中救人的是他。

他的双目通红，身上满是呕吐的污渍，为此他的脸显得更吓人了。睥睨四周的眼神震慑住众人。

他和身在人群中的我四目相对，三白眼瞪得很大，仿佛很吃惊。他猛地站起来，逃跑般离去。留下的只有愣住的人们、哭泣的小孩、抱住他的母亲。

有人喊了救护车，但由于拥堵还没到，警察和烟花大会的工作人员向目击者询问详细情况，这时天空中绽开一朵巨大的烟花。

我发现一名熟悉的女生来到桥上，是樱小路同学。她和个子矮小的女孩手牵着手，这个女孩是谁？

"叶山同学，你已经到了。"

她注意到我，和我搭话。她的头发是公主般的竖卷，身形超群，气质优雅。云英学院中可能没有任何一个女生的容貌能超越她。她左顾右盼。

"出云川同学没和你在一起？你们应该是三个人来的吧？"

"发生了一些情况，他们在别处。出云川君让我先来地图上的这个位置。"

这是我第一次和樱小路同学说话，很紧张，在学校里可是绝对不会有机会和她说话的。

"这个女孩是樱小路同学的妹妹？"

女孩的头发盘成一个丸子，十分可爱，看样子她还是小学生。

"她是佐佐木莲太郎的妹妹。"

"这样啊。"

"晚上好，我叫佐佐木日向，哥哥素日里受到您关照。"

她很有礼貌地和我打了招呼。

"我是叶山，请多关照。"

我和从未讲过话的樱小路同学，以及素未谋面的佐佐木莲太郎的妹妹一起在桥上面对面发愁，接下去该如何是好？

"刚才这里聚了很多人，发生了什么事吗?"

"我是中途才看到的，刚才有一个小孩落水了，跳入水中救出那个孩子的人，似乎是城崎君。"

樱小路同学和日向露出超乎想象的吃惊表情。她们连续发问，请我详细描述刚才的目击情况。救援人员终于赶到，他们将哭泣的小孩抬上担架。要是城崎亚久斗没有救人，这个孩子现在还活着吗? 烟花进入高潮，夜空中一下子呈现许多色彩缤纷的烟花。然后宣布烟花大会结束的广播响起，周遭恢复平静。

## 7/1

出云川、樱小路、莲太郎都纷纷向我询问烟花大会那天发生的事，总之我糊弄过去了。听说有一位英勇跳入河中救出落水小孩的人，但那个人并不是我。

"为什么要否定呢，亚久斗阁下，这种英雄行为必须让媒体报道。制作重现 VTR 时，就让奥斯卡奖演员演吧。"

"是啊，如此高尚的行为! 应该在那里为亚久斗阁下立一座雕塑，再制定一条法律，路过那里的人必须拜一拜亚久斗阁下的雕塑。"

尽管出云川和樱小路这么说，但我丝毫也不认为自己做了多么了不起的事。我事先知道那个孩子会落水，本想利用这点让莲太郎和叶山波留关系亲密起来，却没考虑到莲太郎赶不过来的可能性。差一点我就断送了那个孩子的性命，必须深刻反省。其实我完全可以不让那个孩子掉入河中的。

"大家应该都知道城崎君跳入河中救了那个孩子的事，在场的许多人都能够证明，他们说救了落水孩子的人是一个眼神很凶狠的少年。"

莲太郎在烟花大会那天晚上和樱小路走散了，结果没能来集合地点。要是他来了，应该是他跳入河中救人。如今他居然用崇拜偶像般的眼神看着我……别这样，别这样看我！我是利用那个孩子的坏人，《和你同行》中的恶棍！

暑假期间我举办了生日派对，在家里盛大庆祝。以前我只能请到出云川、樱小路，这几年还多了莲太郎、勇斗、日向这几个朋友，热闹多了。

作为派对举办地的城崎家设置了一个舞台，请来了许多知名搞笑艺人，为我们表演喜剧。勇斗和日向笑个不停，看来派对很成功。

进入九月，第二学期开始了。

某一天午休时分，我在学校图书馆看书。我戴着假发变装来到图书馆，不过由于刘海妨碍阅读，所以我会摘掉。我在阅读区读着推理小说，随着翻页，纸张的香气传来，我很喜欢这个味道。正当我想把读完的书放回书架，看见了一名黑色长发女生。叶山波留在书架之间移动。

我自知她不喜欢我。她明显躲避着我，而且动画片中也是如此，所以她必定讨厌我。烟花大会那天晚上，短短一瞬间，我们四目相对。当时我全身都是呕吐物，她一定觉得我很恶心吧。所以我不打算接近她。

但是我很担心她的身体情况，我远远望着她。她站停下来，从书架上抽出一本书，翻页看起来。就在这时，突然猛地咳嗽起来。她用手捂住嘴，看起来很痛苦的样子。

我飞奔到她身边。

"叶山同学，你没事吧？要不要我喊救护车……不，喊急救直升机吧，请医生好好检查一下。"

她吃惊地看着突然现身的我。

"城……崎君……?"

她一边喊我名字一边还在咳嗽,痛苦万分。

"别说话,我马上组建一流的医疗团队!"

我拿出手机打算给小野田打电话。叶山波留歪着头说道。

"过分了,我只是翻书时吸入了灰尘才咳嗽的!"

她的咳嗽声渐渐平息,看起来也不痛苦了。我放下心来。

"是吗,我还以为……"

我还以为这一天终于来了,我最害怕的这一天。这个世界线中有许多事都与动画片不同,本该发生的事没发生,本不该发生的事发生了,她的病提前几个月发作也不足为奇。

"城崎君怎么会来图书馆?"

叶山波留戒备着我,将书放回书架上。

"其实我是读书家,书看到我的脸也不害怕。"

"出云川君和樱小路同学没和你一起吗?"

"有时候我也想一个人放松一下。"

眼前的少女将她的声音留存于这个世界。

用她的声音与我对话。

我感动得无以复加,但是表面上假装冷静,因为不想被她认为是个怪人。

"城崎君也会想一个人待着啊。"

叶山波留小心翼翼地问道。

"烟花大会那天,你浑身湿透回家的?"

那天她看见了我,所以无法糊弄过去。

"是啊,趁着夜色跑回家的。路过的人都吃惊地看我,据说还有人报警说看到一只刚刚破了羊水的'异形'……"

她愣了一下，眯起眼睛。是在笑吗？动画片中她对城崎亚久斗只有轻蔑的眼神。

"太意外了，城崎君。"

我的话戳中了她的笑点，她笑得前仰后翻，我觉得无比幸福。叶山波留擦了擦眼泪说道。

"人不可貌相。"

"说得轻松，其实这句话很伤人心呢。"

"植物园那次的事情我还欠城崎君一个道歉，我以为城崎君在欺负那个女生，看来不是的，直到现在我才明白过来。"

"该道歉的人是我，突然说什么请你录音之类的话，给你添麻烦了。"

"的确让人觉得很恶心哦，那么就互相抵消做得不对的地方吧。"

叶山波留面向我，黑发反射着光线，仿佛天使的光辉。她的大眼睛中，坚强的意志与纤细的情感并存。这张脸谁看到都忍不住喜欢。动画片女主角总是闪闪发亮，就连她身边的灰尘仿佛都是为了凸显她的存在而飘舞于空中。在我面前的她并非什么动画片女主角，而是一个活生生的人，她的存在令我悸动。叶山波留这个女生出现在我面前时，我会心跳加速。幸好我知道，她的命中注定之人是佐佐木莲太郎，要是不知道就糟了，她就是如此令人着迷。奇怪的是为什么这个世界线中，佐佐木莲太郎对她无动于衷呢？

"我本以为城崎君一定是坏人。"

"我就是坏人，只是尽量不想给大家添麻烦，装老实罢了。小学时的所作所为令我感到羞耻。"

"能够改正自己的行为，改变生活态度已经很了不起了。这并不

191

是谁都能做到的，随着你的思想转变，云英学院也发生了巨大变化。"

明明自己什么都没做，却得到了肯定，这种感受真糟糕。不过幸运的是有机会与她聊天，我有许多想问的事，比如说身体情况如何？运动后会不会呼吸困难？最好能让她去体检一下，定期检查能够在较早阶段发现白血病。正当我犹豫该怎么说出口时。

"你是跳入河中拯救那个孩子的人，我觉得你非常勇敢。"

我不禁停下了思绪。

"你是跳入河中拯救那个孩子的人。"

这是动画片《和你同行》中的台词，但是她说错了对象。这是女主角叶山波留对男主角佐佐木莲太郎说的饱含敬意的话，她为什么会对我这个坏人说这句话？这个世界线到底怎么回事？远处传来的钟声宣告午休结束了。

## 7/2

城崎亚久斗带着两名跟班穿过走廊，学生们纷纷退让到墙边，留出通道让他先过。我和早乙女同学遇到他们的出行队列，换作以前，我可能已经逃到别的楼层去了，或者进女厕所避一避。如今我已经没那么害怕城崎亚久斗了，所以不必逃跑。

城崎亚久斗的三白眼看向了我，他的眼神就像刀刃般锐利，嘴角扭曲，露出锯齿状的牙齿。我周围的女生们害怕得倒吸一口凉气，不过我知道，那是他在微笑。我已经对他的长相有免疫力了。

早乙女同学的视线则看向出云川君，她一直是出云川君的粉丝，烟花大会过后，这份情感突破次元，如今早乙女同学看他的眼神已是心形符号。

出云川君注意到我们，微笑着挥挥手。金发碧眼的他简直就是王子。我们身边的女生们躁动起来。"出云川君向我挥手了。""是向我！""不，一定是我！"论战开始了。

櫻小路同学没有向任何人挥手，她的架子很大，丝毫不在乎旁人的视线。不输给任何人的美丽侧脸，令男生们着迷。

他们走后，走廊恢复平静。

"今天的城崎阁下比平常更可怕呢。"

"是啊，露出的牙齿像个怪物，一定是在威吓咱们。可能心情不太好吧。"

"我不禁握紧了口袋中的十字架。"

我听到周围的人这么说，哼了一声。早乙女同学不可思议地看着我。

"叶山同学你怎么了？"

"我忍不住想笑……"

从教学楼敞开的窗户中吹来凉风。夏天已经离去，马上就是秋天了。太阳光也变柔和了，暑气渐渐消散。

某个星期天，北见泽柚子邀请我去她家玩。她家是三层西式建筑，是我们小学附近最豪华的房子。她家养着三条金毛犬。

许久不见柚子，她瘦了，不过依然是美少女。她有一种深闺大小姐的氛围感。柚子母亲为我们端来红茶和饼干，我们边吃边聊天。她很想知道我在云英学院的高中生活。

"料理课时，来了一个常常在电视上登场的料理研究家，为这节课专门准备了一道食谱，很好吃。不过使用的都是高级食材，没办法在自己家中做，普通人家可没有白松露。"

一开始柚子笑容满面地听我说着，后来金毛犬来了，看着我想让我摸它。

"对了波留，你记得我的忠告吧？"

"忠告？什么来着？"

"如果想安全从云英学院毕业，绝对不能让城崎亚久斗盯上自己，要时刻戒备他，不能靠近。只要他不认识你，就不太会把你当成猎物。"

小学时期，柚子遭到城崎亚久斗和其跟班霸凌，当时的伤痕仍未愈合。

"我……那个……"

我不敢告诉她，自己已经和城崎亚久斗交流过了。要是她知道我坐着当年欺负她的出云川家的豪华轿车去看烟花大会，她会怎么想？

"他是恶魔转世，很可怕。"

"是啊，那张脸很难不被这么认为。"

即使霸凌的实施者忘记了，被霸凌的人也不会忘记，仇恨不会消失。

"以城崎亚久斗的性格，即使杀人也不足为奇，他喜欢看着别人受苦。波留的人生可不能被这种人给践踏了。我很喜欢波留，所以才害怕出现这种事，这就是来自我的忠告。"

柚子拉起我的手，长长的睫毛颤抖着，一副快要哭出来的样子。

"转学到公立小学时，多亏了你和我聊天。波留，你是我最重要的朋友，决不能成为那种家伙的猎物。"

"你别怕，城崎亚久斗最近变老实了，没有欺负任何人。"

我忍不住说了出来。

"什么？"

她的态度一下子变了。

"他变老实了？你是认真的？"

柚子变得像能面一样面无表情。见我点头，她用拳头重重地敲击桌子。红茶杯为之一振，其中的液体泛起波澜。

"波留，你被骗了。那个恶魔会变老实？就算地球爆炸几千次都不可能。"

"你冷静一点，柚子。你看，狗狗也害怕了。"

金毛犬逃去了其他房间。

"是波留的错，净说些胡话。你说城崎亚久斗已经不欺负人了？怎么可能，他一定用了不为人知的方法欺负外部学生。目击者都被灭口了，在没人的地方消失了。"

"我倒不这么认为。"

柚子的表情由于愤怒而扭曲。我也有些怕了。

"波留，你为什么要这么说？你是我的朋友啊，城崎亚久斗是个恶魔！他是不应该存在于世上的害虫！请你和我一起憎恨他，和我一起祈祷他走向毁灭。"

柚子又敲击了一次桌子，吃蛋糕用的叉子飞起来发出金属音质。

"你说那个家伙已经不欺负别人了，是在撒谎吧？"

柚子揪着头发说道，她的手腕瘦得皮包骨头。对她而言城崎亚久斗是个需要憎恨的对象，憎恨他已经成为自己人生的一部分。

"不过……也许他在暗中密谋别的事，我确实很害怕他。"

这不是谎言。在植物园的温室见到他时，我感到了绝望。为了让面前的朋友冷静下来，我这么说道。

"现在大家也依旧害怕他，他路过走廊时，我周围有个女同学握紧了口袋里的十字架。可见她怕到需要向神明祈祷的程度。他是个拥有恶魔面容的人，也许正如柚子所言。"

柚子冷静了下来，变得柔和。美少女又回来了，简直不敢想象刚才的她居然用手击打桌子。

"波留，需要再来一杯红茶吗？"

"那我就不客气了。"

"妈妈，红茶！"

柚子喊道。没多久她妈妈拿着茶壶来了，和我对视微笑了一下，这个笑容里充满了"不好意思"。我低下头表示感谢。


第二学期我被选为班长，好像是因为我第一学期成绩比较好的缘故。于是我和佐佐木莲太郎交流的机会增加了。每个班级的班长需要聚在一起开会。

"叶山同学，请多关照。"

"佐佐木君，请多关照。"

他所属的一年级（3）班就是城崎亚久斗、出云川史郎、樱小路姬子所在的班级。没有什么人可以指挥他们做事，所以佐佐木莲太郎被选为班长是让大家心服口服的事。

午餐时间，偶尔见到了佐佐木莲太郎，于是我坐在他旁边和他聊起天。由于知道他是城崎亚久斗的跟班之一，所以过去我尽量不和他接触，不过最近这种防备心彻底消失了。

"校园节你们一班打算做什么？"

他正大口吃着牛肉、意大利面、色拉。我们已经开始筹备秋天的校园节了。

"我在课外活动时间收集了大家的意见，最终想开鬼屋的人偏多。"

我把葡萄和橙子放进嘴里。

"鬼屋？听起来很有趣。"

"三班呢，打算做什么？"

"我们打算开咖啡馆，不是普通的咖啡馆，是管家咖啡。"

"管家咖啡？"

"是的，就是女仆咖啡的男版。我们班的女生一致决定要开这个。她们找我商量，想让出云川君扮演管家。"

"要是出云川君为客人服务，生意一定会很好的。"

佐佐木莲太郎的碗里还有好几片牛肉，看起来很好吃的样子。他发现了我的视线，把盘子朝我的方向挪了一挪。

"吃不吃？"

"可以吗？"

"吃完我再去拿就是了。"

"那我就不客气了。"

我从他的碗里拿了一片牛肉。这道菜无论学生吃多少，餐厅都会立刻添加。

"城崎君打算在咖啡馆扮演什么角色？要是他端来红茶，客人一定会很吃惊。"

"他打算做幕后工作，另外他说可以利用自己家的关系，订一批国外产的高级咖啡豆和红茶叶。"

"真厉害啊。"

餐厅是玻璃墙，秋日的暖阳透过玻璃晒在我们身上。不久后外面的草坪庭院上将设置校园节舞台，到时候会请国外著名音乐家来演奏，还会请以前的总理来开讲座等等。

"只要叶山同学发话，城崎君也会帮忙一班的鬼屋的。"

"我实在不敢当。"

我想象了一下要是他扮演鬼，那一定会让许多客人昏厥过去。

## 7/3

在动画片《和你同行》中，城崎亚久斗精神扭曲的原因之一是父子关系不和。城崎亚久斗在被父亲疏远的环境中长大。为了生这个孩子，母亲城崎有里亚去世了，父亲将此事怪在儿子头上。

父亲的书房里挂着一幅城崎有里亚年轻时的肖像画。像圣母一般美丽的母亲，她的胸前戴着一条银项链。这条项链是父亲年轻时送给母亲的礼物，可惜现在找不到了。

城崎凤凰至今依旧爱着她，他时常独自在漆黑的书房里边看肖像画边喝闷酒。他明明已经站在城崎集团顶端了，却一点也没有幸福的样子。

我理解失去爱人的痛苦，所以现在的我能和城崎凤凰共情。我放下了年幼时期丧失父爱之痛，这部分痛苦只是作为记忆存在罢了。

"你还在和外部学生玩？"

城崎凤凰问道。下完国际象棋，我们来到餐厅坐在长桌两端，吃起大厨烹饪的法餐。

"你是指佐佐木莲太郎？我们关系不错，他是我最好的朋友之一。"

"他是看上金钱和权力才接近你的，别太信任他。"

"我不这么认为。"

城崎凤凰像野兽般吃肉喝酒。前世工薪族时代，我也没见过吃饭如此豪爽的人。我将法式焖烤猪肉切成小块送入口中，迷迭香的香气让这道菜更美味了。

"朋友就从内部学生里挑，外部学生不值得信任。"

"这和出身无关，我认为佐佐木莲太郎是个好人。"

他是《和你同行》的男主角，我可能比他自己更了解他。

"外部学生嫉妒我们有钱人，对我们怀有敌意，他们只想踩着我们往上爬。你把他当朋友，对他而言可能只是把你当生财之道。"

"请不要说我朋友的坏话。"

贬低佐佐木莲太郎就是《和你同行》影迷的敌人，不过我没有忘记展现自己的假笑。

十月的校园节，我们一年级（3）班打算开管家咖啡馆。为准备校园节，我们在课外活动课上讨论起来。班长佐佐木莲太郎提问道。

"出云川君可以扮演管家吗？有许多人期望可以由你提供管家服务。"

我、出云川、樱小路的座位在窗边靠后的位置，全班同学的视线集中在我们身上。出云川把手贴在尖尖的下巴上，考虑起来。长长的睫毛影子落在眼睛上，犹如一幅绘画。

"不错嘛，出云川君，这也是人生学习之一。你就试试看接待客人吧。"

我故意用上司一样的口气说道。没想到他站了起来，单膝跪在我面前，犹如忠诚的骑士一般。

"服从亚久斗阁下的安排，出云川史郎将做好管家的工作。"

教室沸腾起来。无论内部学生还是外部学生，听到这个好消息，女生们高兴地击掌。真想把这个瞬间拍下来，命名为世界和平。

顺带一提，动画片《和你同行》也有校园节，不过没有具体描述每个班级干了什么。动画片中云英学院的内部学生和外部学生之间有一条鸿沟，不可能团结一心做什么事。

"如果只有出云川同学一个人接待，是不是太辛苦了？"

"当然，还会安排其他几位同学一起扮演管家。"

莲太郎回答樱小路的问题。

"莲太郎君，你也应该试试接待工作。"

我在自己的位置发言道。

"管家咖啡馆的大多数客人都是女性，需要麻利地迎接她们。要是有不同种类的帅气管家，客人也会很高兴吧。我们一年级（3）班的男生要是根据长相排名次，莲太郎绝对排名靠前，所以你也应该参加。"

尽管总是一副睡不醒的样子，头发也乱糟糟的，不过莲太郎的容貌很不错，是大家都能接受的脸型，能给人带来安心感的优秀青年。就连平时不敢注视我的女同学们也默默地点着头。

"好的，既然城崎君这么说。"

莲太郎也决定参战。

"那么管家服就由樱小路家来订制，拜托和我们家关系不错的知名服装设计师操刀。"

樱小路的话一说出，班里众声喧哗。樱小路家有许多服装公司的关系，没想到居然能把关系用在订制管家服上，真厉害。

管家一共有五名，客人应该都是为了出云川而来，所以请他站在店头迎客比较好。要是他不在，那我们的咖啡馆就变成欺诈了。其余四名管家的工作是努力配合好出云川。

几天后，樱小路请人为几名扮演管家的男学生量尺寸、订制服装。

回过神来才发现秋意渐深，距离她发病的时间越来越近了，我变得忧郁起来。

礼拜天中午，我在车站前参加了呼吁大家登记成为捐献者的公益活动。

"黑崎君真努力，明明这么年轻，了不起啊。"

一位年纪稍大的男性表扬我，多亏我用假发遮住了凶狠的脸，才让他们能轻松与我交谈。

不过，焦躁感始终无法散去。这样一点一点地做着公益活动有用吗？是不是真的能救叶山波留的命？这和学习不一样，学习至少会给我一个明确的成绩，而我从事的行为不知道会对未来造成怎样的影响，无法显现。

我本人没有登记成为捐献者，因为白血病相关治疗规定，骨髓以及造血干细胞提供者必须在二十至五十岁之间。虽然也有例外，不过十六岁的我不要说提供了，就连登记都不行。

前世我曾登记成为捐献者，动画片《和你同行》的爱好者们憎恨带走叶山波留的白血病，希望世上再无此等悲伤事，看完最后一集，大家纷纷行动起来。在网上下载申请书，填上个人信息后拿到捐献者登记窗口。当时我住的那个地方，献血窗口就是登记窗口，根据地方不同，有可能是福利窗口、卫生站。听完讲解后，我被抽了两毫升血，登记就完成了。动画片《和你同行》播放完后，捐献者登记人数增加了好几万人，引起社会热议。

结束了公益活动回到家里，还是正午过后没多久。我在庭院里的凉亭吃着大厨做的三明治，然后找了一个太阳晒不到的长椅和桌子看书。随从小野田来到我身边。

"亚久斗阁下，您的朋友来了。"

"好的，我马上过去。"

我和小野田来到会客厅，佐佐木莲太郎、勇斗、日向站在那里。

"亚久斗哥哥！"

"亚久斗哥哥，多有打扰。"

勇斗和日向和我打招呼。

"你们看起来很精神啊，我从国外订了一批零食，吃不吃？还是先去泳池玩一会儿再吃？"

小野田喊来一名女佣，年轻的佣人一边问他们想玩什么一边带他们过去。

"谢谢你啊，城崎君。"

莲太郎不好意思地说道。

"别客气，是我喊你来的，再说把他们留在家里也不放心。"

他们父母周末也要工作。

"勇斗已经是初中生了，日向比较成熟，即使把他们留在家里也没事。总之还是要谢谢你。"

"你知道今天要干什么吗？"

"学习管家的行为举止对吧。"

校园节那天，莲太郎要穿着管家服为大家服务，然而他根本不知道管家应该如何选择措辞，行为举止又该怎样。于是我决定让他接受真正管家的培训。

"今天就拜托你了，小野田先生。"

莲太郎向小野田行了一礼。

"明白了，今天我会让佐佐木阁下成为完美的管家的。"

银色眼镜框后，他的眼睛闪闪发亮。首先进行的特训内容是饮品、料理相关的。小野田向莲太郎灌输拿托盘的手法、倒茶的方法等动作。

"身体歪了哦。从茶壶往杯子里倒茶时，手抖了。客人只要看你的动作，就能大致猜到你们家的层次。必须时刻谨记，每个动作都要做到完美，不然就是主人家的耻辱。"

小野田居然是如此严厉的人。我未曾被他批评过，可能因为我是雇主吧。对于小野田的斯巴达特训，莲太郎没有任何怨言。一开始动作很不顺畅，渐渐就美观起来。莲太郎的标志性凌乱头发用发蜡固定住了，弄成大背头，给人一种可靠的印象。

"欢迎回家，主人。"

我作为客人也参加了他的特训。莲太郎见我来到椅子边，悄无声息地跟来，轻轻地为我拉开椅子。

他用银色的托盘为我端来咖啡，优雅且干练的步伐。把咖啡从托盘上端到桌子上的这套动作过于完美，咖啡表面甚至没有一丝波纹。

特训还没完。中途我决定暂且离场，去看看勇斗和日向在干什么。勇斗和日向在庭院一角的灌木丛迷宫中玩耍，他们乘上电动踏板车互相追逐，还在河上滑绳索玩，在室内泳池玩水上滑梯……当我过去的时候，他们正在地下影厅吃着焦糖爆米花，看着日本还未上映的动画电影。

电影结束后，我们去找莲太郎。管家特训告一段落，不过小野田正在培训他别的项目。桌上摆着许多色彩各异的宝石，莲太郎一脸愁容地用放大镜看着。小野田挽着手臂看着他。

"你们这是在干什么？"

"佐佐木阁下正在学习如何分辨宝石真伪。"

"这是必须学的吗？"

"绝不能让自己主人买到假宝石。"

莲太郎过于快速学会了管家的举止，于是开始学习其他业务：如何管理餐盘、贵重物品、宅邸和土地，以及监督其他佣人的方法等等，这些和管家咖啡毫无关系的业务。

鉴定完宝石，莲太郎抬起头。

"小野田先生，假的宝石是五号和七号。"

仔细一看，桌子上的宝石都编了号，小野田满意地点点头。

"答对了，佐佐木阁下，你已经拥有了无论去哪里都不丢人的管家能力。"

"谢谢，小野田先生。"

二人感慨地握手。

天色渐暗，城崎家的庭院亮起灯。佣人们在草地上摆上桌子椅子，今天晚上吃烧烤。勇斗把 A5 级别的牛肉放上烤网，日向将肉摆整齐。他们看起来很快乐，我和莲太郎边看边聊天。

"本打算晚饭前就回去的，没想到还让你请吃饭，真不知道该说什么才好……"

"没关系，是我想留你们吃饭。"

"没给你添麻烦就好。他们对城崎君太不见外了，要是你觉得麻烦，就和我说，我会批评他们的。"

"我没觉得，反而更希望趁现在多招待勇斗和日向来玩，来吃好吃的。我想给他们留下幸福的记忆。"

烤肉滴下的油脂令火焰腾起，勇斗被烫了一下，喊了一声好痛。旁边的女性佣人似乎很担心，不过勇斗吃得更开心了。

说出来可能没人相信，明年这个时候，城崎家就消亡了，我将被赶出这个家。趁现在还能享受，我希望给勇斗和日向留下更多美好的回忆。

"今天莲太郎也很努力，虽说是为了班级，学习管家的举止很辛苦吧？你多吃点，回程我会让司机送你们的，别担心。"

"城崎君，谢谢，你一直都在帮我。"

勇斗和日向给我拿来了烤肉，我沾上大厨特制的烤肉酱，肉很软，一放入口中就融化了。

"亚久斗哥哥，好吃吗?"

勇斗问道。

"好吃，烤得正正好好。"

"是吗，还有很多，你尽管吃!"

"勇斗哥哥，是人家请我们吃饭，你搞清楚情况了吗?"日向正烤着蔬菜，听到这话忍不住吐槽。高级食材样样都很好吃，都尝了一遍之后，我突然发现莲太郎不见了。他已经混入佣人中帮忙运饮料，收拾空盘子了。

勇斗在亮灯的庭院中来回跑。

"只要来到宽敞的场所，勇斗哥哥就会像这样无意义地奔跑。"

日向坐到我旁边，困扰地说。

"他上辈子可能是条狗。"

"亚久斗哥哥，你相信有前世吗?"

"我的前世是工薪族，被卡车撞到去世了。"

日向以为我在开玩笑，她笑了笑。

"餐后咖啡来了。"

莲太郎单手拿着托盘，轻轻地在我面前放下咖啡杯。

"给这位小姐准备的是热牛奶。"

散发着热气的马克杯被放在日向面前，这一套动作犹如舞蹈般优美。尽管现在莲太郎穿着自己的衣服，不过在我眼里，他简直就是梦幻管家!

我喝了一口咖啡，好喝，苦味和酸味正好是我喜欢的程度。看着莲太郎走远，日向说道。

"对了，最近莲太郎哥哥好像有喜欢的人了。"

我一口喷出咖啡。旁边的佣人一起围过来递上手帕，我用手制止他们。

"日向，此话当真？"

莲太郎喜欢的人，一定是叶山波留。这么说起来，听说这两个人最近经常见面，毕竟他们都是班长。

"好消息，你可真敏锐。"

"我们生活在一起，总会发现的，不要小看女孩子的直觉。上一次烟花大会的时候我就察觉到了，莲太郎哥哥只要在她面前就会变得慌张，视线也总是情不自禁地投向她。所以我马上就明白了，莲太郎哥哥原来喜欢这个人啊。"

"烟花大会？"

"是的，就是城崎哥哥跳下河救人的英勇日。"

"你在说什么，我可没做过。"

日向见我装傻，叹了口气。可据我所知，那天莲太郎没有见到叶山波留，拉拢二人关系的计划失败了。这就和日向所说的对不上了，她说的人到底是谁？

"哥哥喜欢她也在情理之中，因为真的很漂亮。她一开始给人的印象是很难接近，是个冷漠的美人。"

听到这里，我的脑中浮现出一位女性的轮廓，不会吧……佐佐木莲太郎可是动画片《和你同行》的男主角，应该对女主角叶山波留抱有好感才对吧？

"日向，你所说的这位女性，莫非发型十分古怪？"

"竖卷可不是古怪发型！很漂亮，很适合樱小路姐姐。"

我挠着头。居然真是这样，莲太郎怎么会喜欢樱小路姬子？她可是坏人军团的一员。动画片《和你同行》里的她，是一个虐待外部学生的坏千金。然而这个世界线中的樱小路眼神里少了邪气，是一个有高贵氛围感的美丽大小姐。不少男学生倾心于她，没想到莲太郎也是其中之一。

"不会吧……可是……"

我惊讶到站不起身，日向好奇地歪了歪头。

"城崎哥哥为什么在那么漂亮的人面前也能镇定自若？为什么你不喜欢她？"

"怎么可能喜欢，她可是樱小路啊。"

"真是个怪人啊，城崎哥哥。"

这个世界线到底在向哪里发展？如果日向说的是真的，必须说服莲太郎："你的对象可不是她！"作为动画片《和你同行》的影迷，我从心底盼望佐佐木莲太郎能和叶山波留拥有一个幸福的结局，然而这个结局居然离我越来越远了……

这时，周围发生骚动。

"勇斗哥哥！"

日向喊了一声。我一看，勇斗浑身是泥站在我们面前。

"我摔了一跤……"

勇斗不好意思地挠挠头。

"要怎么才能摔成这样？"

"别生气日向，城崎哥哥，我能借用浴室吗？"

"随便用，不过你是在哪里摔倒的？"

"我在下坡路绊了一下，然后扑通掉进池里。"

几名机灵的佣人马上就要带他去浴室，然而勇斗却说等一下，来到我身边。他从口袋里取出一块泥团给我。

"城崎哥哥，这是我刚刚捡到的，手摸到池底时发现这个东西被埋在泥里，为答谢今天的款待，我把这个送你。"

"这么脏的东西?"

"擦一擦就干净了。"

勇斗递出的泥团包裹着一个银色的物件,我用桌上的餐巾纸把表面擦干净。

"是一个银色的吊坠。"

我将它拿到齐眉高,尽管很简约,但我记得好像在哪里见过。

"谢谢勇斗君,我会珍藏的。"

听我这么说,他害羞地随佣人们走向浴室。

"亚久斗阁下,怎么了?"

小野田赶过来。

同时,莲太郎也来了。

"刚才我在走廊上见到浑身是泥的勇斗,怎么了? 发生什么纠纷了吗?"

我摇了摇头。

"没事,刚才他给我捡了一个好东西。小野田,你来得正是时候,你帮我看看,这是勇斗在池底捡到的。"

小野田从我手中接过吊坠,摊开白色的手帕,将吊坠放上去。银框眼镜之后的眼睛突然瞪大。

"如果我没记错,这是父亲书房里肖像画中的人物佩戴的。"

"没错,这是老爷年轻时送给夫人的东西。虽然我是第一次见,但应该没错。"

这是我的母亲,城崎有里亚在肖像画中佩戴的项链,虽然不知道详细情况,不过母亲去世后这条项链就不见了。

"请把这个交给父亲。"

"遵命。"

小野田将吊坠放在手帕中，小心翼翼地包好。他比往常更恭敬地行了一礼后离去。

莲太郎和日向终于放下心来。

"你们这是怎么了？"

"我们还以为勇斗干了什么坏事呢，怕得不行。"

"那么冷静的小野田先生居然都吓了一跳，确实挺吓人。"

勇斗洗完澡换上干净衣服回来了，我让司机大田原开车送佐佐木家兄妹回家。

大家走后，我一个人回到房间，想起莲太郎喜欢的人居然是樱小路这事，悲伤地倒在床上。没办法，现实已经脱离动画片剧本了。不过我努力想让叶山波留下去的行为也是在改变原作。男主角莲太郎要是无法陪在叶山波留身边成为她的精神支柱就麻烦了，他喜欢上别人，那么叶山波留就得无依无靠地待在医院病房，这可怎么办？

## 7/4

校园节前一天，教室已经装饰好了，我们班级把教室改造成了鬼屋，到处都是神秘怪异的装饰物。

我们班的一位内部学生是知名导演的儿子，通过他的人脉借到了恐怖电影中的道具，十分逼真的头部、断手之类的东西。如果在不知情的前提下看到这些，可能会错以为自己真的来到了杀人现场，忍不住打电话报警吧。

教室光线很暗，用黑色幕布围了一条游客通道，扮作鬼怪的同学躲在几个惊吓点，当游客通行时，突然现身吓唬他们。鬼怪由几位同学交替扮演，我也在其中。

负责音乐的人将念经声用作背景音乐，音响是国外的专业设备，听起来仿佛真的有个和尚在教室里念经。

"啊……好可怕……"

当我在装饰完的教室里走动时忍不住吐槽道。这一路上贴着不知所云的符，还有不知道谁的手印子，以及鲜血横飞的痕迹。有什么东西碰到了我的颈部，蜈蚣似的虫子从天花板垂下，仿佛要钻进我的校服里，当然这也是道具之一，是橡胶制成的。不过真的好可怕。

"完成了，大家辛苦了。"

作为班长，我鼓励了一下参加装饰工作的同学们。这项工作是由内部学生和外部学生一起完成的。今天就到此为止了，现在是下午五点，来到走廊，窗外的天空已经泛红，在教室里面完全感受不到外面的光线。

我对早乙女同学说道。

"我先走了，我要去一趟老师办公室。"

得向班主任报告进度。

"好的，明天见，叶山同学。"

早乙女同学对我挥挥手。

我在走廊上边走边观察其他班级，有的班级展示美术品，有的班级将夏目町的历史做成展示板，各有各的特色。窗外的庭院已经搭建了舞台，照明灯光、巨大的喇叭也已备齐。云英学院高中的校园节在周末开设两天，并不是人人都可以参加的，只有学生及其亲友才能进入校园。

来到老师办公室，结果运气不好老师不在。向其他班级的老师打听班主任在哪里，得知是去陪吹奏部练习了。

吹奏部在音乐教室进行日常练习，我走向其他楼栋中的音乐教室。夕阳照进走廊，地板犹如水面般闪闪发光。远处传来奏乐声，管弦乐器发出犹如大象的叫声，幸亏是放学后，我不禁感慨道。

我在走廊上看见了公主般发型的樱小路同学，她没有和城崎亚久斗、出云川史郎在一起，她进入一间空教室。真奇怪，她怎么会在这里？上课的教室都在教学楼里，她来这栋楼是为了什么事？

暑假烟花大会时，我和樱小路同学聊过几句，关系并不亲密。不过她应该记得我，在走廊上擦肩而过时她都会微微颔首和我打招呼，其实光这一点已经很不容易了。

她进入的空教室的门没有完全关上，路过时我看了一眼——并不是想偷窥，只是无意识地看了一眼。她站在窗边，教室里并无他人。

她拿着一把狙击枪。

怎么回事？

我吓了一跳，又看了一眼，愣住了。

难道她想暗杀某人？

樱小路同学手持长长的黑色狙击枪瞄准窗外的某处。我在教室门口观察着她的背影。如果这把狙击枪是真的就完了，校园节的前一天发生杀人事件？我得阻止她。

不、不好意思……你在干什么？

正当我想开口，听到了咔嚓一声。仔细一看，她拿着的并不是狙击枪。当然了，冷静想一想，那是加了超长镜头的单反相机。但是它就像天体望远镜那么长，所以我才看错了。这个镜头可真厉害，应该要好几百万日元吧。

咔嚓。

樱小路同学从窗口探出身子拍了好几张后，蹲下躲了起来。这果然是战场上狙击手的动作！她看着相机的液晶屏上刚刚拍的照片，表情比平时看上去柔和，就像在看自己心爱的宠物一般，嘴角微微上提。

这时，我们的视线撞上了。她瞪大了眼睛露出吃惊状。

"你……?"

"你好，樱小路同学。"

我打了个招呼。樱小路美丽的脸庞、脖子、耳朵，害羞得涨成粉色。她可能不想被任何人发现自己在做什么吧。我决定就当没看见。

"我去音乐教室有事，再见。"

"等一下，叶山同学!"

我刚想走，樱小路同学就喊住了我。她一把把我拽进空教室里。她比我高，手脚纤长，站在面前给人带来一种压迫感。

"叶山同学，你是从什么时候开始看的?"

"嗯? 我什么也没看见。"

"别撒谎! 你看见我在偷拍了对吧?"

"偷拍? 不，其实我一开始以为你想暗杀某个人……"

我躲开了她的视线，却不慎看到了她的液晶屏。她拍的人是佐佐木莲太郎，这间空教室的窗口正好能拍到一年级（3）班的教室。

他穿的并不是校服，而是挺括的黑色西服。原来这就是管家服啊。一年级（3）班打算开管家咖啡店，看来他也要扮演管家。为了明天，他们正穿着管家服在练习。不过她为什么要偷拍佐佐木莲太郎呢?

樱小路同学慌忙将照相机藏到身后。

"不是你看到的这样。"

"什么?"

"我本想拍野鸟，不小心拍到了佐佐木莲太郎。"

"原来如此，你的兴趣是观鸟啊。"

"……我撒谎了。"

"……显而易见。"

樱小路同学应该是实在太想偷偷拍下穿着管家服的佐佐木莲太郎，才来到这间空教室用单反相机拍摄的。只有这个可能。也就是说，她对佐佐木莲太郎……

"叶山同学，这件事请替我保密！"

脸色通红的樱小路同学逼近我。

"嗯，好的，不过我觉得这是一件好事。"

我回忆起刚才看液晶屏时樱小路同学的表情，嘴角上扬看起来很幸福，尽管很意外，不过有个这样的人是好事。

"你是不是在心里偷偷嘲笑我？"

"才没有呢。"

"不，你一定在嘲笑。我不想让任何人知道，我对莲太郎……"

她的声音越来越轻。樱小路同学一直给人一种堂堂正正的强势印象，不过现在她的这副样子激起我的保护欲。

"我没有嘲笑你，反而觉得樱小路同学心中的情感是很高尚的，值得尊敬的。我从心底里希望你能如愿以偿。"

"真的吗？"

"嗯，当然。"

她靠近窗边，看着沐浴在夕阳中的教学楼，一年级（3）班正在进行管家咖啡的准备。从这里看过去，窗户好似芝麻大小，这么远居然能拍清楚，不愧是超长镜头的单反相机。

"我不知道自己是从什么时候开始有这种情绪的，不过只要一想到莲太郎，我就会胸口一紧。"

樱小路同学用单手拿着照相机，还有一只手贴在胸口。

"我也不知道为什么，一看到莲太郎就像看到小狗一样，觉得很可爱。不行，我必须将这份情感隐藏起来。"

"为什么？不如干脆告诉他？"

会有男性拒绝如此美丽的樱小路同学的告白吗？不会。然而樱小路同学悲伤地垂下双目。

"我是樱小路家的女儿，为了家族，我必须和差不多家境的对象结婚。"

"怎么这样……"

"反正也不可能实现，不如就藏在心底。无法如愿的，叶山同学。"

"是谁决定的？"

"我们家每一代都是这样。祖母、母亲也是。为了抬高家族地位，都和家底深厚的人家结了婚。所以我必须放弃。"

我站在樱小路同学旁边，空教室里的荧光灯没开，我看着她映照着夕阳的侧脸。

"这么做是不对的。"

她叹了一口气看着我。

"家庭的价值观和樱小路同学的感情相比，根本算不上什么。"

樱小路同学看起来快要哭了。

音乐教室继续传来奏乐声，管弦乐器的高音，和其他乐器合奏。天空即将变暗，我得赶快去和班主任报告，然后早点回家。我和樱小路同学交换了联系方式，就这样，我们成为朋友。

## 7/5

校园节当天，管家咖啡店一开就排起了长队。全都是女生，有初中生也有小学生，其中还混着几位女教师和临时职员。穿着管家服的出云川史郎将为客人服务，这个消息传遍了校园各个角落，大家都为这个难得的体验赶来。

教室里用高级的天鹅绒窗帘分割成两个空间，靠近黑板的空间摆着餐桌，装饰得像高级西洋建筑。

后面五分之一空间是厨房，在那里做饮料。云英学院的教室很大，五分之一也足够了。不能使用明火，所以用电水壶烧水。同时还准备了一些轻食，是让大厨提前做完冷冻起来带来的。有人下单只要解冻即可提供。

我和樱小路在厨房和其他同学一起准备咖啡和红茶。

"城崎同学，樱小路同学，让你们做这些事真是抱歉……"

在厨房，只要视线一撞上，别的同学就用颤抖的声音紧张地说道。

"别这么说，通过体验工作，能令人思索劳动为何物。"

"我也很乐意帮忙。对了，用热水冲咖啡粉后要等待三十秒，蒸一蒸，别忘了。"

"好的。"

关于如何冲咖啡，开业准备期间请了一位专业咖啡师来教过大家。饮料所用的瓷器茶杯套装是内部学生从自家带来的，都是好东西。出云川和莲太郎将它们端上托盘送到每一位客人手中。

穿着管家服的出云川一现身，女生七嘴八舌的声音在后厨都能听见。樱小路家的服装设计师设计的管家服评价很高，马上就有许多人来询问在哪里能买到。为此樱小路也很高兴。

中午时分，换班的人来了，我和樱小路稍作休息。走出教室前我们看了一眼用餐区，女生们看到金发碧眼的管家，都着了迷。出云川一点单，甚至有人眼泪汪汪地用手捂住嘴，享受着这愉快的时光。

莲太郎则小心翼翼地行动着，生怕挡住她们看出云川。乱糟糟的头发用发蜡固定住了，身穿管家服的他看起来就是一位真正的管家。

"莲太郎也很努力啊。"

樱小路在我旁边点点头。

我想起前几天日向告诉我的事。

"樱小路同学和莲太郎关系不错对吧？"

"我听不懂这个问题是什么意思……"

"有没有私下联系之类的？"

"没有，不过我很感谢莲太郎，他教过我学习，现在是很重要的朋友。"

樱小路微微一笑。对她而言莲太郎是不是只是熟悉的人之一呢？

离开教室后我们在校园内走动，校园节期间，各处的景色都和以往大不相同。宣传手册上记载着哪里举办着哪个活动，我打算去看看这些活动。樱小路作为跟班跟在我后面。

"今天我们就分开行动吧，出云川也不在，你一定也有想独自逛逛的地方吧？"

"我没有。伴随亚久斗阁下是我的使命，我有义务将亚久斗阁下去了哪里，看了什么记录并流传给后代。"

我想独自探索，于是打算找个办法甩掉樱小路。

VR研究部利用空教室提供虚拟现实体验，可以戴上头套通过三百六十度影像体验蹦极。我邀请樱小路一起去，那里几乎没有客人，VR研究部的成员本来闲着，一看到我和樱小路，立马欢迎我们。

樱小路站在教室中央，头戴装备，眼睛被完全遮住了，她双手伸向前晃晃悠悠的。"亚久斗阁下！这个很厉害！好可怕！我好像真的站在大楼顶上！"她喊道。她所看到的正是头套带给她的全方位影像。

趁这时，我悄悄离开了。接下去就麻烦你们了，VR研究部！甩掉樱小路之后，我来到男厕所戴上长长的假发。

我弓着背走出厕所，自由自在地开始逛校园节。室外舞台上，吹奏部正在演出，往来的人都是学生或学生家属。看起来都是素质比较高的人。

主路上开着一排模拟商店，有卖可丽饼的班级，也有卖法兰克福烤肠的班级，我边吃边走。据说可丽饼是西点大厨特制的食谱，法兰克福烤肠是著名店铺的一流香肠。校园一角还开设了二手店，卖着内部学生的名牌包、钱包、手表。普通的二手店可能会卖假货，不过这里绝对都是真品。曾经活跃于美国职业棒球赛的世界著名棒球选手的签名物品也有好几件。能够卖这种东西的一定是拥有这样一位棒球选手父亲的学生。

热闹快乐的氛围弥漫于校园。哑剧同好会的人们在路边表演，魔术研究会的学生用硬币魔术和扑克牌魔术让到场者惊讶不已。

叶山波留现在怎么样了呢？我决定去她所属的一年级（1）班的教室看看。那是一个很精致的鬼屋。一靠近教室的入口，就闻到香的味道，还有念经声。教室门口安排了学生迎客。

"可以进去吗？"

"只有做好被诅咒觉悟的人才可进入。"

我进入教室。

我走入一条用幕布隔着的狭窄通道。并不完全黑暗，昏暗得能隐约看到脚下的路。这里有一口精心制作的水井，一个女鬼从井里爬了出来，是某个学生伪装而成的。恐怖的音效令人毛骨悚然。接着我被超逼真的头部和断臂吓了一跳，心脏差点停止跳动，仔细想想，我已经死过一次了。说起来，比起人类我更像是鬼怪。

我以为就快走到头，突然背后有人冲我跑了过来，是穿着一身白衣的女鬼。她一边喊着"哇"一边挠我的痒痒。幽灵可不会喊"哇"吧？挠痒也太不公平了。当我挣扎着离开女鬼时，我的假发掉了下来。

"啊……"

我的真面目露了出来，与女鬼四目相对。挠我痒痒的女鬼正是叶山波留。在黑暗的通道里，她的眼神露出惊讶。

"城崎君？"

"真巧啊，居然在这里遇见。"

我的假发掉在她的脚边，我赶紧捡起来戴上，用手指边整理头发，边说感想。

"这个鬼屋好精致啊，不得不承认，有几次我差点叫出声来。念经声也有助于营造气氛，给我留下了特别深刻的印象。"

叶山波留愣在原地，面无表情。

"假发……城崎君用假发伪装自己……"

"只要用刘海遮住眼睛，我给人的印象似乎就不那么深刻了。只要低下头，他们甚至不知道那是我。"

"你总是这样走来走去吗？"

"只有当我想一个人出来走走时才会这样。"

扮成女鬼的叶山波留缩成一团，紧紧捂住肚子。

"怎么了？是肚子疼吗？"

"不疼。"

她肩膀颤抖，憋住声音在笑。

"有那么好笑吗？"

"因为城崎君做的事情太……出乎我的意料……"

仿佛戳中了她的笑点，她笑个不停。还好不是肚子疼，算了。如果可以，我想多听听她的声音，不过现在她正在鬼屋工作，我还是走吧。

"嗯……那么，幽灵加油吧!"

"嗯，谢谢，城崎君。"

说完，叶山波留抬起头看看戴着假发的我，又忍不住笑出了声。

穿过幕布通道，来到出口，因为在昏暗的环境下待了很久，所以感觉走廊格外明亮。

我拿出宣传册看了看，突然发现一张熟悉的面孔。她是一位成年女性，长着一张与叶山波留颇为相似的脸。三十多岁，叫叶山理绪。她也是动画片《和你同行》中的登场人物。在动画片中，她经常穿着商务套装，但今天穿着宽松的连衣裙，她一定是来看叶山波留的鬼屋的。可能是感到了视线，叶山波留转过头看我，我向她点头示意，她也回了我一个。

外国的音乐家开始在户外舞台上演奏。沉重的低音在学校里回荡。当我在厕所单间里摘下假发，以城崎亚久斗的样子走出厕所时，与我擦肩而过的同学的反应就变了。他们被我的三白眼吓了一跳，纷纷迅速退到墙边给我让路。果然只有乔装打扮才能舒服地闲逛。

当我回到教室，发现樱小路正在管家咖啡的厨房里。

"亚久斗阁下，你去哪里了? 我找了好久!"

"我一个人去散步了，樱小路呢? VR蹦极好玩吗?"

"我真的以为自己差点没命了，吓得腿软，在那里休息了一会儿。VR研究会的成员给我买来了饮料和糖果。"

我和樱小路继续和同学们一起冲咖啡和茶。很快，夕阳染红了天空，钟声响起，宣布校园节第一天结束的广播声传遍校园。

校园节第二天，我们班鬼屋中的尖叫声和笑声不绝于耳。

"叶山同学，要不要一起去管家咖啡店？"

早乙女同学邀请道。这时刚过中午。

"我也很在意。去看看吧。"

我脱下幽灵的白衣，接受她的邀请。

我走向开着管家咖啡店的一年级（3）班教室，走廊上女生们排着长长的队。她们的目标是穿着管家服的出云川君。

"好厉害啊。我还以为今天不用排队了。"

"也有回头客吧。"

我和早乙女排在队伍的最后聊着天。据她说，第一天有人偷拍了穿着管家服的出云川的照片，后来被卖出高价。居然有人在校园节做这种生意，真是令人吃惊。等了一个小时左右，终于轮到我们了。我们穿过装饰豪华的入口。

"欢迎回家，大小姐。"

金发碧眼的管家迎接了我们。是出云川君，早乙女同学在我旁边露出满脸笑容。事先从她那里听说过，在女仆咖啡店和管家咖啡店这种地方，不说"欢迎光临"，而是说"欢迎回家，主人"以及"欢迎回家，大小姐"。穿着合身的管家服的出云川君手脚纤长。

"早乙女大小姐，叶山大小姐，欢迎莅临，我带你们去桌边。"

教室的空间很大，不像是被改造过。天花板上垂下水晶吊灯，墙上贴着古色古香的木材，是为了今天特地装修的吧。地板上铺着暗红色的地毯。除了出云川君，还有好几位管家，佐佐木莲太郎也是其中之一。他的视线落在我身上，于是我点头示意。

桌上放着一本黑色皮面的菜单。除了咖啡、红茶和软饮外，还有意大利面、三明治等轻食，以及布丁等甜点。

每张桌子上都有一个金色的铃铛，我一按铃铛，身穿管家制服的出云川君就来到了我的面前。我点了一杯咖啡，早乙女同学点了奶茶。

"明白了。"

他鞠了一躬转身离开，他的一颦一笑都像演员一样优雅。早乙女同学拿起桌上的铃铛，叹了一口气。

"这个铃铛是可以随时召唤出云川君的魔法铃铛，我想把它带回家去。"

佐佐木莲太郎一身管家打扮，正动作麻利地收拾旁边桌子上的碗碟，我叫住了他。

"真厉害，你看起来像一个真正的管家。"

"我在城崎家接受过特训。"

"真枪实弹演戏啊？"

城崎家这个词让我想起了一直困扰我的事情。昨天，城崎亚久斗来到鬼屋，戴着长长的假发。令人吃惊的是，他经常一个人乔装打扮在学校里闲逛。我的姨妈理绪正好来参观校园节，看见了他。

"鬼屋前有个长发男孩子，他又矮又驼背，刘海完全遮住了上半张脸。波留，你认识他吗？"

昨晚在家休息时，理绪问道。我想她说的一定是乔装打扮的城崎亚久斗。就在城崎走出鬼屋出口时，理绪来了。

"要说认识，确实认识。那个人怎么了？"

"他总是站在车站前做公益活动，这几年一直都在，呼吁行人登记成为白血病捐献者。"

城崎亚久斗在做公益活动？一定是搞错了吧？不过理绪对此深信不疑。好想弄清楚这一切啊。

我想佐佐木莲太郎可能知道些什么，很想问他，但他看起来很忙。没多久他完成收拾工作，回到了后厨。

"两位可爱的大小姐，我为你们上饮品。"

出云川君端来了咖啡和奶茶，十分好喝，早乙女同学的脸上洋溢着幸福。

"我很喜欢这里。我能不能写请愿书，希望校园节结束后也能保留这个咖啡店？"

早乙女同学如此感慨道。在充分享受了这个空间之后，我们离开了管家咖啡店。

我们和几位要好的同学汇合，决定一起行动。我们参观了其他教室，听了室外舞台上的表演，时间就这样过去了。后来，我从别人那里听说了管家咖啡店发生的那件小事。

"听说城崎阁下的父亲也来了。"

当我们回到鬼屋轮流扮鬼时，一位同学告诉我。就在我和早乙女同学离开管家咖啡店的同时，城崎凤凰带着一个真正的管家闯了进来。

我知道城崎集团统帅长什么样，曾在一家书店的商业杂志封面上见过他的照片，他有一个巨大的鹰钩鼻。城崎凤凰从未参加过学校的任何活动，这是第一次，特例中的特例。

"他来这里干什么？"

"我想他是来看儿子努力的样子的，城崎亚久斗阁下好像在后厨冲咖啡。"

那我喝的咖啡也是他做的吗？话说回来，我听过不少关于城崎凤凰的坏传闻，他究竟是个怎样的人呢？既然能为了儿子来学校，那么亲子关系应该不错吧。

没过多久，宣布校园节第二天结束的广播声响起。


"大家辛苦了，今天回家请好好休息吧！"

我作为班长说道。突然掌声响起，内部学生和外部学生都笑了。明天是假期，所以请了没什么事的同学集合于教室，一起打扫卫生。宣布完，我们离开了教室。

节日过后，教学楼里弥漫着一种略带伤感的气氛。竖在教室门口的店招牌也被摘了下来，恢复了日常平静。

"叶山同学，再见，能和你一起去管家咖啡店很开心。"

"谢谢你的邀请，早乙女同学。"

我和早乙女同学在大门口分别。门口接送的车一字排开，司机发现了她，为她打开后排车门，我则独自向家走去。

街边树上的叶子变黄了，随风飘落。天黑得很快，刚才还是红色的。

我走在繁华的路上，突然，感到一阵头晕，是贫血。

也许是因为一直忙于筹备校园节的缘故。我感觉头部缺血，身体很冷。耳朵渐渐听不到声音了，视线变得模糊，腿脚发软。

我的脑子在转，但身体无能为力。我跟跟跄跄地走到路边，即将倒下。

那里没有红绿灯，所以过往的车辆车速都很快。如果我倒在路边，汽车是无法避开我的，一定会撞到我。这可不是开玩笑的。

然而就在我倒下去的前一秒，有人抓住了我。那个人的双臂紧紧抱住我的身体，把我拉向马路的反方向。

是谁？这个人的手臂并不粗壮，应该说很瘦弱才对。

我蹲倒在地。有那么一瞬间我几乎失去了意识，随后逐渐恢复正常。心脏正竭尽全力向我的头部泵血。

"你没事吧，叶山同学？幸好我赶上了。"

城崎亚久斗弯腰看着我。他的脸还是那么可怕，如果不认识的人看到，可能会误以为我被他攻击了。我蹲在地上，脸色煞白。他用布满血丝的三白眼盯着我。我知道他是在担心我。

"城崎君？怎么回事……"

"我只是碰巧经过。"

"谢、谢谢。"

我的脑袋还有些模糊，想试着站起来，可怎么也使不上劲。

"你最好先休息一会儿，公交车站有一张长椅，坐那儿吧。"

我撑着他的手，慢慢走到长椅旁。

"要是坐在这里，公交车司机会误会的，会问我要不要上车。"

"这是紧急情况，没办法。不过如果你介意的话，我打电话让家里人想想办法，比如只要买下公交公司，就没有人会抱怨了。"

"哇，大富翁的玩笑话。"

"我去自动售货机买点喝的，你需要补充水分。"

他跑到自动售货机前，给我买了一瓶茶。城崎亚久斗为什么会待我如此亲切？搞不懂。由于贫血，手上没力气，所以他帮我拧开瓶盖。我喝了点茶，休息了一会儿。城崎亚久斗站在长椅旁环顾四周。

"你看到莲太郎了吗?"

"佐佐木君？没有。"

"原著里应该在这里的人是莲太郎……"

"原著是什么?"

"没什么，你就当没听到。我家的车就停在附近，要我送你回家吗？"

他的视线所及之处，是一辆黑色豪华轿车。

"我想休息一下就会好的，只是有点累了。"

"确定只是累了吗？去医院做个全面检查比较好吧？如果是什么不好的病，越早发现越好。"

城崎亚久斗用他的三白眼瞪着我。不，这不是瞪，是关切地看着我。他好像在请求我帮忙似的说。

"去医院看看吧，叶山同学。"

居然有这么爱操心的人。我站起来，确保自己没有摇摇晃晃。

"看，我已经没事了，可以走回家了。

"你需要爬一段上坡路吧，别逞强，上车吧。"

他很热心，但我还是决定步行回家。

"城崎君谢谢，今天多亏了你。"

我真诚地向他道谢，离开了公交车站的长椅。

走了挺长一段路后，我回头一看发现城崎还站在原地目送我。他是担心我再次晕倒，才站在原地的吗？

他知道我回家需要爬一段上坡路。在我弄脏校服的那天，是不是他给我送来了新校服？不知道为什么我总觉得是他。

刚才我因贫血而晕倒，看到是他帮了我，有种如释重负的感觉。这是一张如果在晚上看见，一定会尖叫起来的脸。如今我却感到安心，可能是看习惯了吧。

也许当了解一个人，就不会在意那个人的外表了。言谈举止会透露出一个人的内心世界，那才是真正的自我。

我爬着坡道，天上的星星闪烁着。

校园节的第二天，早上莲太郎的家人来了。我向他的父母问好，还见到了勇斗和日向。他们看到穿管家服的莲太郎，笑得很开心。大家站在走廊里聊了一会儿天，他们说还要去亲戚家。下午，叶山波留和早乙女同学一起来到管家咖啡店。我是后来才听莲太郎说起的，我一直在忙着冲咖啡，没注意到。

和往常一样，除了樱小路，没有人和我说话，但厨房里的气氛还不错。我把咖啡粉放在过滤纸中，然后倒入少量热水。咖啡粉像冒着泡一样鼓起，说明这是十分新鲜的咖啡豆。黑色的液体滴入玻璃壶中，散发出阵阵香气。

用餐区传来一阵吵杂声，似乎发生了什么麻烦事。身穿管家制服的出云川走进厨房，一脸紧张地说道。

"亚久斗阁下的父亲来了。"

在场的所有人都屏住了呼吸。

城崎凤凰？我没听说他要来。

我把冲咖啡的活交给了手上有空的同学，出去迎接他。樱小路跟在我后面。

我拉开天鹅绒窗帘，来到用餐区。餐桌摆得很宽敞，座无虚席。通常女生们会谈笑风生，痴痴地望着穿着管家服的出云川，但她们现在都沉默着偷瞄窗边的桌子。

一个长着鹰钩鼻的男人威严地坐着，他就是城崎凤凰。他身后站着濑户宫和小野田，正抽着进口雪茄。烟雾污染了教室里的空气。学校里是禁止吸烟的，但没有人阻止他。

"父亲，请不要在这里吸烟。"

我边说边走到他面前。城崎凤凰用似乎要射杀我的眼神瞪着我。教室里顿时紧张起来。过了一会儿，城崎凤凰不耐烦地"哼"了一声，命令濑户宫："把烟灰缸给我。"

"好的。"

濑户宫拿出一个金色盒子状的便携式烟灰缸，打开盖子。城崎凤凰将雪茄烟头按在盒子上，捻动烟头灭了火。

"父亲，您能来我感到很荣幸。您是排队进来的吗？这家管家咖啡店非常受欢迎，有许多女孩在走廊里排队等候。"

"没有排队，我命令她们让开，她们就让我过去了。"

真是个没礼貌的顾客。我看了看濑户宫和小野田，他们一脸歉意。

"那可不行，父亲，您这样做的话会被大家讨厌的。"

"我已经习惯了被讨厌和憎恨。喂，小子，给我一杯咖啡，像地狱一般滚烫的咖啡。"

"好的。"

"再叫佐佐木莲太郎过来。"

佐佐木莲太郎？

我今天来这里不是为了参加无聊的游戏，而是有事找他。"

莲太郎站在墙边看着我们，我向他招了招手。

"这位顾客想和你谈谈。"

他有点困惑，但没有表现出来。佐佐木莲太郎来到城崎凤凰面前，行了不逊色于真正管家的一礼。

"欢迎回家，主人。需要我帮忙吗？"

城崎凤凰无视管家咖啡店的角色扮演环节。

"你就是佐佐木莲太郎？"

"是的，先生。"

227

"你还认得这个吗？"

城崎凤凰从上衣口袋里拿出一个银光闪闪的东西。是一个银色吊坠，用细细的链子串着，叮叮作响。

"我记得是弟弟在城崎宅邸捡到的。"

"这是我年轻时送给亡妻的礼物，已经丢失很久了。"

城崎凤凰眯着眼睛看着手中的吊坠。

"我妻子生前经常戴着它，但有一天不小心掉了，就再也没出现过。我发动所有佣人一起找，每个人都用布满血丝的眼睛找遍了房子的每个角落。我曾许诺找到它的人可以得到奖赏，但最终没人能找到它。"

"原来是这么重要的东西啊，看来我弟弟偶尔也会做些有用的事。"

"小野田，把东西拿来。"

他举起左手，示意了一下。小野田原本单手拿着一个棱角分明的银色手提箱，转而用双手捧着，打开锁扣。

"佐佐木先生，请收下这个。"

房间里一阵骚动。箱子里装满一万日元一捆的纸钞，密密麻麻，毫无空隙。我看着好像有三亿。

"我说过要给找到的人奖赏，这笔钱是你弟弟的。"

"给我弟弟……？"

莲太郎不理解。管家濑户宫开口了。

"其实我本来是想亲自去你家交给勇斗的，但他好像不在家。所以才决定由莲太郎先生代为转交。"

"这样也好，我可以代他表态。"

莲太郎尽量选择优雅的语句回应。

"您的好意我心领了。请收回箱子。"

"你不要吗?"

"我不要。"

"你是外部学生,是个一无所有的普通市民,对你而言这笔钱一定很有吸引力。"

"我们并非一无所有,我们十分满足于现状,所以不需要这笔钱。"

"有这笔钱会对你造成什么困扰吗?"

城崎凤凰难以置信地看着莲太郎。

"我弟弟只是捡到了一件失物,他没做什么需要如此奖励的事。"

城崎凤凰不耐烦了,他命令小野田合上手提箱。

"你真的不要吗?"

我情不自禁地问莲太郎。

"当然。"

莲太郎平静得好像什么事都没发生过。他明明为了赚生活费大清早就去配送报纸,现在却错过了一大笔横财,他到底是怎么想的?但可以肯定的是,能够拒绝这笔钱的人才有可能成为故事的男主角。正是这种让周围的配角感到困惑,但又信念坚定的人,才能让女主角叶山波留对自己产生兴趣。

城崎凤凰一脸不悦,不过他总是这样。

"给人送钱来还能碰到这种事,对了我点的咖啡呢?"

我们回到各自的工作岗位。莲太郎离开城崎凤凰,开始收拾餐具。出云川一边招待女生一边满脸笑容,樱小路在厨房里泡红茶。

我为父亲冲咖啡,倒入开水,咖啡粉隆起一个圆顶。

出云川正忙着招呼女生,所以我让莲太郎把咖啡端到餐桌上。濑户宫和小野田仔细检查着他的动作,小野田对莲太郎轻轻点了点头,看来他的成绩是合格的。

喝着咖啡的城崎凤凰没有特别的反馈。他一脸严肃地喝完后立即从座位上站起来，离开了管家咖啡店。当他带着濑户宫和小野田消失时，教室里的所有人都松了一口气。

钟声响起，广播传来校园节结束的通知。管家咖啡店送走了最后一批客人，门口的招牌也被摘下。清理工作将于明天进行，得请工人拆除水晶灯。

我鼓励出云川："干得好，出云川君。多亏了你的粉丝，活动非常成功。"

"很荣幸我的长相能帮上忙。"

两位同班女同学战战兢兢地向我们走来，手里拿着智能手机。

"出云川同学！"

"请和我们合个影！"

出云川没有拒绝，她们请一旁的男同学拍了合影。为了不妨碍拍照，我离开了一定距离。好不容易拍下的纪念照里可不能有我这个外人。

然而女同学却说——

"城崎同学愿意的话，要不要一起拍？"

"一起合影怎么样？"

这出乎我的意料。同学们都很怕我，从来没有人在教室里和我说过话。正当我犹豫着，出云川一把抓住我。

"亚久斗阁下，一起拍照吧！我也觉得应该邀请你一起！比起我们这种人，应该让亚久斗阁下出一本写真集，在全世界出版！"

"谁会买那种东西啊……"

我和出云川一起和女同学合影，结果其他想合影的人也陆续出

230

现，最后干脆全班同学一起拍了纪念照，这种感觉还不错。

樱小路家为管家咖啡店量身定做的管家服分别赠送给了扮演管家角色的人。布料和缝线都是一流的，正常买的话要花几十万日元吧。

莲太郎身穿管家服与樱小路聊天。

"樱小路同学，我可不能收这么贵重的衣服。"

"收下吧，你的努力值得。"

"可我只穿这件衣服工作了两天而已。"

"你是想说不愿意收我的礼物咯？"

樱小路眉头紧锁，有些生气。

"说实话，一想到这是樱小路同学送我的礼物，我就很高兴。"

"啊，是吗……"

"不过仅仅两天的劳动似乎不配收这么贵重礼物。这样吧，等毕业了上班后，我再用工资买下这件衣服。"

"如果是莲太郎的期望，那就这样吧。"

"从樱小路同学的角度来看，这两天我做得怎么样？有什么问题吗？"

"我觉得做得不错，甚至我家可以雇你哦。"

"这是一份不错的工作，大小姐。"

莲太郎微笑着行了一礼。

樱小路脸上还是那副若无其事的表情，不过总感觉她很高兴。

外面的天空染上了橘色。我们离开了教学楼，城崎家的豪华轿车停在校门口，看到我，大田原下车为我打开了后排车门。出云川和樱小路目送我离开。

"今天辛苦了，能喝到亚久斗阁下冲的咖啡的人都很幸运，他们将终生津津乐道于这杯咖啡。"

"亚久斗阁下用热水冲咖啡的情景就像一幅宗教画。愿你今天过得愉快，晚上好好休息。"

"谢谢你们，辛苦了。"

汽车启动了。大田原开的车很舒适，我感到疲惫和困倦。傍晚的城市风景从窗外飘过。我与大田原进行了简短的交谈，他告诉我今天下午送城崎凤凰、濑户宫和小野田去学校的经过。

"凤凰老爷居然会去云英学院，真不可思议。"

"是啊，他是有事才去的，并不是为了看我。"

"真的吗？说不定凤凰老爷是想亲口品尝亚久斗阁下冲的咖啡。"

"你多虑了。"

说起来我确实没在家里给父亲冲过咖啡。下次下棋时，我为他冲一杯吧。这么想着，不禁打了个哈欠。

这两天过得很开心。尤其是第一天，我很幸运地在鬼屋里听到了叶山波留的声音，叶山波留的声音对我而言有特殊意义。动画片《和你同行》中，校园节的气氛更加杀气腾腾，叶山波留和佐佐木莲太郎好不容易才应付掉城崎亚久斗等人的找茬。对了，我记得他们一起回家的路上，叶山波留因贫血而晕倒。我在脑中回放动画片的情节时，突然想起了这件事。

叶山波留由于贫血差点摔倒在汽车驶过的马路上，差点被车撞到，观众也惊出一身冷汗。幸好有莲太郎扶着，这才有惊无险。

粉丝们分析说，叶山波留贫血的描写是为她后来患上白血病做铺垫，当时她的血液可能已经出现异常。不过，也有粉丝认为此时出现急性白血病的症状很奇怪。我不知道谁对谁错。

不过，在这个世界线中，我对莲太郎和叶山波留的关系感到困惑。我希望他们能一起回家，成为朋友，就像动画片里那样。但他们还没有建立起这种关系，这是标题欺诈吧？希望他们明白自己正身处《想和你一同前行》的世界中。莲太郎现在可能正和其他朋友在回家的路上。想到这里，我的脑海中突然闪过一个恐怖的念头。

莲太郎和叶山波留是分开行动的，他们没有一起回家。要是她一个人走在回家的路上，像动画片里那样因为贫血而晕倒了呢？

"大田原先生，改变目的地！"

我知道叶山波留上学的路线，不过她现在在哪里？

驶向城崎家的汽车改变了方向，司机一定从那焦躁的声音中察觉到了什么。大田原加快了车速。我回忆着动画片中，她因贫血而晕倒的场景是什么样。那是一片煞风景之地，不是居民小巷，而是车水马龙的道路。

我沿着她上学的那条路，寻找她的身影。我们来到一条所有的车都在飞驰的道路。我觉得就是这附近，在某个地方，她差点晕倒。

透过后座的车窗玻璃，我发现了长发飘逸的叶山波留。她穿着云英学院的校服，肩上挎着包，正向家的方向走去。

"大田原先生，停车！"

汽车在离她家不远的地方停了下来。我飞奔下车，朝她跑去。

还有十米……就在这时，她突然倾斜起来。由于剧情需要，她突发贫血，倒向马路一侧，我几乎是跳跃着伸手托住她的身体。我将浑身无力的她拉回人行道。

就像动画片里演的那样，汽车从我们身边驶过。如果我没有及时赶到，车就会撞上叶山波留。

"你没事吧？"

我试着呼唤她，但她的反应很微弱。叶山波留的脸色苍白，在缺血的状态下蹲倒在地。"呜……"她呻吟着。

她慢慢睁开眼睛，抬头看着我。我做好了她被我的恐怖表情吓得尖叫的准备，但她没有尖叫。

"你没事吧，叶山同学？幸好我赶上了。"

"城崎君？怎么回事……"

这是我深爱的她的声音。

"我只是碰巧经过。"

"谢、谢谢。"

"你最好先休息一会儿，公交车站有一张长椅，坐那儿吧。"

我扶着她慢慢走到长椅旁。看样子还是补充点水分比较好，于是我去自动售货机买了一瓶茶。休息了一会儿，叶山波留的脸色好了许多。应该没事了，我安心地站在她身旁。我本想用私家车送她回家，但她坚持自己可以走回家。

我很担心她的身体情况。

"去医院看看吧，叶山同学。"

"看，我已经没事了，可以走回家了。

"你需要爬一段上坡路吧，别逞强，上车吧。"

然而她摇了摇头。

我站在公交站台目送着她，如果她依然站不稳，我可以立刻飞奔过去扶她。真是的，这种时候男主角佐佐木莲太郎去哪里了？本应该是莲太郎接受她道谢的场景。

叶山波留转过街角，消失在视线后，我回到车里从后座看向外面。大田原像往常一样，什么也没问就发动了汽车。

再过没多久，冬天就该来了。我真希望四季永远不会改变。时间不多了，美好时光终将结束，她将不得不面对死亡。我回忆起短短一瞬间她在我怀中的重量，感到无比难受。

## 8/1

午休时我找机会与叶山波留聊天，尽量自然地给她推荐了体检。

"最近天气变冷了，感冒的人很多，身体最重要。即使没感觉到不适，也需要定期去医院检查。特别是血液类检查。叶山同学不如去体检一下吧？如果感兴趣的话，我来出钱吧。我从各家医院都拿了宣传册，要不要看一下？"

然而叶山波留却并不想接过我从包里拿出的宣传册。

"城崎君是个很特别的人，我第一次看到有人随身带着医院的宣传册。"

我们并排坐在云英学院池畔的长椅上。天空灰灰的，导致池塘的水面也很暗。有几个学生在周围散步，但是没人发现我是戴了假发的城崎亚久斗。

校园节结束后，我要是一个人待着的话，叶山波留会主动与我搭话。即使我变装了，她好像也知道是我。大概是因为在鬼屋看到了我戴着假发的样子吧。

"如果你不感兴趣的话也没关系。但是答应我，要是觉得身体有点不舒服，要马上去医院。早期发现很重要。"

"知道了，你真是爱操心。"

和她说话的机会增加是件好事。她的声音给我带来的幸福感是任何东西都无法替代的。她的声音像天上的音乐一样美丽，令人陶醉。当然，不仅仅是声音，叶山波留这个人本身也很有魅力。并不单单因为她是《和你同行》的女主角。她坦率、勇往直前、开朗。现在我眼前的叶山波留表情放松，这是她热爱学校生活的表现。

"这么说起来，叶山同学，你和莲太郎经常联系吗？"

"佐佐木君？我连联系方式都不知道，怎么了？"

我不由得叹了一口气。在动画片中，这个时期的佐佐木莲太郎和叶山波留已经是会在校园外见面的关系了。正因为他们没有接触，莲太郎才会把关注点放到樱小路身上。

"我来告诉你他家的电话号码。那家伙是个靠得住的男人，要是有什么事你尽管找他。"

"你总是这么夸佐佐木君。"

"我很尊敬莲太郎。"

"确实，有喜欢他的女孩子哦。"

我吓了一跳。这个人不就是叶山波留的对手吗？她居然敢这么放松？要是莲太郎被抢走了，《和你同行》的故事会变成什么样？

"最近，我经常和那个女孩子发信息，她向我诉说着自己有多喜欢佐佐木君。"

"这个人是谁？"

"我不能说。"

她摊开双手。

"这件事涉及隐私问题，要是我说了，对她不太好。"

"确实。不过叶山同学，我支持你。"

"支持我？什么事？"

"我一直在祈祷你能获得幸福。"

"虽然不太明白，不过谢谢你。"

叶山波留笑着看向水池。她将黑发夹在耳后，阴天虽然会令人感到寂寞，不过恰好由于周围景色暗淡，更显得她的脸色看起来粉嫩。那是她宝贵的血，即将生病的血。

休息天我和柚子一起出去玩。数周没见，她依旧是美少女。肩膀窄窄的，让人想要保护她。从大衣袖子里露出的手腕，细得仿佛一折就会断。其实走在街上，柚子经常被男孩子搭话。听说她在高中也收到了同班同学的情书。

"柚子没有喜欢的男孩子吗？"

"没有。如果波留是男孩子就好了，我想和波留这样的人交往。"

大概是小学时期我保护她不受孤立的事给她带来了很深刻的印象吧。在她的眼里，也许现在我也像英雄一样。

我们在电影院看海外的 CG 动画电影，在咖啡馆一边喝着茶一边交流感想。接着就变成彼此学校的话题。

"马上第二学期也要结束了，波留，云英学院的生活怎么样？有没有被内部学生盯上？"

"放心，内部学生和外部学生关系不错。"

"真意外啊，我还以为会很差。"

"据说以前外部学生的待遇很差，其实我也被内部的高年级学生推倒过。"

"怎么会这样，详细说说。"

我把梅雨时节发生的事告诉了她，当时我被推到，摔得浑身是泥。柚子聚精会神地听着。

"后来怎么样了？"

"她们向我道歉了。"

"道歉？推倒波留的傲慢内部学生道歉了？"

"她们来找我，跟我说对不起。"

"怎么会……"

柚子歪歪脑袋，感觉很不可思议。

佐佐木莲太郎告诉我，之所以她们会向我道歉，是城崎亚久斗、出云川君、樱小路同学安排的。当时我没有相信这个说法，不过现在觉得可能性很大。

"柚子……我想说说城崎亚久斗的事。"

我谨慎地提议道。

"好啊，让我听听。他现在在做什么坏事？欺负什么样的学生？老师一定也拿他没办法吧。"

城崎亚久斗的坏形象在她的脑海中根深蒂固。柚子说道。

"那个恶魔对我所做的一切都发生在小学，当时他还小，所以没有做得太过分。现在他的行为一定升级了，一定比以前过分许多，更接近犯罪，是不是？"

"不是的，之前我也告诉过你，他已经不做坏事了，成为一个好人。"

"什么？"

柚子脸上的表情消失了。我感觉咖啡馆里的温度似乎一下子降下不少。

想消除他的坏形象，但这并不能抹去他过去的行为。通过和城崎亚久斗走得越来越近，开始对话，我确信他不再是一个坏人了。我想告诉柚子这一点。

"波留，你在说什么？城崎亚久斗可是恶魔啊！"

"几年前的确是，我听说现在他的性格完全变了。虽然不知道发生了什么，不过现在的他甚至会保护外部学生……"

我还没说完，柚子就一拳砸在了桌子上。水杯和茶杯为之一振。

旁边桌的人扭头看我们，想知道发生了什么事。

"你为什么要撒谎？他的性格完全变了？保护外部学生？不知所谓。波留，你到底怎么了，是被洗脑了吗？被他抓住什么把柄了？"

"不是的，城崎君、出云川君、樱小路同学都和我有所交流，他们长大了，反省过去，决定再也不伤害任何人了。"

柚子一脸不相信地看着我。

"城崎、君？你叫他城崎君？你还和他的跟班讲话？被骗了！他们的精神状态就像夏天放了一周的湿垃圾，散发着恶臭的黑色灵魂！他们不可能改过自新，绝对不可能！"

"其实我亲眼看到，城崎君在车站前做着公益活动。"

是理绪告诉我的，城崎亚久斗戴着假发变装，在车站前进行公益活动。一开始我也不敢相信，但前不久我偷偷去了一趟，远远地看到了他，和理绪说的一样，在呼吁登记成为捐献者的志愿者中，就有城崎亚久斗。

"骗人骗人骗人！他是恶魔！总有一天会遭到报应的！我不认可！不然我算怎么回事？"

柚子抓住头发。

"他过去的所作所为令人厌恶。但现在他想做个好人，我想肯定这种态度。"

在其他顾客的注视下，柚子撇下我离去。我想她一定不服气，可能无论如何都无法接受城崎亚久斗现在变成一个正常人吧。她想要的不是城崎亚久斗改邪归正，而是他作为一个恶人受到审判、惩罚，并走向毁灭。

从那以后，我和柚子失去了联系。她没有回复我的电子邮件，电话也打不通。毕竟发生了那件事，她可能还在生我的气。我想过一段时间再试着联系她。然而后来我根本没这功夫。

十一月下旬的一个早晨，不知为何，我的身体重得起不了床。起初我并不在意，以为是因为气压变化。光是走到学校，我就觉得很疲惫。好像发烧了，无法集中精力学习。在这种时候只要多吃多睡觉，第二天就会好的。我的身体一直以来都是这样。

然而第二天，第三天，我的低烧仍在持续。

## 8/3

我有一个快乐的童年。爸爸妈妈很和蔼，我想要多少衣服就给我买多少衣服，想要多少毛绒玩具就给我买多少毛绒玩具。直到很久以后我才意识到，与其他家庭相比，我们是富裕阶层。当我就读云英学院小学时，我觉得有司机开车送我回家很正常。

不幸会降临到任何人身上。就我而言，我的生活在十岁那年被毁了。在我四年级的同班同学中，有一个外貌和性格都像恶魔的男孩，叫城崎亚久斗，他是城崎集团家的少爷。老师们总是想方设法讨好他。

我不知道自己为什么会被他盯上，有可能是听到了我向朋友们夸耀亲子关系有多好。周末我们一家人总是一起出去玩，爸爸妈妈总是在睡觉前拥抱我，等等。

有传言说，他一出生就杀了自己的妈妈。由于出生时长着一张可怕的脸，她妈妈被吓死了。这就是他和父亲不和的原因。我想他是嫉妒我，所以把我当成欺负的对象。

起初他只是故意绊倒我，或是从身后推我。但渐渐的，他的行为升级了。他的跟班出云川史郎和樱小路姬子开始协助他，抢走我的教科书，把它们撕得粉碎。最糟糕的是，我的朋友不再理我了。当他们发现我被盯上，为了保护自己不受伤害，便与我保持了一定的距离。我在教室里被孤立了，就连老师也疏远我。

我试图与父母商量，但无济于事。一向和蔼可亲的爸爸让我忍耐，好像他也有难处一样。当我向妈妈哭诉时，她只会说"对不起"，然后陪我一起哭。

有一天，我被迫一整天脸上挂着用油性记号笔写的"我是猪"这几个字，大多数同学都同情地看着我，但也有一些同学略略地笑。放学后，我被逼着模仿猪的叫声。城崎亚久斗和他的朋友看着我的样子觉得很好笑。除此之外我还被迫做了各种丢脸的事情，要是他们下手再重一点可能就是刑事案件了，不过即使如此，应该也可以通过权力掩盖。

当我离开云英学院，转到一所公立小学，地狱般的日子终于结束了。但我仍然会梦见那些日子，梦见城崎亚久斗用三白眼俯视着我，梦见我被迫趴在地上舔地板。当我醒来时，发现自己出了一身汗。

我身上有许多瘀伤，让我的皮肤变成蓝黑色的伤，怎么也不会消失。我心中的伤口开始溃烂，浓浓的恨意从我体内流出。我活着的每一天都希望他毁灭。然而，我的朋友叶山波留却坚持说他已经变成一个好人。波留到底怎么了？城崎亚久斗绝对不会改变，他是天生的败类。他连呕吐物、苍蝇幼虫也比不上。他喜欢嘲笑弱者，总是贬低别人。这种人怎么可能变好？

我十分喜欢波留，她是我最好的朋友。当她说自己要去云英学院读高中时，我应该强行阻止她的。那所学校里有城崎亚久斗。我担心如果波留被他盯上了，会被欺负到身心俱疲。就算没有被他盯上，也会遭到内部学生欺负，总之日子不好过。但转念一想，如果真的发生这样的事，就由我来治愈受伤的波留吧。

然而波留说自己很享受学校生活，没有任何问题。我无法认可。而且，她居然会替城崎亚久斗说话。我不禁怀疑她的理智。波留应该是我最好的朋友才对，怎么会说出这种荒唐话？

城崎亚久斗在车站前做志愿者？真的吗？不可能。但如果是真的，我就有机会了。

一个开阔的地方，并不是城崎家或学校那种封闭的地方，所以很容易接近。

这件事我从没告诉过波留，但我一直在思考。尽管一直祈求上天能给予城崎亚久斗惩罚，但没有效果，所以干脆由我给他送一份厄运礼物吧。

## 8/4

这几天，叶山波留的脸色一直不太好，她看起来总是很疲惫。我跟出云川、樱小路说起这事，他们都说她看起来和平时没什么两样。午休时我找了个机会，决定直接问她。地点是户外的露天长椅。为了不被别人发现，我乔装打扮。

"我想我可能是感冒了，用体温计量过，有点低烧。

"你应该去医院看看，说不定是得了重病。"

叶山波留笑了笑，说我操心过头了。她似乎是在掩饰自己的疲惫，佯装开朗。每个人都会有身体不适的时候，可能是气压变化，可能是换季，不小心就会感冒。她可能觉得这次也只不过是平平无奇的感冒。但是我知道，这次不一样。

第二天清晨，雨云笼罩着夏目町的天空。山坡上有一片住宅区，在可以眺望夏目町的位置有一张长椅。这个地方在动画片《和你同行》中多次出现。上班、上学的人们沿着坡道向车站走去。

我穿着校服坐在长椅上，从包里拿出水壶喝起热茶。

我假装去学校，其实让司机带我来到了这里，喝着热茶，等待她到来。

"城崎君？"

我转过身，看到叶山波留站在那里。我知道她一定会经过这里，因为这是她上学的必经之路。

"你怎么会在这里？"

"如果可以的话，我想送你去。你看起来很疲惫，步行上学应该很辛苦吧？"

眼看着就要下雨了，再冷一点的话可能会下雪吧。

"多年前我们是不是在这里见过？"

她突然想起似的说道。

"当时你把水壶的杯盖捡起来还给了我。"

"果然，那个人就是城崎君。"

我向停在稍远处的车子示意，大田原把车开到长椅旁。

"上车吧，我送你。"

她迟疑了一下，最后还是坐上车。

"那我就恭敬不如从命了。"

叶山波留坐上后排，我坐在她的旁边。大田原发动汽车，开着车下坡，来到夏目町的中心地区。叶山波留用手摸着座位，感受其触感。

"摸着真舒服啊。"

"这是从英国王室御用的皮革厂定做的，坐起来很舒服吧。"

"城崎君每天都坐这种车上学，我们简直像活在两个世界里。"

她观察着车内，叹了一口气。我能感觉到她有一些紧张，背挺得笔直。

"我只是碰巧出生在这种家庭罢了，我并没有什么厉害之处。"

"城崎君居然如此豁达。"

我总不能告诉她，这是我的第二次人生，说出来只会惹人嫌。车子穿过交叉路口，开过云英学院的校门，叶山波留惊讶地看着我。

"我只说想送你，并没有说要送你上学。"

"怎么回事?"

"我们现在去圣柏梁医院。这家医院是樱小路家参与经营的，比较好说话，而且设备也很新，现在去做个全身检查。"

叶山波留惊讶得说不出话。

"不好意思欺骗了你。不过叶山同学，你应该去医院检查一下。我和学校说过了，今天你请假一天，也打电话征得班主任同意了，早乙女同学还让我托话给你。"

"早乙女同学?"

"是出云川君代为转达的。她也说叶山同学最近身体不好，最好去医院看一下。她会替你记笔记的，你就放心休息吧。"

尽管她十分惊讶，但也不至于跳下飞驰中的汽车。

"知道了，拗不过你。那我开点感冒药就回去。"

"如果只是感冒就好了。"

举行夏目町烟花大会的河岸映入眼帘。河边有一栋巨大的新建筑，高耸入云，与周围的房屋形成鲜明对比。这是动画片《和你同行》的主要场景之一，是病重的叶山波留咽下最后一口气的地方——圣柏梁医院。

大田原把车停在门诊接待处的正门前，这个建筑的入口就像豪华酒店。我和叶山波留下车时，天空开始飘起雨滴。我们在这里与大田原分别。他把车开到停车场，我们则走向前台。

"我和医院说过今天你会来就诊。"

"是动用了城崎家的力量?"

"只是让樱小路同学简单地帮忙预约了一下。"

穿过自动门，来到一个宽敞、高挑的空间。这里有接待前台和一排供门诊病人等候的长椅。报上姓名后，她立即被带到检查室，我没有跟在后面，而是坐在等待室的长椅上。

透过墙上的大窗户，我看到了外面的景色。外面雨势逐渐增大，光线昏暗，敞亮的等候室的光景被倒映在玻璃上。

一个眼神凶恶的少年不安地抖着腿——玻璃上映出我的此番模样。工薪族时代，有一位喜欢在工作时抖腿的上司，许多女职员都讨厌他。我一直告诫自己不要这么做，然而如今也变成一个腿脚停不下来的人。

二十分钟后，叶山波留走出检查室，手臂上有注射孔，贴着创可贴，应该是抽血检查过了。她用手拿着校服外套。

"怎么样?"

"唔……医生让我在这里等一个小时，还告诫我不要回家。"

她有点不高兴，因为本以为自己很快就能回家。于是我们坐在长椅上聊天，毕竟四处走动可能会让她贫血。我们的聊天内容无非是喜欢什么书、喜欢什么电视节目，等等。问题是，没有一个话题能引起共鸣。这是因为我前世喜欢的许多作品都不存在于这个世界线中。

所有有版权的东西都被取代了。前世有一本漫画杂志叫《周刊少年 Jump》，但在这个世界线中，它叫《周刊少年 Kick》。

在创作作品时，由于各种原因，受版权或商标保护的东西难以其本来面目展现。所以在动画片《和你同行》的世界里，《龙珠》《哈利·波特》这种影视作品是不允许以原貌出现的。

不过经典作品则不受限制。太宰治、宫泽贤治的小说，达·芬奇、梵高的绘画，巴赫、莫扎特的音乐。这些早期创作的作品版权都属于公有领域，不存在知识产权问题，所以不需要用其他东西去替换，可以直接存在于《和你同行》的世界中。

"叶山同学喜欢的电影是什么?"

能得知官方设定资料集没有提到的信息，令我高兴无比。她想了一会儿才回答。

"《罗马假日》吧。"

"《罗马假日》?"

我很惊讶，反问道。

"你知道吗? 那是一部黑白老电影，我周围没有人看过。"

"当然知道，经典之作，也是我最喜欢的电影之一。"

电影《罗马假日》能存在于这个世界线简直是个奇迹。由于是老电影，版权属于公有领域。也就是说，女主角奥黛丽·赫本也也存在于这个世界线。真是太好了，《罗马假日》让我们聊得很开心。

她的名字终于被叫到，于是独自走进了检查室。据说这次有血液科医生在场。我以为要花很长时间，没想到没过多久她便走了出来。

"说是让家长来。"

她的表情皱成一团。本以为是感冒，才来看医生，没想到情况比想象中要严重。

叶山波留走到医院外面打电话。电话亭在正门的雨棚下，她不会被雨淋湿。应该是打电话让叶山理绪过来了吧。回到长椅后，她向我说明了家庭情况。

"我没有父母，我和姨妈一起生活，姨妈就像我母亲一样。"

我假装不知道这一切，如果告诉她自己什么都知道，一定会被当成跟踪狂。接着，护士又来喊叶山波留去抽血。当我们在长椅上休息时，叶山理绪赶了过来，她的外套被雨淋湿了。

"抱歉波留，我来晚了，打不到车。"

"谢谢你能赶来。"

说明情况之后，她把我介绍给叶山理绪。

"这位是带我来看病的朋友。"

"我叫城崎亚久斗。"

看到我凶狠的脸，叶山理绪后退了一步。

"城崎家的人？"

"是的。"

"你是波留的朋友？"

"我担心她身体不好，所以带她来医院。我们保持着这种程度的交流。"

"别看他这样，其实城崎君非常爱操心。"

"是吗……哦……"

叶山理绪的表情很复杂，她的反应让我记忆深刻。她似乎对侄女的朋友是城崎家的人这件事耿耿于怀。我觉得这是一种负面反应。

啊，原来如此——我想起官方设定资料集上的描述，使自己信服。尽管动画片中没有提到，但叶山波留的父母失踪其实与城崎家有关。遭到城崎集团迫害，叶山波留的父母破产，不得不连夜逃走。这是动画片制作人之间作为背景故事共享的情报。动画片《和你同行》中，几乎没有关于叶山波留父母的情节。故事围绕男女主人公的情感交流展开，其他元素被删减。只有在官方设定资料集对创作者的采访中，提到了一些相关情报。

在这个世界线中，故事的基本设定似乎是作为过去的事实而存在的。我想这就是为什么叶山理绪对城崎家印象不好，对我怀有戒备的原因。

"理绪，城崎君是个好人。"

叶山波留说道，她似乎很信任我。不过我有点不明白，为什么女主角会接受我这个反派角色。

我问叶山理绪。

"要不要我去买点什么饮料来？突然把您喊来，一路也不容易，请休息一下吧。"

我请她坐下休息，她显得有些慌张，一定是没想到城崎家的人会如此恭敬吧。我前世是一名工薪族，所以很习惯于这种语气，为来访的客户准备饮料也是我工作的一部分。

我们三个人一边喝着从自动售货机上买来的饮料，一边等待着。护士终于来喊我们了。叶山波留和叶山理绪一起走进检查室，我在走廊上目送她们。

叶山理绪一到，其实我的工作就完成了。从这里开始是叶山家的事，我这个外人不方便插手。不过我答应过她，会支付医疗检查的费用，也想让司机送她们回家，于是我决定等着。

我不断用手机查看时间，过了许久，她们也没有走出来。我不禁好奇，到底在说什么？血液科医生应该已经分析了从叶山波留身上抽取的血液，发现了异常迹象，不然也不会通知家长来了。我知道，一定是血液中的某些成分的数值有问题。我从好几年前开始就一直在为这一天的到来做准备。落下一滴液体，划破冬日寒冷的空气。检查室的门开了，她们一脸阴沉地走出来。

圣柏梁医院的医生看到我的验血报告后，脸上露出了为难的神情。虽然没有明说，但我知道情况不妙，医生说我的"中性粒细胞数值有问题"，中性粒细胞就是白细胞。

"明天请再来一趟医院，我们做骨髓检查，然后就明确了。骨头里有制造血液的细胞，需要取少量样本进行检查。"

当我离开检查室，发现城崎亚久斗还在走廊的长椅上等我。他的脸看起来非常可怕，但是看到这张可怕的脸，我反而松了一口气。这一天，我和理绪坐着城崎家的车回了家。我有些稀里糊涂的，不记得聊了些什么。我看着挡风玻璃雨刷刮去雨水的动作发呆，没多久就到家了。

第二天，理绪又带我去了圣柏梁医院，我立刻被带到了检查室，填写了一份医疗问卷，并在骨髓检查同意书上签名。将一根针插入骨头进行检查的方法称为骨髓穿刺术。医生和护士也叫它 Mark，似乎是来自德语 Knochenmark，意思是骨髓。

我穿上病号服来到手术室，先进行了局部麻醉，然后腰部被扎上针。多亏了麻醉没有什么疼痛感，但我能感觉到针穿透了皮肤，旋转着钻进了坚硬的骨头里。拔针后，我被缠上了大绷带。骨髓穿刺结束了。医生说大约需要一周时间来分析抽取的骨髓细胞。当天晚上，当麻醉药失效后，我感觉到了一阵疼痛。

在结果出来之前，我继续去云英学院上学。虽然只请了两天假，总感觉过了很长时间。我向早乙女同学要来了笔记复印。

在走廊上遇见城崎亚久斗时，尽管看到了对方，但我们只是微微点头示意。我们避免在大家面前交谈，这样太显眼了。

"我不希望你因为和我说话而被认为是我的跟班之一。男主角已经被视为坏人的跟班了，要是女主角也卷入其中，情况就一发不可收拾了……"

城崎亚久斗喃喃自语着，但是话的后半段我没有听懂。

圣柏梁医院打来电话，让我去医院取骨髓检查的结果。那是十二月中非常寒冷的一天。我和请了假的理绪一起打车去了医院。

"中性粒细胞和不良的细胞混在一起。我们还对骨髓液进行了染色体检测，发现那里也有异常。"

我读过一本关于血液病的书籍，我骨骼中的血液工厂似乎已经崩坏。这种病的名字叫急性髓性白血病。我和理绪陷入了沉默。

那天晚上，我匆忙准备着住院的东西，包括换洗衣服、睡衣、拖鞋和洗漱用品。由于不停来回走动，我开始气喘，于是理绪帮我一起准备起来。

"能及早发现，多亏了城崎君。"

说着理绪把智能手机的充电线放进包里。医生说能在早期发现这个病，真的很幸运，急性白血病是一种很难在早期发现的疾病。其症状与感冒、肺炎等类似，病人都以为过几天就会好起来。就在放任不管之际，病情会越来越严重。

"城崎君可能发现了这一点，毕竟他在从事与白血病相关的志愿者工作。"

他肯定对血液病有所了解。他发现我最近身体不佳，注意到我的症状与白血病患者的症状相似。想到这一点时，我正在挑选可以在病房里消磨时间的书，顿时泪眼汪汪。我读过急性白血病相关的书，知道这种病的存活和死亡比例。据说这种疾病进展很快，尤其是年轻患者。我以前从未想过这个问题，从没想过一年或六个月后自己就要死了。我沮丧地坐在床上，理绪见状紧紧地抱住了我。

第二天，我住进了圣柏梁医院。医院有好几栋楼，彼此通过连廊贯通。我住的那层全是血液内科的患者，正好有一间空病房，我住了进去。

医生告诉了我未来的治疗方案。第一步是在体内注射一种强效抗癌药物，持续一周左右，看看效果如何。这就是所谓的化疗。

要把一根叫做导管的管子插入我颈部的血管。我躺在床上，颈部进行局部麻醉剂。一根十几厘米长的导管被插入颈部血管，通过这根管子注入抗癌药物。导管用线缝在颈部皮肤上，并用透明胶带牢牢固定。再也不能洗澡了，甚至不敢在床上翻身。导管插在我脖子上的血管里，我怕一旦碰掉了，颈部血管里的血就会涌出来，我会因此死掉。

傍晚，理绪回家了。我不得不一个人睡在单间里，感觉很孤独。闲暇之余，我联系了朋友，告诉她们自己因血液方面的疾病不得不住院。

云英学院的朋友们来医院看我了，尽管身体不舒服，但只要在病房里看到熟悉的面孔，就足以让我激动不已。早乙女同学和其他女同学看到我脖子上插着的导管，露出看着就痛的表情。导管连接着输血包，我正在被输入新鲜的血液。

"你为什么要输血？"

早乙女同学问道。

"因为明天开始医生就要给我注射抗癌药物了，在此之前需要给我的身体补充大量健康的血液。"

我问大家学校的情况如何。虽然才刚开始住院，但我已经开始想念云英学院了。

"自从叶山同学不来学校，班里的男生都一脸寂寞的样子。"

我以为早乙女同学在开玩笑，就笑了。

"有很多男生都偷偷地喜欢着叶山同学呢。请早日康复，快点回学校吧。"

女同学们给我带来了各种各样的水果作为慰问品。她们离开时，我本想送她们去电梯，可一站起来就感到头晕恶心，于是只能在床上和她们道别。

"谢谢你们来看我。"

"希望你能在新年前后回到学校，我们会等你的。"

"一定！"

我笑着说再见，但不确定新年前后是否能回学校。如果化疗无效，这次住院将持续数月，我甚至不知道明年三月之前能否出院。我可能再也无法回到有早乙女同学的教室了。

几个小时后，樱小路同学、出云川君和佐佐木莲太郎来病房看我。我没想到他们会来，吃了一惊。

"城崎君没来啊。"

我有一些失望。

"亚久斗阁下有要事无法前来，我们代为转达问候。你身体怎么样？如果这家医院有什么做得不到位的地方，尽管和我说。"

"没错，和樱小路同学投诉就行，医院很听他们家话。"

出云川君从我床边的水果篮子中挑选了一个西柚，一股清新的香味弥漫在病房里。

"这是慰问品吗？"

"是的，刚才早乙女同学她们来看过我。"

"我没收了。亚久斗阁下提前吩咐我，如果送给叶山同学的慰问品中有柑橘类水果，必须没收。据亚久斗阁下所说，柑橘类水果中的成分会增强抗癌药物的副作用。"

"好吧，请把这个给别人吃。话说回来城崎君居然知道这种事。"

我想起他那张凶狠的脸，不知道他现在在做什么。听说他有事不能来，我想真不愧是有钱人家的少爷，一定有很多其他事情要忙。正常来说，我和他是不会有来往的，我突然觉得有点孤单。

他们三个人要走了，我再次在床上道别。樱小路同学和出云川君先离开了病房。佐佐木莲太郎刚想跟着他们走出去，突然停下脚步，回头看了我一眼。

"叶山同学。"

他低声叫道。

"嗯?"

"城崎君一直在车站前做志愿者，呼吁大家登记成为捐献者。"

"我知道，原来佐佐木君也知道啊。"

"那就好，今天他应该又去了。城崎君的要事，就是这事。"

佐佐木莲太郎说完便走了。

## 8/6

寒风呼啸，我冷得将双手插在大衣口袋里。下午离开家后我便来到车站前，为确认朋友波留说的话是否属实。

最后一次见波留时我们闹翻了，因为她说了一些让人难以理解的话。尽管我也在反省，但惹我生气的她才是主要过错方。不知道为什么她居然肯定了城崎亚久斗的人格。

波留最近好像因为身体不适而住院了。我收到了她的信息，但还没回复。我打算过几天就去看望她。当她感到虚弱时，如果当面给她一些鼓励，她一定会很感激。

面包店的玻璃窗上喷绘着圣诞老人、驯鹿和雪花图案。街上到处都是《安静的夜晚》《铃儿响叮当》的音乐，让人感觉整座城市都热闹非凡。

在车站前的环形交叉路口，穿着厚外套的人们在寒风中弓着背擦肩而过。其中，有一群人一动不动地站着。他们是呼吁登记成为骨髓移植捐献者的志愿者。

我远远地观察着他们。有一个男孩很矮，长长的刘海遮住了上半张脸。他的脸低垂着，几乎看不清他的表情。观察了一会儿，我发现了他的真身。我试图忘记他的嘴和锯齿状的牙齿，但怎么都忘不掉。

波留说的是真的，这个人就是城崎亚久斗。这个人正在车站前做志愿者。要不是波留告诉我，我可能永远都不会发现，那个恶魔竟然在这种地方做志愿者。

我的身体开始颤抖，上云英学院小学时受到他虐待的记忆涌上心头。

他在谋划什么？他不可能真的在做志愿者。城崎亚久斗绝对不会出于好心呼吁大家登记成为捐献者，毕竟他的灵魂比世界上任何东西都黑、都烂、都丑。

受不了大楼间的穿堂风，我躲进了附近的一家咖啡馆，那里有一个靠窗的座位，可以看到环形交叉路口。我一边喝着热可可，一边观察着志愿者。戴着假发的城崎亚久斗将手放在嘴边呵气，温暖指尖，好继续开展活动。每当有路人接过传单，他都会深深地鞠上一躬。城崎亚久斗居然会鞠躬？演技真好，他才不可能对路人心存感激。看到这个动作，我被激怒了。

天色渐渐暗了下来，街边的树枝上亮起了装饰灯。它们同时被点亮，树木被照成橙色。志愿者开始收拾，见此我从座位上站了起来。

志愿者队伍散开，他们零零散散地离开了。我把手插进大衣口袋里，跟在城崎亚久斗身后，保持着一定距离。

在我的小学时代，那个恶魔般的男孩身边有两个跟班，出云川史郎和樱小路姬子。但现在，这两人不知所终。城崎亚久斗独自走进车站大楼，坐自动扶梯来到二楼。我跟在他身后，以免跟丢。

二楼楼层尽头有一个偏僻的厕所，城崎亚久斗走进厕所，我在男厕所门口等他出来。冷静下来，我不断告诫自己。

强烈的愤怒驱使着我，只有这样才能治愈我在小学时留下的情感创伤。有人知道我每次洗澡时看到胳膊和后背上的淤青是什么感觉吗？

我把双手插进大衣口袋，调整气息。城崎亚久斗从男厕所里走了出来，他摘下了假发，衣服也不再是烂大街的低档服装。他身着一眼就能认出的奢侈品服装，似乎刚才是去男厕所卸下了伪装。

他的脸几乎和小学时期一样，尖锐的三白眼看起来比任何歹徒都要可怕。头发三七开，紧贴头皮。

就是现在！我命令自己的身体。然而我的身体僵硬，无法做出反应。

他似乎没有注意到我，从我面前走过。我在犹豫，所以什么也做不成。他脸上有一道泪痕，看起来像是哭过。

他是在厕所里脱下伪装时流泪的吗？我不理解。我所认识的城崎亚久斗不是这样的人。

我呆呆地站着，把手从大衣口袋里拿出来，我握着一把小刀已经很久了，手指都僵硬了。

没关系，我一定还有机会报仇。

## 8/7

在动画片《和你同行》中，当叶山波留因白血病住院治疗时，云英学院的同学们并没有对她表现出太大兴趣，几乎没有对他们反应的描述。

然而在这个世界线中，叶山波留住院是一件令同学们感到震惊的事件。这说明她作为班级的一员被大家所接受、认可。知道这一点，我感到很高兴。

出云川、樱小路和莲太郎去看望过她了。我也被邀请了，但我想优先从事车站前的志愿者工作，所以拒绝了。现在需要尽可能多的捐赠者。而且去看望她，让她安心并不是我的职责。去病房和她聊天的人应该是男主角佐佐木莲太郎。

男女主角在病房里怀着对死亡的敬畏聊着天，他们并没有将自己的情感和盘托出。这是动画片中最著名的场景之一。为了在这个世界线中重现这一珍贵时刻，莲太郎今后必须经常去看望她。这次是第一次探望，所以出云川和樱小路也一起去了，下次有没有办法让他一个人去呢？

如果说我不担心叶山波留的病情，那是骗人的，我比任何人都更担心她，我的心在隐隐作痛。结束了志愿者活动，我在车站大楼的厕所里脱下伪装时，忍不住流下了悲伤的泪水。

我尽力了，在时间允许的情况下，尽可能参加志愿者活动。我还能为她做些什么？我决定卖掉房间里所有值钱的东西，把钱捐给白血病相关研究机构。我把衣柜里昂贵的外套、运动衫、手表、鞋子一件一件地变现，还卖掉了名牌拖鞋、墙上的镜子和床头柜。没多久，我的房间就变得一塌糊涂。

我还把藏在床底下零食罐子里的存款捐了出去。这笔钱是我为将来存的。但细想想，我并不需要它。即使我一无所有地被赶出城崎家，也不会立刻饿死。可能暂时没有地方住，也没有衣服穿，但找到工作就好了，在那之前，哪怕喝雨水也能活。

我把房间里的窗帘也卖了，早上的阳光无比耀眼。我为自己制定了一项规则，不能出售其他房间里的东西，其他房间里的东西都属于我父亲，我无权处置。

宅邸的佣人们眼看着我一件又一件地变卖家产，一副欲言又止的样子。我根本顾不上别人怎么看待我，我也不知道他们到底知道多少。

有一天，我收到了住院中的叶山波留发来的信息。

"城崎君最近在干什么？"

不可思议的是，她的信息以声音的形式在我的大脑中响起。

"我开始化疗了，整天躺在床上。"

她继续发来简短的信息。

为了鼓励她，我写道。

"你辛苦了。我听说抗癌药物的副作用很大，虽然很辛苦，但请加油。口腔护理尤其重要，免疫力下降时，真菌会长在舌头上，请格外注意。祝你晚安。"

无意中写出了长句子，就像我以前在办公室工作时写的电子邮件一样。发送后，我立即收到了回复。

"谢谢你的好意。舌头上竟然会长真菌，好可怕，我会小心的！"

从那以后，我们偶尔会互发信息。她应该是给许多朋友都发了信息来打发时间，我只是其中之一。

"我认为你必须使用软毛牙刷。"

"小心别用力过度,一不小心就会内出血。我读过一些关于白血病的书,听说因为免疫系统的问题,口腔溃疡也更容易发生。"

"城崎君发信息时用词格外有礼貌,这是为什么?"

深夜,我收到她的信息。在没有挂窗帘的床上,我沐浴在月光下。

"我咳嗽流鼻涕睡不着!"

"可能是过敏反应,注射入体内的药物导致的。有没有感觉恶心想吐?如果实在不舒服,还是求助一下护士吧。"

"谢谢你大半夜陪我聊天,你的语气像大人一样,让人感到安心。"

化疗持续了大约一周,五颜六色的抗癌药物被注入她颈部的导管中,胸部还贴着可以测心电图的仪器,上厕所都很困难。

"今天是化疗结束的日子!导管已经撤掉了!"

"辛苦了,终于可以松口气了。呕吐感和其他副作用一定很难忍受吧。如果抗癌药物可以消除叶山同学体内的坏细胞那就太好了。接下去就在病房里待着好好观察吧,希望中性粒细胞数值能恢复正常。"

"医生也是这么说的!你是不是懂得太多了?"

参与学校运营会议的时候,她正好发来了信息,于是我拍了一张学校里的照片给她,她看起来很开心。学校已是冬天的景色:没有树叶的树木、围着围巾的学生、结霜的池塘。

"谢谢你一直给我发美丽的照片!"

在动画片《和你同行》中,化疗并没有治好她的病。不过这一次由于及时发现,较早展开治疗,我暗自祈祷着她的中性粒细胞数值恢复正常,早日出院。然而一切并没有如我所愿。

"看来还得接着住院治疗。"

血液样本检查的结果并不乐观，这和动画片里的情节如出一辙。尽管我对此早有心理准备，但还是感到焦躁不安。而她作为当事人，一定承受着更大的恐惧。在动画片中，她还要经历好几轮化疗，但化疗并没有能够阻止病情发展。

## 8/8

抗癌药是一种能杀死体内癌细胞的强效药物。它的药力强到如果不小心碰到皮肤，会导致灼伤。将如此强效的药物注入体内，不可能没有副作用。我的身体整天感到不舒服：胃难受、恶心；发烧、头重脚轻；指尖变得麻木、使不出力。我必须躺在床上忍受这一切。

每当这时，我就和城崎亚久斗发信息，转移自己的注意力。我为什么会给他发信息？可能因为他是硬把我带来医院的人，所以应该不会嫌我烦。也可能，我是想多了解他一点。

他总是超出我的想象，就连他给我回复的信息内容，也不是想象中的样子，和本人印象有差距。

化疗结束后，十几厘米长的导管从我脖子上的血管里抽了出来。我终于洗了个澡，感觉神清气爽。但胃里还是一直恶心。

医生每天都给我扎针，采集血液样本。检查血液是为了确认抗癌药物有没有起作用。然而医生看到结果后表示并不乐观。

我一个人在黑暗的病房里忍着呕吐，仰望天花板，焦虑得想哭。幸好看到城崎亚久斗发给我的云英学院的照片，心情才好了一点。我满脑子都是学校生活。不知道早乙女同学过得好不好，在走廊上看到出云川君时是不是目不转睛？樱小路同学是不是依旧隐藏着自己对佐佐木莲太郎的感情？城崎亚久斗有没有戴着假发在池塘边散步？

医生向我解释了骨髓移植手术，理绪已经做了 HLA 检查。HLA 指的是白细胞的类型，必须匹配才能进行骨髓移植。如果骨髓细胞不匹配，即使进行了移植，也很有可能无法在体内存活。这将导致排异反应，使身体处于更加糟糕的状态。

检测结果显示，理绪的 HLA 与我的不同，这意味着她不能给我捐献骨髓。其实姨妈和侄女之间 HLA 匹配的概率很低，即使是亲子关系，匹配的概率也不高。

"HLA 是各继承父母一半组合而成的，所以不太可能和父亲或母亲一致。要是有兄弟姐妹，倒是有四分之一的机会能够匹配。"

医生说完后表示遗憾。

与亲属以外的人 HLA 匹配的概率是几百分之一到几万分之一。必须在世界上的某个地方找到具有相同 HLA 的人，我才能进行骨髓移植手术。这样一个人是随随便便能找到的吗？

"我相信会找到的。最近有一个呼吁登记成为骨髓捐献者的广告，是十分具有影响力的艺人拍的。多亏了他们，今年登记的捐赠者人数大幅增加。"

医生如此鼓励我道。


圣诞节前的某一天，当我醒来时，发现枕头上掉了许多头发。住院期间，我的黑发变得黯淡无光。我用手轻轻梳理，结果更多头发掉了下来。我惊讶得差点叫出声来。这一定是抗癌药物的副作用。轻轻一拽头发，它就会毫不费力地从我的头皮上脱落。

理绪来探望我时给我买了一顶医用帽，像针织帽一样。这层楼有许多病人都戴着类似的帽子。盥洗室里满地头发，惨不忍睹。脱落的头发侵蚀着我的心，这是我从母亲那里继承的黑发。

我的床头柜上放着一张母亲的照片，是理绪从家里带来的。照片上，母亲抱着还是婴儿的我。

这是唯一一张我和母亲一起拍的照片，背景是一座教堂，有一个三角形的屋顶和彩色玻璃窗。不知道摄影师是不是我的父亲。要是能查到这是哪里，我真想去看看。

十多年前，母亲把还是婴儿的我交给了独自生活的理绪。听说这张照片当时就夹在行李中。从那以后，就再也没有她的消息了，甚至不知道她是死是活。我不知道她为什么要失踪。我问过理绪，但她不肯告诉我。

照片中的母亲很美。我留长发是因为潜意识里想拥有和母亲一样的发型。理绪的头发是松散的波浪卷，而我母亲的头发是直的，和我一样，我们的发质可能一样，这种联系对我来说是多么重要。所以每当头发脱落，我都觉得母亲好像要离开我了。

我想知道母亲把褓褓中的我留给理绪时是什么心情？是觉得抚养我经济上很困难吗？没办法，她也有自己的苦衷。但在我的内心深处，总觉得自己是被遗弃的，我是个没人要的孩子。

我平时并没有意识到这一点，不过当夜晚独自待在病房里时，负面情绪不断膨胀，最终吞噬了我。

## 8/9

十二月二十四日晚上将在城崎家举行圣诞派对。我邀请了出云川、樱小路、莲太郎、勇斗、日向参加。我们决定比赛吃高级点心店的蛋糕，准备了由巧克力包裹的大蛋糕、著名西点师做的翻糖蛋糕。然后濑户宫装扮成圣诞老人，小野田装扮成驯鹿，给大家发礼物。

白天没有什么安排，于是我照常在车站前做志愿者。

"许多人饱受白血病之苦，请成为骨髓捐献者！"

街上到处都在放圣诞歌曲，有正在约会的情侣，也有享受购物乐趣的家庭。今天是平安夜，我本想请假休息一天，可怎么也闲不住，如果没有任何行动，就会感到不安。我担心叶山波留会遭遇动画片里的命运。

一想到她在受苦受难，而我在享受生活，就会感到内疚。她正在病房里受苦，我却在比赛吃圣诞蛋糕，是不是太心宽了？

夕阳西下，天色渐暗，树上的彩灯开始发出橙色的光芒。派对的时间快到了，今天的志愿者活动就到此为止。

"黑崎君，辛苦了。"

"圣诞快乐。"

我向一起从事志愿者活动的大叔和大学生道别，走向车站大楼的厕所，卸下伪装。

厕所位于车站大楼的僻静处，使用的人不多。我在单间里摘下假发，脱下在零售店买的廉价衣服，然后从包里拿出一件高档夹克穿上，恢复城崎亚久斗的身份。今天没有去学校，所以没穿云英学院的校服。

我给大田原打了电话，请他来接我。离开厕所，穿过车站大楼的走廊时有人喊住了我。

"喂……"

是一个女孩的声音。我转过身，看到一个银色反光的东西快速向我靠近。在意识到那是什么之前，我条件反射地躲了一下。只见一个银色的东西从我鼻尖飞速掠过。

那是一把小刀，银色部分是刀刃。如果没有躲开，脖子可能已经被划破了。我吓了一跳。

一个女孩站在那里，她个子不高，但不至于像我那么矮。她看到我躲开了，咂了咂嘴。她很瘦，尽管有黑眼圈，但看起来是个楚楚动人的美丽女孩。这张脸好熟悉，但我无法马上想起她是谁。

女孩挥舞着刀。

"哇!"

我忍不住喊出声，后仰身体，屁股着地摔了下来，刀就在我的头顶划过。

"你是谁?"

我紧张得音调也上扬了。

"城崎亚久斗!"

美少女瞪着我。我一定认识她，但不是近几年认识的。是在我拥有前世记忆之前，还是暴力城崎亚久斗时与我有过交往的人。是小学时的同学吗? 那些日子发生的事，就像别人的记忆一样陌生。

"北见泽同学?"

我终于想起了这个名字。她是小学时被城崎亚久斗欺负过的女孩。当我说出她的名字，她惊讶得瞪大了眼睛，向后退了一步。拿刀的明明是她，她怕什么。

我赶紧站起来，与她拉开距离。

"冷静一点，北见泽同学。"

"闭、闭嘴!"

她挥舞着刀，虽然刀刃只有几厘米长，但对我而言也是凶器。银光一次又一次擦过我的脸，我尖叫着躲闪。

北见泽柚子是我的小学同学，由于当时城崎亚久斗愚蠢的行为，某天她从学校消失了，据说是转学了。如今她拿着刀出现在我面前，一定与当时发生的事有关。

"别动！我要杀了你！"

美少女抬高了音量。

"都是你的错，都是你的错！"

泪水开始落下。

我以为自己已经尽可能地向他们赔罪了。我去那些人家门口低头反思，写悔过书寄给他们。我有没有给北见泽柚子道过歉呢……城崎亚久斗迫害过的人太多了，可能忘记给她寄悔过书了，不过即使寄了，也不足以抵消自己犯下的过错。

"对不起，北见泽同学，你是来报仇的吗？我为城崎亚久斗做过的错事向你道歉。"

她一脸疑惑地看着我。

"什么？我才不需要你的道歉！"

这时，我听到她身后传来一声尖叫。一位在车站大楼工作的女职员路过，注意到了北见泽柚子手中的刀。那一瞬间，北见泽柚子走神了，我趁机溜走。

"别跑！"

她追了上来。

我从通道中间的楼梯跑了下去。动画片《和你同行》中可没有这出戏！而且动画片中根本没有北见泽柚子这个人物。也许是编剧终于打算抹去我的存在，让故事回到原来的轨道。

车站大楼的地下一层也是购物区域，地下二层通往地下停车场，昏暗的空间里停满了车。

我在寒冷的空气中拼命奔跑，她的脚步声紧跟着我。最终我被逼到了一个角落里，喘不过气，双腿也无法动弹。我在志愿者活动中站立了好几个小时，已经筋疲力尽。

来到墙边，我回头看了一眼。

"北见泽同学，让我跟你谈谈……"

"我不想跟你说话！"

美少女头发凌乱地站在那里，她的脸因仇恨而扭曲。

"我现在还不能死，我要救一个朋友，她生了病，我正在为她寻找骨髓捐献者。"

"闭嘴，你这个恶魔！不准用你恶魔般的眼睛瞪我！"

我没有瞪她，但我凶狠的表情似乎吓到了她。她紧握着刀，似乎随时准备冲过来。

"我不认为你能用这么小的一把刀轻易地杀了我。只要你没有刺中心脏，或者割破大动脉，我就会反抗。你失败的可能性很高。"

"你别动！"

"别说傻话了，我们来做个交易吧。今天你先放过我，夏天之前留我一条命，过了夏天，我就会毫不反抗任由你处置。"

"别骗人了！"

"我没有骗人！到了夏天一切就都结束了！"

动画片《和你同行》中，叶山波留的生命结束于夏天，化疗没有起作用。在此之前能否找到捐献者是关键，所以到了夏天，一切都会揭晓。

"到了夏天，城崎家会走向灭亡，到时候你想怎么复仇都行。"

"灭亡？你在说什么？"

"总之让我活到夏天吧，到时候任由你处置，反正这条命也是捡来的……所以……"

北见泽柚子握着刀看着我。

"我才不会信你！去死吧！"

她向我靠近，用刀尖刺向我。就在这时，有人扑向她。那个人比北见泽柚子高，她奋力挣扎，但持刀的手腕被牢牢抓住。

"是谁！放开我！"

男人把北见泽柚子按倒在地，刀从她的手中滑落，我急忙把刀踢到附近的一辆汽车下面。

按住北见泽柚子的人是我的司机大田原，城崎家的豪车就停在她旁边。他发现我被人用刀袭击，就来救我了。我每次做完志愿者请他开车来接我时，都会约在这里会合。我向他下达指示。

"大田原先生，放了她。"

她试图用刀伤害我，本来可以交给警方处理，但我不打算这么做。

"原本就是城崎亚久斗的错，是我自作自受，即使被杀我也没有怨言。"

大田原松开了北见泽柚子。她站起来，小心翼翼地与我拉开距离。

"北见泽同学，我刚才说的都是真的，过了夏天，你杀了我也没关系。"

"你在说什么？"

"今天就先回家吧，好好和家里人过圣诞节。"

"我可是想杀了你的人哦！"

"我知道，但是我还不能死，我还没有拯救她，请再给我点时间。"

"不知道你在说什么，你到底是谁？真的是城崎亚久斗吗？"

北见泽柚子用恐惧的表情问道。我迟疑了一下。我既有作为城崎亚久斗生活的记忆，也有前世工薪族的记忆，很难简单解释清楚。

"我重生了。我知道，不能假装过去的事情没有发生过。所以我接受你的复仇，只不过请再给我一点时间，求你了……"

我端正地跪在停车场冰冷的水泥地上，深深地埋下头。我能感觉到北见泽柚子和大田原屏住了呼吸，他们大概是手足无措了。但我不知道还能怎么办，只好拼命用额头贴着水泥地，希望得到她的怜悯。

过了一会儿，我听到脚步声渐渐远去。

"亚久斗阁下……"

大田原在呼唤我。我害怕地抬起头，发现北见泽柚子已经走了。

"她脸色铁青地走了，好像见到了什么可怕的东西似的。"

大田原解释道。平安夜，我在地下停车场松了一口气。

## 8/10

理绪一直陪我到平安夜的傍晚。有时她会在我这里过夜，但今天必须回家。明天还要上班，她感叹道，不到最后一刻不能休息。

电视里喧闹的节目恍如隔世。我关掉电视机和电灯，静静地躺在床上。我感觉身体发热，恶心的感觉还在。当我咳嗽时，骨髓穿刺过的腰部传来一阵刺痛。

如果白血病的症状继续发展，我会怎么样？骨髓中的血液制造工厂将大量生产有问题的血液。正常的白细胞消失，哪怕是最轻微的感冒病毒，我也无法抵御。有问题的血液细胞会侵入其他器官，影响它们的正常功能。

我的身体就是这样迅速垮掉的，要是抗癌药物能消灭所有不良细胞就好了。然而不良细胞幸存了下来，并且稳步增长。

我的身体一直不太容易生病，所以根本想不到为什么这种情况会发生在自己身上。也许，不幸就是突然降临的。前一天还活蹦乱跳的人，第二天可能会死于交通事故。一个小时前还面带微笑的人，可能突然死于心力衰竭。这些事可能发生在任何人身上。

但我们能否接受是另一回事。我觉得自己完全被这个世界抛弃了。上帝好像在告诉我，这个世界不再需要我了，我应该消失。我压低声音哭泣着，枕头被泪水打湿。

我听说有人因为抑郁而跳楼自杀或上吊自杀。我一个人在病房里忍受着恶心、发冷、疼痛，渐渐能理解他们了。我发着烧，被内心的黑暗所吞噬，渴望自己能马上摆脱这种痛苦和孤独。

我并不是真的想这么做，但今天是圣诞节，从医院屋顶跳下去的感觉会很好吧。我幻想着。如果跳下去，恶心感和发烧会完全消失，这是对折磨我的不良细胞的报复。只要我的身体停止运作，那些细胞也不会相安无事。仔细想想，我的心也病了，才会觉得这是个不错的主意。

圣诞快乐。不知道圣诞老人现在在哪里发礼物呢？他是否正坐在驯鹿拉的雪橇上，伴着铃铛声飞过夜空？关了灯的病房在窗外照进来的月光下显得格外苍白。

突然，病房的门被敲响了，可能是护士来查房了。护士经常在半夜开门查看病房里的情况。

"请进。"

我说道，我知道自己的声音听起来很虚弱。

门被打开了，一个意想不到的人出现在门口。

是一位三白眼少年。

## 8/11

当我们回到城崎家时，朋友们已经来了，勇斗和日向看着摆在桌上的食物和各式各样的圣诞蛋糕，眼睛闪闪发光。没有我也能开派对，没想到这些人都老实地等着。正因为这样，勇斗像等候多时的小狗一样流下了口水。

"对不起，我来晚了，马上开始吧。"

圣诞派对开始了。出云川和樱小路笑嘻嘻地和我说话，但被北见泽柚子袭击的惊吓一直萦绕在我的心头，让我无法集中精神交谈。

我让大田原不要把我差点被刺伤的事告诉任何人。离开云英学院小学后，北见泽柚子过着怎样的生活？她也许并不想这样做，从现在开始我要尽量赎罪。

小野田为了今天，安排了以海外为据点的爱乐乐团演出。特地在海外租了一个音乐厅，请了知名指挥家，并通过网络进行现场直播。通过最新的音响设备，管弦乐团演奏的乐曲被传递到城崎家。

贝多芬《第九交响曲》也存在于这一世界线中。出云川用英语要求他们演奏柴可夫斯基的《胡桃夹子》，乐团的成员欣然应允。

吃蛋糕比赛结束后，剩下的蛋糕给佣人们了。也给没能参加派对的莲太郎的父母打包了菜和蛋糕。

"我们家方向一致，莲太郎的家人就坐我的车回去吧，快感谢我！"

派对结束后，樱小路送莲太郎、勇斗、日向回家。出云川也回去了，家里就剩下我一个人。为了不打扰佣人们打扫卫生，我回到了自己的房间，透过没窗帘的窗户眺望夜空。

派对很有趣，音乐很好听，蛋糕很美味，但我总觉得有种失落感。这也难怪，毕竟前不久我的生命正受到威胁。平安夜居然过得如此糟糕。

如果我就这样被刺死了，还会不会以别人的身份重生？还是说这次将彻底死去？

在被卡车撞到并经历了死亡之后，我在这个世界线上获得了生命，我相信这是一件幸运的事。因为在这个世界线上，拥有她的声音。

也许我现在所处的这个世界线，就是我死后做的一个梦。我经常这样想象。此时此刻，我的身体可能正躺在马路上，和刚被卡车撞到时的状态一样。我垂死的脑细胞在瞬间向我展示了这个梦境。

想到这里，我觉得有必要去见见叶山波留。如果我现在所在的这个地方是即将死去的自己的梦境，那么最好在这个梦境消失之前见到她，和她讲讲话。我拿上钱包和外套，离开了房间。

看到我在这个时间出门，没有佣人盘问我。不过之后他们应该会向小野田和濑户宫报告此事，我只要说自己去夜间散步就行了。

我在十二月的冷风中瑟瑟发抖，沿着宅邸前灯火通明的环形路步行前行。我想过让大田原开车送我去圣柏梁医院，但这种时候也不太好差使他，还是让他和家人好好过个圣诞夜吧，我决定打个车。

我在城崎家大门口给出租车公司打了电话，五分钟左右就来接我了。这好像是我这辈子第一次坐出租车，以前无论去哪里都有豪车接送。

"请开往圣柏梁医院。"

司机二话不说就发动了汽车。当我还是独自生活在东京的工薪族时，经常会乘坐出租车。有一次和同事喝完酒没赶上末班车，打车回家付了高额车费。这些都是美好的回忆。

车子路过张灯结彩的中心路段时，我请司机停车。

"我想去便利店买点东西，您能等我一下吗？"

我在便利店买了一张圣诞贺卡和一支签字笔。我没有时间准备礼物，今天就先这样吧。上车后我在出租车后座上写贺卡。圣诞树插图旁边有一片空白，我打算在那里写祝福语。一提笔就后悔了，不应该在行驶的汽车上写字。随着汽车颠簸，字写得乱七八糟，算了。

我来到圣柏梁医院门口，付了车费后下车，发现正门漆黑一片。想想也是，医院不可能在这个时间让访客探望。

正当我寻找可以进去的入口时，发现急诊门口有不少人。一辆救护车停在那里，红色的灯照亮了外墙。即使在圣诞夜这种时候，医生和护士仍在忙着抢救送来的病人。我找准时机，从急诊的入口潜入医院。

为了躲避走廊上的护士，我躲在柱子后面或蹲在盆栽后面缓慢移动。现在已经过了探视时间，要是被发现，一定会被赶出去。如果让樱小路家帮忙，说不定可以破例让我探视，但我想靠自己见到叶山波留。

我穿过一条又一条走廊，向目标病房走去。在漆黑的走廊里，指示出入口的绿灯和表示警报的红灯在黑暗中闪闪发光，就像圣诞灯一样。

叶山波留住在较高的楼层，上楼时我气喘吁吁，好不容易才爬了上去。

一位查房的护士正在走廊上，脚步声咚咚作响。我躲进了男厕所，顺便用肥皂洗了手，用酒精消毒喷雾仔细地消毒了双手，然后抖掉身上的灰尘。安全起见，我在这里脱了鞋。鞋底的细菌可能会对叶山波留产生不良影响。我没准备拖鞋，只能穿着袜子在走廊上移动，脚冷得想哭。

我找到了叶山波留的病房，仔细核对了号码后敲了敲门，一阵短暂的沉默后，微弱的声音响起。

"请进。"

这是她的声音，不会有错。

打开门，我发现叶山波留躺在洒满月光的病床上。

"叶山同学，你还醒着?"

"嗯，吓了我一跳，还以为圣诞老人来了。"

"如果我是圣诞老人，见到我的孩子可能都会哭出来吧。"

"尽管你老是用自己的长相开玩笑，不过我真不知道该不该笑。"

"当然是为了让你笑才说的。"

我从床上坐起身，检查了一下自己是否戴着医用帽。我不希望被别人看见自己头发稀疏的模样，病房里没有开灯，光线很暗，但我们可以看清对方的脸。他好像没有穿鞋。

"你忘记穿鞋了?"

"我脱在厕所里了，鞋子都是细菌。"

他扭动着脚，看起来很冷的样子。他果然是个思维方式不一样的人，很有趣。他站在门口一动不动，没有靠近床，也是出于对我的关心，怕我被他身上的细菌感染。

"好久不见，谢谢你能来看我。"

恶心和疼痛完全消失了，由于焦虑而哭泣的自己也变得不那么真实。夜晚的医院很安静，窗外青白色的月光照亮长方形的床。现在已经过了外部人员的探视时间，他是怎么进来的呢?

"骨髓穿刺痛吗?"

"打了麻醉还好，不过能感觉到有根针刺入骨头里。"

"你真勇敢，化疗也很辛苦吧。"

"不想再来一遍了。"

看医生的意思，可能过不了多久还要再化疗一次，换一种抗癌药，看到底哪种药对我有效，能杀死体内的癌细胞。

"真的能治好吗?"

"一定可以，明年就能恢复正常生活了。"

"那么明年的圣诞节派对能喊我吗? 我听说今天在城崎家举行圣诞派对了，真羡慕。"

我是通过和樱小路同学聊天得知的，她依旧爱慕着佐佐木莲太郎，想着能和他一起吃蛋糕，便十分期待今天的派对。

"当然，明年你一定会参加圣诞派对，但不知道我能不能参加。"

"为什么?"

"明年的圣诞节派对应该会在出云川或者樱小路家举行，那时城崎家已经……"

他支支吾吾起来，然后和我分享了今天派对的情况，听说请了海外乐团演奏音乐，大家一起吃了各种各样的蛋糕。

"对了，这个给你。"

他从上衣口袋里取出一张卡片，递给我。是圣诞贺卡。圣诞树插图旁边写着祝福语。


圣诞快乐

我想守护

有你在的世界线

城崎亚久斗


匆忙写下的字歪歪扭扭的，我鼻子一酸。

"谢谢，有你真好。"

城崎亚久斗显得有些困惑，不过我说的是真心话。我把这段祝福

273

语读了好几遍，心中充满感激之情。

"我也差不多该回去了，得偷偷地走，不能让护士发现，就像潜入敌营的特务。"

"下次你白天来吧。对了，鞋底用地毯蹭一下就行了。"

离别之际，城崎亚久斗看了看我住的病房。

"好怀念啊。"

"这个病房？"

"我以前看过以这个病房为舞台的动画片，名字叫《想和你一同前行》，被简称为《和你同行》。"

他似乎注意到了什么，视线落在某样东西上——是我放在床头柜上的照片。

"这张照片上的人是叶山同学的母亲？"

"是的，她抱着还是婴儿的我。"

"能给我看看吗？"

"可以啊。"

我把相框递给他。

"你和你母亲长得真像啊。"

"谢谢，其实我没怎么见过母亲，一点印象也没有。就连这张照片是在哪里拍的也不知道，更不知道父母现在是死是活。"

城崎亚久斗看着照片思考着，过了一会儿他提议道。

"叶山同学，要不要我查查看这张照片是在哪里拍的？委托调查所的话很快就能查清楚。"

"调查所就是所谓的侦探吗？"

"可以帮忙找人或调查身世的公司，让他们查查看照片吧。"

"好啊，很期待。"

和母亲十分相似的头发掉得差不多了，一想到自己和母亲的关联即将终结就很不安。要是能知道母亲是在哪里抱着我拍的照片，我们的关联可能会稍微强化一些。

"调查费不必担心，我出。"

"那就拜托你了。"

"照片可以先借我几天吗？"

"元旦后还我就行。"

"对哦，圣诞节之后马上就是元旦，时间过得真快。"

"是啊，时间总是朝前走。"

"要珍惜每一分每一秒。"

"没错。"

我把现在当作奇迹一般感谢。

城崎亚久斗轻手轻脚地离开了月光照亮的病房。我又读了一遍圣诞贺卡，躺在床上闭上眼睛。我的呼吸变得平稳，焦虑消失了，我安心地进入了梦乡，心中充满对他的感谢。

## 9/1

前世小时候，寒假期间我很喜欢去乡下奶奶家玩。元旦那天，很多亲戚都会聚在一起开派对。喝醉酒的大人们会给我们压岁钱，我们几个孩子就躲在房间的角落里查看红包金额，互相报告里面有多少张千元纸币。

城崎亚久斗没有在乡下的奶奶，所以元旦不是在家里就是在别墅里过。我有点怀念以前的热闹日子。

参加新年参拜的人和去百货商店买特价商品的人在街上来来往往，脸上洋溢着欢快的表情。像往常一样，我化名黑崎参加着志愿者活动，呼吁路人登记成为捐献者。

叶山波留需要骨髓移植，但还没有找到合适的捐献者。现阶段，骨髓库资料中没有和她的 HLA 相匹配的捐献者。过去几年来，我一直在努力增加捐献者的登记人数，但还远远不够。

我开始不耐烦了，如果还是找不到骨髓捐献者……叶山波留的命运将与动画片《和你同行》中一样。年龄越小，白血病发展越快。现在她还讲得动话，过几个月可能就卧床不起了。

"请登记成为捐赠者。"

"白血病患者不计其数。"

"您的善举将拯救生命。"

我和志愿者们一起大声呼喊。志愿者群体一直在换人，刚认识的人可能过一阵子就不出现了。

我向愿意驻足倾听的人解释了登记成为捐献者的流程。

自从圣诞夜去病房看望叶山波留后，我就再也没有见过她。她一定是在病房里度过了新年假期。如果化疗效果好的话，她可能会被允许暂时离开医院，回家休息。

回想起圣诞夜，我百感交集。

"谢谢，有你真好。"

她说的这句话也出现在了动画片中。莲太郎与叶山波留心心相印，多亏了他，叶山波留郁闷的心才得以解脱。这是她向莲太郎表达感激之情的台词。

然而，让莲太郎与她成为知己的计划没有成功。相反，似乎我的出现对她起到了一点帮助。明明我长着一张凶恶的脸。

这个世界线已经开始偏离我所知道的《和你同行》的故事。反派的跟班改邪归正，男主角和女主角的关系并没有很亲密。搞不好反派会成为女主角心灵的依靠。试问我能成为她的依靠吗？我做得到吗？

我让小野田复印了照片，并将复印件交给了他熟知的调查所，请他们在年底就进行调查，结果应该很快就会寄给我。

这张在某个教堂前拍摄的母亲和婴儿的照片，是动画片《和你同行》中出现过许多次的道具。叶山波留常常在病房里看着照片。我一时兴起，想调查照片的拍摄地点。因为动画片中提到过，她很好奇照片是在哪里拍摄的，还希望有朝一日能去那里看看。我想，整理自己出院后想做的事情清单也许对心理健康有帮助。

其实我想调查还有一个原因，借了照片就意味着还得再去病房归还照片，对我而言就有去探望她的借口了。

仔细想想，如果是《和你同行》中男女主角那样亲密的关系，就能很自然地反复去病房探望对方，但如果是我这样一个关系不熟的男生反复去探望，她可能会感到不自在吧。

"他该不会对我有好感吧，真恶心！"

我不希望被她讨厌。

## 9/2

做完志愿工作后，我乘坐城崎家的车回家。自从圣诞节那件事后，我和大田原提高了警惕。尽管北见泽柚子再也没有出现过，但不知道她什么时候会再次用刀袭击我。今年夏天她会再来袭击我吗？到那时城崎家又会变成什么样？叶山波留还活着吗？我坐在后排看着窗外月光下的街景想着。

此生与我息息相关的朋友，以及我所熟悉的《和你同行》中的角色，都给我发来了带照片的新年问候。出云川在国外度过了新年假期，据说是回妈妈家了。樱小路在亲戚面前表演了古琴和舞蹈。莲太郎和弟弟妹妹一起放了风筝，还参加了年糕制作比赛，他们似乎玩得很开心。他没有智能手机，我没有收到他的信息，这些是我去给他拜年时听说的。

车抵达了宅邸，新年有一半的佣人都请假回家过年了，不过城崎家的佣人很多，他们看到我都停下手里的活，向我鞠躬。几年前那些看到我害怕得一动也不敢动的人，现在态度缓和了一些。不过在黑暗中看到我时仍然会忍不住尖叫。

"亚久斗阁下，调查所的报告来了。"

小野田出来迎接我。

"知道了，拿到我房间来。"

"明白。"

我在二楼的房间换衣服时，小野田抱着一份厚厚的文件出现了。女性佣人给我送来了红茶和点心，等他们退出房间后，我开始在窗边阅读这份报告。

我想知道叶山波留的父母是否还活着。

官方设定资料集说当她还是婴儿时父母就失踪了，但不确定他们是死是活。如果还活着，说不定可以让她的父母去医院看她。不过叶山波留愿意这么做吗？我应该慎重考虑是否让他们见面。

据说父母与子女 HLA 相匹配的概率非常低，所以她的父母成为骨髓捐献者的机会很小。当然如果他们还活着，肯定还是要查一下 HLA 的。

我翻看着报告，本以为报告会很简单，只是说明照片拍摄的位置。我想着只要告诉叶山波留照片拍摄的位置，她就会感谢我，没想到读着读着，我被内容震撼到了。

读完后我的真实想法是，到底怎么回事？调查所查得很到位，在新年如此缺乏人手的时期，调查人员请了好几位熟悉教堂建筑的学者辨认照片背景中的教堂。结果他们成功地将候选名单缩小到全国数千座教堂中的几十座，根据屋顶的建筑风格和彩色玻璃的类型找到了最接近的教堂，其过程都记录在一份文件中。

背景中的植物也被无限放大，通过最新的人工智能技术使模糊的图像变得清晰。根据植物的叶片轮廓，确定了植物的生长区域。这样一来，教堂候选名单减少到十个。

在此基础上，调查人员实际前往现场，查看是否与照片上的建筑物相符。结论是照片中的教堂是一座基督教堂，位于日本海一侧的海峡边。

但故事并未就此结束。令人意想不到的是，这座教堂在十七年前被翻修过，屋顶形状和彩色玻璃窗虽然仍保留了一些，但与照片上大为不同。

于是调查人员向教堂相关人员展示了这张照片，对方告知，这里就是拍摄照片的地方。调查人员还获得了教堂翻修前的外观资料，并将其放入报告中，结果证实这确实是照片中的建筑物。

但这怎么可能呢？叶山波留只有十六岁，官方设定资料集上也是这么写的。教堂是十七年前翻修的，照片上拍的是旧教堂的样子。换句话说，这张照片拍摄于十七年前，当时叶山波留还没有出生。

那么问题来了，照片中的婴儿到底是谁？

我感觉自己的世界要塌了。就在这时，我突然想起动画片《和你同行》的主创人员的采访。撰写主要剧情的编剧，以及参与剧情会议的制片人和导演。他们为官方设定资料集讲述了制作动画片时的故事。

根据他们的说法，有很多情节虽然设定好了，但实际上并没有作为剧情出现。这部二十四集的动画片无法完整描绘那些情节，这种情节被称为"背景故事"。

叶山波留总是在病房里看的母亲的照片背后居然还有这样一个谜团，我们这些动画迷完全不知情。这个谜团是不是有什么含义呢？

我想问问编剧。如果这是一个从未使用过的背景故事，那么其真正想表达的是什么？尽管很困惑，但我有一种预感，只要解开这个谜团，也许就能改变叶山波留的命运。动画片主创人员选择让叶山波留活下来，给故事一个圆满的结局的可能性还是存在的。所以为了让她活下去，我必须查清这件事。

我一遍又一遍地看着厚厚的报告，红茶已经完全凉了，窗外是冬天残酷而清冷的天空。

# 第三部分

那是一个漆黑的夜晚，就像被墨水涂成了黑色。那一天，我和父母一起坐着车。父亲在驾驶座上紧握方向盘，正沿着山路行驶。车灯的亮光划破黑暗。

我和母亲坐在后排，父亲踩着油门，这是要去哪里来着？当驶入一个弯道时，轮胎侧滑了。

屁股受到了撞击，我的身体浮在空中，母亲尖叫着紧紧抓住我的手。汽车驶离了山路，顺着斜坡滑了下去。最后车体颠覆，我听到了世界撕裂般的声音，我撞上了车顶。

在一片寂静之中，我慢慢睁开眼睛，到处都是玻璃碎片。有什么东西着火了，父亲和母亲血流不止，一动不动，我独自爬了出去。没过多久，整辆车就燃起了熊熊大火，一定是油箱着火了。我的父亲和母亲就这样被大火吞噬。

我已经很多年没有想起那个夜晚了，那是如此令人震惊的经历，以至我的记忆被尘封。医院的医生告诉我，我当时狼狈地走在路上，得到救助后，就像魂丢了一样无法正常沟通。

大人们清理了事故碎片，但所有能证明我父母身份的东西都和汽车一起被烧毁了。警察试图确认他们的身份，却一直无果。我的父母到底是谁，他们叫什么名字，住在哪里？他们从哪里来，又要到哪里去？

我被福利院收留，在善良的成年人身边长大。出于各种原因无法与父母一起生活的孩子们在福利院里成长，随着年龄增长，大孩子照顾小孩子。

十二岁那年，我尘封的记忆恢复了。在福利院里看电视时，听到新闻节目念出了"城崎集团"这几个字。我突然感到一阵头痛，变得坐立不安。我有一种感觉，我知道这个词很久了。

"……院长，城崎集团是什么？"

"有一个叫城崎的富裕家族，经营着许多知名企业。从糖果制造商到用于太空火箭的计算机公司，城崎集团通过收购各种公司发展壮大。"

那一刻，我的记忆涌现，如同迸发的火花，关于父母的记忆恢复了。

"怎么了？你还好吗？"

院长看着我关切地问道。我可能是一副看起来要呕吐的样子。

在福利院里，我没有自己的房间，我和另外六个孩子住在一起。当我拉开被褥入睡时，年幼的孩子们一脸担心地看着我。

我确信我知道城崎集团，父亲经常提起他们。

车祸发生时我年仅五岁。在那之前和父母生活在一起的记忆中，城崎集团这个词给我留下了尤其深刻的印象。父亲总是在骂他们，这是他情绪波动的主要原因，因此在我幼小的心灵中，这个词是禁忌之词。

"都是他们的错……我们家所有的不幸都是他们的错……"

我的父亲总是如此咒骂着。

说不定我的不幸真的都是他们的错。

"叶山，今天一起吃饭吗?"

同事如此邀请我。他是一位单身帅气的男性。换作平时我一定会去，毕竟有恋爱的苗头。不过今天我拒绝了。

"不好意思，我有事。"

"是吗，那我们下次再找机会。"

他离开了我的办公桌。离开办公室时，我看到穿着厚大衣的工薪族在商业区走来走去。现在是一月中旬，空气寒冷。我乘公交车前往圣柏梁医院，去看望我的侄女。

叶山波留就像我的女儿一样。当她还是婴儿时我就开始抚养她，现在她已经十六岁了。去年年底，她患上了白血病。

圣柏梁医院位于河岸附近，我用住院部入口处的地毯仔细清理鞋底的泥土，然后拂去衣服上的灰尘，乘坐电梯上楼，在厕所里仔细地洗干净手。

"波留我来了，你精神吗?"

我敲了敲病房的门。

"请进。"

她正在床上看小说，见到我，她看起来很高兴。她的眼睛又大又可爱，长得像妈妈，将来一定是个美人。她的妈妈也就是我的姐姐。

"理绪，没有人会问住院的人'你精神吗'。"

"马上就要开始第二次化疗了吧，加油啊。"

"好的。"

为准备化疗，一根长管被插入她颈部的血管里。接下来的一周时间抗癌药将从那里注入。

越年轻白血病发展越迅速。如果波留的病没治好，会怎么样？神仙，请救救她。我在心里呼唤着。我是一个无神论者，在我到这个年龄之前，从未关心过神仙什么的。

"你在读什么小说？"

"你给我买的那本，很有趣，我还推荐给朋友了。"

我问她在病房里都在想些什么，做些什么，我则抱怨着同事。现在我才意识到，这种平淡无奇的家庭对话是无价的。

波留住在单人病房，房间里有一个简单的洗手间，洗手间里有一面整理面容的镜子，一个用来刷牙的小巧水槽。我发现下水道里卡住了一根头发，于是用纸巾捏住头发，想把它拉出来，没想到这根头发还连着其他头发，结果许多缠成一团的黑发被我拎了出来，我吓了一跳。

"对不起，我掉了很多头发。"

波留抱歉地说道。她原本有一头遗传自母亲的乌黑亮丽的秀发，但由于使用抗癌药物，头发开始脱落。虽然没有完全掉光，但露出了不少白色的头皮。最近她很在意这事，开始戴医用帽子。

刚开始脱发时，她很沮丧。不过圣诞节过后，她的脸上又露出了笑容。原因可能在于她藏在床头的那张卡片。不知道是谁在什么时候送给她的，她只要一看到卡片，脸上就露出笑容。

"我该回去了，虽然很想陪你过夜。"

"我一个人没关系的。"

"那我明天再来，你有什么想要的东西吗？"

她说了几种想让我给她买的小说和漫画的名字。我走出病房，向波留挥了挥手，关上了门。一个人的夜晚，她会想些什么呢？我无法想象这种濒临死亡的恐惧。我心情黯然地走向电梯。

走廊两边都是病房，这层住着女性白血病患者。每个病房里都是和波留病情相似的人，有的已经上了年纪，有的还在上小学。

有一间病房的门开着，里面空空如也，看不到任何私人物品。门牌已被摘下。之前住在这间病房的人怎么样了，是痊愈了还是……

我离开了圣柏梁医院，我的白色叹息四散于街灯下。我乘坐公共汽车前往位于住宅区的家，二十分钟左右就到了斜坡上的车站。

我们家是一栋二层的独立建筑，我将钥匙插入锁孔，正准备进门时，听到有人从后面喊我。

"叶山理绪女士，我能和你聊聊吗？"

是一个男孩的声音。

我转过身去，看到黑暗中站着一个人。

## 10/3

第三学期开始了，教室里还是老样子。

"早上好，城崎君。"

"早上好，莲太郎，今天你的头发还是很乱，角色拿捏到位。"

"角色拿捏？"

"不要在意。"

樱小路把梳子借给他说："真拿你没办法。"

不过即使把头发梳整齐，过不了多久就又乱了。佐佐木莲太郎蓬乱的头发是《和你同行》角色设计的一部分，不可能轻易变整齐。

"如果想改变莲太郎乱糟糟的头发，首先得改变他的内心。"

当我提出这个建议时，莲太郎歪了歪脑袋。

"改变内心？"

"是的，当一个角色的思想成长时，发型才会跟着改变。这是一种象征性地表达内心变化的方式。"

"城崎君又在说一些难懂的话了，你的意思是需要锻炼自己的内心对吧？我会努力的。"

午休时，我和佐佐木莲太郎在学校的池边散步，池塘中央停着一艘无人驾驶的小船。我用假发遮住了脸，我们边看风景边聊天。

"以后我变装的时候，请叫我黑崎。我用假名字注册成为志愿者，城崎这个名字太醒目了。"

"明白了，黑崎君。说起来真的没人发觉你啊。"

"拍张照片发给叶山同学吧，她在病房一定很无聊。"

我打开手机相机，给她发了一张冬天的池景。

"有你在叶山同学一定很安心。"

佐佐木莲太郎夸奖道，我反而想抱怨他几句。应该是你这个主角成为她的精神支柱。

"黑崎君参加志愿者活动是为了叶山同学吧？"

"怎么可能，只是碰巧。我可是好几年前就开始做志愿者活动了哦。"

"你是不是早就知道，身边重要的人将会得白血病？"

"你以为我是从未来穿越来的吗？"

"其实我也想帮点忙，前一阵本打算登记成为捐献者，结果被接待处拒绝了。"

"必须年满十八岁才可以登记。"

"所以我想着要不要也参加志愿者活动。"

"你有这个时间吗？"

佐佐木莲太郎的父母平时都要工作，他必须在放学后照顾弟弟和妹妹。他得做晚饭，教他们做作业，照顾他们。

"勇斗和日向已经长大了，休息天的话我应该可以参加。"

"谢谢，你有这份心就足够了。"

不愧是主角，心地善良，愿意为他人着想。我很高兴能认识他，和他成为朋友。

"其实我是担心你。"

"担心我？"

"也许你自己没有意识到，自从叶山波留住院，你总是一副忧愁的样子。"

"有没有可能只是因为我长得可怕？不过朋友得了重病，我当然会心情不好……"

我的手机收到一条信息，是叶山波留发来的。"谢谢你给我发来的美景"。我的大脑中响起了她的声音，仿佛叶山波留在朗读这句话。

放学后，我坐上城崎家的车，在出云川和樱小路的目送之下回家。大田原优雅地发动汽车，我从车窗眺望夕阳西下的天空，回想起前世工薪族的生活。

加班到很晚乘上拥挤的电车，车里全是经过一天战斗后疲惫不堪的人。西装革履的男男女女，以及在座位上睡着了的上了年纪的上班族。漆黑的车窗外是城市的霓虹灯。

前世，我独自生活在一个人生地不熟的城市，总是被对未来的焦虑压垮。我多次受挫想辞职回老家，但还是坚持了下来，这多亏了她。她和我生活在同一个世界，我通过耳机听着她的声音，温柔而温暖，就像母亲的双臂环抱着自己的孩子。

如果叶山波留没有死去，那么她就能演绎《和你同行》中不存在的成年叶山波留的声音。

"大田原先生，我想请你帮个忙。"

"请吩咐。"

我们透过镜子交换了一下眼神。我告诉他自己想去的地方。沉默寡言的他没有问为什么，只是按照我的指示开。汽车驶离主干道，进入山丘上的住宅区。

"就停在这里，请在车里等我一会儿。"

"明白了。"

我拿着包往外走，这是一个典型的住宅区，我记得那一排排房子正是动画片背景的一部分。叶山波留上学时会路过的建筑物、招牌、邮局等，此时正出现在我面前。

不远处就是叶山波留的家。去年梅雨时节，我曾去过一次她家。我按响门铃后马上就走了，她应该不知道是我。

我站在她家附近等了一会儿，一个熟悉的女人走到了门前。她三十多岁，身着商务套装，她是叶山波留的姨妈，也是抚养叶山波留长大的人。

我从后面喊她。

"叶山理绪女士，我能和你聊聊吗？"

去年年底，我和她在医院见过，这并不是我们第一次见面，所以我有些放松警惕，甚至忘了自己长着一张凶恶的脸。

"我想和您聊一会儿，能占用您一点时间吗？"

当我从住宅区的暗处走出来时，看起来一定就像魔鬼悄悄地靠近一般。她转过身，尖叫声回响于住宅区。

## 10/4

"请进，我家很小。"

288

“打扰了。”

“刚才真是抱歉。”

“没事。不过邻居看起来很担心您。”

“听到我尖叫，他们可能以为发生了什么事……”

“希望他们没有报警。”

我给他拿了一双拖鞋，他低着头小心翼翼地穿上。城崎亚久斗环顾了一圈我和叶山波留生活的这个家。和城崎家在山上的豪宅相比，这应该是一栋简陋的房子。

“一模一样，一切都那么熟悉。”

一模一样？一切都那么熟悉？

不知道他在说什么，但城崎亚久斗的三白眼炯炯有神，他观察着玄关的小摆件、楼梯的扶手、客厅的门，等等。

“我居然能穿这双拖鞋，真厉害。”

“拖鞋厉害？”

“出现在背景中的东西居然都可以使用，能够实际穿上，我感动得想哭。”

背景？他在说什么？有钱人的想法果然非同寻常，这明明只是一双普通拖鞋。

城崎亚久斗是波留在云英学院认识的男生，前不久在医院见到他时我吃了一惊，没想到波留居然和城崎家的人有关联。

城崎是一个拥有巨额财富的家族，同时也是一个声名狼藉的家族。他们家的少爷城崎亚久斗长着一张凶狠的脸，看起来好像总在谋划坏事。但他的言行很谦虚，波留似乎也很信任他，真是搞不懂，也许只是长相吃亏的好孩子。

“请来这边。”

"好棒的客厅。这个角度，这个构图，经常出现哦。我能拍张纪念照片吗？"

"照片？倒是可以，不过为什么……"

"这就是所谓的'圣地巡礼'，比如人们经常去作为作品舞台的地区拍纪念照。"

作品舞台的地区？这里只是我和波留生活的普通房间。我很不解，但他已经开始用智能手机拍照了。

我在厨房准备饮料，烧水，泡绿茶。

"我应该带点伴手礼来的，很抱歉突然造访。"

我让他在沙发坐下，把一杯热气腾腾的茶放在他面前。他低下头，但没有马上接过茶杯。

"请喝茶。"

他似乎在等我开口。

"那我就不客气了。"

他拿起茶杯，抿了一口。他嘴里的锯齿状牙齿让人联想到鲨鱼。

"真好喝。"

"谢谢，这并不是什么高级茶叶。"

真奇怪，我感觉自己在和来我办公室推销的工薪族打交道。给他们上茶后他们不会马上喝，一定要等我说"请喝茶"才开始喝。总觉得这是商务礼仪书上写的做法，说起来他的包也类似于商务包，他没有把包放在沙发上空着的位置，而是放在右脚边。

"对了，你想聊什么？"

"叶山波留的情况怎么样？她马上就要进行第二次化疗了吧？"

"原来你知道。"

"我问过波留，我们有空会互发信息。"

"明天开始又要化疗了，希望能好起来。"

他很担心波留的病情。他沉默了一会儿，喝了一口茶后谨慎地选择措辞。

"其实我在您不在的时候去探望过她一次。当时，我借走了这张照片。"

城崎亚久斗从包里拿出一张照片，放在沙发前的桌上。这是一张再熟悉不过的照片——波留的母亲抱着婴儿时期的她，背景是一座古老的教堂。

这是波留和母亲的唯一一张合影，所以波留非常珍惜它。住院时，她把照片收入行李带了过去，并摆在床头。我最近确实没有看到照片，原来是借给他了。

"你为什么要借这张照片？"

"我向波留提议查一下照片是在哪里拍的，然后交给城崎家熟知的调查所，我觉得不用花太长时间就能查清楚。"

记得波留上小学的时候，曾看着照片喃喃地说："总有一天我想去这座教堂看看。"她很少在我面前这么说，但其实应该很想知道父母的下落。

"你是想通过一些好消息让她振作起来，是吗？"

"没错，如果我能找到一些她与母亲的羁绊，可能会让她好受一些。于是我立即让熟知的调查所调查这张照片，然后发现了一些事。"

"你找到教堂的所在地了？"

"是的，还发现了一些意想不到的事……"

他从脚下的包里拿出一份厚厚的资料放在我面前，这是调查公司的报告，我拿起来翻看。据说通过听取精通教堂建筑的大学教授的意见，从而缩小了教堂的范围。

"概括地说，照片中的婴儿和女性……"

"是波留和她妈妈对吗？"

"不，这个婴儿可能不是波留。"

"你说什么？"

我翻着报告的手停下了，抬头看着城崎亚久斗。我不明白那是什么意思，他在说什么？

"抱着婴儿的女性是波留的母亲吧？"

"是我姐姐没错。我和她一起生活过，所以很确定。"

"但她怀里的孩子很有可能不是波留。"

"怎么会不是呢？"

这个婴儿长得跟波留一模一样，怎么可能不是波留。

城崎亚久斗解释说，通过调查，确定了照片的拍摄地点。教堂位于日本海一侧的海峡边，于十七年前翻修过。

"照片中的教堂是翻修前的旧貌，换句话说，这张照片是十七年前拍摄的。"

波留今年十六岁。

照片拍摄时，她还没有出生。

"这张照片是谁交给您的？是波留的母亲亲手给您的吗？"

"她把波留交给我的时候，在行李中找到的……那是一个装满育儿包的大袋子。"

"是装婴儿衣服、尿布之类的袋子？"

"是的，这张照片夹在其中。"

城崎亚久斗的三白眼放光，嘴角上扬，龇牙咧嘴。我感到自己的生命受到威胁，想要逃跑，但却像被蛇盯上的猎物般不敢动弹。

"波留的母亲一定不知道照片夹在了行李中，她从未说过照片上的孩子是波留。理绪女士，这张照片是非常重要的道具。你以为照片上的孩子是波留，波留以为这是她和妈妈唯一的合影，所以格外珍惜。其实这一切都是误会，不过其中一定含有深意。这是上帝准备了却没有使用的伏线。"

伏线？

"制作团队非常谨慎，他们提前准备了多种结局，以便根据实际情况、整体氛围进行调整。我想说的是，这个世界上存在未被采用的结局的伏线，也就是生存路线……"

城崎亚久斗摆出一副用手捂住嘴巴的姿势，表情严肃地嘟囔着一些听不懂的话。

"照片上的婴儿不是波留，我想知道是怎么回事，所以打算调查下去。真相的背后可能隐藏着什么可以拯救波留的方法。"

"可以拯救她的方法？"

"没错，这张照片不可能无缘无故存在。"

他说了很多我不明白的话，但他身上有一股强大的力量，城崎亚久斗这名少年一定会为波留而行动。我感到很高兴。

"理绪女士，能跟我说说波留母亲的事吗？为什么在她还是婴儿的时候就离开了？"

"好吧。"

我点点头，下定决心把姐姐的事告诉这名三白眼少年，这些事我一直瞒着波留。我暖了暖冰凉的手。

## 10/5

"我的姐姐叫美笑，是近邻公认的美人。"

"汉字怎么写？"

"美丽的美，欢笑的笑。"

我记下了这个名字。

"她性格开朗，勇往直前。工作几年后，她谈起了恋爱。契机是有一次她在路上遇到流氓，被人救下，那个人就是波留的爸爸。他的名字叫神宫寺秋，经营着一家餐饮店。"

叶山美笑和神宫寺秋。

波留父亲和母亲的名字。

"我还在上初中的时候，我姐姐和神宫寺先生开始交往。我从姐姐那里听说，他投资失败，欠了一大笔债。听说还从一些不法渠道也借了钱……于是那些人开始出现在他居住和工作的地方。"

然而神宫寺秋无力偿还债务，也没有去找他们谈话或道歉，他决定逃离这座城市。

"我觉得他是个不负责任的人，但我姐姐决定跟着他。"

为什么叶山美笑没有放弃神宫寺秋？她的爱很深，即使明知会变得不幸，也想和他在一起。

我觉得叶山美笑并不傻。如果我前世所爱的"她"让我和她私奔，我会一秒辞去工薪族的工作，不，一秒钟都不需要。

"二十一年前的一天，姐姐留下一封信离开了家。父母很伤心，不过我早就有预感她会离家出走，因为她和我说过自己的烦恼——他要离开这座城市了，自己该怎么办才好，不过他应该很快就会回夏目町的。本以为姐姐过一段时间会单方面放弃，结果始终没有离开他……"

叶山理绪成年后不久，父母相继去世。她想和姐姐取得联系，却不知道联系方式，只能独自给父母办理后事。

"我用遗产买了现在的这套房子。就在我刚开始工作的时候，她带着一个婴儿突然出现了。"

正要离开家去上班的时候，拎着大包小包的叶山美笑出现了。

"她发现我们以前住的房子没人，所以向邻居打听到这里的地址。当我告诉她父母去世的事，她愣住了。然后我们在客厅里聊了起来。许久未见的姐姐很美，她慈爱地看着怀里的孩子。我问她孩子叫什么名字，她说叫波留。我问她现在在哪里工作，她说之前在一家花店做兼职。"

二十一年前，叶山美笑和神宫寺秋从夏目町消失。十六年前，还是婴儿的叶山波留被送来此处。在那空白的五年里，她过着怎样的生活？

"姐姐的表情变得严肃起来，问我能不能帮忙照顾波留一段时间。她没有告诉我任何细节，我犹豫了一下，还是接受了。姐姐看起来松了一口气，把怀里的孩子递给了我。就这样，她留下了婴儿波留和一个装有纸尿布和衣服的大袋子，再次从夏目町消失了。"

自那以后，她再也没有出现过。她所谓的照顾一段时间，是不是本来就是个谎言？还是被什么事耽误了没能来接波留？

十六年间，叶山理绪一直照顾着侄女叶山波留。

"带孩子很辛苦，我不知道该怎么做，总是不知所措。我没有母乳，她是喝奶粉长大的。我都是趁她睡觉的时候迅速洗澡和吃饭……区政府的人很生气，她没有办理过出生证，当然也没有户籍，为此我办理了各种复杂的手续。我带她去打疫苗，给她找幼儿园，给她做便当，我拥有了一段美好的育儿经历。虽然也怨恨过姐姐，但我和波留在这里度过的时光是非常宝贵的。"

叶山理绪说话的时候眼里含着泪水。官方设定资料集中提到过，她不让波留喊她妈妈，是因为早晚要将她归还给姐姐，她不想让分离变得艰难。

"关于我姐姐，我只知道这么多。她离开后不久，我在包里发现了这张照片。"

我突然意识到。

"咦？城崎家的名字一次都没有出现过，但是波留父母的失踪不是和城崎家有关吗？"

虽然动画片里没有提到，不过这是设定之一。

"你是怎么知道的？"

"直觉吧。"

"确实，神宫寺先生之所以投资失败，负债累累，是因为城崎集团非法操控了股票。不过，城崎集团的势力太大，没有人敢提出指控。城崎集团赚取了大量利润，其背后有许多人丧失财产，神宫寺先生就是其中之一。他所经营的餐饮店和对未来的梦想似乎都消失了。"

操纵投资市场，这是我父亲城崎凤凰的专长。城崎集团通过做很多坏事来赚钱，这只是其中的一小部分。

听完故事，我喝了口茶，道谢后起身。当我离开时，叶山理绪说。

"以后也请好好照顾波留。"

"当然。谢谢你今天和我分享故事。"

"她就像我的女儿一样，十六年……看似漫长，实则白驹过隙。"

在动画片《和你同行》中，当叶山波留去世时，她哭得悲痛欲绝。我永远不会忘记，她紧紧抱着消瘦的叶山波留的身体，泪流满面的样子。

我向她保证。

"我一定会救波留的，一定。"

我向她鞠了一躬，回到等候的车上。必须查清叶山美笑和神宫寺秋的空白的五年时间，其中一定有编剧没有选择的活下去的选项。在动画片中，叶山波留没能长大成人，不过在这个世界线中，必须让叶山理绪看到她长大的样子。

## 10/6

我把车停在路边，一边吃着甜甜圈，一边玩掌上游戏机。甜甜圈粉末掉进驾驶座的缝隙里，但我不在乎。

我沉迷于最近推出的一款动作游戏。通过控制一个粉红色的圆圈角色，前往目标，途中会遇到各种各样的障碍。这款游戏的有趣之处在于，玩家控制的粉色角色可以吸食敌人，并夺走他们的能力。

我把游戏机扔到后座上，发动汽车。风从打开的车窗吹进来，一些空的糖果袋子飞了出去，但没有时间去捡了。

城崎家的宅邸矗立在一座山丘上，可以俯瞰夏目町。其四周围墙环绕，并装有监控摄像头。

"我是调查所的南井，很抱歉来晚了。"

我对着大门口的对讲机说道。

"恭候多时，请进。"

扬声器里传来男人的声音后，紧闭的门自动打开了。我把车停在访客专用的宽敞停车场中，一名戴着银框眼镜、穿着黑色衣服的男性走了过来。他名叫小野田，是我的雇主。

"南井先生，感谢你今天抽空前来。"

"应该的，听说你们想详细问问那张照片的事。"

"是的，亚久斗阁下有几点疑问。"

这不是我第一次来城崎家，但每次都被其规模、奢华所感动。

297

"请在这里稍等片刻。"

我被带进客房，在柔软舒适的沙发上坐下。我又胖又重，身体不断往下沉。我抬头看了看天花板上的水晶吊灯。随着敲门声，小野田来了，还带着一个矮个子男孩。男孩和谣传长得一样，所以我马上就知道了他是谁。

他的眼神看起来像个杀人犯，长着凶猛尖锐的牙齿。我不禁紧张得发抖。如果赋予黑暗与暴力生命，让它长出人形，一定就是这个男孩的形态。他是城崎家的少爷，名叫亚久斗阁下。我从沙发上站起身。

"初次见面，我是南井调查所的所长南井吾郎。"

我从夹克口袋里掏出一张名片。亚久斗阁下从我手中接过名片看了看。

"请坐。"

我的身体再次陷入沙发。亚久斗阁下坐在我对面，小野田坐在稍远处。

"你要喝什么？"

"我要一杯多糖的甜咖啡。"

小野田打了一通电话，一个穿着女仆服的佣人给他端来了大量糖和咖啡。

"调查所就是所谓的侦探事务所吧？"

亚久斗阁下问道。

"我们可不像推理小说里那样解谜和抓罪犯。"

城崎集团与多家调查所签订了合同，向竞争对手的公司派遣间谍，以此打探情报，抓住对方的弱点。但企业调查并不是我们的专长。

"南井调查所擅长背景调查和找人。比如，一名高管偷走城崎集团的钱逃出国，我们追到国外抓住了他。"

"然后怎么样了？他被抓起来了吗？"

"我并没有听到他被绳之以法的消息，不要去想象后来发生的事。"

凡是违背了城崎凤凰的人，都不会有好下场。城崎亚久斗皱了皱眉头。看到他这副模样，我差点吓尿。

不过，虽然这个男孩长着一张可怕的脸，但语气却格外彬彬有礼。富裕阶层普遍都很傲慢，但他不同。我刚刚给他的名片被他放在了左手边，看来他很懂商务礼仪。

"我们言归正传吧。我想问一下前几天委托贵司调查的照片。"

男孩让小野田拿来报告。这是前几天我们的一个员工整理出来的。我从包里拿出追加材料放在桌上。

去年年末，他们请我调查这张照片的拍摄地点。照片上是一位美丽的女士和她怀中的婴儿，背景是一座古老的教堂。我和员工放弃了新年假期展开调查。

"教堂位于白取町的海峡边，我实际走访了，保证没错。我和员工的新年就是在那里过的，那是一个可以俯瞰日本海的港口，鱼特别好吃。"

"你确定照片就是在那里拍的？"

"没错，和教堂的工作人员也确认过了。"

"这么一来就出现另外一个问题了。"

"照片上的婴儿和叶山波留的年龄不符，是吗？"

叶山波留，就是这张照片的主人。接到调查请求后，我也查了她的情况。她现在正因急性白血病住院。这座教堂于十七年前翻修，也就是说，当时叶山波留还没有出生。亚久斗阁下疑惑地看着我，我出了一身冷汗，那双眼睛仿佛能杀死一个人。

"我认为那个婴儿不是叶山波留的可能性很高。"

"太巧了，我也是这么认为的。"

他满意地点了点头。

"所以我想追加一些调查事项，请查一下这张照片上的婴儿是谁，并找到这个人。"

"……好古怪的调查要求。"

"是吗?"

"我以为你是要我找叶山波留的母亲。"

我原以为是想让正在与病魔抗争的女孩见一见分别的母亲。没想到这个男孩居然想调查婴儿的下落。

"我能问一下理由吗?"

"我觉得这个人有可能是叶山波留的哥哥或姐姐，她的母亲可能还生过别的孩子。虽然不知道性别，但如果是真的话，一切就都可以说通了。"

"说通? 说通什么?"

"神之旨意，通往圆满结局的路。"

他用食指指了指水晶吊灯。不，亚久斗阁下指的是比天花板、屋顶、天空更高的什么东西。

我看了一眼站在墙边、戴着银框眼镜的副管家。他的表情没有任何变化。训练有素的佣人真是了不起。我藏不住困惑，完全显露在脸上。

"知道了，我接受这个工作了。"

照片中的婴儿如果还活着，至少也有十七岁了。据亚久斗阁下所言，照片上的女人可能曾在花店打过工。

"是在花店打过工对吧？"

"对，如果这个消息能派上用处就好了。"

照片上的女人名叫叶山美笑，她把婴儿托付给妹妹时，说自己曾在花店做兼职。我得告诉手下这个重要情报。

"那我就等你的好消息了。"

"明白。"

当我从沙发上站起来时，亚久斗阁下礼貌地向我鞠了一躬，我回礼后离开了房间。小野田先生领着我绕过房子，沿着小路来到停车场。落叶纷纷扬扬地飘落在地上，随风飘舞。我和小野田先生聊了起来。

"听说亚久斗阁下的性格突然变稳重了。"

"没错。"

听说直到几年前，他还是一个残酷无情的人。从他凶恶的面相可以想象，他的恶魔行为常常惹恼周围的人。然而他在游泳池边摔倒，脑震荡后，性格就完全改变了。虽然难以置信，但世界各地都有类似的病例。由于事故和其他原因造成脑损伤后，人类的性格会跟着发生变化。但关于他的其他传言也不容忽视。

"听说最近城崎集团在电子游戏行业也备受关注，那个传言是真的吗？"

"什么传言？"

"我听说创新热卖的游戏提案上都有亚久斗阁下的名字，但他的名字并不在创作者名单上，所以这只是业内人士的传言。"

"无从告知，我被禁止谈论此事。"

"为什么被禁止？"

"因为亚久斗阁下不愿意大家知道。"

"是不想太引人注目吧。"

当我打开车门时，放在座位上的空糖果袋子飞了出来，随风飘走。小野田先生像职业拳击手一样高速出拳，一把抓住飞在空中的袋子。我把肥胖的身体挤进驾驶座，关上车门，发动引擎。我打算先去白取町，去找一找照片上的婴儿在哪里。

## 10/7

很久很久以前，有一个被称为贵族的阶层，我的祖先积极与他们通婚，以巩固家族地位。这一传统至今依然存在。

"姬子，你不能自己选择结婚对象，你的祖父和祖母将决定谁会成为你的伴侣。为了让樱小路家族尽可能声名远播，他们会选一个条件好的男人来做你的丈夫。"

母亲说这话时显得有些伤感。

樱小路家是夏目町古老的地主家庭，年长的亲戚们把家族声望看得比什么都重要。什么是家族声望？小时候我并不太懂，家族是有等级的，等级越高就越能获得当地人的尊重。等级低的家族不能反抗等级高的家族。

"为了提高家族声望，出生在樱小路家的女孩不能自由结婚。"

"母亲，你为什么这副表情？母亲和祖母都是这样结婚的吧？那我当然也得这么做。"

在长辈的嘱托下，我从小就开始学习舞蹈和古琴。将来我要和名门望族的人结婚。我就像陈列柜里的一件珠宝，为了尽量卖出最高价而打磨。

不过，幸好长辈不会管我的发型。每天早上，我都会请女佣帮我弄一个像画册上的公主一样的发型。将棕色的头发纵向卷起，我以奢华的氛围感前往学校。有了这个发型，我的心也是自由的，我就是我！

"姬子，好好和城崎家的少爷相处吧。他叫城崎亚久斗，你必须随时跟着他。这是长辈的决定，姬子无权拒绝。只要和城崎家的少爷打好交道，樱小路家的前景必定一片光明。"

父亲命令我这样做，这时我刚入学云英学院小学部，自然对城崎家的名字如雷贯耳。这是一个连我家长辈也无法干涉的特殊家庭，一个集团公司遍布全球的真正富豪家族。

"我明白了，父亲，我会成为城崎亚久斗阁下的朋友。"

但是，当我在小学的教室里第一次见到他时，我惊呆了。他的脸是那么可怕，就像发烧时做的噩梦一样。蛇一样的眼睛，恐怖的嘴角。我真的不想靠近他，但长辈的命令必须服从。我试着和他说话，和他一起行动。

亚久斗阁下的可怕之处不仅在于他的外表。他的内心也是阴险而残忍的。他会把一个弱小的孩子关在厕所里，从上面泼水，还会撕烂教科书，把鞋子扔出窗外。亚久斗阁下喜欢暴力。起初，我只能不寒而栗地看着他的行为，但很快我也被命令加入他的行动。

"樱小路，让他喝抹布水！我会按着他的，哈哈哈，快点！快看，抹布水从鼻子里喷出来了！"

在我参与暴力的过程中，暴力变得越来越有趣，我感觉自己变强了。我开始享受被周围的人害怕的优越感。通过做同样的事情，我还与亚久斗阁下建立了友情。回家后我要学习很多课程，自由受到限制，而当我在学校欺负他人时，束缚我的东西就消失了。

亚久斗阁下的跟班不止我一个，出云川家的少爷出云川史郎也是。他是一个金发碧眼，相貌出众的少年。我和他既是对手，也是战友。

"樱小路同学，我们必须让亚久斗阁下高兴起来，不然他不高兴了，首当其冲倒霉的就是我们。我们是一条战线的伙伴。"

"没错，我们要齐心协力让亚久斗阁下高兴起来。即使内心不想这么做，也要赞美他，让他心情好一些。"

要是亚久斗阁下心情不好，就会对我们使用暴力，他有时会打我们踢我们。

但这种生活突然结束了。

那是我们读云英学院小学最后一年的秋天。在泳池边摔倒后醒来的亚久斗阁下决定不再使用暴力。虽然他的外表没有任何变化，但性格却变得沉稳，就像变了一个人。我和出云川史郎对他的变化感到困惑，但还是决定继续做他的跟班。

"最近亚久斗阁下是不是太温和了？再这样下去，下等人就要开始轻视我们了。"

"亚久斗阁下改变了自己的生活方式，也许他开始同情平民了。"

"这是怜悯吗？"

"也许他同情平民的生活方式，没有钱，没有地位。不管怎样，我们都要追随亚久斗阁下。"

"没错，这是我们的使命。"

日子过得很平静。上课的时候，亚久斗阁下开始听老师讲课了。他是从什么时候开始学习的？甚至能轻松地解开数学难题。我和出云川对亚久斗阁下的成长感到惊讶，并由衷地赞叹。但同时，我也感到焦虑。再这样下去，我会被甩在后面。如果学习能力拉开了差距，亚久斗阁下可能就不再和我玩了。于是我和出云川也开始认真学习起来。

"太厉害了！居然解开了这么难的题目！"

学习会上，看到我解开了一道应用题，亚久斗阁下如此说道。他的嘴角上扬，露出尖锐的牙齿，那样子就像恐怖片里的场景。但我知道，这是他对我的成长感到高兴的表现。

"对我而言这种问题都是小菜一碟！"

我用手捂住嘴，高声笑起来。靠自己的能力取得成就的满足感，被别人称赞和认可的喜悦。这些是我欺负弱者时所没有的。感觉还不错……是非常好！我和出云川逐渐开始在伴随亚久斗阁下的生活中找到了乐趣。我们几乎被邪恶玷污的灵魂渐渐恢复了原本纯净的色彩。

云英学院中学一年级的冬天，亚久斗阁下开始和一个外部学生交流。为什么伟大的城崎家少爷会和一个来自普通家庭的外部学生玩？我无法理解。

男孩名叫佐佐木莲太郎，他的头发乱糟糟的，看起来配不上血统纯正的云英学院。

亚久斗阁下居然会在走廊上与这样一个平民打招呼，真不知道他有什么好的。我不禁感到苦恼。进入云英学院小学以来，陪伴亚久斗阁下左右的只有我和出云川，我觉得只有樱小路和出云川两家人才有这样的殊荣。然而一个外部学生突然闯入，我感到危机。亚久斗阁下对他青睐有加，我和出云川也只好接受他。

我开始留意那个平民男孩，中学的三年里，我十分讨厌他。要是他犯了什么错误，我甚至会嘲笑他。

"莲太郎，整理一下你的头发吧，我把梳子借给你。"

不知从什么时候开始，我开始喜欢和他交流。

"谢谢你，樱小路同学。"

无忧无虑的笑容，天真无邪的眼神，就像一只憨厚的小狗在看人。与佐佐木莲太郎交谈时，我忘记了家庭地位等价值观，我开始期待在教室里与他交流。早上，当我让佣人给我做头发时，我也想着他。这是我的秘密，不能告诉任何人。

## 10/8

走进病房，叶山波留露出了笑容。凄凉的病房里仿佛突然绽放出一朵鲜花。她戴着医用帽子，脑袋圆圆的，正躺在床上看漫画书。

"你感觉怎么样？"

"不太舒服。恶心，发烧。"

她脖子上的血管里插着一根管子，里面正注入粉色的液体，是一种抗癌药物。病房里只有她一个人，她的姨妈叶山理绪在公司上班。

"谢谢你来看我，从去年年底以来就没见过你。"

叶山波留的声音传入我耳中，我感到胸口一阵触动。她的声音如水晶般清澈透明，任何乐器都无法与之媲美。与动画片《和你同行》中不同的是，她讲的话并不是台词上的那些，而是真正由叶山波留讲出口的。

"我很庆幸自己来了这一趟，实际听到果然不一样，每当我读你的信息时，脑中都会回响起你的声音。"

"别人似乎没有意识到，城崎君对声音非常痴迷啊，痴迷到有点恶心。"

我曾经逼她让我录音，这似乎给她留下了心理阴影。

"那时候真是抱歉，但我并不是喜欢所有人的声音。"

叶山波留露出一副不舒服的表情，可能已经极力在掩饰了。她只要一动头部时，连接血管的管子就会被牵引，连带着粉红色的输液液体晃动。从窗户射进来的光线透过彩色透明液体，将病房的地板染得绚丽多彩。

她的床边放着一本正在看的漫画，这是最近很流行的漫画。我知道书名，但还没看过。

"这本漫画有趣吗？我记得是一家人都穿越到了另一个世界，为了寻找失散的家人而用剑和魔法战斗的故事对吧？"

我之所以对这个故事感兴趣，是因为它的主题是穿越到另一个世界。毕竟我也经历了穿越，所以对主角格外有亲切感。叶山波留拿起漫画书，微笑着给我看。

"真的很有趣。这部漫画还在连载中，不知道最后会怎么样，主角能不能在另一个世界找到家人。要是能找到，我也会替主角感到开心。真希望自己能够读完这部连载漫画。"

"大结局当然是完美的。"

"其过程我也很感兴趣。"

"那我们不如把作者请来，问问他结局是什么。要是买下出版社应该可以这么做吧。"

"我是开玩笑的。"

"好吧，我们言归正传。"

我从包里拿出那张照片。

"这是我借走的你妈妈的照片，还给你。"

叶山波留接过照片，深情地凝视着怀抱婴儿的母亲。她的眼睛眯了起来。我发现她的睫毛不见了，看来在抗癌药物的影响下，眉毛和睫毛也会脱落。

"照片中的教堂是一座位于白取町海峡边的教堂。"

"白取町？"

"那是日本海边的一个港口城市。教堂经过翻修，外表看起来有些不同，是调查所的人找到的。"

"他们是怎么找到的？"

我向她解释了报告中提到的调查过程。前几天，我见到了调查所的负责人南井吾郎，是一个偏胖的男人，仿佛肚子里装着一个气球。叶山波留拿起放在床头柜上的智能手机，打开地图应用程序查看白取町的位置。

"从夏目町开车五个小时……妈妈就在那里对吧，抱着婴儿时期的我，在教堂前拍了这张照片。"

"应该是吧……"

我答得模棱两可。那个婴儿很可能不是叶山波留，我打算先隐瞒这个消息。叶山波留盯着照片，泪水在眼眶边缘打转，溢了出来。她用睡衣袖子擦了擦眼睛。

"妈妈住在那个城市吗？"

"他们还在调查。不过我认为她很有可能住在那个城市，带着婴儿长途旅行是一件很辛苦的事，而且照片中的服装也是在家附近散步时穿的那种，并不是旅行时的盛装。"

"城崎君虽然长成这样，但观察很细致啊，让人忍不住佩服。"

"我知道你在夸我，但讲的话很伤害人你知道吗？好了，希望调研所的人今后也能尽职尽责。"

"非常感谢你，城崎君。虽然大家都很害怕你的长相，但我已经见惯不怪了。"

"那就好，我差不多该回家了，你也早点休息。还在发烧是吗？"

"是的。"

就在我们说话的时候，粉红色的液体正源源不断地注入她的血管，与她体内的癌细胞展开激烈的斗争。看过动画片的我，知道抗癌药物永远不会赢得这场战争。但如果现在不进行治疗，她的白血病会一下子恶化。加油，粉色液体，在找到捐献者之前请控制住她的病情。

我向叶山波留道别，离开病房。我最后瞥了她一眼，她正躺着，把母亲的照片放于胸前，双手交叠其上。

二月来临了，我继续寻找着叶山波留的捐献者。对她来说，时间比什么都宝贵。不经意间流逝的每一刻，都是我们再也无法得到的黄金。我写下云英学院的日常生活，向她发送信息。

"对了，我们拍一张班级合影发给叶山波留吧。"

我呼吁大家一起来拍照，但大家都怕得不敢靠近我。小学时期的恶行已经成为传说，现在我依然是人人畏惧的对象。

这种时候我都会利用出云川。

"交给我吧，亚久斗阁下。有我出面，叶山同学班上的女生们一定会满面微笑地合影的。"

"出云川君，你真有自信啊。不过我也是这么认为的。"

出云川来到叶山波留所在的一年级一班，请女生们合影，结果排起了长队，其他班级的女生也来了。但是拍到的照片都是出云川和女生的合影，并没有我想要的班级合影……

我的另一位跟班樱小路姬子，这时正在座位上看着漫画，是最近很流行的少年漫画。

"樱小路你居然会看漫画，真稀奇。"

莲太郎走过来和她聊天。樱小路非常漂亮，却散发着一种难以接近的气质。没有人会主动和她讲话，除了莲太郎。

"这本漫画非常有趣，是波留同学推荐给我的。"

"波留同学？是指叶山同学？樱小路同学和叶山同学居然关系这么好。"

"我们经常互发信息。"

我也是第一次听说这事。在动画片《和你同行》中，叶山波留和樱小路姬子是女主角和反派大小姐的对立关系，应该毫无接触才对，怎么会变成现在这样？

莲太郎坐在樱小路附近的空座位上，盯着她看。樱小路拨弄着竖卷，瞥着他。

"我在这里看少年漫画有那么奇怪吗？"

"一点也不奇怪，我弟弟也很喜欢这部漫画，他还想看接下去的几卷。如果方便的话，你能借给我吗？"

"借给你？"

樱小路叹了一口气。

"好吧，借给你吧，不过你得感谢我。借书这种麻烦事我本不想做，所以还书的时候你必须当面感谢我，你做得到吗？"

我在一旁听着他们的对话，对莲太郎说道。

"我也有这部漫画。叫小野田帮我预定，没想到他帮我买了两套，一套保存一套阅读。你需要的话我可以送你一套。"

"这种小事不能麻烦亚久斗阁下，我来借给莲太郎吧。"

"是吗？我以为樱小路怕烦才提议的。"

这就是我们的日常。云英学院的教室氛围比动画片《和你同行》中更明亮、喧闹。内部学生和外部学生叽叽喳喳地聊着天，所以，学校的日常生活中没有叶山波留让我感到格外寂寞。

粉红色的抗癌药物能延缓病情发展吗？第二次化疗之后将进行放

射性治疗。动画片《和你同行》中就是这样，但仍然没能治愈她，反而让她丧失了从床上抬起上半身的力量。叶山波留只能无力地仰望着病房的天花板。动画片中唯一没有尝试过的治疗方法就是骨髓移植。

有一天，在城崎家的书房里，我与父亲城崎凤凰隔着棋盘交谈起来。

"亚久斗，我错了，我不应该在你小时候躲着你，应该早点接纳你。我梦到有里亚，她在梦里说让我对你好一点……"

城崎凤凰吐出雪茄烟，这个有着巨大鹰钩鼻和粗犷面孔的男人一如既往地威风凛凛，不过眼里多了一分温柔。

"您梦到母亲了。母亲生下我这个毫无可爱之处的孩子，一定感到很遗憾。"

"有里亚绝不会这么想。我要杀了你，你这个小混蛋。生下你这样的怪物，我才是那个感到遗憾的人。我原本期待着能有一个像有里亚一样可爱的孩子，没想到……设身处地为父母想一想吧。有里亚不会失望，心地善良的有里亚不会以貌取人，哪怕是像你这样长着一张怪脸的婴儿，她也会把你抱在怀里，让你的生命里充满爱和祝福。"

"是吗？是不是有点过于神化了？"

我看着书房墙壁上母亲的肖像画。在这座宅邸里，没有一个人会说城崎有里亚的坏话。她是一个犹如圣女般的善人。

"失去肉体的人会被活着的人神化。在想象中形象会越来越好，没有身体才是永恒。"

我想到了她。配音演员是一项没有肉体的工作，他们为动画片配音，为角色注入灵魂。如果光听他们的声音，由于无法感受肉体，给人的感觉就像动画片中的人物一样，永远年轻。因此，配音演员的死亡更令人震惊。

"你说我把有里亚神化了，可能确实如此。"

城崎凤凰在烟灰缸里熄灭雪茄。

"我有钱有势，但没能拯救有里亚。人生不如意十之八九。"

我看着他的眼睛，理解了他的意思。城崎凤凰掌握了我的绝大多数行为，比如我进出叶山波留的病房，为她请调查所的人，为寻找捐献者做志愿者的事。

"父亲，我在尝试救一个女孩。"

"你这个小混蛋，救不了的。"

"作为父亲应该助我一臂之力吧？"

"怎么可能，你夺走了我的有里亚，我恨你，甚至想杀了你。"

尽管他说得恶狠狠，但眼神里充满了对我的怜悯。

"谢谢您，父亲。您恨我，我很高兴。小时候我总是遭到忽视，我觉得当面表达恨意，比起漠不关心更接近亲情。"

我们下了很多盘棋，直到深夜。离开书房时，我鞠躬后关上门。父亲的书房漆黑一片，门很重。不下棋的时候，城崎凤凰就在那间屋子里看着亡妻的画像喝酒。我们都对失去的人充满执念。


节假日，我在车站前做志愿者。像往常一样，我用长长的假发遮住脸，化名黑崎。我向街上的行人发传单，呼吁他们登记成为骨髓捐献者。人们弓着背，走得很快，以抵御冬日的寒风。

"拜托了。如果没有合适的骨髓，有一些白血病患者将会死去。"

我怀着紧迫感，向路人鞠了一躬。拜托了，请帮帮我，再过几个月她就会离开人世。我在心中呐喊着。再这样下去，她的声音会消失在这个世界上。

这时，负责组织志愿者团队的男人带来了一位少年，他看起来很面熟。与我相反，他有一张人畜无害的和善面孔，头发乱糟糟的。

"这位是佐佐木君，从今天起他将加入志愿者队伍。"

负责组织的男人介绍完，少年向大家鞠了一躬。

"我叫佐佐木莲太郎，请多关照。"

他看向了我。

"我认识这位黑崎君，之所以决定来做志愿者，是想学习他。"

大家都鼓起掌来。他曾和我说过也想做志愿者，没想到真的来了。作为熟人，我负责教他志愿者工作的流程。我给了他一沓传单，让他站在我旁边发传单。原本我们应该是主角和坏人的敌对关系，现在却站在一起开展无偿助人的活动，这个世界到底怎么了？

"莲太郎，如果有人停下来表示感兴趣请喊我，我必须向他们解释在哪里登记成为捐献者，还要告诉他们如果决定捐献骨髓会有哪些风险。"

我记得夏目町附近所有可以登记成为捐献者的地方。多年来，我一直在做这项工作。我有信心可以回答所有与白血病有关的问题。

发了一段时间传单后，我发现路人只是从我身前经过，却会从莲太郎手中接过传单。我又仔细观察了一阵，发现自己被无视了，但是路人会在莲太郎面前停下并接过他手中的传单。他手中的传单眼看着又少了一张。

"为什么大家只拿你的传单？"

"可能因为黑崎君的刘海遮住了脸，所以大家有些警惕？"

"不会吧……要是我露出脸，就更不会有人接近我了。我要是一天能发出去一张就是奇迹了，而你现在发了多少张？"

"二十张左右吧。"

"太荒唐了。"

因为他是主角吗？莲太郎的脸被设计为容易得到好感的类型，而我则相反。虽然很难接受，不过这样做有助于捐献者登记，我无法抱怨。

夕阳西下，气温骤降。莲太郎的父母今天都在家里，他不必赶回去照顾弟弟和妹妹。他说只要自己能抽出时间，就会继续参加志愿者活动。

莲太郎呼出一口白色的气息。

"好冷，原来你一直站在寒风中参加活动……"

奇怪的是，我并不觉得艰难。真正难受的是看到冰冷的叶山波留躺在床上。我想起了动画片《和你同行》的最后一集，那种痛苦胜过一切。

透过假发刘海，我看着发传单的莲太郎。在动画片的最后一集中，他看到了叶山波留冰冷的身体。与这个世界线不同，他们的关系十分亲密。收到叶山理绪的通知赶去病房时，她的灵魂已经离开了人间。面对尸体，莲太郎泪流满面。

"莲太郎，我想问你一件事。"

"什么？"

"如果叶山波留死于白血病，你会哭吗？"

他看起来有些惊讶，正要发传单的手停了下来，然后开始思考起来。

"会哭的，但我想应该是你的眼泪的百分之一。"

"是吗，这样啊。"

在这个世界线上，佐佐木莲太郎对叶山波留只有同学之情，反而是坏人角色的我对叶山波留怀有更深厚的感情。

"莲太郎，我想拜托你一件事。"

"什么事？"

"这里拜托你了。"

我把传单塞给了他。

"怎么了？是去上厕所？"

"不，我决定要去旅游。"

我决定了，如果他能代替我在这里做志愿者，而且比我更有效率，那我就能放心去了。

"旅游？"

"我要和学校请一段时间假，请代我向大家说一声。"

我听到了莲太郎叫我的声音，但我没有理会，跑了起来。我穿过人群，跑进车站大楼，在常去的厕所隔间里脱下伪装，恢复成城崎亚久斗的模样。

当我从厕所出来时，一脸杀气把周围的人都吓了一跳。我在过道尽头停下，从包里拿出一张名片，当场拨打了名片上的电话号码。名片上的人叫南井吾郎，是南井调查所的负责人。

"喂，你好，哪位？"

手机里传来他的声音。

"我是城崎亚久斗，是南井先生的电话吗？"

"城……城崎先生？"

"前几天谢谢你特意来城崎家，调查有进展了吗？"

我一直无法摆脱前世工薪族的讲话习惯，所以在电话里这么说道。

"没有大进展，还不知道照片上的婴儿身在何处。"

南井现在应该正在白取町做调查工作。

"明白了，这几天我也会过去，那就等我们会合了再详细说吧。"

"什么？你要过来？"

"白取町见。"

我得抓紧时间，在叶山波留的时间耗尽之前，我必须找到照片上的婴儿。那个婴儿可能就是能拯救她的人。这是编剧安排的伏线，也就是生存之路。叶山美笑也许在生下叶山波留之前还有一个孩子。

要进行骨髓移植手术，HLA（人类白细胞抗原）必须相同。然而与亲属以外的人 HLA 匹配的概率是几百分之一到几万分之一。即使在亲子关系中，也极少有相同 HLA。

然而兄弟姐妹的话，概率是四分之一。换句话说，如果照片中的婴儿是叶山波留的哥哥或姐姐，就有百分之二十五的概率可以成为她的捐献者。

既然编剧如此精心安排，那么这个人一定和叶山波留拥有相同的HLA，否则不可能大费周章编出这样的背景故事。

我很确定，这个与她分离的家人，和她有着相同血缘关系的家人。

只要找到这个人，就有可能找出她的生存之路。

## 11/1

十天里，像刨冰上的草莓糖浆一样的抗癌药被注入我的体内，我又恶心又发烧。化疗结束后，输液管从我颈部的血管中拔出，脖子缠上绷带。

"波留，你真不容易。"

下班回家途中，理绪来病房探望我。

"谢谢你，理绪！"

其实很想拥抱她，但我被告知要尽量避免与人接触，保持适当的距离和他们对话。我现在对细菌和病毒毫无抵抗能力。

护士把我带到治疗室，把针插入骨头，抽取骨髓液。几天后有了结果，医生脸上露出了为难的神情。虽然没有说得很明确，但看起来这次治疗依旧无效。

医生后来确认了结果，脸上露出了为难的神情。

"接下去将同时进行放射性治疗，再看看情况吧。"

所剩不多的头发也慢慢脱落了。抗癌药物对分裂活跃的细胞有很强的作用，这就是抗癌药物对癌细胞有效的原因。生发细胞的分裂活动也很活跃，因此它们很容易受到抗癌药物的影响。我收集着散落在枕头上的头发，想起了母亲。从母亲那里遗传的美丽黑发是我曾经的骄傲。

当我心情低落时，我会拿出从城崎亚久斗那里收到的圣诞贺卡，读一读他在贺卡上写的话。


圣诞快乐
我想守护
有你在的世界线
城崎亚久斗


他的话让我感到振奋，这个世界上有人在为我着想。

"城崎亚久斗的大脑被外星人改造过，一定是这样的……不然的话就太奇怪了……怎么会变化这么大……有猫腻……"

在病房里，北见泽柚子如此说道，她是我从小学开始就认识的朋友。她是一个脆弱而美丽的女孩，出生在富裕家庭。她在云英学院读小学时被城崎亚久斗欺负，后来转到了我就读的小学。

"外星人？你是说真的吗？"

"波留你听我说，外星人偷偷来过地球，这是我在一本书上看到的。外星人会把人类抓走给他们脑子做手术，然后这些人的性格会在一夜之间发生改变，国外已经证实了。"

柚子紧绷那张像洋娃娃一样漂亮的脸蛋，用牙齿疯狂地咬着指甲。去年因为一件小事闹翻后，最近我们没有发过信息。过了一段时间，她好像平静下来了，所以来看我。然而这天是工作日的白天，她不用去上学吗？

"我不相信他在做公益活动，于是去核实，没想到是真的。那个人居然会为了别人而参加活动……所以只可能是外星人改造了他的大脑。"

"你知道吗，如果在车祸中头部受到重击，就会发生这种情况。脑损伤会导致性格一夜之间发生改变。这事或许和外星人无关。"

"外星人通过向人们灌输这种虚假信息来控制人们的思维。这是我在网上看到的，他们不想让我们意识到他们正计划入侵地球，所以不要相信他们。"

"这是阴谋论……"

"波留，莫非你也被改造大脑了？"

一旦被否定，她便心情不好，病房里的温度仿佛一下子降了下来。美少女用幽暗的眼神盯着我，于是我决定迎合她。

"对了，我从病房的窗户眺望夜空时，看到过奇怪跳跃的光点！那该不会是 UFO 吧……"

骗她的。

"UFO？果然来夏目町了！这是什么时候的事？方位是？颜色是？"

"是什么时候呢？抗癌药令我意识模糊，记不太清了。"

和柚子在一起很刺激，她是个有趣的女孩。总有一天她会原谅城崎亚久斗的。但她身上还有被欺负时留下的淤青，每次看到这些伤痕，她都会想起当年的情景。想要抹去过去一定很困难。

"不明飞行物一定是在监视被改造了大脑的城崎亚久斗。他们的目的是入侵地球，所以盯上了财力雄厚的城崎家。不然人的性格怎么会发生这么大变化？"

我的手机响了，是樱小路同学发来信息。我读着屏幕上的文字，其中包含了数量惊人的表情符号。

不、不、不、不、不得了了！

（（（（(;ﾟ;;ﾟ;)））） ｶﾀｶﾀｶﾀｶﾀｶﾀｶﾀｶﾀｶﾀｶﾀｶﾀ

我的亚久斗阁下！

（´;;`)ｳｩｩ

居然去旅行了！

（ﾟﾛﾟ）ﾅﾝ！(;ﾛﾟ)ﾟﾃﾞｽ!!(;ﾛﾟ)ﾟﾟﾄｰ


城崎君去旅行了？发生了什么事？说起来樱小路同学的文字信息也和她本人的口气很像呢。

## 11/2

在前世的工薪族生涯中，我喜欢乘坐新干线出差，有一种摆脱世俗的快感。东京的城市景观与前世有些相同，也有些不同。路面招牌对我来说都很陌生。我前世工作的公司如今并不存在。然而，车站和铁路线的名称却和前世一样。我上下班乘坐的地铁也存在于这个世界线中，它现在可能还载着很多人上班。虽然上班很辛苦，但我的工作中也有很多快乐的回忆。可以说，我的人生是无可替代的。

"请等一下，亚久斗阁下，就让大田原开车送您去！"

"没必要，我坐新干线更快。"

"那就请让我陪您去吧。"

"我一个人就行，不需要其他人陪。"

早上，我离开了城崎家，甩开了试图阻止我的随从小野田。我先来到东京，登上了前往北陆地区的新干线。我一边吃着盒饭，一边在新干线上欣赏风景。逐渐远离高楼大厦，迎来了乡村景色，接近群山时列车穿过隧道。就像坐在发射出去的子弹上一般，风景不断后退。

我在北陆地区的一个车站下了新干线，寒风刺骨，换乘一条私人铁路后又乘坐了一个小时。只有两节车厢的电车穿过荒芜之地，到达了一个海边小镇。

海鸥在灰蒙蒙的天空中飞翔。四周静悄悄的，只有风吹过的声音。走出这个小小的无人值班的车站，我终于抵达了白取町。叶山波留的母亲和婴儿的照片就是在这里拍摄的。

车站前停着一辆车，一个又高又胖的男人从驾驶座上走了下来。他就是调查所的南井吾郎。

"太震惊了，没想到少爷你真的来了。而且没带任何人，孤身前来。"

"请别喊我少爷了。"

"那我就喊你亚久斗阁下吧？"

"就这样吧。谢谢你特地前来接我。"

"亚久斗阁下是我的老板，这是理所当然的事。"

南井拎着我装满衣服的包，放进了汽车后备箱。我打开后排车门，发现里面是各种空零食包装袋。我拨开垃圾，坐到座位上，系上安全带。汽车发动了，远处是一片深色的海，那是日本海。

"亚久斗阁下，没想到你居然是一个这么靠谱的人。"

"是吗?"

"你主动系上了安全带，这点足以证明。"

"系安全带是我的责任，没想到吧，长着这张勉强不违法的脸居然这么靠谱。"

南井笑了，全身的肉都在颤抖。港口小镇沿着海滨延伸，这里有鱼干店、民宿，还有小酒馆和弹珠店。他把车停在一家冷清的商务酒店前。

"这是我为亚久斗阁下订的旅馆，是一家很普通的商务酒店，不过在白取町已经是最高级的住宿设施了。"

我环顾了一下旅馆的周围，不远处的十字路口有一家便利店。

"步行即可抵达便利店，这个位置太好了。"

"亚久斗阁下真是一个明白人，这样就可以随时买零食了。"

与酒店前台短暂交流后，南井拿到了房间钥匙。

"休息片刻后，我就带你去教堂。"

我和南井分别，独自坐上电梯。他为我订的是顶层的三人间，很宽敞，从窗户可以看到白取町的全景。白取町的地形就像一个缓缓弯曲的海湾，群山相对，房屋密集地分布在海岸和山脉之间。低沉的乌云笼罩着天空，使景色显得阴冷。渔船挤在港口，由于海上波涛汹涌，没有船只出海。

此时离日落还有几个小时。我躺在床上，旅途的疲劳让我昏昏欲睡。我在陌生地方的陌生天花板下闭上了眼睛。冬天的大海在咆哮，距离如此遥远，我本不应该听到，但海浪有力地拍打着岩石的画面却在我脑海中产生了声音。

在我睡着的时候，出云川和樱小路打来过电话，智能手机上有来电记录。算了先不管了。

我来到一楼大厅，发现一个胖胖的大块头正在大厅的沙发上全神贯注地玩手机游戏，是南井。我看了看他的屏幕，发现这是我几年前写过提案的一款游戏。可爱的粉红色角色会吸食敌人，并因此获得能力。

"这个游戏好玩吗？是'叮当桃子'吧？"

我对南井说道。这款游戏的主角是粉红色的，圆圆的，所以叫桃子。

"这款游戏超棒，从小孩到大人，所有人都为之疯狂。"

"那当然。星之……咳咳……叮当桃子的角色很有人气，周边也卖得很好。好了，赶紧去教堂吧。"

我们来到停车场，上了他的车。南井坐在驾驶座上，发动了引擎。方向盘钻进了他的大肚子里。十五分钟后，海峡映入眼帘，一座白色的教堂矗立在陆地前端。

南井把车停在教堂的停车场，没想到教堂给人的印象与照片不同。照片中的教堂要古老得多，而眼前的教堂却是崭新的白墙。我站在据说是照片拍摄的位置，对比着照片看。

"因为翻修，很多地方都不一样了，但看起来确实是这个地方。"

十七年前，叶山波留的母亲在这里。

叶山美笑抱着婴儿站在这里。

"南井先生，请站在那里，我想拍一张照片。"

"好的。"

南井站在教堂前让我拍了好几张照片。我们还参观了内部，这是一座美丽的建筑物，天花板呈拱形，椅子是木制的，有一幅圣母怀抱婴儿的画像。

## 11/3

昨天早上，我发现亚久斗阁下离开了夏目町。在云英学院的大门前，我和出云川史郎像往常一样等待亚久斗阁下上学。然而从城崎家的车上下来的却是副管家小野田。

"早上好，出云川阁下和樱小路阁下。你们依旧在迎接亚久斗阁下上学，我深感荣幸。不过从今天起，亚久斗阁下将请一段时间假。明天开始请不必如此了，我特意前来通知二位。"

"请假？是不是身体不适？"

"不是，亚久斗阁下因为一些事离开了夏目町，还不知道什么时候回来。"

"他去哪里了？"

"去北陆地区一个叫白取町的地方，一个人去的。"

小野田汇报完后，向我们鞠了一躬，便返回车上。没有亚久斗阁下的云英学院，我不知道该怎么上这个学。

"出云川君，樱小路同学，能借一步说话吗？"

佐佐木莲太郎说道。

"怎么了，莲太郎君？"

"怎么今天头发还是乱糟糟的。"

真邋遢，不过我的内心在微笑。

"城崎君请假了对吧，他已经出发了？"

"你是怎么知道的？我和樱小路同学刚刚才听说！是亚久斗阁下亲自告诉你他的行程的吗？我嫉妒得心快碎了……"

出云川用手捂住胸口，露出悲伤的表情。

“具体细节我并不清楚，没想到他真的请假了。”

“莲太郎，莫非你知道亚久斗阁下去白取町是出于什么理由？”

“原来是白取町？是不是和叶山同学有关？”

“为什么？”

“昨天我和城崎君聊过叶山同学的症状，他沉默了一会儿，突然说自己要去旅行，所以我认为应该和她有关。”

莲太郎的直觉很准，初中时期，教室里发生的纠纷大多由他解决。亚久斗阁下常看着他说“有主角光环的人真好”，虽然我听不懂是什么意思。

钟声响起，休息结束了。同学们坐回自己的位置上。老师开始上课，只有亚久斗阁下的座位空着。

不、不、不、不、不得了了！

((((;゜;;゜;)))) ｶﾀｶﾀｶﾀｶﾀｶﾀｶﾀｶﾀｶﾀｶﾀ

我的亚久斗阁下！

(´;;`) ｳｩｩ

居然去旅行了！

(゜ﾛ゜) ﾅﾝ !(;ﾛ゜)゜ﾃﾞｽ !!(;ﾛ)゜゜ﾄｰ

我给叶山波留发了信息。在圣柏梁医院住院的她，会觉得和我发信息有意思吗？只要别觉得麻烦就行。

“如果现在不改变想法的话，我们会遭到孤立的。”

几年前，亚久斗阁下如此对我和出云川说，当时我并不理解。我觉得和外部学生交流是一件愚蠢的行为。现在想想，亚久斗阁下是对的。

在生活中，有一个可以聊天的朋友是多么重要和珍贵的事，可以倾诉快乐的事、痛苦的事。如果我像以前那样，可能根本不会有一个可以轻松聊天的朋友。

"这是不对的。"

几个月前，叶山波留对我说道。在筹备校园节时，我和她在音乐教室旁的一间空教室里聊天。我不能和自己喜欢的人结婚，我的结婚对象由樱小路家协商后决定。当我告诉她这些的时候，她很生气——为了我。

我想拯救会为了我而生气的她。

那是亚久斗阁下失踪后的第二天晚上。洗完澡后，佣人在给我按摩。我全身涂满一线品牌的润肤油，专属美甲师将我的指甲擦得锃亮。我穿着睡衣休息时，智能手机响了起来，屏幕上出现出云川史郎的名字。

"怎么了？出云川同学在这个时候联系我，很不寻常。通常这个时候，你不是正在玩游戏吗？"

"一直联系不上亚久斗阁下，我很担心。"

"我也给他打过电话，没接。"

"我感到无助，不知道应该在学校里做什么才好。"

"我也一样。亚久斗阁下不在，生活毫无乐趣。"

"所以我想了个办法。"

"是什么？"

我一边用指尖拨弄着刚用吹风机吹干的头发一边问道。睡觉前，我的头发是松散的波浪卷。

"我们也去吧，白取町。"

我想了一下，笑着说。

"哟，出云川同学，真是个绝妙的计划，那就赶快收拾行李吧。"

## 11/4

早上，我在酒店附近散步，凉爽的空气令人心旷神怡。消波块在岸边一字排开，海鸟在上面休息。我发现了一只流浪猫，但它一看到我的脸，就吓得一溜烟跑了。原来不只是人类会本能地害怕我的脸。

我和南井会合，在渔港的一家简餐店吃午饭。

"这是一家由一对老夫妇经营的老字号食堂。亚久斗阁下，我犹豫了半天该不该带你这样的富豪来这种地方吃饭，但这里的味道真的不错。"

他说得没错。餐厅不大，但海鲜饭里的鱼都很好吃。店里还有其他顾客，不知道他们是不是在港口工作的人，他们看到我可怕的脸，都差点吓掉筷子。双手交叉在胸前开始祈祷的人可能是教堂的信徒。

"你的脸看起来很有压迫感，在电视剧里扮演坏人很合适吧？"

我正吃着海鲜饭，老板娘走了过来。

"开玩笑，观众只要看到我的脸，会害怕得换台的。"

"哈哈，也是。"

我和老板娘交流的时候，南井惊讶地看着我，他可能没想到居然可以这样调侃我。

饭后喝茶时，南井的手机响了，是一个正在单独调查的下属打来的。

"手下的人似乎获得了线索。"

打完电话，南井兴奋地说，脸颊上的肉跟着颤抖。

我们走出简餐店，来到商业街。一家老式咖啡店门前站着一个瘦弱的年轻人，他叫木野，是南井五郎的手下。

"让你久等了。"

"真的很久，南井先生。"

木野打了个喷嚏，冷得直哆嗦。

"我把照片给咖啡店的老板看了，问他是否认识一个叫叶山美笑的人。咖啡店的老板说他认识照片上的女人。"

他抬头看了看身后的建筑物，长满常春藤的砖砌店铺。

"木野君，这位是城崎亚久斗阁下，他是此案的委托人，是城崎集团的少爷。"

"我叫城崎亚久斗，非常感谢你接受这份重要的工作，以及在那么冷的天带着照片四处打听。"

木野被我的长相打击，处于放空状态，我等他重新振作起来。我们走进咖啡店，一打开门就闻到空气中弥漫着烘焙咖啡豆的香气。店内光线昏暗，播放着安静的爵士乐。

店主是一位白胡子老人。他看到木野，知道我们是来打听照片的事的。

南井从上衣口袋里掏出一张名片，放在柜台上，说明了自己的来意。我们三个人并排坐在柜台前，柜台的面板挤压着南井气球般的肚子。

"听说你们在找照片上的女人？"

老店主一边冲咖啡一边问。木野把叶山美笑的照片放在柜台上。

"为什么要找她？"

"她是我朋友的母亲。她们母女失散，已经找了她十六年了。"

老店主看着我，不知是不是看惯了恐怖片，他看到我的脸似乎并没有特殊的反应。

"我的朋友患上急性白血病……可能撑不到夏天了。"

"你的朋友是男孩吗?"

"是个女孩。"

"嗯,原来如此……"

老店主好像在回忆。

"能告诉我们吗?"

"我等一会儿再告诉你。先说说你的情况,你是希望在朋友去世前找到她的母亲,让她们重逢?"

"不,其实我要找的是照片里的婴儿。"

"婴儿?"

我的朋友需要骨髓捐献才能活下去,照片中的婴儿有四分之一的概率能成为捐献者。我向老店主解释道。

他把咖啡倒进三个杯子,放在我们面前。南井往自己那杯里加入大量牛奶和方糖。木野喝了一口黑咖啡,皱着眉头说了一句"好苦"。我也喝了一口,酸味和苦味和谐统一,香气传入我的鼻中。老店主看着我笑了笑。

"我从来没见过一个小学生喝咖啡喝得这么香。"

"其实我是高中生。因为个子矮,所以经常被误会。"

"失礼了。"

道歉后,老店主向我们介绍了照片上的女人。老店主不知道她的名字,但十七年前确实与她有过交流。

"离这里不远的街角曾经有一家花店,我妻子经常光顾,过去她在那里工作过。还记得我为庆祝妻子的生日买花时,她把白色和黄色的当季鲜花包得很有品位。我只和她打过几次招呼,但我妻子经常和她闲聊。听说她和她的丈夫还有一个小男孩生活在一起。"

我们互相交换了一下眼神。

"小男孩？是她的孩子吗？"

"我妻子是这么说的，但不知道他的名字……"

"我们能和你的妻子谈谈吗？"

"不行，她已经上天堂了。"

老店主苦笑了一下。我感到很遗憾。南井清了清嗓子，问了一个问题。

"关于她，你还能记起什么吗？比如她丈夫的工作单位、她的交友情况，等等。"

"听说她住在沿海地区，我经常看到她背着一个婴儿在海边散步。"

"沿海地区……"

木野从包里拿出一张地图，展开一看。海岸边有一片区域，那里房屋密集。木野用红笔在该区域周围画了一个圈。

"现在还住在这片区域吗？"

"应该已经不在了。花店老板说过，某天突然就联系不上了，不知道搬去了哪里。对了，我还想起一件事。"

是他刚刚说等一会儿再告诉我的事吗？老店主眯起眼睛看着我。

"我最后一次看到她在花店工作时，她挺着一个大肚子。你的朋友，那个女孩，估计就是当时那个。"

结束了咖啡店的调查后，我们结账离开。夕阳即将从冬天的日本海上落下。天空由红转紫，再转为昏暗的蓝色。透过寒冷的空气，星光洒向海边小镇。

南井邀请我一起吃晚饭，但我拒绝了，因为我想独自探索这个小镇。我在可以看到夜晚海景的地方走了一圈。不知道叶山波留在妈妈肚子里时是否听到过这种潮汐声。

我在看动画片《和你同行》时，里面的人物只是图画。大量图画高速切换，形成动态。他们没有过去，只有人物设定。即便如此，我们这些观众还是觉得他们是真实存在的。他们有灵魂，和我们一样会受伤、挣扎，他们有意志。这就是为什么我们会被感动、激励和鼓舞。

在这个世界线上，叶山波留是从母亲的腹中诞生的。听咖啡店老店主讲故事时，我再次感慨这一点。即使在动画片中，她的死也令我痛苦不已。当她在这个现实世界中生命因病魔而结束，不知道我是否能承受痛苦。

我把在教堂拍的照片发给叶山波留吧。我拿出智能手机，给她写了一条信息。


叶山波留：

承蒙你素日关照，我是城崎亚久斗。你的身体还好吗？据我所知，你刚刚结束第二次化疗。希望抗癌药物能产生效果，中性粒细胞数量得以增加。

对了，我来到一个叫白取町的地方。叶山同学的母亲的照片就是在这里拍摄的。我去了那个教堂，照片也发给你看看。你可能会好奇，我为什么会来到这里，我一定会尽快解释的。再见。

城崎亚久斗敬上


渔船的灯光点缀着海面。回酒店吧，顺路去一趟便利店，买点杯面当夜宵。还需要大瓶的茶。再有，房间里的免费牙刷太差了，买把合适的吧。前世，当我还是一名工薪族时，出差住商务酒店也是这么做的。

回到酒店洗完澡，一看智能手机发现，几乎同时收到了出云川和樱小路的信息。他们说明天要来白取町。不会吧？

## 11/5

酒店一楼有一家咖啡厅，我在那里找到了边看报纸边吃早餐的亚久斗阁下。我听说几年前他还是一个胡来的坏小子，但现在看起来就像一个来出差的工薪族。

这是亚久斗阁下来到这个小镇的第三天。我们去了叶山美笑以前工作的花店，那是一个荒凉的街角。以前的花店现在成了停车场，亚久斗阁下双手插在上衣口袋里，瞪着三白眼看着那里。如果那里有地灵，一定会被他的眼神吓死。

"查到叶山美笑的户籍证或居住证明吗？"

"没有任何记录，孩子的出生证明也没有提交。我猜是害怕讨债人发现他们的行踪。"

当我开车带亚久斗阁下离开时，肚子饿了。等红灯时，我去便利店买了肉包、豆沙包和披萨，我边吃边问亚久斗阁下。

"快到午饭时间了，吃点什么？"

"我看你已经吃了很多东西了。"

"这些是点心，不是正餐。"

我们来到一家拉面店，鱼肉汤底很鲜。这栋楼房老旧，入口处还漏风。谁能想到，在柜台前津津有味地吃着面条的人竟然是城崎家的少爷？

"等一会儿出云川家的少爷和樱小路家的小姐也会过来。他们是来帮我的，你能为他们安排住宿吗？考虑到会给南井先生带来更大工作量，我们会增加这部分报酬的。所有费用都请开具发票。"

接着我们开车去接他们。白取町的车站离市中心有点远，是一个无人值守的车站，周围只有木材堆场。在开着暖气的车站里等了一会儿，一列两节车厢的列车抵达了车站站台。

"亚久斗阁下！"

当我们在车厢外等候时，一个金发碧眼的少年从无人值守的检票口走出来喊道。他身着类似英国皇室的名贵服饰。他冲到亚久斗阁下面前，单膝跪地，低下了头。

"你平安无事真是太好了。几天没见亚久斗阁下，仿佛世界上没了色彩。请继续让我陪伴你左右。"

"一点都没变啊，出云川君，谢谢你能来。"

过了一会儿，这次是棕色鬈发的漂亮女孩从检票口走出来。个子高高的，身着毛皮大衣，她是樱小路姬子，樱小路家的小姐。她走到亚久斗阁下面前，行了一个漂亮的屈膝礼。她微微屈膝，双手拎起裙摆。这是欧美女性的打招呼方式。

"一路辛苦。"

"我还是来了。虽然不知道亚久斗阁下为什么要来这里，不过请让我协助你，不然我和出云川君就没有存在的意义了。"

看来亚久斗阁下很受爱戴。他们之间的关系与我从下属那里听说的有所不同。我原本以为他们是听从父母的命令，不得不跟随亚久斗阁下……

但令人费解的是，他们两手空空，没有带行李。不过我马上就明白原因了，十几个佣人拎着大包小包从后面跟了上来。


"这家酒店没有按摩浴缸吗？"

亚久斗阁下向惊讶的樱小路姬子解释道。

"这是一家供工薪族住的廉价酒店，马桶和浴缸在同一间里。"

"没想到房间这么小，出云川家佣人住的房间也比这大一倍。"

一个拎着大箱子的佣人对正在东张西望酒店房间的出云川史郎说道。

"史郎阁下，这个房间的衣柜不够放您从家里带来的衣服。"

箱子里装满了参加晚宴穿的西装和鞋子。这些东西是用来干什么的？

从车站到酒店的一路也很艰辛。我的车坐不下那么多佣人，于是动员了白取町所有的出租车。接着当他们看到为他们准备的酒店房间时，惊讶于竟然如此低廉。可能这就是普通富人的反应吧，看来亚久斗阁下的反应才有问题。

为他们准备的都是双人间，一个人住有两张床的房间，其实也并没有很小……

"如果你们想要更大的房间，可以和我交换。我的房间是三人间，在顶楼，视野比较好。"

"不用，我怎么可以比亚久斗阁下住得好呢，亚久斗阁下必须在全城景色最好的地方醒来。请相信我，我可以承受这次试炼的。"

"我会忍受这种折磨的。"

两家的佣人带着装不进衣柜的衣服离开了酒店。据我手下说，每个房间的免费洗漱用品、洗发水、沐浴露都被佣人换成一线大牌。

"樱小路小姐的房间里据说还摆了梳头用的镜架、吹风机和梳子套装。"

"不知道佣人是不是也住这里。"

"据说他们打算在附近买一栋空房子住下照顾他们。已经让房地产经纪人带他们看房子了。"

"不得了……"

当天晚上，他们包下了酒店的宴会厅用于聚会。出云川家和樱小路家都带来了自己的厨师，他们用渔港的食材，在酒店的厨房里烹饪起来。参加聚会的人员有亚久斗阁下、出云川史郎、樱小路姬子、我本人和我的下属。海鲜冷盘、意大利面、西班牙海鲜饭都非常美味。

　　我还在想带来的正装是做什么用的，突然在这里就派上了用场。穿着燕尾服的出云川史郎和穿着晚礼服的樱小路姬子，身披光环。亚久斗阁下也身着西装，据说这是出云川家的佣人匆忙为他置办的。亚久斗阁下虽然身材矮小，但当他身着正装时，凶恶的面孔会散发出一种阴间帝王般的奇异力量。

　　我和我的手下吃饱喝足离开了酒店。我们没有住酒店，而是租了一套廉价公寓作为住处。我让手下先回家，然后在便利店买了冰淇淋，以备半夜醒来时吃。

　　走在小巷里，我打了个电话给城崎家的副管家小野田先生。我有义务向他报告当天发生的情况。亚久斗阁下没有带任何佣人，所以我负责照顾他。

　　"这么说亚久斗阁下一切安好？那就好。"

　　"是的，他的两个朋友赶来了，他看起来很高兴。"

　　一阵寒风从日本海上吹来，我后悔刚刚没在便利店买一个肉包。

　　"明天也请继续守护亚久斗阁下。原本应该由我赶去负责照顾亚久斗阁下的……"

　　小野田的声音听起来有些疲惫。

　　"怎么了，最近工作很忙吗？"

　　"出了点麻烦事，我一直在忙着处理。一位跟随我们多年的佣人突然离开了。"

　　"是辞职了吗？"

"不，他是突然失踪的。他不是住家佣人，去他家也找过了，没找到。"

"有意思，不知道是不是卷入了什么案子。"

看来城崎家也有突发事件，虽然很在意，但我身为外人也不好多问什么。夜晚的海浪声回响于夜色中。

## 11/6

放学后，我坐公交车去圣柏梁医院。

"佐佐木君居然来看我，真罕见。你是一个人来的吗？"

病房里，叶山波留戴着一顶帽子，那是一顶包头的帽子。上次我是和出云川、樱小路一起来看她的，今天她看起来脸色更苍白，更瘦了。看样子，她的病情并没有好转。

"是城崎君让我来看叶山同学的。"

床边有一把椅子，她让我坐下。

"谢谢，欢迎你随时来。"

"你平时都在干些什么？"

"读小说、漫画之类的。"

我和叶山波留是各自班级的班长，在班委会议等场合我们有很多机会交流。我们还一起吃过午饭，我记得那是准备校园节的时候。当时她身体健康，笑容亲切。真不敢相信才过了几个月，居然变成这样。

"大家学习努力吗？课本学到哪里了？"

"我们在准备期末考试。前几天，一家著名外企的首席执行官被邀请来做特别讲师，上了一堂十分有趣的课。"

"真遗憾，我也想听。"

"等你出院了，让城崎君给你安排。"

"出院？不知道什么时候……能不能出院啊……"

从窗户可以一览夏目町，天空湛蓝。沉默让人尴尬，我开启了新话题。

"对了你知道吗，城崎君去旅行了。"

"好像是，我收到了他的信息，还附有一张在海边教堂拍的照片，你想看吗？"

叶山波留拿出手机给我看照片。以教堂为背景的照片里，有一位大腹便便的大叔。

"这个人是谁？"

"不认识。"

"你经常和他发消息吧？"

"是的。"

"出云川君和樱小路同学似乎也跟着城崎君去旅行了，今天都没来上学。"

"三个人都去白取町了？"

"话说回来白取町到底是哪里？"

"据说那里有我母亲的线索。"

她解释说，城崎亚久斗在调查自己母亲的那张照片的拍摄地点。经过翻修，教堂的外观有了变化，不过经调查得知照片拍摄于白取町海峡边的教堂前。

"城崎君是不是打算找到叶山同学的家人？"

"也许他是想在我死前给我一个家人重聚的惊喜。"

然后我们聊起了城崎亚久斗。那张脸无比可怕，每个人都怕他，可一旦说上话就会发现他意外好相处，外表和内心的差距相当大。

“我上中学时，有一次城崎带着我弟弟和妹妹去游乐园玩。那天我感冒躺了一天，无法照顾他们，父母又是双职工。”

他知道我们家的情况，便提出带着勇斗和日向一起出去玩。

“当时我真的很感激他。弟弟和妹妹回家后，依旧兴奋喧哗，据说他把游乐园包了下来。”

“真羡慕。”

“想玩什么就玩什么，不用排队。那天，游乐园的所有工作人员都只为我的弟弟和妹妹而工作。”

“太厉害了，不过包场可以当天决定吗？那天预约了游乐园的游客怎么办？兴致勃勃地来到游乐园，结果发现被包场了，一定很失望吧。”

“你对细节真敏感啊，就不能老老实实地享受有钱人的挥霍情节吗？”

“毕竟很在意啊。”

“我也问了城崎君一样的问题。据说城崎君给不知道包场的游客、有游乐园年卡的游客发了城崎集团百货店的消费券，每个人离开时脸上都洋溢着灿烂的笑容。”

叶山波留叹了口气。

“原来是用钱硬砸。”

我差不多该走了，她还在与疾病斗争，讲这么长时间话对身体不好。

“这么说起来。”

我刚想站起身，叶山波留开了口。

“最近我经常和樱小路同学发消息，她真是个好女孩。”

“是啊，为什么突然这么说？”

樱小路是个有点难以接近的美女，就像从神话中走出来的人一样美丽。对于这样的人，班里没有人用"好女孩"这个词形容她。不过其实我心里也是这么认为的。

"樱小路同学是个很好的女孩子，发的消息很可爱，发型也好看。能和她成为朋友真的太好了。我正在努力提升她给人的印象，希望她能获得幸福。"

"那么美的人，一定会幸福的。"

她一定会遇到真命天子，过上幸福的生活。那个人想必不是我，胸口传来一阵刺痛，我和她实在太不般配了。

我打算将她的某个故事告诉叶山同学。

"有一次，午休时候樱小路同学在学校里到处找城崎君。"

"你是偶然发现的吗？"

"她甚至还找了灭火器的后面，人怎么可能躲在那种地方嘛。"

"怎么回事，她好可爱。"


第二天下午，我在车站前做志愿者。我与其他志愿者并肩工作，向过往行人发放传单。寒风夺走了我们的体温。即使在这样寒冷的天气里，城崎亚久斗也没有放弃。在夏日火辣辣的阳光下，他浑身是汗持续着志愿者活动。这些事我都知道。

天黑后我回到家里，勇斗和日向正在暖炉前做功课。日向努力地写着，勇斗则把铅笔放在鼻子上，玩着平衡游戏。

"我现在做晚饭，等一会儿吃哦。"

我把米放进电饭煲开始烧。晚饭是咖喱和鸡蛋汤，我们刚开始吃，父母便下班回来了。勇斗和日向轮流报告这一天的情况。木造公寓的小房间变得热闹起来，看着家人的笑脸，我想到了死亡。如果家人中有人得了重病，失去生命……我不敢想象，但这是有可能发生的事。此时此刻，一家人欢聚一堂的幸福场景变得格外珍贵。

"哥哥，今天的咖喱也很好吃，再来一碗！"

"自己盛，你已经是初中生了。"

日向批评勇斗。

"莲太郎，听说你最近在车站前做志愿者？我听邻居说的。"

"我也听说了，邻居直夸：你儿子真能干。"

父亲和母亲边吃饭边说道。

"没错，莲太郎哥哥接替了亚久斗哥哥的活，亚久斗哥哥去旅行了，所以莲太郎哥哥代为发传单。"

"勇斗哥哥，这个不能说。"

勇斗露出一副糟了的表情。我曾把缘由告诉了弟弟妹妹，但是请他们保密。城崎亚久斗对所有人都保密的事，我可不能胡乱对外说。

"城崎君？"

"发传单？"

父母表示不可思议。我只好向他们说明了一直以来城崎亚久斗所从事的志愿者活动。回忆起病房中叶山波留苍白的面容，我心痛不已。连我这个普通朋友都这样，不敢相信他所经受的痛苦……

城崎亚久斗已经请了一周假，放学后，在云英学院的高中谈话室里召开了班长会议。房间里充满了贵族宅邸的氛围，铺着红色地毯，桌椅有金银装饰物。

在学生会的号召下，定期开这个会。一年级（1）班的班长是叶山波留，但由于生病住院，所以由别人代为参会，她的名字叫早乙女里津，是内部学生。

"佐佐木同学，我能和你聊一聊吗？"

会后，一走出谈话室，早乙女同学便喊住了我。她是一个温文尔雅的女孩，行为举止很优雅，可以想象她一定是在一个富裕家庭中培养长大的。

"幸会，早乙女同学。"

"听说你前几天去看了叶山同学，我是和她发消息时得知的。她的情况怎么样？"

"说实话，看起来并没有好转。"

早乙女同学是叶山同学的朋友，听出云川说，她们一起参加了烟花大会。

"化疗似乎没什么效果。"

她的眼睛里泛出泪光。看得出，她非常担心叶山波留。没事的，会好起来的——我很想这么告诉她，但这是不负责任的说法。

"即使抗癌药物的疗效显著，她出了院，我们可能也无法做同班同学了，好可惜……"

上课天数不够，叶山波留很可能被留级。

"只要能治好就行，能活着就行。"

"是啊。对了，听说出云川君还在那个港口城市？"

港口城市？是指白取町吗？

"你也听说了，他追随城崎君去了那里。"

"是的，我通过 SNS 知道的，他每天都发照片。"

"SNS？"

早乙女同学拿出智能手机给我看。

"出云川君从去年年底开始用 SNS，虽然只发自己的照片，但他的盛世美颜获取了超百万人的关注，这就是出云川君的实力。"

早乙女同学把出云川的照片给我看，这是一张在冬季的渔港拍摄的自拍照。很多人对他的照片发表了评论。

"我敢打赌，一百多万粉丝看到他的照片时都会发出感叹，多亏了这个时代，我们才能这样通过网络共同追捧出云川君。虽然最近无法在学校里见到他，不过冬季渔港的自拍照，看起来太有感觉了，你觉不觉得？一定觉得。"

"一提到出云川君你的语速就变快了呢。最后的自问自答是怎么回事，一不小心就讲出心里话了。"

她陶醉地看着手机上的出云川，那里下雪了，出云川的金发上有几片雪花。

"我想化身成为雪花，贴在出云川君的头发上一起旅行。"

"很快就会化掉哦。"

"我渴望被出云川君的体温融化。"

世上真是有各种各样的人。说起来我不知道出云川原来有 SNS 账号，我可能是这所学校里唯一没有智能手机的学生。

"佐佐木同学和出云川君关系也很好对吧？"

"可能属于比较好的。"

"如果你有什么我们所不知道的出云川君的情报，可以卖给我们。"

"抱歉，我突然想起一件急事，我要走了。"

"你可以随便开价！比如出云川君使用的手帕、洗发水、护发素的牌子……"

"那么我先走了，再见，早乙女同学。"

我赶紧离开了那里。隔着玻璃一看室外，才发现下雪了，白色的小颗粒飘摇于空中。

# 11/7

　　白取町位于日本海沿岸，据说每年这个时候都会下雪。出云川、樱小路和我在渔港散步。出云川穿着奢侈品牌的羽绒服，樱小路穿着华丽的皮草大衣。

　　"和你们并肩站在一起时，会忘记自己身在日本，好像我们在欧洲度假一样。"

　　在这个港口城市，他们的出现很不寻常，从远处便能看出，他们散发着皇室、贵族的气质。经过他们身边的居民东张西望，仿佛在寻找摄像机，大家误以为这里在拍摄电影或广告。

　　小渔船停泊在港口，挤在一起。出云川以此为背景自拍。海浪拍打着防波堤溅起白色的浪花，樱小路用手按住被风吹乱的鬓发。他们来到小镇已经好几天了，我告知了他们此行的目的。

　　"你是为了救叶山小姐的命才出动的！在下出云川好感动！我会尽我所能帮助亚久斗阁下的！"

　　"没想到她还有个失散的哥哥，我一定会找到他的！"

　　不过，这几天没有特别的进展。

　　我每天都与叶山波留互发信息，但我无法从她的字面得知病情有多严重。大部分内容都是闲聊，比如读书的感想和对学校的回忆。但毋庸置疑的是，她的身体状况每况愈下。

　　动画片中，这时的她身体状况时好时坏，视日子而定。有的时候发烧起不了床；有的时候却能从床上爬起来活动活动。但可以肯定的是，疾病正在侵蚀她的身体，她正在走向死亡。

　　南井五郎和他的手下在海边一个住宅区的信箱里投放了印有叶山美笑照片的传单。我们每个人也拿了一份，这对我们的调查很有帮助。

我们正在寻找这位女性。

如果有人知道任何情报，请拨打下面的电话与我们联系。

如果信息有用，我们将支付您一定酬劳。

传单上附有这段文字。悬赏金额高达三百万日元，效果非常显著，一天之内就有好几个电话打进来。南井和他的手下分别去见了每一个联系他们的人。然而，他们得到的信息都是模糊而可疑的。看来那些人是为了三百万日元的酬劳而故意捏造了故事。

大雪覆盖了整个小镇，天空中飘落的无尽雪花被无边无际的冬海吞没。中午时分，南井邀请我们去简餐店吃午饭，我们曾在这家店吃过，店主是一对老夫妇。餐厅很小，挤满了工人。出云川和樱小路似乎是第一次来这种简餐店，他们饶有兴趣地四处张望。

"为什么这家餐厅的桌子要处理成黏皮肤的款式？"

"樱小路，我想这只是桌子常年油腻导致的黏性。"

"服务员还没拿菜单来，我们去投诉吧。"

"出云川君，菜单挂在墙上了，你看，墙上有一排棕黄色的牌子是吧，那就是菜单。"

直到食物上桌，二人都显得很不安。他们在想，在这样一家平民餐厅里，真的能吃到好吃的饭菜吗？然而，当海鲜饭端上桌时，他们的表情顿时明亮起来。

"哇，真不错！"

樱小路赞叹道。

出云川不熟练地掰开一次性筷子，夹了一块生鱼片吃起来。

"真棒，即使在东京最好的餐馆里，也找不到这样的鱼。真佩服啊，我想对厨师说一声谢谢，请他来一下吧。"

"出云川君，厨师现在很忙，算了吧。"

"这些大虾真是肥美可口！"

看到二人的反应，南井笑嘻嘻的。

"合你们的口味就好。"

今天，他依旧把肚子卡在桌子下方，吃着几人份的饭。

离开餐厅后，我们开始步行。我们走得很慢，以免在雪地上滑倒。

南井看着笔记，带头走进了一条狭窄的小巷。住宅区中上上下下的楼梯，就像迷宫一样。路太窄了，有一次南井的肚子卡住了，我们三个人不得不从后面推他一把。

樱小路问了南井一个问题。

"我们这是要去哪里？"

"我接到一个男人的电话，他说知道叶山美笑的事。我们现在去见他，不过很有可能是撒谎。"

最后，南井在一栋老旧的木造公寓前停了下来。

"就是这里。"

他开始沿着生锈的铁楼梯爬上二楼。楼梯在他身体的重压下发出咯吱咯吱的响声，我很担心楼梯随时会垮塌。

就结果而言，毫无收获。打来电话的是一位中年男子，他穿着好几层衣服，一边在门口冷得发抖，一边回答南井的问题。他的回答含糊不清。

"她说要搬到东京去，我认识她。"

"有没有说去东京的哪里？"

"唔，我想想……"

男人喃喃自语地说出了一个想象中的城市名字，而这个城市在东京并不存在。我之所以知道它不存在，是因为我在南井身后用智能手机搜索过了。

最后南井解释说，不能支付酬劳，因为这些信息没有用。那人呷了呷嘴，向我们抱怨了几句，然后砰的一声关上了门。

"太无耻了，怎么能为了钱而撒谎呢？"

当我们走下公寓的铁楼梯时，出云川一脸不解地摇了摇头。

"好了好了，别这么说，一定是生活太艰难。这么冷的天，房间里却没开暖气，所以才穿那么多件衣服。"

"出云川君，你觉得刚才的人无耻，我倒是看到了未来的自己，反而很同情他。"

城崎家没落后，我身无分文，没有工作，没有食物，没有水电，我可能也会这样做。我想象着自己身无分文，独自在寒冷的房间里瑟瑟发抖的样子。

"不可能！亚久斗阁下不可能变成这样！"

出云川厉声否定，因为他相信城崎家会永远存在。南井用惊讶的眼神看着我，然后好像突发发现了什么似的来回张望。

"说起来，樱小路不见了……"

是真的，樱小路不见了，她是从什么时候开始不见的？

也许是在路上走散了。当樱小路看风景时，我们可能正好拐了个弯。

我们决定转回小巷去找她。

"这是哪里？"

我们来到一个看起来像神社的拐角处。在一片民家中间，有一个鸟居和小神社。这是我们刚才没有经过的地方。看来我们完全迷路了，周围是一栋看起来像是被反复扩建过的形状怪异的房子，还有一栋像是铁皮屋顶拼凑起来的公寓楼。

"电话打不通，明明刚才还有信号的……"

我操作着智能手机，却联系不上樱小路。

"我担心她可能被绑架了，樱小路同学今天穿的毛皮大衣的价值不亚于一辆豪华的外国汽车。"

出云川苦恼地按着额头。

大雪已经完全覆盖了周围的建筑物，白茫茫的一片，就像撒了很多糖一样。

这时，我听到了一个熟悉的声音。

"我是……"

听起来像是在和别人对话。听不清断断续续的对话内容，但我很确定是樱小路的口气。我们交换了一下眼神，朝声音传来的方向走去。

那里有一座被木栅栏围起来的老房子，樱小路的声音从栅栏对面传来。

"这只猫真可爱，这么冷的天，不知道睡在哪里呢？"

喵——传来了猫咪的叫声。

"喂，樱小路同学，是你吗？"

我隔着栅栏喊道，她的回应声里满是惊讶。

"是亚久斗阁下吗？我是樱小路，我在这里！"

栅栏上有一个缺口，透过缺口我看到活蹦乱跳的樱小路，终于松了一口气。一只棕色的猫正在她的脚边蹭来蹭去。

樱小路身处一栋房子的后院，那里住着一位独居的老妇人。当然，她不是擅自闯入的。

"我和亚久斗阁下走散了，迷了路。我当时非常紧张和焦虑，然后我在路边发现了老奶奶蜷缩着。"

我们被请进后院。樱小路脚边的那只猫一看到我的脸就跑开了，躲到了门廊下。

门廊上坐着一位老妇人，她是一位满脸皱纹的老奶奶，穿着一件看起来很暖和的棉袄。她揉着脚，补充了樱小路的故事。

"这位小姐帮助了我，我滑倒在雪地里，动弹不得，脚好像崴了。"

"换作以前，我可能会当没看见，但是我想起了亚久斗阁下的忠告，叫我积极主动地帮助需要帮助的人，于是我背着她回了家。"

樱小路骄傲地挺起胸膛。竖卷像弹簧一样一伸一缩，摇曳生姿。背着她？这个老人？樱小路的手臂很纤细，看不到肌肉。我想她背着一个人一定很吃力。要是在几年前，她为了帮助别人而做出这样的举动是不可想象的。

"樱小路！太厉害了！我真为你感到骄傲！"

我一边拍手一边赞叹，她一脸高兴，就像一个被父母夸奖的小孩子。

把老奶奶背回家后，樱小路被邀请到家里做客，她被请吃了茶和点心。樱小路向老奶奶说明了情况，自己和我们走丢了，迷了路。

"所以我打算让老奶奶告诉我从这里回酒店的路，她正在一张纸上画地图呢。然后，我听到后院传来喵喵的叫声，一看发现一只可爱的猫，就走到外面去抚摸它。"

老奶奶坐在门廊上，手里拿着一张白纸，纸上用铅笔画着磕磕巴巴的地图。

"你已经找到朋友了，那么不需要这个了吧?"

"是的，你费了好大劲才给我画了地图，不好意思。不过这张纸还是给我吧，调查时有用。"

仔细一看，地图是画在南井准备的传单背面的。

"因为手边没有其他纸，幸运的是，这张纸的背面是空白的。"

樱小路从老奶奶手中接过传单，她拎着一个豪华手提包，正准备把传单折叠放入包里。这时，老奶奶说了一句。

"咦，照片上的这个人不是叶山先生的妻子吗?"

老奶奶的眼睛紧紧盯着樱小路手里的传单。我们都惊呆了。

"你认识这个人吗?"

樱小路展开传单，把印有叶山美笑照片的那一面对着老奶奶。她满是皱纹的脸上露出了灿烂的笑容。

"果然是叶山先生的妻子，好怀念啊。她原本住在这附近，我们经常聊天。你们认识叶山一家吗? 港君怎么样? 他们搬走很久了，他应该已经长大了吧。"

我颤颤巍巍地开口问道。

"你所说的港君，是这个孩子吗?"

我用手指着照片上叶山美笑怀里抱着的那个孩子。

"是啊，是个很活泼的男孩，五岁之前都住在这附近。"

雪花落在传单上。我们终于知道了要找的男孩的名字。

"我记得他们搬走前不久，第二个孩子出生了。在这里都能听到孩子的哭声，应该是个女孩子。不知道他们一家都还好吗?"

老奶奶一脸怀念，眼睛眯成一条缝。

# 12/1

听到电视上传来"城崎集团"这几个字的那一刻，我的记忆猛地涌现，我想起了父亲和母亲。仿佛拥有了前世记忆的主人公一般，我知道了自己的名字。

五岁那年，我来到福利院时还没有名字。事故发生后，我受到了极大的惊吓，什么都不记得了，也找不到任何可以帮助我回忆自己名字的物品。于是福利院院长给我起了一个名字，橘通。这是我的临时名字。福利院的老师和一起生活的朋友都叫我阿通。

"阿通，教我这道题怎么做。"

"阿通，你初中要参加什么社团？"

"阿通，帮我铲雪，不然屋顶会被雪压塌的。"

虽然我们没有血缘关系，但这是我们的家。这里聚集着由于各种原因流离失所的孩子。有的孩子被父母遗弃，有的孩子没钱养被丢在此处，也有的孩子是为了躲避父母的暴力。他们中的一些人被养父母收留，离开了福利院，而我在那里一直住到初中毕业。

我没有告诉任何人我的记忆恢复了，因为我想以橘通的名义活着。

"阿通，你的名字是从我父亲的名字中取的。"

有一天院长告诉我。

"在你想起自己的名字之前，我决定以父亲的名字喊你。希望我们能像真正的父子一般。"

我很尊敬院长，也很喜欢这个名字。我担心如果他知道我想起了自己的名字，就不会再叫我阿通了。因此我决定保持沉默。

但为了不忘记，我还是把我记得的事情写在了一个秘密笔记本上。我的真名、童年时与父母一起生活的港口城市的记忆、父亲对城崎集团的怨言。当时我不懂，其实父亲是欠下债务逃跑的。把记忆的碎片拼凑起来，就能明白家庭状况。

我记得母亲常常牵着我的手，在海边的小路散步。她很美，有一头乌黑的长发。每当想起母亲，我的心就会感到一丝温暖和孤独。我很喜欢我的母亲。

我依稀记得还有一个孩子。母亲的肚子越来越大，她生下一个女婴。不过关于这个女婴我没有太多印象，她诞生后不久就发生了那场车祸。

车祸发生时婴儿也在车上吗？不，我想不在。她是被托付给别人了吗？给谁了呢？不知道。

有一天，一个和我一起住在福利院的女孩发现了我的秘密笔记本，都怪我把笔记本摊在桌子上。她扎着辫子，脸上有一些雀斑。

"阿通，这本笔记本是怎么回事？"

"没什么，只是个记事本。"

"这上面写的'叶山港'是谁？"

她指着笔记本问道。

我决定撒个谎。

"那是我好朋友的名字，他在一场车祸中去世了。"

"啊？"

女孩一脸震惊。

"这个人死了吗？"

"是的，谁都不会记得这个人，大家都忘了他，所以我才把他的名字写在笔记本上。这就像他的坟墓，大家会把死者的名字刻在墓碑上对吧？类似这样。"

"真可怜."

叶山港是我的真名。

一个和父母生活在海边小镇的男孩。

我相信以后再也不会有人叫我这个名字了,我决定以橘通的身份生活。

"我会为你记得他的。"

"不用记,可能我也不会再想起了。"

那个看到秘密笔记本的辫子女孩,不久后被一个远房亲戚收留,离开了福利院。我不知道她的联系方式,只能祈祷她生活幸福。

与此同时,初中一毕业我就开始在镇上的一家工厂打工。我离开了福利院,住进宿舍。我用工资买了很多糖果,分给福利院的孩子们吃。在院长的推荐下,我决定一边工作一边上夜高中。

白天,我穿着工作服在工厂加工金属。晚饭后,我去夜校学习几个小时。日子就这样一天一天过去了。

去年,我二十岁了。校长送了我一套西装和一条领带,我戴上领带,参加了市里的成人仪式。我还收到了工厂厂长和同事们送的礼物。我已经不太回忆自己的真名了。

但每次在经济新闻中听到城崎集团这几个字,我都会不寒而栗。

"都怪他们……"

死去的父亲的声音在我耳边响起。

## 12/2

放射性治疗开始了,这是一种通过将身体暴露在辐射光线下来攻击体内癌细胞的治疗方法。

拍 X 光片时,我们的身体会受到 X 射线的照射,这也是辐射的一种。与 X 射线一样，人体受到穿透身体的强光照射。强光具有能量，癌细胞长时间暴露在强光下，就会被破坏。这就是辐射的作用。

辐射似乎对活跃分裂的细胞作用更强。因此，通过调整辐射强度，可以只攻击癌细胞，而健康细胞则不受影响。

护士将我的病床推进放疗室，一台巨大的机器里，这台机器看起来就像科幻电影里出现的东西。机器转了一圈又一圈，辐射照着我的身体。我的眼睛看不见它，所以不清到底发生了什么。

回到病房过了一段时间，我全身的皮肤都变红了，就像被太阳晒伤了一样疼。

"是辐射的影响吗?"

请假来陪我的理绪担心地问护士。

"别担心，这种情况经常发生，会恢复正常的。"

部分皮肤由红转紫，最严重的地方出现了类似烫伤的水泡。医生给我开了止痛药，我勉强挺过去了。

"你一定累了，好好睡一觉吧。"

晚上，理绪为我盖上了毯子。当我闭上眼睛沉沉睡去时，我想象着自己再也不会醒来。

我的身体状况看起来并不乐观。理绪和医生都没有明确告诉我，但我可以从他们的表情和情绪中看出。先前的化疗似乎没有任何效果，放疗也开始了，但我的病情没有好转。

我越来越喜欢望着天花板发呆，我对正在阅读的漫画或小说不再感兴趣。可能是药物的影响吧。我试着看一会儿书，但手臂很难抬起来，根本看不进去。

再这样下去，我可能会死。我还能活几个月? 好害怕死亡。

"波留，我有话要对你说。"

有一天，理绪对躺在床上的我说道。她的表情紧张而僵硬。

"你记得那张妈妈的照片吧？"

是那张以教堂为背景的照片。理绪解释说，照片中母亲抱着的婴儿似乎不是我。城崎亚久斗发现了这一点。这是我完全没有料到的事。

"我打算在适当的时候告诉你这件事，是城崎君让我这么做的。你一定很惊讶吧，不过这事很重要，我还是得告诉你。波留，你母亲怀里的婴儿，是你失散多年的哥哥，要是能找到他，说不定可以为你捐献骨髓。"

如果是兄弟姐妹，HLA 匹配的概率是四分之一。如果能找到骨髓捐献者，我就有可能可以活下去。我激动得热泪盈眶，不过现在还不能确定我是否能活下来。之所以流泪，是因为我终于明白为什么城崎亚久斗会从学校休学，前往一个叫白取町的地方。他是去为我找骨髓捐献者了。

"太感谢城崎君了。"

理绪说道。我在床上连连点头。


叶山波留：

你辛苦了，我是城崎亚久斗。承蒙你素日照顾。你身体还好吗？前几天你说自己开始接受放射性治疗了，之后身体有什么变化吗？听到放射这个词，可能会觉得很可怕。不过，其他国家似乎比日本更接受放射治疗，所以不用担心。

对了，听说理绪女士把照片的事告诉你了。当发现母亲怀里抱着的孩子不是自己时，一定非常震惊吧，心里一定会隐隐作痛……

我收到了城崎亚久斗的信息。每天我们都会发好几次信息。每当我收到回信，智能手机响起旋律时，都能感受到世界还没有抛弃我。

　　他的信息开始讲述自己在白取町的调查进展。他找到了十七年前，我的父母、哥哥住的地方。不过，当时的房子已经被拆除了，变成一片长满杂草的空地。

　　理绪终于解释了我父亲的情况。我曾经问过她关于我父亲的问题，但她总是搪塞过去。渐渐的，我明白我不应该问得太多，就不再问了。

　　"我姐姐美笑在夏目町遇到了他，和他谈恋爱。爱得太深，于是就跟他走了。"

　　我的父亲叫神宫寺秋，姓氏听起来很奇怪。另外，和我失散多年的哥哥名叫叶山港。

## 12/3

　　这是我来到白取町的第十天，日本海的涛声已经变得很熟悉。大雪给外出带来了困难，也给调查工作带来了挑战。

　　让出云川和樱小路陪我踏上这段旅程，我感到很不好意思。他们本该备战期末考试的。

　　"没事的，成绩再差，学校也不会开除我们，毕竟我们家给学校捐了很多钱。"

　　"樱小路同学说得没错，不用担心学校的事，叶山同学的生命是第一位的。"

　　"不过我还是担心学习进度，待在旅馆的时候还是自学一下吧。"

　　能干的佣人们冒着大雪为我们买来了参考书。每当在学习中遇到不懂的地方，就会联系知名的私塾老师进行线上学习。他是一位经常上电视的老师，但还是从录制节目中抽出时间来帮助我们学习。当然这不是免费的。

一张水床被搬进了出云川的房间，这是一张装满水的舒适的床。房间里还放了一台大电视机和最新型的游戏机。

"我把地毯换成欧洲地毯了。"

"得到酒店员工的允许了吧?"

"当然。我决定把自己带来的东西原封不动地送给他们，这样酒店也是受益方。"

樱小路的房间里放着一张带顶的公主床，四面都是蕾丝窗帘，墙纸也换成漂亮的图案。

他们也想改造我的房间，但我不让。我对房间不挑剔，只要能住上便宜的商务酒店房间就很满足了。

"我们决定将附近的天然温泉运来这里的浴池，已经和经理谈过了。"

不知不觉中，樱小路运送温泉的计划就开始了。原本担心酒店方面会很苦恼，没想到得到的回应却出乎意料地积极，因为他们无需支付费用就能得到天然温泉。

"半山腰有天然温泉，如果逗留时间比较长，最好直接拉一根管道来。我这就让他们开工吧。"

自从他们入住酒店，酒店餐厅和咖啡厅的食物变得美味了。也许是他们带来的厨师常常在厨房里进进出出的缘故吧，酒店的厨师与他们成为朋友，常用当地的食材切磋厨艺。

与此同时，叶山理绪告诉叶山波留，照片中的婴儿并不是她。我开始在和叶山波留的通信中加入了调查进展。需要告诉她的事情太多了，比如她离散的家人在这个小镇的生活是怎样的，他们做的是什么工作，什么时候离开的？

　　樱小路在路边帮助过的一位老奶奶告诉了我们一些当年的事情。这位老奶奶是叶山家的邻居，经常来往。遗憾的是，叶山家当年居住的地方现在已经变为空地。

　　南井调查所的人也在调查叶山波留的父亲。神宫寺秋……他用假名字在港口找了一份工作。他们找到了几个当时认识神宫寺秋的人，进行了询问。

　　"他被人追债，好像是从非常恶劣的地方借了钱……"

　　"我们有时会出去喝一杯，但他不是那种喜欢谈论自己的人。"

　　"他有一个儿子，非常疼爱。好像马上要生第二胎了。"

　　南井的部下拿到了他在夏目町生活时的照片。他长得相当英俊，眼睛鼻子有点像叶山波留。虽然他没有出现在动画片《和你同行》中，但人物应该还是设计过的。

　　"叶山同学的父亲为什么会借钱不还？"

　　"当然，他一开始是想还的。他应该有信心通过投资来增加资金，但失败了，最终无力偿还。"

　　他梦想成功，却被卷入城崎家族的金钱游戏，只剩下债务。

　　"金钱真的有这么大魅力吗？金钱可买不到幸福，真是可悲。"

　　"出云川君，我们说这种话是没有说服力的……"

　　大雪让调查陷入僵局，几天后，昏暗的天空中飘起了大片大片的雪花，我边看边咬指甲。

　　就在我停滞不前之际，叶山波留的病情却在恶化。她的宝贵时间正在一点一点流逝。她还能活多久？在动画片《和你同行》中，她的生命在夏天结束前耗尽。也就是说，还有半年。这点时间根本就是一眨眼的工夫。

如果不趁早给她做骨髓移植手术，她就会死去，她的声音会从这个世界线上消失。指甲已经被我咬得破烂不堪。

这时，我的房间响起了敲门声。打开门，发现南井吾郎庞大的身躯站在走廊上。

"亚久斗阁下，你还好吗？脸色看起来不妙啊。要不要让酒店的西点师为你做一个巧克力蛋糕？"

"我不需要蛋糕，只是在想一些事情。"

南井没事的时候也会来我的房间，可能是要向小野田报告我的情况。

"因为下雪不能出门，所以有点着急。"

"别担心，我的手下正在没下雪的地区搜寻叶山港的下落。说起来亚久斗阁下要不要和家里联系一下？你家似乎发生了一些奇怪的事。"

"奇怪的事？"

"好像是在城崎家工作的佣人失踪了，佣人的家里人也都失踪了。"

"原来如此。"

"你知道是怎么回事？"

"具体的不清楚，但大致猜得到。失踪的佣人和家人可能是某个公司的间谍。"

这个佣人一定勤奋工作了很多年，成功赢得了城崎凤凰、濑户宫、小野田的信任。他消失的原因一定是完成了自己的工作。

"间谍？"

"我父亲藏起来的一些重要文件肯定被偷了，这些文件中有他隐藏的财富信息，还有他过去的劣迹，以及他与政界、商界不光彩关系的证据。"

"亚久斗阁下，你真冷静啊。这类事情经常发生吗？虽然这点程度不至于摧毁城崎家族。"

"总有各种政客在保护我的父亲。"

"毕竟城崎凤凰是无敌的。"

"但这次不一样，父亲会走向毁灭。"

"怎么会?"

南井脸颊上的肉颤抖了一下。

"这就是上帝的安排，恶人终有毁灭的一天，社会正试图把脓疮排出去。"

"亚久斗阁下，你知道这意味着什么吧?"

他见我如此冷静，十分惊讶。

"南井先生，请尽快搜查叶山港的下落，城崎家要出大事了，也许一下子就会崩溃，我想还有半年时间吧。"

在《和你同行》的最后一集中，城崎家没落了。和叶山波留的生命消亡时间一样，还剩下半年。

"如果不尽快找到他，可能就付不起南井先生的报酬了。"

"这可是个大问题，我不是指自己，亚久斗阁下是不是想得太多了? 城崎家不会受那么大影响的。"

"当然，我父亲会想方设法掩盖他做的坏事。"

但这一次，不可能了。

我让南井回房间，自己一个人站在窗边思考。由于下雪，视线变得朦胧。此时，夏目町的城崎一家正处于动荡之中。管家濑户宫、随从小野田、司机大田原，以及其他佣人。今后他们要各自重新找工作。尽管我知道这一切，但什么也没做，任其发展。因为这不是我所能控制的，我不需要为此负责，但我感到心里沉甸甸的。

我在房间里召开了学习会，出云川的英语比我好，他不仅精通英语，还精通法语。而樱小路则对古典文学非常了解，据说她本来就很感兴趣。

"亚久斗阁下，要不要休息一会儿？"

"好吧。"

"请佣人给我们泡一杯茶吧。"

樱小路拍了拍手，佣人便端来了茶和点心。

出云川在学习桌前自拍了一张，可能会上传到 SNS 吧，他前段时间开通了自己的账号，在全世界范围积累了一定粉丝。事实上，这是我的建议。

"出云川，你应该创建 SNS 账号，以你的外貌，一定能收获大批粉丝。等你的账号做大了，希望你能发送一些白血病骨髓捐献登记的情报，网上叫这种账号为自媒体。"

"明白了，既然是亚久斗阁下的要求，那我就开账号吧。"

出云川每天都会发好几张自拍照，他原本就对自己的长相很满意，这是一件快乐的事。

"亚久斗阁下，粉丝已经超过一百五十万人了，不仅是日本，我的长相迷倒了全世界的人。可谓极致之美超越国界。"

"我要不要也开一个账号呢？"

"樱小路同学一定也会获得大批粉丝的。"

"亚久斗阁下不开吗？"

"我的长相不行，会被判定为恐怖账号而封号。"

"恐怖账号？"

"指专门发布恐怖的、对心理造成伤害的图像。"

我咬了一口点心，黄油的甜味在口中弥漫开来，微微带点温度。

这是酒店厨房的糕点师现烤出炉的。樱小路将大量果酱融化于红茶中。

"亚久斗阁下，不得了了！"

正在看手机的出云川大声喊道。

"怎么了，出云川？"

"我在看粉丝的评论，发现了一则有趣的情报。"

他向我展示了手机屏幕。

"今天早上，一位粉丝问了我一个问题。'为什么出云川阁下会在港口城市？'我提到了与叶山同学分别多年的哥哥，说自己正在寻找一位叫'叶山港'的人。"

SNS有撰写评论和回复评论的功能，出云川显然很享受与粉丝的交流过程。他刚刚开始使用SNS，一定不知道提真名容易引发纠纷，毕竟还不熟悉网络。但这一次，我必须感谢他。

"我刚刚看了粉丝的评论，有人说自己知道叶山港这个人。"

我猛地站了起来。他的粉丝中有人知道叶山港？樱小路却显得很冷静。

"一定是在撒谎，为了引起出云川同学的关注，故意编的。"

"樱小路同学，确实如此，冷静下来想一想的确会有这种感觉。这个人想引起我的注意，真是的，我的存在就是一种罪恶。"

出云川一下子没了干劲。

"不过或许是真的呢？要不要问问看？"

我请求出云川。现在我想抓住任何情报，于是出云川给知道叶山港的人发了私信。只要关注这个人，就可以发别人看不见的私信了。

向出云川提供信息的是一个十几岁的女孩，收到他的私信，女孩马上热情洋溢地回复了。

"虽然很不好意思，但我还是要朗读一下她的回复内容。'很感谢出云川阁下能够关注我，我一直很喜欢看您的投稿。您的面容就像人间天使，任何诗人都无法用语言表达其艺术价值。'"

"请挑重点读。"

樱小路一针见血。女孩从未见过叶山港本人，她唯一知道的是他的名字。这不是一个特别罕见的姓氏和名字，所以也正常。不过她得知这个名字的经过有点意思。

"这个故事有点复杂，她说自己是在福利院知道这个名字的。要是编故事，应该会选择更简单的设定吧？亚久斗阁下……亚久斗阁下怎么看？"

樱小路看着我，面露担忧之色。

我双手扶着房间的墙壁，控制着呼吸。

"……这种故事……一定是编的。"

我用手压着胸口，自言自语道。我半信半疑，脸色苍白。出云川和樱小路看着我，有点不知所措。

给我们提供情报的女孩说，她小时候住在北方的一个儿童福利院。在那里，她结识了一个大男孩。男孩在自己的秘密笔记本上写下了大大的"叶山港"。这个名字看起来很特殊，于是她问男孩："叶山港是谁?"

男孩说："这是我好朋友的名字，他死于一场交通事故。"

如果女孩说的是真的，我们要找的叶山港已经死了，不在这个世界上了。这样一来，拯救叶山波留生命的可能性就彻底断绝了。这本来就是一个没有被编剧采纳的伏线，故事中也不需要叶山港，即使死了也不足为奇。目前，我唯一的希望破灭了。我眼前一黑，当场倒了下去。

## 12/4

"我听出云川同学和樱小路同学说，亚久斗阁下是学习时突发贫血，不必过于担心。"

我向城崎家的小野田先生报告了亚久斗阁下的情况。

"为了确保万无一失，我们会派医生过去的，还会派一名有营养师资格证的厨师一起去。"

"我想厨师就不必了，出云川家和樱小路家都带了厨师来。"

亚久斗阁下晕倒的原因似乎并不是食物，应该是叶山港的情报吧。不知是真是假，听说他可能已经死了。亚久斗阁下大受刺激，导致贫血。

亚久斗阁下晕倒后，出云川史郎手足无措了好一阵子。不过，当亚久斗阁下从床上醒来后，他就平静了下来。樱小路姬子也差不多，她寸步不离守着亚久斗阁下。

"亚久斗阁下还打算继续在那里进行调查吗？"

"好像是的。"

"等这里的麻烦事解决了，我也会过去。"

"麻烦事是指失踪的佣人吗？"

"一开始还以为是不是被卷入什么案件了……我不能告诉你更多细节了，请谅解。"

小野田先生没有透露更多细节，毕竟很多事不能跟我这样的外人说。

汇报完工作后，我决定与下属在酒店餐厅共进晚餐。我享用着一大碗意大利面、牛排、汉堡包、巧克力巴菲、松饼。其他客人看到我吃得这么多，都瞪圆了眼。

"今天没见到樱小路小姐，真遗憾……"

我的下属木野环视了一下餐厅说道。通常亚久斗阁下他们都是这个时间吃晚饭的，今天却不见人影。其他下属也一脸失望。樱小路家的小姐是个大美人，能够远远看一眼是我们的荣幸。

"亚久斗阁下他们似乎决定在房间里用餐。刚才我看到全套豪华餐被送进房间，那是为病人准备的特别菜单，真想尝尝看……"

一边吃饭，我一边和下属讨论接下去的计划。明天降雪量应该会减弱，所以比较容易出行。首先要做的是确认发给出云川史郎的情报的真实性。

在日本北部的一家儿童福利院里，似乎有一个男孩是叶山港的好友。根据男孩的说法，叶山港已经去世了。

这也有可能是编造的故事。互联网是一个可以肆无忌惮地编造谎言的地方，不能轻信。

出云川史郎通过给女孩发送私信，确定了孤儿院的位置，还得知了认识叶山港的男孩的名字，他叫橘通。只要找到这个人直接问问便知晓真假了。

"从这个小镇到孤儿院所在的小镇有多远？"

"开车似乎要十几个小时。坐火车也很不方便，而且因为下雪，火车已经停运了。"

"谁去？总之我不想去。"

"猜拳决定吧，输的人去。"

黎明时分，下了好久的雪停了。扫雪机发挥了作用，汽车可以在路上行驶了。我在酒店附近的停车场给汽车轮胎装上了防滑链，以防车子在结冰的路面上打滑。我在猜拳比赛中输了。

长途旅行必须准备在车上吃的零食，我在当地一家便利店囤积零食。不仅是甜口巧克力，咸口零食也很重要。开车时，双手不能离开方向盘，所以还需要准备一些可以长时间含在嘴里的糖。肉包、豆沙包、披萨这些不行，因为会凉。既然不能带，那就现在吃掉吧。

"南井先生。"

当我把一大堆零食塞进汽车后备箱时，有人在后面叫我。是一个穿着高档布料大衣的矮个子男孩。他站在雪地里冻得瑟瑟发抖，是城崎亚久斗。

"亚久斗阁下，身体好一些了吗？"

"已经完全好了。听说你要去北方的儿童福利院？"

"我去确认一下信息是否属实。"

昨天我已经给福利院打过电话，并收集了相关信息。院方说从未听说过叶山港这个名字，不过确实有一个名叫橘通的男孩曾生活在那里。

当我向亚久斗阁下报告此事时，他转了转三白眼，看着我的脚。我以为他是将杀意转向地面，其实是泄气地低下了头。

"……也就是说出云川君的粉丝说的并不都是谎言对吧。"

"是的，儿童福利院和橘通都是真实存在的。"

那么橘通认识叶山港的可能性便增大了，这对亚久斗阁下而言是坏消息。他紧握拳头抬起头，一副下定决心般的表情。在我看起来他仿佛恶鬼一般，我害怕得差点心脏停止跳动。

"你什么时候出发？"

"装完零食就出发，还有五框零食寄存在便利店里，满满当当的五框。"

"看样子后备箱装不下吧。"

"我打算放在后排。"

"那么我坐副驾驶座。"

"你要和我一起去？单程可是要花十个多小时哦。"

"没关系，我们快去拿零食，然后赶紧出发。我会帮手的。"

亚久斗阁下往便利店走了起来。我吓傻了，这趟旅程连我的手下都不愿意去，他居然愿意同行。

我和亚久斗阁下一起将装满零食的袋子拎回来，塞进后排。他只带了一个小包，里面装着钱包、手机、充电线，就这样坐上了副驾驶座。

"出发吧。"

我坐在驾驶座上，拨开抵在方向盘上的肚子，转动车钥匙点火。发动机启动了，这时，我看到两个身影在酒店门口徘徊，似乎在找什么人。是出云川史郎和樱小路姬子。他们立刻注意到了我们，向这边跑来。

"亚久斗阁下！你居然在这里！"

"你打算去哪里？我们也要一起去！"

他们隔着车窗喊道。三白眼男孩打开副驾驶座的车窗，脸上露出困扰的表情。

"你们在酒店待着，我们要去一个有点远的小镇，今天回不来。"

"那么出云川史郎必将随行！我待在没有亚久斗阁下的城市毫无意义！"

"我也是！我要记录下亚久斗阁下的英勇行为，并将其绘制成画卷，作为国宝流传千古。"

"谢谢你们，出云川，樱小路，你们应该怀抱更有意义的梦想。"

最终还是决定让出云川史郎和樱小路姬子同行，二人坐在后排，埋在零食堆中。

"三位都带好替换衣服了吗？"

"不需要，途中总能买到的。"

"既然亚久斗阁下这么说，我也没问题。如果经过品牌店，我可以在那里买一整套。"

"我需要卷发棒来做头发，我一直用的外国制造的那款不知道买得到吗？"

我不知道该如何回答。我们要去的地方是北部的一个小镇，不能保证那里会有他们想要的那种商店。

"出发吧。"

亚久斗阁下指了指前面。船到桥头自然直，我踩下了油门。

## 12/5

白茫茫的景色向四面八方延伸。郊区的房屋、荒地、山脊都被白雪覆盖。轮胎上的防滑链刮擦着路面前行。

坐在后排的出云川和樱小路聊着天打发时间。每当他们活动身体，后排的零食就会发出咔嚓咔嚓的声音，他们正埋在大量的零食堆之中。

收音机里播放着一个地方电台的信息节目，节目中介绍了一些过去很流行的音乐，但没有一首是我熟悉的。前世我知道的名曲在这个世界线中并不存在。所有版权未到期的作品都不会出现在这个世界。

天空晴朗，我不禁唱起《飞机云》，这首歌前世我听过无数遍。

"亚久斗阁下，这首是什么歌？歌词真棒。回去之后我要把你唱的这首录下来，和全世界分享。"

樱小路的竖卷勾到了不少零食。

"这首歌叫《飞机云》，我可不能唱，这是一个叫由美的人创作的。"

"没听说过这个人，是新人吗？"

"不，很有名。"

说起来《飞机云》的歌词写的是思念得了不治之症病逝的同学，难怪我会喜欢这首歌。

我的脑海中储存着很多前世的热门歌曲，不保留这些歌曲将是这个世界的损失。假如不主张这些歌曲的权利秘密发行呢？以及我以前经常在通勤路上听的她的歌……

快到中午，南井丰满的肚子发出低沉的咕噜声。

"午餐时间快到了，该吃点东西了。"

每次等红灯时，南井都会往嘴里塞零食，但午餐还是得吃。

"我们在附近找一家餐馆吧。"

出云川用智能手机找餐厅，但没有一家餐厅符合他的标准，毕竟这里是一大片雪原，路上一辆车都没有。

继续空着肚子前进了一段时间，驶入一个人烟稀少的地方，但由于下雪，所有餐馆都关门了。好不容易找到一家开着门的超市，我们决定进去买点吃的。食物的选择不如城里多，大多数货架上都是空的。幸好在熟食区有紫菜便当和几种饭团。南井心情大好，把它们都买了下来。

出云川和樱小路好奇地打量着这家店。他们以前似乎没在这样的店里买过东西。在他们的生活中，如果想要什么东西，佣人就会给他们送来。

"原来如此，只要排着队等结账就行。"

"出云川居然不知道？我在电影里见过类似场景，所以知道哦。"

我们在车里吃了午饭。我、出云川、樱小路每人一个饭团，紫菜便当留给南井吃了。

"亚久斗阁下，饭团的包装像难解的拼图。"

"为什么紫菜要分开包装呢？"

"这是为了防止紫菜受潮。"

他们似乎是第一次吃商品化的饭团，花了很长时间才打开包装，用紫菜包住饭团。

"真好吃！"

"是的，好吃！"

他们品尝着美味饭团，笑嘻嘻的。

整个下午，我们都行驶在雪地里。南井是唯一有驾照的人，我无法和他换班开车。

我前世也不开车，因为住在铁路网发达的地区。不过今生我应该去驾校学车。城崎家没落后，有驾照的话应该会有更多工作机会。

"好像开错路了。"

"又开错了？"

"应该转弯的，却直行了。"

"不好意思。"

"因为下着雪，很难分辨那到底是不是一条路，不怪你。"

"亚久斗阁下真好，还为我辩解。"

又行驶了一段路，车底传来震动，突然就不再前进了。似乎不是故障问题，还能听到轮胎转动的声音。我下车查看情况，原来是后轮胎卡在了雪地的凹陷处，正在空转。

"我从后面推车，南井先生请继续踩油门。"

"明白了。"

"亚久斗阁下，我也来帮忙。"

"当然我也可以帮忙。"

"太好了，谢谢！"

我和出云川、樱小路用全力推车屁股，南井踩着油门，车胎高速旋转。但是车一动也不动。

"喔喔喔！"我大叫一声，通常不干这种重活的出云川和樱小路也在出力。没有其他车辆经过，所以我无法请求任何人帮助我。我看了看四周，一片雪景，如果车子动不了，我们就得在这里过夜。

我们尝试了一会儿，毫无用处。樱小路先花光了力气，接着出云川跪倒在雪地里。

"对不起，亚久斗阁下……"

"我、我已经用尽全力了……"

"都休息一会儿吧，我再试试。"

我一个人继续推着车子。出云川和樱小路在一旁遗憾地休息着。

"亚久斗阁下，要不要我从后面推推看？可能是因为我太重了，所以才推不动。"

南井在驾驶座上问道。但如果南井下车了，谁来踩油门呢？还是请他留在驾驶座上吧。

引擎嗡嗡作响，轮胎不停空转。我用肩膀顶住车屁股，像橄榄球运动员一样边吼边推。雪落入我的鞋子里，很冷。我身上的每块肌肉都在发出悲鸣。但是只要我一想起病房中的叶山波留，马上就会意识到现在还不是放弃的时候。我把身体从车上挪开，"砰"的一声撞上去，拜托了，动起来吧。我一边祈祷，一边反复用肩膀撞车。我感觉自己的肩膀要受伤了，但叶山波留所承受的痛苦远远超越我。

经过不断撞击，轮胎空转的声音变了。轮胎旋转起来，将雪和泥水弹到我的脸上。我吓了一跳，仰面摔倒在地。

"亚久斗阁下!"

"没受伤吧?"

我站起来看了看汽车,被卡住的汽车已经从凹陷处脱离。

"太好了! 动了!"

我高举双手跳了起来,出云川、樱小路和我不断击掌。南井正笑眯眯地透过驾驶座的窗户看着我们。

我们上了车,再次出发。我累极了,瘫坐在副驾驶座上,汽车驶过美丽的雪景。针叶树的细枝上的积雪在阳光下闪闪发光。野兔父子在雪地上留下小小的脚印,一只鹿站在远处的山坡上。这一切都显得格外美丽。

距离儿童福利院,还剩下一半的路,已经是晚上了,南井的肚子又响了起来。

"我们今天就在这个镇上找个地方住下来吧,有地方住就行。"

小城镇的夜晚是黑暗的,因为外面只有几盏灯。我用智能手机搜索信息,发现镇上只有一家民宿。我们来到那个地址,那是一栋两层木屋。经营者是一对中年夫妇,这对中年夫妇说他们可以提供简单的晚餐。在入口处,南井与那对中年夫妇进行了交涉。一旁,出云川和樱小路抬起头,表情紧张地看着这栋楼。

"我第一次住这种地方。"

"我也是。没想到除了酒店和旅馆,还有民宿这个类别。"

我们被带到楼上,两个日式房间连在一起,中间有一扇推拉门,睡觉时可以男女隔开。

房间小得出奇,我回忆了一下前世的生活,确实没住过这样狭小的房间。出云川和樱小路表情僵住了。房间里没有厕所和浴室,被褥也要客人自己铺。这也让两个人受到了文化冲击。

晚餐在一楼的日式房间里吃，南井加了钱，让他们烧了十人份的饭，虽然配菜不多，但热气腾腾的米饭美味得让我差点流下眼泪。店主夫妇做的腌菜也非常好吃。

饭后，悲剧发生了。

"太惨了，这一定是上帝给我们的考验。"

"大意了，没想到会遇到这种情况。"

"没办法，只能这样了。"

我鼓励他们。我们轮流洗澡，但马上发现自己没有衣服换。本以为可以在路上买换洗衣物，但完全忘了。

"没关系，我认识一个人，他一个星期都不换内衣。"

是我前世的大学同学，他不洗澡，不换衣服，身上总是有一股味道，但身体不错，从不感冒。

"可是亚久斗阁下，我不喜欢在洗干净身体后再穿上洗澡前脱下的衣服。是我太敏感了吗？我觉得洗过的身体好像会被没洗的内衣污染。"

"出云川，别想太多，停止思绪。如果你还是鼓不起勇气，就把内裤反过来穿。"

"这确实是个好主意，把内裤反过来，可以尽量减少脏的一面与皮肤的接触。"

"明天的衣服怎么办？我只有今天的这套衣服。"

"那就穿今天的衣服。明天别忘了找服装店就行。"

幸好房间里有足够的浴衣，我们可以穿着睡觉。

浴室在一楼的走廊深处，更衣室里冷得要命。当泡进热水池，抬头望向天花板时，我看到了一只大蜘蛛。它看起来不会攻击人的样子，就这样吧。蜘蛛是益虫，会吃掉家里的害虫，所以应该不会有什么问题。

在我之后，出云川也来泡澡。他似乎很怕蜘蛛，没过多久，我就听到浴室里传来一声尖叫。

"我真的可以一个人睡这间房间吗?"

房间被一扇拉门隔开，两边各铺着被褥。樱小路穿着浴衣，单独使用一间房间，她原本的竖卷头发变得松散。

"别担心，好好休息。"

我回答道。我在男生房间铺了三张被子，房间连走路的地方都没了。南井躺下后占据了大部分面积。在他腹部赘肉与房间墙壁之间的狭小缝隙里，我和出云川不得不把身体扭在一起睡觉。

"真抱歉啊。"

南井有些不好意思，出云川苦笑了一下。

"虽然很挤，但这是一个宝贵的经验。南井先生，请不要翻身，我和亚久斗阁下会被你压扁的。"

夜幕降临，他们各自进入梦乡。我躺在房间的墙壁和南井的脂肪形成的空间之中。房间里出奇地温暖，可能是因为南井的体温吧。

第二天一大早，我们就离开了民宿，樱小路坐在后排，头发一如既往是竖卷。她的头发通常都是由佣人打理的，但今天只有她一个人，而且这里也没有卷发棒。

"总觉得有点尴尬。"

她用手指摆弄着头发，很不好意思的样子。

我们沿着一条比较宽敞的道路行驶，发现了一家服装店，我们在那里买到了换洗衣物。虽然不是出云川和樱小路所期望的名牌服装，但他们没有抱怨。在厕所换上新衣服和内衣后，我们感到神清气爽。

店里的衣服都是便宜货，但出云川和樱小路穿上后特别有高级感。由于外貌出众，就像穿着外国名牌服装的模特一样。而我穿上，则像一个小城市的混混。人与人之间的差距竟然如此之大。

临近中午，我们抵达了港口城市。我们连人带车登上渡轮，在寒冬中横渡海峡。渡轮甲板上寒风凛冽，我们眺望着渐渐远去的陆地。海面上的白色泡沫是渡轮的尾流。

南井在船上的商店买了一大袋面包，我们也买了同样的东西当午饭吃。一只海鸟在渡船旁飞翔，我撕了一块面包，它在空中咬住后飞走。

"这次旅行的所有体验都很新鲜。"

出云川抬头看着海鸟说。

渡轮内有一个铺着地毯的大房间，乘客可以脱鞋坐在里面，我们去了那里。有些人把行李当枕头枕着睡觉，晚上，乘客们就在这里胡乱睡。出云川东张西望，显得很感兴趣的样子。

"我只坐过船上有电影院和赌场的大型游轮，原来人们还乘坐这样的渡轮横渡海峡。"

"有些渡轮上还有包厢。"

我们坐在地毯上，排成一排。渡轮的引擎声清晰可见。樱小路也走过来坐了下来。

"过了海，就快到目的地了是吗？"

在我们要去的地方，可能有认识叶山港的人，他曾经居住于儿童福利院。我们得见见他，当面听他怎么说。

出云川又在玩 SNS，我从侧面看了看，发现里面除了自拍照，还有我和樱小路的照片。

"上传我的照片会掉粉吧？甚至可能会被禁言。"

"什么是禁言？"

"社交网络公司可能会封你的账户。"

"亚久斗阁下，我的粉丝问我旅行的目的，于是我写道：是为了帮助一位患白血病的朋友。这样可以吗？"

"没问题，希望你能继续积极发布白血病相关事宜。"

"遵命。"

出云川仿佛臣服于魔王脚下，他单膝盖跪地。

快到了，我来到甲板上。渡轮涉过冬日的海面，拖着白色的尾迹。地平线上出现了陆地，工厂和仓库矗立在海边，居民区分布在山脚下。临近港口，可以看到一片繁华地带，楼宇林立。海鸟在渡轮周围飞来飞去，嘈杂的鸣叫声不绝于耳。

## 12/6

下班休息的时候，我在工厂后面看了一会儿天空。最近一直在下雪，但今天是个晴天。

"橘君，有你的电话。你能到办公室来一下吗？"

我回到工作岗位，正开动车床，事务员阿姨过来喊我。

"电话？是谁打来的？"

"福利院院长。"

"我马上过去。"

是扫雪的事吗？清除福利院屋顶上的积雪是一项艰巨的工作，每年这个时候我都会帮忙干活。我把车床交给同事，往办公室走去。由于有了火炉，办公室里很暖和，空气中弥漫着咖啡的香味。我拿起搁置的电话听筒。

"喂，是我，阿通。"

"阿通，你好吗？"

"我很好，你那边怎么样？"

"大家都很健康。对了阿通，有些人想见你，他们已经来福利院了，今天你方便抽空来一趟吗？"

工厂宿舍和儿童福利院在同一个镇上，距离很近，不过想见我的人是谁？

"他们是谁？"

"看起来情况很复杂，他们想问你一些问题，说是关于你的一个朋友，最好能直接和你谈一谈。"

"是警察吗？"

"没那么夸张，是一个大人，三个学生。他们说会一直等到你来，要是你不来，他们就直接去工厂找你了。"

"那我还是过去一趟吧，今天傍晚的时候。"

"给你添麻烦了。"

结束通话，我向事务员阿姨鞠躬致意，回到车床前工作。我把钢件放进车床，按下按钮，机器高速运转，车床刀片开始削钢材。太阳已经偏西，天空被染成黄色，下班时间到了。在更衣室，我把工作服换成便装，然后前往福利院。

前几天的雪还没有完全融化。路边的积雪被堆成一座座小山。路上我买了一些点心，想着给老师和孩子们吃。我想象着他们开心的样子。

我乘坐公交车前往郊区，车上挤满了放学回家的高中生，聊天气氛非常活跃。这种氛围让我很不适应。我没有体验过那种生活，所以很不喜欢闪闪发光的高中生。

儿童福利院在山脚下一个幽静的地方。车上的乘客纷纷下了车，只剩我一个人时才抵达。在针叶林环绕的地方，有一栋白色的建筑，那里就是我长大的地方。我在停车场看到一辆陌生的车，那是一辆略显老旧的车。走近一看，发现里面散落着许多零食。

## 12/7

看到我的脸，孩子们哭了起来，有些孩子甚至吓得尿了裤子。我们参观了一下儿童福利院内部。几分钟前，孩子们还对来访者充满好奇，但一看到我的脸，他们就脸色苍白地跑开了。

带我们参观的是一位名叫橘的老人，他是这家机构的负责人。他头发花白，胡子花白。他的姓氏与我们要见的橘通姓氏相同，其中有什么缘由？

"目前有二十个孩子生活在这里，工作人员有五名，我基本都住在这里，其他工作人员轮班住宿。"

橘先生解释道。这栋建筑看起来像是扩建了幼儿园，并附带一间宿舍。建筑物内部干净整洁，气氛温馨。

我们此行的目的已经说明过了，在接待室，我们表示想见一个叫橘通的人，于是橘先生联系了他。

"这里是客厅，大家在这里看电视、看书、玩游戏。"

我们被带到一间有电视的大房间，房间里有一套沙发和一个大毛绒玩具，出云川走向前看着电视机前的游戏机。

"没想到这么齐全，从老式游戏机到最新产品应有尽有。"

"长大后离开福利院的孩子们会用工资买礼物送给我们。"

"还有很多漫画书，可以打发一整天时间。"

樱小路看着书架。

"橘通为什么会生活在这里？"

南井五郎问道。

"那个孩子的过去有点特别。"

院长站在客厅的大窗边，说明了橘通的情况。十多年前，山路上发生了一起交通事故。他是在事故现场附近被发现的，失去了记忆，不知道自己叫什么名字，也不知道自己从哪里来。

"我们在身份不明的情况下将他收留在这个福利院里，甚至不知道他的确切年龄。医生认为他大概五岁左右。由于还需要一个名字，所以我们给他取了一个临时名字叫橘通。在他记起真名之前，暂时这么叫他。"

"这个姓是取自院长先生吗?"

"是的，其实我的父亲叫橘通。"

南井开始边提问边记笔记。交通事故是几几年几月发生的? 地点是?

"当时，警察检查了事故车辆，但找不到任何可以确认身份的东西……汽车被烧得面目全非，车内发现了疑似他父亲和母亲的尸体……"

橘通在失忆中成长，初中毕业后便在当地一家工厂工作，今年二十一岁。

二十一岁? 我和南井五郎交换了一下眼神，他似乎也注意到了这个年龄的特殊意义。但因为没有证据，所以还不能说，先保持沉默吧。我问橘先生有没有听说过叶山港这个名字，他摇了摇头。

"没有听说过，过去住在这里的孩子里没有叫这个名字的。"

我们问了其他老师，但没有人知道叶山波留的哥哥叶山港这个人。

橘通住在福利院的时候，在自己的秘密笔记本上写下了大大的"叶山港"。他说这个人是自己以前的朋友，已经去世了。

经调查，提供这个信息的女孩确实来自这家福利院，她的情报是可信的。

　　我感到坐立不安。只要能和橘通直接对话便可知晓，但万一叶山港真的去世了……为叶山波留寻找骨髓捐献者一事将回归原点，来不及了，在找到捐献者之前，她的生命可能就已经结束了。

　　参观完福利院，出云川和樱小路开始和孩子们玩耍。出云川用游戏机与小学男生玩格斗游戏；樱小路在为低年级女生编辫子。换作几年前，他们肯定不会这么做。他们甚至真的担心外部学生会把细菌传染给自己。

　　"干得不错嘛，这次我可不会输哦。"

　　出云川在认真地和小学生玩游戏。

　　樱小路为一个女孩编辫子时，其他女孩也上前求她为自己编。

　　"排队哦，我会给大家都编辫子的，喂，别把鼻涕擦在我衣服上！"

　　南井在别的地方打电话，可能正在向城崎家的小野田报告现在的情况。刚才看到我就哭的孩子也来到客厅，他们还小，还没上小学。他们看到我坐在沙发上，突然身体僵硬，脸色苍白，福利院的老师们对此感到很苦恼。

　　"我去旁边散散步。"

　　我站起身，离开客厅。走廊的墙上挂着一张时间表，上面写着每天的作息时间，还有孩子们画的老师的肖像。厨房里传出饭菜香味，那是土豆炖肉的味道。我匆匆一瞥，发现一口大锅正在烹饪许多人份的菜。

　　我穿上鞋，走到外面。福利院周围是针叶林，鸟儿在夕阳的余晖中飞驰。满地都是雪，我在冬日的寒风中瑟瑟发抖。

除了工作人员的车，停车场里还停着我们过来时坐的南井的车。一个年轻人站在车旁，手里拿着一个纸袋，他一脸疑惑地看着南井的车。

年轻人似乎注意到了我的视线，他回头看了我一眼。四目相对后，可能因为我面向凶狠，他吃了一惊。

"你就是橘通对吧？"

我确信是他，一定是他。

我向他走近了一步，他退后了。

"是我，你是谁？"

"我想向你打听点事，所以特意前来。"

"向我？打听什么事？"

"不过我已经有答案了。"

我如释重负。在雪地上行驶的这一路，一直围绕我心头的焦躁感消失了。如果叶山港真的已经去世了该怎么办？这份沮丧感也消失了。

站在我面前的年轻人皱起眉头，用不明就里的表情看着我。他又高又瘦，身材修长。他的脸很像叶山波留，眼睛和鼻子的形状、脸部的骨骼结构，一看就知道是有血缘关系的亲人。

今年他二十一岁，被收留时只有五岁，所以十六年前他便开始在福利院生活。十六年前，也就是叶山一家从白取町消失的时间。刚才我和南井交换眼神是因为发现橘通有可能就是叶山港，我深深地怀疑他们是同一人物。

"橘先生，我想继续和你聊一会儿。"

"在这里？"

虽然外面很冷，但这样更好。

379

"是什么不想被别人听到的话题?"

"也许是的。"

他警惕地看着我。

"我是为你着想。你明明已经回忆起自己的真名了,却瞒着院长先生和其他老师。"

小时候因为一场车祸,他忘记了自己的名字。不过据说他在笔记本上写下了叶山港这个名字。也就是说在某个时刻,他的记忆恢复了。

"在我接下来要讲的故事中,将会出现叶山港这个名字。"

"叶山港……"

他喃喃地念着这个名字,显然,他知道这个名字。他听到我说出这个名字时明显愣了一下。

不知不觉中,孩子和老师来到了门口,是看到橘通的身影了吧。但他们并没有靠近,只是远远看着我和橘通聊天的样子。

"你是从哪里得知这个名字的?"

他呻吟道。我简单解释了事情经过,写在笔记本上的名字和看到名字的女孩。

他用单手捂住了脸,一定是想起了什么。

"我记得,确实有这么回事。有个辫子女孩和我关系很亲近,她看到笔记本上的名字后问我这是谁。"

"你告诉她,这是自己朋友的名字,但这个人已经去世了。这是彻头彻尾的谎言,叶山港是你的真名对吧?"

"你是怎么知道的?"

"因为你们长得一模一样。"

"我和谁?"

“你的妹妹。”

“妹妹？等一下，你见过我妹妹？”

“是的，我们在同一所学校上学，是朋友。”

他似乎记得自己有个妹妹，也并不质疑我的话。相反，当他听到妹妹这个词时，显得非常确信。

“你是我妹妹的朋友？”

“没错，你就是叶山港对吧？”

“好吧我承认，我是叶山港。”

他终于承认了。我终于找到了叶山波留的哥哥，尽管还没测HLA，不能保证他的白细胞类型与叶山波留一致。不过，这应该是朝着圆满结局迈出的一大步。我忍住兴奋的情绪，现在高兴还为时过早。

叶山港……橘通回望福利院的入口。原来院长也已经来到大门外，他一边摸着白胡子，一边微笑着。院长用看家人的温柔眼神看着这位青年。

“我的父亲和母亲死于一场车祸。”

在车里发现的遗体果然是叶山波留的父母。我必须告诉她这些事，也要告诉抚养她长大的叶山理绪。

“妹妹当时还是个婴儿。”

“她被托付给了姨妈。”

“幸好没被卷入事故。”

我想叶山一家应该是为了逃难才离开了海边小镇。可能是放债的人找到了他们，也可能是其他什么原因。在找到下一个住处之前的短暂时间内，叶山美笑决定把婴儿波留暂时交给妹妹照顾。等情况稳定下来，应该会去接波留。没想到发生了交通事故，一切都不可能了。

"妹妹是叫波留对吧？我记得妈妈是这么叫的。"

"没错，叶山波留，她出于某些原因没能前来……"

"某些原因？"

"她生病了，你知道白血病吗？"

是时候告诉他，我们为什么前来了。

"听说过，但不了解。"

"这是一种很严重的疾病，需要做骨髓移植手术，但并不是谁都可以移植。"

"原来如此，我知道为什么你要找我了，因为我们是家人，所以可以移植对吧？"

"如果是兄弟姐妹的话，白细胞类型有四分之一的概率匹配，所以求你了，为了妹妹，能不能先查一下自己的白细胞类型？"

我低下了头，必须让他同意捐献骨髓。就快成功了，也许可以延长叶山波留的生命。

"看来我妹妹有个好朋友，你叫什么名字？"

话说我的确没介绍过自己。

我说出自己的名字。

"我叫城崎亚久斗，和叶山波留在同一所学校上学。"

我感到空气突然变得紧张起来。他向后退去，好像要和我拉开距离。

"城崎？你是城崎集团的相关人士？"

我对他紧张的声音感到不解。

"我的父亲是城崎集团的经营者。"

他的表情发生了变化，从惊讶到恐惧。与其说是被我的长相吓到，倒不如说他是被城崎这个名字吓到了。

我回头看了看福利院的入口，孩子们好像随时都会跑过来，看来橘通是孩子们的好哥哥。老师们按着孩子的肩膀，怕他们打断我们的对话。

橘通拿着的纸袋子掉在了地上，里面的点心落了出来，天空由橙色变成紫色，针叶林陷入一片漆黑的阴影中。不知不觉中，他的身影消失了。

## 12/8

当我听到城崎这个名字，身体不由得一阵颤抖。在福利院的停车场和我说话的男孩说自己名叫城崎亚久斗。他个子不高，长得很奇怪，有一双凶狠的三白眼，锯齿状的牙齿。他说自己是我妹妹的朋友，不过这是真的吗？

我一听到城崎这个名字就傻了，城崎明明是给我们一家带来不幸的人，能相信这个人的话吗？我混乱了，于是逃跑了。我沿着漆黑的马路跑，上了一辆恰好停在公交车站的公交车。

望着窗外夜景，我久违地想起了叶山港这个名字。逃跑是正确的选择吗？据那个男孩所说，我妹妹得了重病，这一定是谎言。没错，那张脸就是专门骗人的脸。他一定在谋划什么坏事，企图从别人那里偷走重要的东西。他一定捏造了我妹妹的故事。虽然突然逃跑对院长不太好，但事后解释清楚就行。

我在宿舍附近的公交车站下车，宿舍是一栋普通的两层公寓。和我一起在工厂上班的同事都住在这里。我回到自己的房间，锁上门，但心里感到很不安。我担心那个长着可怕面孔的男孩会闯进我的房间，于是我给朋友打电话，请他让我借住几天，他是我夜校的同学。

"拜托了，让我住几天。"

"你惹什么麻烦事了?"

"什么都没惹,我保证不会给你添麻烦。"

"真拿你没办法。"

他同意了,我感激地收拾好换洗衣服,但没钱坐出租车,于是选择步行去他家。我走出宿舍,飞奔过去。夜晚路上有点结霜,很滑。

我刚准备拐弯,黑暗中突然出现了一个巨大的球体,球体柔软且富有弹性,我被弹开了。我没站稳,摔倒在地。

"你没受伤吧?"

有人问道。我以为是球体,其实是一个胖子的肚子。他突然从角落里现身,撞上了我。我站起来打算赶紧走。

"等一下,叶山港!"

一只胳膊从他圆滚滚的身体里伸出来,抓住了我。那家伙说了我的真名,可恶,是城崎的帮手。我挣扎了几下,但那家伙毫不松手。我咂了咂嘴,放弃了。

我听到几个人的脚步声,转角处停着一辆车,就是停在福利院停车场里的那一辆。一对高个子像模特般的男女,和长着魔鬼般面孔的男孩从车上走了下来。

"亚久斗阁下,这位就是……"

青年看着我,问城崎亚久斗。

"没错,他就是我要找的人。"

"长得可真像。"

长发女生看着我惊讶地说道。

"我相信,你和叶山波留身上流淌着相同的血液。"

城崎亚久斗走向无法动弹的我,这张脸看起来非常有压迫感。

"为什么一听到城崎这个名字就跑了?"

三白眼瞪着我。不，可能并不是在瞪我，只是因为长相凶狠，很难看明白他的表情，他好像也正困惑着。我看着抓着我的男人，看来不回答他是不会放手的。没办法，我只好坦白道。

"……城崎家把我家搞得家破人亡，我害怕所以跑了。"

死去的父亲的声音仍在我脑海中回响。

"都是他们的错……我们家所有的不幸都是他们的错……"

就像死者的鬼魂在我的灵魂深处徘徊。

## 12/9

我看得出来波留很沮丧，她努力装作开心。她被允许出院一天，于是打算回家住一晚。没想到却突然发烧了，出院时间被推迟，她无法离开病房。

"抱歉，理绪。"

"这又不是波留的错。"

我向上司请了假，打算这一天都在家里陪波留。她向我道了歉，但最难过的还是自己。她是十二月的第一个星期住院的，这三个月，她一直住在病房中。

波留的朋友北见泽柚子开始来探望她，柚子是波留的小学同学，从云英学院转学过来的大小姐。她是一个美丽的女孩，气质柔弱，最近不知为什么，她开始研究 UFO。她带着天文望远镜来到波留的病房，那是一个长约一米的巨大望远镜，安装在一个三脚架上。我去病房探望波留时，北见泽柚子已经离开了，但望远镜还留在病房里。

"这间病房的位置很高，从这个房间的窗户可以看到整个夏目町，方便寻找 UFO。她说我可以随意使用，理绪，待会儿我们从窗口看星星吧。她似乎真的觉得城崎君是被外星人绑架并改造了大脑，不然一个人的性格不会发生那么大的变化。她认为城崎君的大脑被改造后，是外星人在控制他的大脑。外星人打算通过操控城崎集团接管人类社会。"

那么还真得感谢外星人，毕竟城崎亚久斗现在正在想办法拯救波留。

她躺在病床上，望着窗边的天文望远镜，虚弱地微笑着。她仍在发着低烧，血液检测没有查出好的数值，中性粒细胞仍在减少。放疗没有任何效果，她的部分皮肤变成蓝紫色，就像茄子一样。

我把房间调暗，用天文望远镜观察星星和月亮，月球表面的环形山也清晰可见。

"太神奇了，原来月亮长这样！"

波留看着望远镜大声叫道。通过望远镜看到的月亮异常耀眼，近得几乎触手可及，表面的凹凸不平显得非常有趣，我和波留交替看了一遍又一遍。

"柚子让我一有空就寻找不明飞行物，当时我想，自己为什么要把所剩不多的宝贵时间花在这种事情上？不过她把望远镜留下给我，也挺好的。"

望着星空，感觉暂时能忘却地球上喧闹的人类社会。宇宙浩瀚，充满宁静。

"人们总说死后会变成一颗星星，不知道为什么会这么认为？"

她低语道。我不知道这个想法出自何方，但总觉得能理解这种解释，灵魂离开躯体爬上天空，其光芒变成一颗星星。

"可能是因为活着的人无法忘记死去的人，才这么说的。"

即使离开了，也希望能像夜空中的星星一样，永远守护着自己。也许人类心中存在着这样的愿望。

"理绪，等我死了，你用望远镜找找看我。"

"你不会死的。"

我对她说道。我为什么会这么认为？

因为这是城崎亚久斗对我说的话。

"我一定会救波留的，一定。"

车站前有一些志愿者在劝说人们登记成为捐赠者。其中有一名头发乱糟糟的男孩，他叫佐佐木莲太郎，是波留的朋友。他多次前来探望波留，我们曾站在圣柏梁医院的走廊上聊过天。他是个踏实的好孩子，学习成绩在年级里总是名列前茅，似乎是波留学习上的竞争对手。

我跟波留谈起过他。

"佐佐木君来探望你，是因为对你有好感吧？"

"有好感？对我？不可能。"

波留直摇头。看起来不像是在害羞，是发自真心的。

"是城崎君让他时不时来看看我。"

据波留观察，佐佐木莲太郎对城崎亚久斗很忠诚，他的弟弟妹妹也很喜欢城崎亚久斗。

"佐佐木是个好人，看起来做事不情不愿的样子，但其实是个值得信赖的人。如果城崎君像以前那样作恶多端，导致内部学生和外部学生关系不融洽的话，我一定会和他结盟吧……我有个朋友很喜欢佐佐木君，真想知道他们的恋情后续啊。不知道会不会表白呢？我要是能和他们一起长大就好了。"

只有自己无法长大成人。她仰望病房的天花板，似乎在想象着这样的场景。

她的骨骼和关节很痛。最近，她差点因为站立时的眩晕而晕过去。据医生所说，她的红细胞在减少，好像是被骨髓产生的有缺陷的血液挤走了。她的大脑和心脏因氧气无法正常供给而变得衰弱，她的身体正慢慢进入停工状态。

晚上，我把波留一个人留在病房，回到家中。在安静的家里，我得为明天的工作做准备。只要忙碌起来就能把黑暗的想法从脑海中甩出去，如果什么也不干，可能会绝望地哭出来吧。

突然，家里的电话响了，我吓了一跳。是医院打来的吗？难道波留的情况有变，医院打来了紧急电话？幸好不是，接起电话，我听到一名少年的声音。

"喂，我是城崎亚久斗，一直承蒙您关照，很抱歉这么晚打电话给您。"

非常有礼貌的语气，就像在给同事打电话，他真的是城崎家的少爷吗？我几乎要相信他是被外星人改造了大脑。

"我有事要向您报告，所以才打来电话……波留同学的情况还好吗？"

我向他说明了她的身体状况，还谈到了血液检查结果和最近的治疗方针。

她的病情没有好转，情况越来越糟。他沉默了很久，然后开口了。

"今天我有事要告诉您，一个好消息和一个坏消息。先说哪个呢……"

我依次听了两个消息，坏消息是我的姐姐叶山美笑死于一场车祸，丈夫神宫寺秋也已经去世。

好消息是他们找到了叶山港，也就是波留失散多年的哥哥。

"还没做 HLA 检测，如果一致的话，也许可以让波留做骨髓移植手术。所以请她再坚持一下。"

我捂住嘴，差点哭出来。

## 12/10

橘通住的地方叫池波町，那里有一家豪华的观光酒店，我们就住在那里。吃完自助早餐后，我在大堂与出云川、樱小路汇合。樱小路的竖卷又回来了，她好像从哪里弄到了卷发棒。

我们三个人坐上出租车，来到橘通的宿舍附近。南井的车停在可以看到他房间窗户的位置。南井吾郎坐在驾驶座上，嘴里嚼着豆沙包。车里还有好几个空袋子，不知道他这是在吃第几个。

"亚久斗阁下，早上好。"

"早上好，他在房间里吗？有没有逃跑？"

"我整晚都在监视，他似乎老实地待在房间里。"

橘通似乎对城崎集团印象很差，他一看到我就想跑。但我可不能失去好不容易才找到的让叶山波留活下去的办法。住宿舍的人开始往外走，看来开工的时间快到了。

"打工人每天早上都是这样上班的，这是我第一次见他们上班的场景。"

"就像蚂蚁一样。"

午饭时间快到的时候，我们敲响了他家的门。

"阿通你好，约定的时间到了，所以我们来接你。"

门把手动了一下，橘通一脸恐惧地打开门。当他的目光与我对视时，发出了一声尖叫，马上就想关门。我用鞋尖夹住门的缝隙，不让它完全关上。我尽量微笑着把脸贴上前。

"我是城崎亚久斗！今天也请多关照！"

"好可怕……"

他脸色苍白，看来我的微笑起了反作用。

"你别怕，亚久斗阁下看起来可怕，其实本人很温柔。"

"没错，阿通请别担心。"

听到出云川和樱小路替我说话，他总算肯走出家门。他穿着洗变形的运动衫、褪色的牛仔裤、破旧的运动鞋。

"原来昨天不是在做梦，真不敢相信，过了一晚上你们还在这里……"

他警惕地看着我们。以他的长相，如果在动画片《和你同行》中登场，一定会很受欢迎。他的角色设计很容易吸引女性粉丝，眼睛里的黑影表示自己有不幸的过去。

我让他今天向工厂请假，这样我们就可以一起吃午饭了。我们坐南井的车前往预定的餐厅，虽然有点挤，但还是让他和出云川、樱小路一起坐后排。

"这辆车整晚都停在宿舍旁边，是在监视我吗？"

"没错，我还期待看到你从窗户溜出去呢，没想到你这么老实。"

"我不会再跑了，昨天确实挺纠结的。"

汽车驶过一条满是餐馆的繁华商业街。池波町上有一个湖、一座瞭望塔和其他旅游景点，都可以当天来回，吸引了众多游客。平原上遍布牧场，现挤的牛奶做的冰激凌特别有名。南井把车停在餐厅的停车场里，这是一栋日式建筑物。

"这里有点像我家，感觉很温馨。"

四周都是竹林，地面是白色的碎石，还有一些石灯笼。当我们走到店门口时，看到服务员排成一列迎接我们。

"欢迎光临。"

精心打扮过的老板娘向我们鞠了一躬，带我们进入店里。

"这里居然还有这样的店。"

"听说历代首相都会偷偷来这里。据说上个月，美国前总统在这里秘密会见了一位重要的政治家。当然，在普通的美食指南上是找不到这家餐厅的，只有拥有特殊关系网的人才能预约。"

出云川解释道。走廊上的景色也很美，池塘里游动的鲤鱼是金色的。我们被带到一间可以看到庭院的榻榻米房间，坐在柔软的垫子上。

"感谢让我同席，希望能吃到好吃的。"

南井由于十分期待这顿饭，脸色通红。然而，当饭菜端上桌时，他却显得忧心忡忡。因为饭菜是用小碗装的。

"菜量就像手指大小，能吃饱吗？我感觉自己没在吃东西。"

幸好食物的味道一流，使用的是当地的时令蔬菜。橘通已经成年，可以喝酒了。通常情况下，我会想起自己以前作为工薪族的生活，问他：先喝哪一种？同时将酒水单递过去。但等一会儿他要去医院抽血，所以最好不要喝酒。

"阿通，下次再找机会请你喝啤酒。"

"没关系，我不喝酒。再说你还没到能喝酒的年龄吧？"

我们边吃饭边聊天，聊到了寻找他的经过，也聊到了叶山波留。我的手机里存着叶山波留的照片，于是给他看了一眼。橘通眯起眼睛，深情地望着与他失散多年的妹妹。

"要不要和她通个电话？"

"先不了，我还没做好心理准备。"

终于，南井的肚子渐渐鼓了起来。一开始只有小份的菜，但中途

391

开始上了硬菜，肉类和锅类菜肴足以让他满足。出云川和樱小路吃不完那么多，南井替他们一扫光。南井加了无数次饭，老板娘和其他服务员都惊呆了。上甜点了，是水果冰沙。

"我明白妹妹很危险。"

我向他解释了波留的病情，他的脸色阴沉了下来。

"去做 HLA 检测吧，要是一致就好了。"

刷卡付完饭钱，我们开车前往樱小路事先沟通好的医院。橘通来到医院，手臂上被扎了一针，抽取了少量血。伤口贴上创可贴，血液被送去化验，要过几天才能出结果。

我们开车送橘通回宿舍。在车上，他问了我们之间关系的问题。

"你们三个人一直是好朋友吗？"

"我们和亚久斗阁下从在云英学院读小学时开始交往。那个时候，亚久斗阁下很调皮。"

"用调皮形容可能还不够。我必须把那些日子记录下来，因为总有一天我要为亚久斗阁下出一本传记。"

"你们三个都是有钱人家的孩子吧？看到你们在餐厅淡定的举止我就明白了，你们生活的世界和我的完全不同。"

我们把车停在宿舍前的小巷里。就在这时，我看到从工厂方向走来一个步履不稳的年轻人。他的右臂打着石膏，用布吊在肩膀上。每走一步，他都会痛苦地皱起眉头。橘通下车向他走去："怎么了，发生什么事了？"

这个年轻人可能是橘通的同事。他一看到橘通就停下了脚步，展示着自己打着石膏的手臂。

"一个包裹掉了下来，里面全是金属零件，幸好我只断了胳膊，还能拿工伤赔偿。阿通你今天请假了对吧？太幸运了，要是上班可能也会受伤。我已经这样了，从明天开始要休息一阵子。"

"好好休息。"

年轻人走进了宿舍。

我问目送同事的橘通。

"这份工作很危险吗？"

"一般不会发生这种事。"

我突然开始担心他的身体。要是在工作中突发事故，导致无法捐献骨髓……情不自禁就往坏处想。这是好不容易才找到的叶山波留的救命稻草，我必须保护他。

"如果可以的话，要不要休息几个月？我会和工厂打招呼的。"

"可以这么做吗？"

出云川对一脸惊讶的他解释道。

"只要动用城崎集团的力量，收购这家工厂易如反掌。"

"只要阿通愿意，也可以为你另谋高就。"

"另谋高就？我从没想过这事。"

"你为什么想在工厂上班？"

"没有其他选择。院长说可以在福利院住到高中毕业，但我不想给他添麻烦，于是初中毕业就开始工作了。工厂有宿舍，离福利院也很近，对我而言很方便。"

听着橘通的故事，我想起了自己前世的生活。我找工作的时候已经二十多岁了。最终找到的行业自己并不感兴趣，起初，我不知道工作内容是什么，也不知道该干什么。

我的一些朋友找到了自己想要从事的工作，而另一些朋友却没有。他们有的为自己的工作感到自豪，有的则对自己的工作嗤之以鼻。

"感谢你们的提议，不过我这样就好。有钱人的想法真厉害，居然说要买下工厂……"

他有些吃惊。对此我已经麻木了，其实这种反应才正常。

"而且我也不想借助城崎集团的力量。感谢你们的午饭，很好吃。"

说完，他背过身去，走向宿舍。

## 12/11

我半夜醒来，用杯子倒了一杯自来水喝。我透过窗户看外面，昨晚停在外面的车已经不见了。我听城崎亚久斗聊了许多，包括我父亲和城崎集团的关系。城崎集团经常做欺诈性的事情，因此我父亲才负债累累。我父亲曾向放债人借钱，但他没有偿还，而是跑了。我父亲一直抱怨着城崎集团，其实他才应该被抱怨，这全都是自作自受。

不过，的确是由于城崎集团我们才陷入不幸之中。我依旧心存芥蒂。如今我妹妹的性命危在旦夕，而城崎亚久斗为了她东奔西走。尽管长相无比可怕，但他说不定是个好人。不过我对城崎集团的不满无法消散。

他给我看了妹妹的照片，是一个可爱的女孩。一看她的面容，就知道我们有血缘关系。最重要的是，她有着和我母亲一样的气质。叶山波留，也就是我失散多年的妹妹，我的白细胞类型有四分之一概率与她相匹配，也许通过骨髓移植手术可以救她。

为此，他们需要征得我的同意。没有我的同意，他们不能随便抽取骨髓液进行移植。如果我拒绝捐献，妹妹只能另寻捐献者。

如果我同意捐献，他们就会把针插入骨头，抽取我的骨髓。捐献者并非没有风险。在日本，还没有出现过捐献者死亡的情况，但出现过健康问题。当然，如果 HLA 匹配，为了妹妹我会捐献。但父亲的诅咒声在我耳边挥之不去，诅咒城崎集团的声音……

第二天，我去工厂上班。同事因手臂骨折而休息，所以我替他工作。我穿上灰色的工作服，开始加工金属。

"昨天晚上，我在镇上看到了奇怪的四人组。一个胖子，一个长相恐怖的男孩，还有一对模特般漂亮的男女。"

休息时，我正在喝罐装热咖啡，突然听到前辈叔叔们在聊天。他所说的四人小组一定是城崎亚久斗他们。

"一个醉汉撞到了胖子的肚子上，摔倒了。醉汉本想为难胖子，但他一看到那个男孩的脸，立刻脸色铁青，沉默不语。可见男孩长得有多可怕。有些类型的人就是不敢靠近的，是吧？"

"我妻子也看到了那四个人，有一对男孩和女孩面容异常美丽，让人情不自禁看呆。"

城崎亚久斗联系了我，我们决定一起吃晚饭。HLA 检测结果应该还没出来，他可能只是想多和我交流一下。前几天我们去吃了高级日料，这次吃的是不对外营业的高级牛排馆。我看到铁板上正在烤着厚厚的 A5 级牛肉，这是我此生见过的牛肉中大理石花纹最漂亮的。我问了价格，一口大小的一块是我一整个月的伙食费。当然，味道好极了。

他们可能一直都是吃这样的饭菜的。除了南井，其他三位都来自非常富裕的家庭。

我在想，和他们交朋友的妹妹是不是也过着同样富裕的生活呢？显然不是。我的妹妹波留和姨妈生活在一起，属于普通家庭。

"她成绩很好，所以被豁免了学费。"

"所以她才能上贵族学校，结识你们。"

"对了，你们不回夏目町了？不用上学吗？"

"亚久斗阁下在等 HLA 检测结果，我们会把结果告诉阿通，根据情况有可能需要商量接下来的方针。"

"我们在酒店学习，通过互联网连线向讲师提问。"

"有时，讲师在显示屏上看到我的脸，会尖叫起来，还以为自己在看恐怖片。"

他们的家庭每年都会给学校捐很多钱，学校不能因此开除他们。我好羡慕他们的生活，十五岁起，我在镇上的工厂工作时，每当看到同龄的孩子穿着制服在车站前走来走去，都会嫉妒。出身不同，人生也会大不相同，真不合理。

## 12/12

在池波町的观光酒店里，出云川和樱小路在没有佣人的情况下过着毫无障碍的生活。刚开始的时候确实有一些问题，没有人给他们洗脏衣服，也没有人给他们提供新衣服。早上没有佣人叫醒他们，也没有佣人给他们端茶倒水。什么事都必须亲力亲为，二人一开始很困惑。

"原来自助洗衣店是这样洗衣服的。"

"我从没见过卖洗衣粉的自动售货机。"

我们在附近的自助洗衣店洗了衣服。如果让酒店的工作人员洗，应该也行，而且他们也不在乎价格。但带他们见识一下这样的地方也不失为一个好主意。我们坐在长凳上，看着衣服在滚筒洗衣机里转啊转。

来都来了，我们决定去参观一些旅游景点。路上的积雪已经融化，于是我们坐南井的车去参观了农场，用现挤的牛奶做的冰激凌特别浓郁，即使是吃惯了高档甜点的出云川和樱小路也对味道赞不绝口。

游览完神秘泛着雾气的湖泊后，我们决定在回去的路上顺便去神社看看。趁南井去厕所，我们沿着石板路前行，穿过鸟居，走向神殿。除了我们没有其他观光客，我们站在香火钱箱前，我将钱包里的五百元硬币放进去，出云川和樱小路居然各放了一万元。

"太现实了，即使希望梦想实现，也不必放一万元。"

"原来如此，可我看到钱包里有一万元，于是情不自禁……"

"我钱包里的一万元太多了，想减少点数量……"

我们的合掌声回响着。我静静地祈祷，希望叶山波留身体健康，请神救救她吧。但我不知道这样在神社祈祷是否有意义。因为这个世界其实是名为《和你同行》的动画作品，动画的创作者就像神一样。根据编剧所写的故事，叶山波留患上了白血病。我正在为避免这种命运而奋斗，也就是所谓神的叛逆者。

但是供奉在神社里的神和创造动画片的神应该不是同一个人吧？如果神社里供奉的神比《和你同行》的创造者更强大，那么请把你的力量借给我。

请让她活下去。

最后，我深深地鞠了一躬。当我睁开眼睛向旁边望去时，出云川和樱小路已经结束了祈祷，在一旁等着我。他们并没有说自己祈祷了什么。

我们正准备沿着参道往回走，这时我的手机响了起来。我边走边看手机屏幕，是血液研究机构打来的电话。几天前，我们把从橘通身上提取的血液样本寄给了这家机构。

"喂，我是城崎亚久斗！"

操作手机的手在颤抖，我紧张地接通了电话。不出所料，HLA检测已经完成。

"我们已经检查了前几天您寄给我们的血液样本，四个位点、八种抗原都一致。恭喜您，城崎先生。"

电话那头是一位在研究机构工作的专家，他的话不会有错。我感觉全身的力气都被抽空。

"是吗？太好了。"

我只能勉强说出这句话。四个位点、八种抗原都一致，这意味着橘通和叶山波留拥有相同的白细胞类型。

我道谢后挂断电话。

"亚久斗阁下？"

"你没事吧？"

我用衣袖擦了擦眼泪。离大团圆结局越来越近了，编剧果然为她留下了一条活路。尽管还不能完全放松警惕，但我忍不住笑了起来。

"HLA匹配成功！只要阿通愿意捐献骨髓，就能救她了！"

我对他们说道。出云川和樱小路在参道上蹦了起来，高兴异常，我们三个人拥抱在一起。一个高大魁梧的身躯从厕所里走了出来。南井看到我们吵吵嚷嚷的，不理解似的歪了歪头。"发生什么事了？"然后我回到了香火钱箱前，把钱包整个放了进去。神啊，谢谢你！


离开神社后，我们坐着南井的车前往镇上的工厂。我们得向橘通报告，并和他商量骨髓捐献的事。车里洋溢着欢快的气氛。在这个世界线上，她的声音将一直存在下去，我感觉前方的路也明朗了起来。

我想现在就告诉叶山波留，转念一想，还是先征得橘通的同意吧。没有他的同意，一切都无从谈起。

南井把车停在工厂的停车场，我们在车里等橘通下班。傍晚的天空变成金色。缠绕在生锈铁丝网上的枯草、空气的颜色，一切都显得那么美丽。工厂的门口走出许多下班的工人，我从中找到了橘通。结束了一天的工作后，他看上去有些疲惫。我下车与他交谈，出云川和樱小路也想跟上来，但被我拦住了。

　　"大家在车里等着，我一个人去和他聊。"

　　"我不能跟着吗？可我的职责就是在近处观察亚久斗阁下的行动。"

　　"如果出现出云川君这样的超级大帅哥，可能会有很多人围观，我们无法安静交谈。"

　　"确实，我明白了，我就在这里祈祷亚久斗阁下武运昌盛。"

　　"我也在车里等你，我明白亚久斗阁下期望与他进行一对一谈话。"

　　"谢谢你，樱小路。"

　　我独自下了车。结束工作的人们拖着影子走在工厂前的小巷里。我穿过他们，靠近目标青年。

　　"阿通！"

　　经过这几天的相处，他似乎已经习惯了我凶神恶煞的脸。他毫不惊讶地应道。

　　"城崎君。"

　　"请给我一点时间，我有一些事情想和你谈谈。"

　　"HLA检测结果出来了吗？"

　　"出来了，白细胞类型与波留一致。"

　　他停下了脚步。

　　"如果我同意骨髓移植，我妹妹能活下来吗？"

"阿通，你愿意捐献吗？"

他没有立即回答，目光游移不定。

"阿通……？"

"旁边有一个我常去的地方，要不要去那里聊？"

那里人迹罕至，杂草丛生。有一个小山丘和一条小溪，溪水清澈见底，河床上的石头清晰可见。他坐在岸边的斜坡上，夕阳映照在水面上，照亮了他的脸庞。

"我对城崎集团依旧心怀芥蒂。"

他说着，拽起一根野草，在手里把玩着。

"我记得小时候，父亲总是在骂城崎集团，说我们家之所以遭遇不幸，都怪城崎集团。我之所以恢复记忆，是因为在电视上听到了城崎集团这个名字。要是告诉大家我有一个失散多年的妹妹，大家一定会很吃惊吧。"

"你没告诉大家吗？"

"我不知道该不该告诉他们。我担心如果他们知道我的记忆恢复了，会夺走我现在的名字。不过，我已经是成年人了，如果坚持今后要继续用现在的名字生活，应该也没人会反对吧。"

听着他的故事，我忍不住拿自己的生活和他作比较。遭遇了一场车祸之后，以一个新名字重新开始生活，这不就是我吗？

"阿通，我也一模一样。"

我在他旁边坐下。

"别突然把脸凑这么近好吗？虽然已经稍微习惯了一点，但这么近距离看还是挺吓人的。"

"不好意思……"

"你说我们一模一样，是指哪里？样子不同，穿的衣服也不同。"

而且我是城崎集团的受害者，你是加害者。"

金色的夕阳不知何时已变成火红色。他的脸上掠过一丝黑影。

"父亲的声音在我脑海中挥之不去。都是因为城崎集团，我们才变得不幸……要是你们家没有做坏事，父亲就不会借钱，如今我们一家人应该生活在一起。"

我无话可说，因为他说的都是真的。我很害怕，担心他对城崎集团的怨恨导致他拒绝捐赠骨髓。橘通低下头咂嘴。

"为什么城崎家的人会为了妹妹来找我……如果不是你来求我捐赠，我肯定马上就同意了。"

如果他拒绝捐赠骨髓，叶山波留就无法得救。和动画片一样的结局浮现在我眼前，她憔悴不堪，无法起身，她的声音也终将从世界上消失。

"阿通，我什么都愿意做……"

"如果我是一个残忍的人，我会无视你的恳求，以此报复城崎集团。我会通过伤害你来消除父亲的怨恨。但如今我妹妹的生命危在旦夕，我不是那么冷血的人。"

我只想听他说，他愿意捐献骨髓。但是橘通没清晰说出口。

"我有一个条件。"

"请吩咐！城崎集团一定会努力去实现！"

"别在我面前提城崎集团，禁止。"

"明白了，我会注意的，你的条件是？"

"供奉我父母。"

他眺望远方。风吹动着岸边的枯草，橘通的父母一直以身份不明的状态埋葬在镇上的公共墓地里。据说院长曾带他去扫过墓。然而他的目的并不是让我去扫墓。

"我想去父亲和母亲去世的地方，也就是发生交通事故的地方。那是我失去记忆的地方，我想去那里供奉鲜花，小小的一束就行，你能带我去吗？"

去那个旧生命结束，新生命开始的地方。

我答应会带他去。

## 12/13

只要找到照片上的婴儿，我的工作就完成了，接下去我打算在池波町好好休息一下。北方小镇有众多美食。放了很多鲑鱼子的海鲜饭、牧场奶酪、香喷喷的烤玉米。在逗留期间，我吃了很多当地特色菜。我一直都是一个胖子，但在这个小镇逗留的这段时间，我感觉自己又胖了二十公斤。不过还好，在可控范围之内。

作为司机，我带着亚久斗阁下他们去了旅游景点。途中，橘通的HLA检测结果出来了。知道结果后，亚久斗阁下和出云川、樱小路相拥，高兴极了。只要习惯他那张可怕的脸，就会发现其实他和普通少年没区别。只见欣喜的眼泪从他的三白眼中流下。

亚久斗阁下当天晚些时候与橘通进行了交谈，据说对方还没有同意捐献骨髓。我们本来打算在酒店的高级餐厅共进晚餐，但出云川史郎和樱小路姬子表情严肃，放下了筷子。

"我认为和阿通两个人一同前往事故地点很危险，他有可能想谋害亚久斗阁下。"

"没错，阿通对城崎家怀恨在心，说不定他打算把亚久斗阁下引到没人的地方，然后杀掉。"

橘通……叶山港的父母死于十六年前的车祸，亚久斗阁下明天会陪他去车祸发生的地方，这是他同意捐献骨髓的条件。与这两个人形成鲜明对比的是，亚久斗阁下以一颗平常心吃着东西。

"你们想多了，再说，是我坚持要单独陪他去的。那里也不适合太多人去，你们就在这里等着吧。"

我们各自散去，回到自己的房间。我住的房间有一张特大号床，我点了夜宵在房间里吃，同时联系白取町的下属，互相汇报情况。

"木野君，你可以准备撤离了。"

"明白，不过我很舍不得离开白取町，这里的鱼很好吃，出云川家和樱小路家的佣人已经开始收拾了，等他们的衣服都被运走，这个小镇又要变得清冷了。"

我收到报告说，樱小路家对白取町的酒店项目很感兴趣，正在计划安装从温泉到酒店的管道，输送温泉水。

"回城后，还有别的调查工作。我们这些小人物必须工作才能活下去。"

"你还要在镇上待一段时间吗？"

"不，应该很快就结束了。"

结束了与下属的通话后，我又联系了城崎家的副管家小野田先生。

"南井先生，亚久斗阁下还好吗？"

回忆着他戴着银框眼镜的脸，我向他汇报了今天的情况。

"得知 HLA 检测报告后，亚久斗阁下和出云川、樱小路相拥，显得十分高兴。"

"那可真是太好了……"

"他好像把整个钱包都扔进了神社的香火钱箱，可能包括信用卡……我没能回收回来，为防止盗刷，你还是联系一下信用卡公司吧。"

"我会处理的。"

"应该很快就能回夏目町了。"

"得准备派对了，隆重庆祝亚久斗阁下归来。凤凰老爷也期待着见亚久斗阁下呢。"

"和传闻不同，亲子关系不错嘛。"

"是的。不过最近发生了很多事，凤凰老爷的脾气很坏，他被自己信任的仆人出卖了。尽管不应该告诉你这些内部事务……"

虽然还没有成为新闻，但对信息敏感的人都知道。城崎凤凰的秘密账簿已经泄露出去，这是绝不能向公众披露的不法行为的证据。不仅是与政客的不良关系，还有与国际黑手党的关系……

副管家小野田叹了一口气。

"南井先生，你看到今天的经济新闻了吗？股价跌得一塌糊涂。城崎集团的相关公司全部暴跌。"

"真有意思，这种情况以前从未发生过。"

城崎凤凰被怀疑有不法行为，这是常年发生的事情，但任何试图与他作对的人总是会消失，也不会对股价产生影响，然而这次不同。

"我们想听听亚久斗阁下对城崎集团的看法。"

"看来小野田先生很信任亚久斗阁下。"

"是的，很期待亚久斗阁下能够当上一家之主。以前确实很担心这一天到来，不过现在的心情完全相反。"

一家之主，真的能当上吗？城崎集团很快就要灭亡了，亚久斗阁下如此说道。

向小野田先生汇报完情况，我挂断了电话。吃完夜宵，我准备睡觉了。酒店的自助早餐于九点半结束，如果不在此之前起床，就吃不到自助餐了。我得赶快睡觉。

我匆匆洗了个澡，换上睡衣，决定把买的巧克力作为睡前零食吃掉。如果我饿着肚子入睡，就会做噩梦，梦见自己瘦了很多，所以还是吃点东西比较好。我在酒店窗边优雅地享用着睡前巧克力。突然，我房间的门铃响了。

"谁呀？"

我打开房门，发现是出云川史郎和樱小路姬子，没有看到亚久斗阁下。

"南井先生，我有事想和你商量。"

"是有事想求你。"

我咬了一口巧克力，苦味、甜味、香味在我嘴里蔓延开来。

## 12/14

十六年前的交通事故发生地，离池波町有点距离。车子在山里一条蜿蜒的道路上跌落后着火。

早上，我和橘通汇合，先去花店买了供奉用的白花。我们上了公交车，默默地注视着车窗外的风景。汽车驶入一条树木丛生的道路，没有遇到其他车辆。厚厚的云层挡住了阳光，即使是白天，阳光也显得暗淡无光。山路中间有一个公交车站，可能是为登山者准备的。我们按了下车按钮后下车。

"从这里开始需要步行了。"

"大概还要多久？"

"地图上显示还要一个小时左右。"

公交车开走后，周围变得安静下来。我们开始向事故发生的地方走去，这是一个缓缓的上坡路。我很快就累了，但他看起来体力很好，没有疲倦的迹象。不过，他抱着一束白花的样子显得有些紧张。

橘通之所以决定在这个时候去事故现场，是为了面对过去的自己，换句话说，也就是他的真名叶山港。

"事故发生后，我摸黑在山里徘徊，摔倒了很多次。最后，我终于找到一条路，走着走着，获救了。"

警方记录了他被发现的地点，我们在途中经过那个地方，停下了脚步。在这种深山里，外面没有一丝光亮，那一定是难以想象的恐怖。

"是这条路吗？我不记得了，当时周围一片漆黑。我只记得从远处驶来的汽车前灯非常明亮。车子发现了我，踩下急刹车，司机下了车，发现我晕倒在路边。当时的汽车司机把我送到了医院。"

细小的白色颗粒从我眼前闪过，似乎开始下雪了。从山上吹来的冷空气穿过我的大衣，我冷得发抖。我们又走了十五分钟。

"阿通，到了，就是这里。"

这里就是交通事故发生的地方，弯道的外侧是个斜坡，那里没有护栏，他乘坐的汽车就是从这个地方摔下去的。不过现在已经没有事故痕迹了。

"我们下去吧。"

他说完这句话就开始下坡，小心翼翼地走着，我跟在他后面。

"哇！"

"小心！"

我差点滑倒，幸亏橘通扶住了我。他抓住我的胳膊，把我拉了回来。当我到达坡底时，树枝完全遮住了天空，没有鸟儿拍打翅膀的声音，也没有虫鸣，只有一片寂静。当然，烧毁的车辆的残骸已经被回收，什么也没有。

"车子倒在这里，我从车窗爬了出去，没过多久车就爆炸起火了。

火星冲天而起，父亲和母亲被困在车里。但我觉得他们并不痛苦，没有呼救，可能已经失去意识了。也可能是摔下来的时候摔断了脖子，已经去世了。"

橘通将白花放在地上，双手合十。我也照做。

"咦……"

他蹲下身子，从石头间捡起一个东西，表面上沾满了泥土，但一擦，发现是一块透明的玻璃。

"这个该不会……"

该不会是十六年前那辆车的车窗玻璃？有可能，毕竟要找回所有散落的碎片是很困难的。他紧紧抓住它，放在胸前，看上去十分痛苦的样子。然后，他用炙热的眼神看着我。

"我认为不应该对你怀恨在心，不过的确是城崎集团导致我们一家遭受不幸，是父亲一直这么说的，所以请偿还这笔债。"

"偿还？具体应该怎么做？"

"能不能让我揍你，揍到我满意为止。这样我父亲也会认可吧。"

我松了一口气，被打一顿根本不算什么事。叶山波留命悬一线，只要他愿意捐献骨髓，让我投身冬季冰冷的海洋也无妨。

"我明白了，你揍吧，爱怎么揍都行。"

我把包扔到旁边的草地上，垂下双手面对橘通。这是消除芥蒂的仪式。他对我可能并没有恶意，但为了消除父辈的恩怨，这是必须做的。

橘通……叶山港也把包放在了脚边。他握紧拳头，像个拳击手一样。下一刻，我感到脸颊受到重创。我的视线渐渐模糊，变成一片刺眼的红色，然后跪倒在地，脸上的骨头可能碎了，仿佛岩浆泼在脸上一般火辣辣。

"还不够，除了我们家，城崎集团让很多家庭都遭遇不幸。"

"是的，甚至有一户人家破产后全家自杀。"

嘴里一股血腥味。被打的时候，嘴里出血了，我变得讲话困难。

"你们家之所以富有，是因为抢夺了很多别人的东西。城崎集团的财富建立在剥削之上。"

"我不否认这一点，确实如此。"

第二拳打向我，这次打在了对侧脸颊上。发出了"啪"一声，脑袋也跟着疼。我之所以能够过上衣食无忧的日子，多亏了城崎凤凰做的肮脏勾当赚的钱。所以我也有罪。用别人的钱吃喝玩乐，我也需要受到惩罚。

第三拳、第四拳……

橘通就像自己宣称的那样，尽情地打我。不仅打脸，还打我的肚子。我的内脏就像被翻了个面一样疼。

胃里的东西被我吐了出来。我实在忍不住了，双膝跪地。

他毫无节制地惩罚我，疼痛令我发昏。但奇怪的是，我并不觉得难受，没有怨恨。对我的惩罚会让他同意捐献骨髓，让叶山波留免于一死，我甚至愿意微笑着面对挨打。他越打我，我就越觉得叶山波留在远离死亡。

我踉踉跄跄地站起来，伸出脸颊让他更容易打到。他依次击打我的左右脸颊，正如我预料的那样，这次他出右拳击打了我的脸颊。我的身体猛地向后一仰，倒在地上。

疼痛让我昏迷了几秒钟。我为了检查身体是否还能动，于是双手撑地，用尽全身力气站起来。

"厉害，我还以为刚才那一下是最后一击。"

"……求求你……捐赠……骨髓……"

我已经口齿不清。我用袖子擦脸，袖子被染红，是鼻血。这血让我想起了叶山波留。我的血是正常的，她的血有缺陷，如今她体内流着的血，其细胞是奇形怪状的。

我回忆起坐在云英学院的长椅上，与叶山波留对话的场景。她微笑的表情，眯起的眼睛。真不可思议，以前每当我想起她时，最先浮现在脑海中的都是她的声音。现在不仅是她的声音，我们在一起聊天的时光、她听我开玩笑时笑起来的样子，这些记忆和她的声音一起，翻涌在我的心头。

我被击中，倒在地上，泥土进入我的嘴里。我嚼着混血的泥土，再次站起来。视线越来越模糊，肋骨传来一阵刺痛，可能是骨折了。

"我还行……还行……"

我不能半途而废。在他的怨恨彻底消除之前，我必须接受惩罚。如果我半途而废，他可能会拒绝捐献骨髓。为了救她，我死也愿意。

一记重拳打在我的腹部，冲击力扩散到肋骨可能断裂的地方，身体就像被拧进一根钢钉一样痛。我全身发软，再次倒下，这已经不知道是第几次了。我本可以通过昏厥来摆脱痛苦，但我抵抗住了诱惑，打算拼尽全力站起来。

"你还撑得住……"

他的声音透露出无奈，刚才的恨意已经消失。叶山港……橘通……我该叫他哪个名字？无所谓了，我的脑袋有点迷糊，无法正常思考。这时，传来一个女孩的尖叫声，是从坡顶传来的。好像是樱小路的尖叫声，她怎么会在这里？

"亚久斗阁下！"

出云川的声音也传来，他们从坡顶跑了下来。上方还可以看到一个又大又圆的身影，应该是南井吧。我以为他们都在酒店，可能是怕

409

我出事，偷偷跟来了吧。出云川和樱小路担心橘通会杀了我。

"你在干什么？不可以使用暴力！"

出云川为了护住我，展开双臂站在我面前。樱小路顾不上凌乱的竖卷，敲打着橘通。

"你居然敢杀亚久斗阁下！"

"住手吧！"

"樱小路……我没死……"

"亚久斗阁下，叫救援直升机来吧，得赶快做手术！"

"没关系……而且如果我不挨揍……"

"这到底是怎么回事，阿通？"

橘通有些尴尬地说明了情况。

"捐献骨髓的代价是，他让我狠狠揍一顿。"

就在他们对峙的时候，我站起了身。出云川十分担心地扶住我，我的血滴在他的高级大衣上。听完橘通的解释，他们明白了现状。

"明白了，既然如此，就请揍我吧，揍到你气消为止。亚久斗阁下得赶紧去医院。"

出云川提议道。

"即使我这张美丽的面容被打得鼻青脸肿，也在所不惜，只要能保护亚久斗阁下。"

他颤抖着向橘通走近了一步。

"揍我吧，请不要再对亚久斗阁下使用暴力了！"

"那么爱惜自己面容的出云川君居然愿意做出牺牲。"

樱小路吃了一惊。但是这么做不行，他憎恨的是城崎集团，所以必须由我挨打。

"对于你们这样的有钱人来说，一定无法理解我是怎么一步一步走到今天的吧?"

橘通叹了口气,放下拳头,有些自嘲的意思。出云川和樱小路交换了一下眼神。

"从我父亲身上榨取的金钱,可能还不够你们零花的。但是这点钱却导致我们一家支离破碎,太不公平了。你们优雅地生活着,而工薪族却抠抠搜搜地过着无趣的人生,这才是大多数人。"

他靠在一旁的树上,看着自己的手。由于不断击打我,他的手也受伤了。出云川展开双臂护着我,不过我努力站了起来,推开他走向前。我来到橘通面前,跪了下来。

"……阿通,请你撤回刚才的话。"

"什么?"

"刚才你说的,'工薪族却抠抠搜搜地过着无趣的人生'这句话。工薪族才不无趣呢……"

一旦松懈,我就会失去意识,但我一定要说出来,我想纠正,因为我前世就是一个工薪族。他对城崎集团怀恨在心,攻击我,这都没问题,但他不能说工薪族的坏话。

"工薪族的生活……一点也不无趣……"

我想肯定自己以前的人生,我不认为那是不好的。当然肯定有艰难的时期,不得不乘坐拥挤的通勤电车时,遇到蛮横的人还哭过,但也有很多快乐的时光。出差时在新干线上吃的便当,和同事喝酒时一起吐槽上司。我死的时候还单身,所以一直以来都把钱花在自己身上。而那些有家庭的人,则为了养活家人而工作。这些绝不是无趣。我找到工作时,父母给我买了一条领带。我系上领带,走上社会。哥哥和弟弟也为我找到体面的工作而高兴,所以我为自己感到自豪。

"工薪族的生活……一点也不无趣……"

橘通反省似的低下头。

"是啊，抱歉，我改正……"

我如释重负，一下子失去了所有力气。当我倒下时，出云川和樱小路向我冲了过来。

"亚久斗阁下！"

"你没事吧？"

树枝在阴霾的天空中旋转。我看到一副高大的身躯从坡顶走下来，南井为了不摔跤，小心翼翼地走着。

"你伤得很重，得赶快去医院。我们偷偷跟着你，真抱歉，因为昨天晚上出云川先生和樱小路小姐来我房间求我。"

这时响起了橘通的声音。

"我同意捐献骨髓，你放心吧……"

如释重负后，我晕了过去。

## 13/1

骨髓移植的准备工作开始了。采集血样、做心电图、拍 X 光片。我先后看了放射科、口腔外科，还做了心血管系统的检查，每天都忙得晕头转向。我的哥哥叶山港和我的 HLA 相匹配，他同意捐献骨髓后，手术准备工作一下子就启动了。

我还记得那天，自己刚从睡梦中醒来，脑袋有点迷糊，窗外的强光照得我睁不开眼睛。理绪坐在我的床边，她接到电话后高兴得捂着脸哭了起来。

见理绪那么高兴，我知道自己也许能活下去了。我对城崎亚久斗的感激之情油然而生，为了向他表达谢意，我拿起了放在床边的智能手机。我的手指无力，手机异常沉重。

在我熟睡的时候，我收到了一条来自城崎亚久斗的信息。我点开信息，发现里面有一张照片。他和我一样躺在病床上，身上缠满了绷带。出云川和樱小路陪在他身边。

"听说城崎君在斜坡上滑倒，受了重伤。他还在住院，所以暂时不能回夏目町了。但移植手术的准备工作已经在进行，专家们开始行动了，我们要做好心理准备。"

理绪解释道。他在斜坡上滑倒了？我很担心，但看他的照片，是一脸满足的样子。

一周后，我的病房里来了访客。是坐在轮椅上、全身缠满绷带的城崎亚久斗，以及送他来的出云川君、樱小路同学，和我的哥哥。

叶山港一脸紧张地走进病房。当目光与我相对时，他显得有些惊讶，然后脸色变得很难看，好像看到了什么悲惨的事情。也许病床上的我比想象中要虚弱得多。

"你好，我是叶山波留。"

"我是橘通……叶山港，请多关照。"

一场尴尬的交流。

"非常感谢你愿意成为捐献者。"

"他那么拼命地求我，根本不可能拒绝……"

哥哥回头看了看坐在轮椅上的城崎亚久斗。

城崎亚久斗耸了耸肩说：

"我这副打扮特别适合医院对吧？"

由于我身体情况不佳，那天的探访时间被缩短了。本来想和他多聊一会儿，但因为发烧，我的脑子一片混乱。

骨髓移植手术结束之前，哥哥都会待在夏目町，他是被城崎亚久斗硬带来的。我想问哥哥关于父母的事。理绪已经告诉我，父母死于一场交通事故。

"你妈妈把你托付给我之后不久，就发生了那场交通事故。她本打算找到下一个住处后便来接你的。"

我的母亲并没有抛弃还是婴儿的我，是因为出车祸死了，才没能来接我。她没有抛弃我——多年来压在心头的心结消失了。可以坦然地相信母亲是爱我的，我为此感到高兴。

我没有和父母生活在一起的记忆，但哥哥记得一些。我想问他更多关于我们在海边小镇生活的事情。分离的时间太长了，所以有很多想聊的。

我被转移到无菌室，这里有一个高性能过滤器，可以清除病毒和细菌，并循环清洁空气。在病床所在空间和访客空间之间，隔着一面大玻璃窗。

一根导管从锁骨下方插入静脉，透明导管给我注入大剂量抗癌药物，放疗也同时进行。在移植健康的骨髓细胞之前，要尽可能清除体内的坏细胞。

当然，副作用也是非常可怕的。我的身体仿佛正在经历一场风暴。我意识模糊，整天在床上呻吟。白细胞几乎从我体内消失，我的骨髓空空如也。当然，这只是夸张的描述。我哥哥的骨髓细胞、造血干细胞，将被植入其中。

骨髓移植当天，我透过窗口向外看，蓝天白云。有人敲门，一位熟悉的护士出现了。隔着透明玻璃窗，我听取了报告，据说已经开始从我哥哥身上提取骨髓细胞了。

哥哥在手术室接受了全身麻醉，一根圆珠笔笔芯大小的针插入骨头中，抽取一定量的骨髓液。然后换个位置，再将针插入骨头，如此反复。

414

过了一会儿，房门再次被敲响，主治医生走了进来，后面跟着许多护士。护士手里拿着装满红色液体的输血包，从表情能看出，这似乎是从我哥哥体内抽取的骨髓液。它被小心翼翼地拿着，对我来说，它就是生命本身。

输血包连接上我的静脉导管，开始注入含有造血干细胞的细胞液。通过导管，哥哥的骨髓液开始在我的血管中循环。这就是造血干细胞的移植方式。它们通过血管进入骨骼，渗入海绵状骨髓。如果一切顺利，它们就会成为我身体的一部分。主治医生说，将所有细胞移植到我体内大约需要四个小时。红色液体一滴一滴地从管子里流出来。我感到死亡正在远去，在一片宁静中，我陷入沉睡。

## 13/2

病房里，叶山波留正在和佐佐木莲太郎说话。

"我做了一个梦。"

"什么梦？"

"我梦见云英学院氛围和平，内部学生不会看不起外部学生，大家携手并进，共度快乐的校园生活。"

"内部学生不会看不起我们？"

"是啊，犹如乌托邦。"

佐佐木莲太郎抬起头发乱糟糟的头。

叶山波留躺在床上，望着窗外。窗外阳光明媚，病房里却一片阴霾。她已濒临死亡，眼眶凹陷，毫无初见时的活力。

"乌托邦的意思是理想之地吧？这根本不存在于世上。"

"你太悲观了，莲太郎君。不过如果你能当上学生会主席，也许能改变学校。"

"我不行的。"

"我没时间了……如果可以的话，我想辅助你当学生会主席，你一定可以做到的……"

"你太累了，快休息吧。"

我知道这段对话，这是动画片《和你同行》最后一集的开头。她有强烈的正义感，想消除内部学生对外部学生的歧视。随着对佐佐木莲太郎的了解，她认为如果他成为学生会主席，就能改变云英学院。但他是那种有能力却没有动力的人。

"我会再来看你的，一定能治好的。"

"谢谢你，莲太郎君……"

他们其实知道是治不好的。在她死后，虽然动画片中没有详细提到，但佐佐木莲太郎将自己的目标定为：成为学生会主席。他想要改变云英学院，至少粉丝们是这么认为的。叶山波留的死令他动摇，并成为改变世界的动力，所以她的死没有白费。直到故事的最后，他们都没有吐露彼此藏在心底的感情。


阳光照在脸上，我从睡梦中醒来。我似乎梦到了在看动画片《和你同行》。我躺在城崎家自己房间的床上，由于没有窗帘，清晨的阳光直接照在我的脸上。之所以没有窗帘，是因为我卖掉了窗帘，把钱捐给了白血病相关研究机构。

当我试图起床时，感到胸口一阵疼痛。我不用再坐在轮椅上，但骨折并未痊愈。

几天前，叶山波留的骨髓移植手术已经完成，这是动画片中没有描写的情节。我感到如释重负，但还不能完全放心。

她从哥哥那里得到的骨髓细胞通过血管扩散到全身，渗入骨骼，不知道有没有成功产生正常的血液？我们正在等待这一结果。在田里播下的种子，会发芽吗？

橘通捐献完骨髓后，一直在圣柏梁医院住院观察。听说他的身体状况良好。他将于今天出院，所以我打算去接他。

"亚久斗阁下，早上好。"

我来到餐桌前，小野田为我拉开椅子。佣人们拿来了新鲜出炉的面包、汤、色拉。我喝了一口汤，感觉味道和平时不一样。

"汤的味道好像变了。"

"您不喜欢吗？"

"不，我也喜欢这个味道。"

厨师一定是另谋高就了，最近好几位我熟悉的佣人都不见了。

云英学园放春假了。空气凉爽，微风和煦。下午，大田原开车送我去圣柏梁医院。我在后排阅读早报。根据经济版的信息，城崎集团相关公司的股价持续下跌。

"父亲今天会回来吗？"

我问大田原。当我坐着轮椅回到夏目町时，在宅邸见到了城崎凤凰。他显得很烦躁，没有心思下国际象棋。从那天起，我就再也没有见过父亲。

"凤凰老爷暂时待在国外。"

"是吗？他看起来好忙，工作一定很辛苦吧。"

来到圣柏梁医院，我下了车，橘通在整理出院的东西，脸色看起来不错。

"你感觉怎么样？"

"很好，医院的照顾无微不至。"

"听说樱小路吩咐了医院，将这里升级为贵宾级待遇。"

"难怪伙食这么豪华，每顿饭都像高级餐厅的菜单。如果一直住院，肯定会发胖。"

他要离开夏目町了，我打算送他去车站。

"我来拿行李。"

"谢谢。你真的是有钱人家的少爷吗？居然还会帮别人拿行李。"

当我拿起他的行李时，我感到肋骨一阵刺痛。我都忘了自己受伤了。

"你没事吧？"

"没事。"

我对橘通的感激之情无以言表。多亏了他，叶山波留才得救。我们决定离开圣柏梁医院之前，去见一下叶山波留。她住在无菌室里，所以去探望她并不容易。今天我们提前预约了，才得以进去打个招呼。

在无菌楼层的入口处，我掸了掸全身的灰尘，脱掉鞋子，换上消毒过的拖鞋。那里有一个候诊室，叶山理绪坐在长椅上。看到我们，她站了起来，深深地鞠了一躬。

"你好，理绪姨妈。"

橘通和她是侄子和姨妈的关系。

"阿通，你要走了吗？"

"是的，以后可以经常见面。"

我们轮流与叶山波留见面，先是橘通进去。他的外套和手提行李暂时存放在候诊室的储物柜里。他洗完手并用酒精消毒后，戴上口罩，终于走入病房。我和叶山理绪留在候诊室里，坐在长椅上聊天。

"波留同学情况如何？"

"白血球数量好像还没有增加……不过多亏了城崎君的诺言，给她带去希望与努力的方向。"

"诺言？我承诺过什么吗？"

"你忘了？你在我家门口说过，一定会救波留。"

"是啊，是某次拜访你们家时说的。"

"我代替波留的亲生母亲感谢你，谢谢你救了她的命……"

她还没有痊愈，其实不用着急谢我。

"请不要这样，我才是应该说谢谢的人。"

"为什么？"

"你二十多岁就开始抚养波留了对吧？普通人做不到的，一边工作一边抚养孩子。"

我回忆起自己前世的二十多岁，根本不可能抚养孩子，没有这份闲心。要是孩子感冒，就得请假陪在身边，幼儿园有活动得做便当，还得阅读学校发的讲义配合参与活动。这不是随便什么人都能做到的，世上所有母亲做的事都是很费劲的事。

"我十分尊敬理绪女士，您把波留同学培养成那么棒的一个人。"

"不知道我这个母亲做得好不好。"

"当然好。"

"谢谢你这么说。"

她低下了头，眼中泛起泪水。

橘通从无菌室走了出来，轮到我了。我先洗手消毒，然后戴上口罩，看起来就像一个为了躲避监控摄像头而隐匿面容的暴徒。当我敲响无菌室的门时，她的声音回应了我。

"请进——"

无菌室分为里外两个部分，有一大面玻璃窗，将空间隔开。里面是一张床，叶山波留躺在那里。

"叶山同学，你感觉怎么样？"

"城崎君，谢谢你来看我。你戴口罩的样子……看起来就像是要去抢银行。"

"巧了，我刚才也在想这事。看到你健康就好。"

无菌室的外侧，放着一张供探视者坐的椅子。我坐在那里，看着床上的她。她看起来仍然很不健康，但毫无悲伤感。

"哥哥刚才告诉我了，你说从斜坡上摔下来受伤是骗我的。"

"什么？"

"被打了对吧？"

他明明答应我不说的。叶山波留显得很不好意思。

"没事的，是我们家破坏了你们的幸福，这是一种了结。你哥哥对城崎家心怀芥蒂，我们打了一顿消解了这种情绪，怎么样，是不是像少年漫画一样？"

"不是打了一顿，而是单方面被打吧？"

我很久没有听到的她的声音，让我感到幸福。这是我前世最喜欢的声音。我真想把叶山波留的每一句话都录下来，但如果我打开录音设备，就会被当成怪胎，所以我只能忍住。

她必须活下去，必须长大成人，获得幸福。这是所有《和你同行》观众的心声。

"你一定会长大成人。"

"真的吗？"

"真的，长大之后有许多快乐的事情。"

"说得好像你知道一样。"

"虽然也会发生难过的事。但长大成人应该是好事。"

我想象着她长大成人的样子，心里涌起一阵感动。我捏了捏后鼻梁，眼泪不禁流了出来。我这张凶狠的脸居然也会泪眼蒙眬，看起来一定很怪异。所以我一直忍着。

隔开空间的玻璃窗就在她的床边，叶山波留伸出了手，把手掌贴在玻璃窗上。

"这是你第二次哭，你还记得吗？"

"你是说我们在长椅那里相遇的那次吧？"

她还在上公立小学的时候，有一天早上，我在坡道上的长椅边听到她的声音时，无法控制地哭了起来。

"严格说的话应该是第三次。"

"还有哪次？"

"夏天的烟花大会时，我差点溺水，把喝下去的河水吐出来的时候，也流了不少泪水。"

"我记得，但你不是差点溺水，而是为了救一个溺水的孩子。不过后来你也差点沉下去了。那次不算，这是一种条件反射。"

"我长成这样，所以尽量不哭，幸好现在戴着口罩，能伪装一下。"

"我觉得这有点不公平，你戴着口罩，而我却没有。"

我隔着玻璃，把自己的手重叠在叶山波留的手掌上。她也哭得稀里哗啦，无法停止。虽然我并没有真正触摸到她，但我感到了安慰。我一动不动，等她的啜泣声减弱。我们意识到手中间隔着的玻璃微微发热，我以为是她的体温，她以为是我的体温。

"很温暖，城崎君。"

她流着泪说。在无菌室探视的时间受到严格控制。时间越长，感染的风险就越高。是时候结束探视了，我们都擦了擦眼泪。我说了声"会再来看你的"后，便离开了无菌室。

我和橘通乘坐大田原驾驶的汽车前往车站。他登上列车，返回自己居住的小镇。我在站台上目送他。

"妹妹就拜托你了。"

离别之时，他和我握了握手。

几天后，我接到叶山理绪的电话。验血结果显示，叶山波留的白细胞数量有所增加，移植的造血干细胞已经成功开始产生正常的血液。

## 13/3

樱花开了，我升入了云英学院高中二年级。四月下旬，叶山波留能离开无菌室了。她被允许在外面过夜，可以暂时回家住了。

"这就像一场梦。"

我收到了她从家里发来的附有照片的消息。她的白细胞数量持续稳步上升，她再也不用害怕病毒和病原体了。她在家里和叶山理绪一起做饭，一起看电视剧。但是只允许住一晚，第二天她得回医院。

事实上，她还没有完全摆脱生命危险，产生了移植物抗宿主病的轻微症状，这些症状包括皮肤发红、腹痛和口腔溃疡。这是由于移植细胞产生的淋巴细胞开始把病人自己的身体当作异物进行攻击。这是骨髓移植一百天内最常见的死亡原因。

要过了夏天才能完全放心，动画片《和你同行》中的叶山波留死于暑假期间。只有过完八月三十一号，她还活蹦乱跳，我才能彻底证明是自己改变了命运。

某天，我决定邀请佐佐木莲太郎、勇斗、日向来城崎家玩。我很久没见勇斗和日向了，他们很喜欢城崎家的室内游泳池。我想趁房子还没转到别人手里，请他们来好好玩一玩。

勇斗从滑水道上滑下来，欢呼了好几声。日向在玩一个漂浮在水池中的巨大球体。这就是所谓的水上游乐设备，可以钻进去玩。我和佐佐木莲太郎在泳池边看着露出满意笑容的他们。佣人为我们准备了饮料，这些饮料就像南方岛屿上的一样，热带水果伸出杯沿。

"他俩还是那么精力充沛，看着你们我觉得自己也充满了力量。"

"城崎君谢谢你，他们其实一直很担心你。"

"担心我?"

"年底的时候，叶山波留生病的事导致你一直没精神。不过已经过去了对吧?"

"虽然还有一些不确定因素，但我已经尽力了，现在唯一能做的就是祈祷。希望移植到她体内的细胞能喜欢新地方，渐渐适应。"

阳光透过室内游泳池的窗户照射进来。勇斗和日向在水中嬉戏，水花四溅，熠熠生辉。

"被移植的细胞一定很惊讶吧，突然离开熟悉的身体，来到一个陌生的地方。"

佐佐木莲太郎用吸管喝着热带果汁。今天，他的头发也乱得很完美。虽然乱得很完美这个说法好像有点奇怪……

"在一个新地方与其他细胞建立联系，一点一点地做自己力所能及的事，最终那里成为自己的新居所。细胞移植、踏上社会、穿越到异世界，这些都大同小异。"

"穿越到异世界?"

"当我没说。"

他很高兴叶山波留接受了骨髓移植，并走上康复之路。但我的情绪有点复杂。首先佐佐木莲太郎是动画片《和你同行》的男主角，他和叶山波留本应是恋人关系。我之所以拼命救她，本来是为了他们幸福的未来。

泳池边有为勇斗和日向准备的冰淇淋和水果，可以把它们做成巴菲。俩人炯炯有神，做了个放满奶油的巴菲，在上面添加了芒果酱、巧克力酱和酸奶酱。他们用勺子将其送入口中，看上去幸福极了。

佐佐木莲太郎没有做巴菲，而是帮其他佣人一起干活。去年校园节前，他曾在城崎家接受过管家特训，所以动作十分干练。

"你家的佣人是不是减少了？"

"你的洞察力真敏锐。"

"走廊里有垃圾，以前可没这样过。"

"也许今天是最后的奢侈了。"

"不会吧……"

他似乎想说什么，但我没有追问。

填饱肚子后，我们在宅邸里玩起了捉迷藏。城崎家的宅邸错综复杂，占地广阔。勇斗、日向和我藏了起来，佐佐木莲太郎负责搜索。当我们在宅邸里走累了的时候，佣人就拿出一辆电动平衡车给勇斗和日向当交通工具。这辆车有一块单人踏板，上面装有轮胎。乘上后只需俯身，就会朝着俯身的方向移动。勇斗和日向乘着滑板车在宅邸的走廊里穿行，开心地笑着。

我们决定晚饭吃寿司，请来了东京一家高级寿司店的厨师，当着大家的面捏寿司。

"莲太郎哥哥现在还在车站前做志愿者哦。"

日向一边乖巧地吃着鸡蛋寿司，一边对我说。

"我本来是代替城崎君参加的，所以有点想停止……但他们拼命挽留我。"

当他呼吁行人登记成为捐献者时，路过的人都会为他停下脚步，接过传单。真不愧是主角！他赢得了其他志愿者的信任，已成为小组的核心人物。听说他还能收到志愿者叔叔阿姨给的点心。

"等一下，我做了那么多年，可从来没有收到过点心！"

"没事的，我们知道亚久斗哥哥是个好人。你别哭。"

勇斗随手拿起金枪鱼寿司送入嘴中。

"我没哭，你好好吃。"

与佐佐木家三兄妹共同度过的时光是很特别的。这正是动画片《和你同行》中描绘的家人齐聚一堂的场景。

"对了，如果我没有钱了，你们还会偶尔这样陪我玩吗？"

"当然，和有没有钱没关系！"

"要是亚久斗哥哥没地方住了，可以来我家。只要不介意打地铺，就睡在我家。要是亚久斗哥哥在，小偷和老鼠都不敢靠近吧！"

五月，由于过度劳累，管家濑户宫倒下了。最近他不仅需要打理宅邸，还参与了城崎集团的管理。据小野田所说，城崎凤凰似乎住在国外的一家酒店里，无法取得联系。不久，国税局的调查员来到宅邸，他们粗暴地搜查了父亲的书房，打开书架和抽屉，寻找逃税的证据。

几天后，报刊上报道了城崎凤凰的新闻。逃税行为、与政界和金融界的亲密关系、操纵经济、恐吓、殴打下属……但这还不是全部。城崎凤凰被怀疑与国外黑手党有关系，并参与暗杀敌对公司的高管。据说，敌对公司的一些人意外死亡或失踪。其中一个人乘坐游艇出海后再也没有回来。还有一个人玩跳伞，却怎么也打不开降落伞，就这样坠地身亡。如果父亲真的参与了这些事情，作为儿子的我也会想远离他。

城崎凤凰的权力太大了，商界和各国权贵们正合谋拖垮他，让他销声匿迹。原本追随城崎凤凰的人也相继背叛了他，离开了他。仿佛被上天抛弃一般，城崎集团迅速衰弱。

终于有一天，城崎凤凰被交到司法机关手中，强行带回日本。我在电视上久违地看到了父亲。在闪光灯的照射下，他天不怕地不怕地瞪着照相机，往地上吐唾沫。

## 13/4

六月，我终于出院了。我在病房里收拾行李，向照顾我的护士们道别。我给主治医生写了一封感谢信，并向我在不眠之夜一直凝视的天花板告别。北见泽柚子带来的天文望远镜暂时搬到了我家。

虽然我回到了云英学院，但遗憾的是，由于出勤率不够，我没能升上二年级。就这样我和早乙女同学分开了，不过休息时她会来找我，几位关系比较好的同学庆祝我顺利出院。

我在新班级已经交到朋友了，大家知道我的病情，所以都很照顾我。由于不必再使用抗癌药，我的头发长了回来，尽管还只是短短的寸头。我戴着圆圆的帽子上课，没有任何同学嘲笑我的头。反而我感觉他们有些害怕我。

某天，班里的内部学生在聊天，他们的对话在走廊上也能清晰听见，就在走进教室前一秒，我听到——

"她好像是出云川阁下、樱小路阁下的朋友呢。"

"不仅如此，据说城崎阁下为拯救叶山同学，亲力亲为。"

"我也听说了，出云川阁下发布的旅行照片说，自己是为了寻找叶山同学的骨髓捐献者而出行的。"

"我见到她和樱小路阁下走在一起过，据说她是樱小路阁下唯一的同性朋友呢。"

"要是叶山同学有什么不测，那三家人绝对不会善罢甘休的。"

"太可怕了！"

"我们必须守护叶山同学，让她顺利毕业！"

我定期去圣柏梁医院检查身体，开免疫抑制剂，这种药每天都得吃。根据症状，可能要终生服药。

我开始与住在北方的哥哥互通信件，手写的信别有风味。我在信中感谢他为我捐献骨髓，并告诉他自己的身体情况，以及计划去给父母扫墓的事。

我哥哥是在儿童福利院长大的。不久之前，他才告诉福利院的院长自己名叫叶山港，他解释了我的存在，以及自己请假去做骨髓移植手术的事。

我想再次祭奠我们的父母，他们被处理为无名尸体。通过这次的事，我得知父母已经去世。虽然很难过，但总比不知情要好得多。我的母亲并没有抛弃我，他们是因为出了意外才无法来接我。这个结果给了我一种自尊感。

"城崎君最近好吗？"

哥哥的信里有这样一句话，哥哥很在意他。为了让哥哥答应捐献骨髓，城崎君被打得肋骨断裂。为什么城崎亚久斗不惜做到这样来救我？

最近，城崎凤凰被捕的消息不胫而走。那些默许其不法行为的人受到指责并被迫辞职。城崎家旗下的公司纷纷被收购或与竞争对手集团合并。商业界正在重组。

城崎凤凰被处以巨额罚款，被征收因逃税而未缴纳的税款。坏事似乎接二连三地发生，国外的一场冲突引发了全球股市暴跌，使他债台高筑。城崎集团如此庞大的帝国在短短几个月内彻底毁灭，仿佛整个世界都在与他们作对。

城崎家族的消息，在学校里满天飞。我不知道什么是真，什么是假。城崎亚久斗经常不在学校。我很担心他，但有时我在云英学院看到他，他和以前没什么不同。即使是现在，只要他出现在走廊上，其他学生也会为他让路。城崎亚久斗像魔王一样的力量还在，出云川君和樱小路同学依旧陪在他身边。

我们很少站在走廊上交谈。和他说话很显眼，所以只能打一个简短的招呼。如果想好好聊天，就会在午餐时间约一个没什么人的地方见面。

有一天，我和他在云英学院的玻璃温室里散步。这里就像一座丛林，有许多植物。当穿过一条长满常春藤的隧道时，我们聊了起来。

"叶山同学，GVHD的症状严重吗？"

为了不醒目，他谨慎地伪装着，三白眼从刘海的缝隙中露出来。GVHD指的是移植物抗宿主病。

"没那么严重，时不时会有一些病症。"

"太好了，据说轻度GVHD可以防止白血病复发。因为淋巴细胞会同时攻击白血病细胞。"

"你这方面的知识真渊博啊。"

"因为读了很多书。"

他比我矮，站在一起时，我会俯视他。

"多亏了城崎君，能回学校上学真是太好了。"

"感谢的话我已经听腻了，但只要是你的声音，我可以听无数遍。"

与他交谈时，他经常提到声音。我的声音是非常普通的声音，但只要我一说话，城崎亚久斗就会两眼放光。我不看他的时候，他甚至会双手合十，向我膜拜。真是个奇怪的人。

"在夏天过去之前，我会一直很担心，担心 GVHD 突然变严重，这样所做的一切可能都白费了。"

"比起我的身体，我更担心城崎君的家。"

"我家？为什么？"

"为什么……真拿你没办法，大家都在说，你家可能会破产。但这一切都是谣言对吧？"

"不，是事实，我家会破产。"

他轻描淡写的语气让我大吃一惊。

"你为什么毫不在乎？"

"我知道父亲的恶行会遭到审判，城崎家的荣耀将会终结。"

"你不震惊吗？"

"我已经过够了奢侈的生活。从现在起，我要过简朴的生活。"

他看起来很平静，似乎真的接受了这一切。

"你为什么经常不来上学？"

"我在帮忙处理家里的事。没有足够的钱维持土地和宅邸，所以必须找到买家。"

从夏目町的许多地方，都能看到山上那座宏伟的西式建筑。对于镇上的居民来说，这里是国王居住的城堡，应该没人想过它的主人会变。

"我不知道还能在这所学校待多久。"

"为什么？"

"我可能会被赶出这个小镇。大家会朝我扔石头，叫我滚出去。这可能就是我的命运。"

不知道为什么，他说得很坚定，仿佛已经看到了这样的未来。

"不管怎么说，破产了就交不起学费了。我不像你，可以免除学费。破产后不再捐钱的城崎家族，对学校而言是没有任何利用价值的人。我负担不起学费，很快就会被学校开除。"

"不会吧……"

我终于出院回到学校，本来很期待与城崎亚久斗一起享受学校生活，现在我感到难过，我们沉默着在植物园中散步，看到长椅，决定坐下来休息一会儿。阳光透过植物园的玻璃照射进来。温室全年保持恒温。

"这里是不是有点像无菌室？"

城崎亚久斗突然喃喃自语道。

"哪里像？"

"你的床也是用玻璃隔开的吧？无菌室里的空气和外面的空气是隔开的。植物园的空气与外界相连，所以不完全一样。不过都是在管理空气，保护其中的生命。"

"确实，这一点很像。"

"植物园的温室可能是创作者的一个隐喻。嗯……可能我是第一个发现这事的。"

隐喻？第一个发现？他又开始胡说八道了，这个人时不时就这样。

"之所以有植物园的温室，可能是为了给观众脑海中植入无菌室的形象。在动画片中，她没有进行骨髓移植，但夏天前后也住进了无菌室，因为白细胞计数过低。"

他继续喃喃自语，一脸严肃。

"城崎君，我不知道你在说什么。"

"不好意思，我们刚才说到哪儿了？"

"刚才我们沉默地坐在长椅上，听说你要退学，我有点难过，所以没说话。"

"有点难过？因为我要退学？为什么？"

他不解地歪着脑袋，看起来是真的不知道原因。我害羞了起来。

"嗯……你看，好不容易交到的朋友要退学了，会很遗憾吧？而且你为我做了很多……我的聊天对象也会少一个……"

"别担心，你在学校里有很多朋友，他们会支持你的，你不会缺少倾诉对象的。"

他这么说显然是想让我放心，我根本不是这个意思好吗？算了……

钟声响起，标志着午休时间结束。他去往二年级教室，我去往一年级教室。"你会长大成人的"，我记得他在无菌室里这么对我说道。原本我的生命将结束于长大之前，既听不到同学们在走廊上走路的脚步声，也感受不到阳光透过窗户照进教学楼的温暖。我呼吸着，心跳着，用指尖感受温度。可以说这就是奇迹。

## 13/5

暑假开始，我整天在空荡荡的宅子里闲逛。夏日的热风从敞开的窗户吹进来，蝉鸣声响起。大部分家具都被搬走了，房子里冷冷清清的。地毯、墙上的画、走廊上的装饰品、复古的玻璃灯罩、酒窖里的红酒都被卖掉了。房子里只剩下地板上的灰尘。

大部分佣人都已离开，只剩下三个人。濑户宫、小野田，还有一个女佣。她二十多岁，我知道她的长相，但私下没有交谈过。她一定是因为没能逃走而被迫做家务的。

当我在空荡荡的房间里发呆时，她给我端来了一杯红茶。

"现在不是给我泡茶的时候，你应该去找下一份工作。如果辞职很难说出口，要不要我去替你说?"

我很担心她，但她只是尴尬地笑了笑。

"我不辞职……"

她向我鞠了一躬，然后迅速离开了房间。

司机大田原好像转行去了出租车公司。城崎家负债累累，不得不变卖各种东西时，最先卖出价格的是一辆豪华轿车。这辆大田原开了多年的宝石般闪耀的黑色轿车显然是被某个百万富翁买走了。大田原上班的最后一天，给车身打了蜡。车一卖，大田原在城崎家就无事可做了。他在一家出租车公司找到新工作，离开城崎家时，来和我道别，我们握了手。

"亚久斗阁下，那么多年谢谢您。"

"感谢你的照顾，我为过去所做的坏事向你道歉。"

"没关系。亚久斗阁下改变了，成为一个可靠的人……"

"将来我想坐坐看大田原先生开的出租车。如果在街角看到我打车，请多关照。"

"好的，我一定会安全把您送到目的地。"

园丁也辞职了，庭院杂草丛生。白色的凉亭脏兮兮的，到处都是落叶和断枝。夏日黄昏，我独自坐在凉亭的长椅上，眺望远处的风景。虫声阵阵，热闹非凡。

八月，我的信用卡停了，身上只剩下一点现金。同一时间，宅邸的下一任主人也确定了。一位国外的百万富翁兴趣使然决定买下它，那个人来自一个富裕的产油国。我终于松了一口气，濑户宫却很沮丧。

"没想到在我这代失去了这座宅邸，我很内疚……"

"这不是你的错，濑户宫先生，都是我父亲的错。他做了许多坏事来赚钱，所以要为此付出代价。"

濑户宫那双狭长的眼睛里噙满了泪水。他在城崎家的宅邸工作了几十年，这片土地和这栋建筑物就是他的生命。

"买下这栋房子的经纪人联系我，问我是否愿意继续在这里工作。"

"这不是很好吗？这样效率最高，世界上最了解这栋房子结构的人就是濑户宫先生。"

"我可以为城崎家以外的人服务吗……"

"当然，城崎家已经完了，也无法给濑户宫先生支付工资，请在下一任屋主那里工作吧。"

由于年事已高，他曾想过退休。但是他听了我的话后，决定继续管理这座宅邸。等新主人入住后，濑户宫会再请园丁来打理花园的吧。


沥青路面在强烈的阳光照射下变得越来越热。我乘公共汽车去刑罚机构，也就是所谓的监狱，城崎凤凰被关押在那里。我进去办理探视手续，窗口的负责人看到我的样子，猛地站起身，打翻自己的椅子，并按响了防盗报警器。可能是因为我长得太反社会了，让他误以为我是来协助什么组织老大逃狱的。等负责人冷静下来，我给他看了我的身份证，并解释说我只是来看我父亲的。然后我顺利获得了探视许可，在冷清的等待室等了一会儿之后进入了探视室。

探视室被一堵墙分为前后两部分。隔墙的上半部分是透明塑料，我们通过麦克风和扬声器进行对话。我坐定后，隔墙里面的一扇门被打开了。城崎凤凰在一位工作人员的陪同下出现了。他的脸色还是很难看，一见我，就用鼻子哼了一声，嘴角一歪。

"好久不见，父亲。"

城崎凤凰坐在椅子上看着我。

"房子怎么样了？"

他的声音低沉，仿佛来自地狱深处。不知道我们有多久没见了。

"一位国外的石油大亨要买下它，我必须在月底前离开。"

"可恶！这栋房子是我出生和长大的地方，那里有我和有里亚的回忆，不能让它落到别人手里！"

"没办法，这事终将发生。"

是编剧写下了这个故事，让它发生的。我不顾一切地想要改写叶山波留的命运，却忽略了城崎一家的命运。不过我认为做了那么多坏事的城崎凤凰应该受到惩罚。

"我有些同情您，父亲。"

他瞪了我一眼。

"您是我的父亲，这一点就值得同情。正因为您是我的父亲，所以世界才会与您为敌。"

动画片《和你同行》的最后一集中，反派城崎亚久斗倒台了。城崎家没落的情节是必要的。为了让观众心跳加速，我必须接受惩罚。城崎凤凰被捕和城崎家灭亡，都是为了让我这个反派失去力量而设计的。

"都是我的错，您被卷入了我的命运，这就是我今天来道歉的原因。"

如果他的儿子不是我这个反派，城崎凤凰可能会和他的爱妻长相厮守。

"道歉？哼！你在说什么？我才不要需要你道歉！你说我是你的父亲才会与世界为敌？有这个闲工夫瞎幻想，还不如想办法把我弄出监狱！"

他敲打着隔墙。探视室的角落里有一位工作人员在看着我们，当他听到"弄出监狱"这个词时，有些紧张。但城崎凤凰似乎对此并不在意。

"亚久斗，听好了。"

城崎凤凰喊着我的名字。

"怎么了，父亲？"

"你的长相很丑，现在看起来也像个怪物一样。"

"不必说我也知道。"

"至今为止我一直躲着你。由于你这个长得像世界末日一般的婴儿，有里亚去世了。我一直很恨你，但我错了。"

城崎凤凰低下头，当灯的阴影落在他脸上时，他的威严消失了，变成普通人的样子，像一个活得很累的中年男人，就和坐在长椅上等末班电车的中年人一样，前世工薪族时期我常常看见这种人。

"只有你来看我，儿子，只有你来陪我说话。"

"濑户宫和小野田也很担心您。但他们都太忙了，来不了。"

"和你下象棋的时光很开心，要是能早点了解你就好了。现在可以告诉我了吧，你到底是谁？"

"我是城崎亚久斗，您的儿子。父亲，以后我会经常来陪您聊天的，毕竟我们是父子，这是无法撼动的事实。为了防止我们孤独，我会定期来这里的。"

城崎凤凰抬起头，瞪着我。

"随便你，下次来的时候记得带几个越狱计划来。"

工作人员再次紧张了起来。

探视时间接近尾声时，城崎凤凰问道。

"那个得白血病的人怎么样了？"

"你是指叶山波留对吧？她移植了骨髓，痊愈了，已经回到云英学院上学了。"

"哼，是吗？"

工作人员让城崎凤凰站起来，带着他离开了探视室。我目送他离开后，也走了。一走到室外，强烈的阳光将我的视线完全染白，夏日的积雨云飘在蔚蓝的天空中。下次再来的时候，我想听听关于母亲的回忆。这么说起来，探视室也建得像个无菌室。隔着透明的墙，我们将继续做家人。


在动画片《和你同行》中，反派城崎亚久斗被强行赶出了宅邸。考虑到他对佣人的暴力行为，这种结果也无可厚非。不过被赶出家门的他似乎不明白自己为什么会受到这样的对待。

"你们会为对我做的事付出代价的！"

尽管如此叫嚣，不过失去了城崎家的支持，他做不了任何事。无处可去的他在路上四处游荡。

这个世界线的情况也会这样吗？我不知道，但应该尽快找一个新家。于是我开始看房子，看了一些便宜的公寓。我看中一套单间，月租三万日元，房间小到铺上被褥，连落脚的地方都没有。离开城崎家的话，就先躲在这里吧。

"前几天我去看了一些房子，但还没签合同。"

我向出云川和樱小路汇报。

"不愧是亚久斗阁下，要开始经营房产了吗?"

"为了让亚久斗阁下经营的房产热销，我也会帮忙的。动用樱小路家的力量将医院、商场等配套引入周边怎么样?"

"樱小路同学，就让出云川史郎也参加这个计划，让出云川家的服装品牌也在附近开一家店吧!"

"等一下，我不是要经营，只是借一套房子，以后住在那里。"

我向他们解释了目前城崎家的情况，以前他们不会理解没钱要过怎样的生活，不过通过前一阵的旅行，现在他们大致能想象我的处境了。

"如果没地方住，请来出云川家! 前几天母亲为了庆祝我升入二年级，送了我一套公寓，我们一起搬过去吧!"

"不，亚久斗阁下应该来樱小路家才对! 我要为亚久斗阁下买一座山，在上面建一栋亚久斗阁下喜欢的住宅!"

非常棒的提议，很感动，但也受宠若惊。动画片《和你同行》中，城崎家破产后，我们立刻疏远了，然而在这个世界线中，我们还能继续做朋友。

"谢谢你们，不过我想靠自己的能力生活。我不想住进别人为我准备的地方，我想自己创造。"

"明白了，如果有什么难处请立刻联系我，出云川史郎一定立刻赶到。"

"如果有任何邻居纠纷，请马上通知我，我将从樱小路家派出一支能干的律师团队。"

"你们是我坚强的后盾，出云川、樱小路。"

等我搬完家，请他们来玩吧。不过他们一定会惊讶于房子居然这么小。

我要搬去的地方位于夏目町郊区一个人迹罕至的地方，是一栋预制板小屋。墙壁和屋顶的一些地方看起来像是房东亲手修的。小野田陪我一起签约了这套房子，并充当我的保证人。

"亚久斗阁下，这套房子真的没问题吗？"

戴着银框眼镜的年轻人显得忧心忡忡。他看着公寓的照片，皱起了眉头。

"没问题，虽然外观有点破旧，但就这个租金还带厕所和浴室，我没什么可抱怨的。"

"如果你愿意，我可以整理一下我的房子请你来住。我还是单身，家里有空房间。"

"不，那样太尴尬了。今后我们不再是主仆，而是平等关系，要怎么样交谈呢？"

"我会一如既往表现得像一个管家。"

"不行，我受不了。"

我催促小野田在担保人一栏写下了自己的名字。顺便说一句，他的下一份工作已经确定。他被一个名门望族挖走，将在那里做管家。那座豪宅在其他县，所以小野田很快就要离开夏目町了。

"谢谢你一直以来照顾我，小野田，包括我以前经常胡来的时候。"

看着租赁合同，我很感慨。

"当时我好几次都想辞职，但被濑户宫拦下了，他不让我辞职。"

银框眼镜后，那双眼睛露出了怀念的神情。

"对了，以前亚久斗阁下参与的游戏，据说在国内外得了许多奖。"

"对，好像是的。"

"你的反应好像和自己无关嘛。"

"的确与我无关，游戏公司被一家海外游戏制造商兼并了，我也分不到一分钱。"

八月中旬，我十七岁生日时，出云川和樱小路用他们的零花钱带我出去玩，请我吃了一顿顶级晚餐。吃甜点的时候，一个插着蜡烛的生日蛋糕被端了出来。

"谢谢你们，我原本打算一个人安静地过生日。现在的城崎家已经没有开生日派对的预算了。"

"怎么能让亚久斗阁下独自过生日呢？这本应该是全日本人民共同庆祝的日子。"

出云川的脸上洋溢着悲伤。

"没错，亚久斗阁下的生日应该作为节日来庆祝才对，要不要在国会上向首相提议此事？"

头发竖卷、身着礼服的樱小路在这样一个富人聚集的地方并不显得突兀。她的美丽吸引了整个楼层的目光。我收到了来自他们的生日礼物。出云川送了我一个他很喜欢的游戏，樱小路送了我她很喜欢的诗集。

"这样的礼物真的可以吗？"

"当然，就像我事先说的那样，如果礼物太贵重我是不会收的。"

"其实我和出云川君商量过，要送你'可以随意取现金的银行卡'作为礼物的，真可惜。"

这种礼物我怎么可能敢收！

终于到了离开宅邸的日子。从早上开始就下着小雨，夏日的阳光被雨云遮挡，天很黑。我收拾好自己的行李，塞进包里。我卖掉了所有的衣服，把钱捐了出去，所以行李也就是一个手提包大小。最后我依次走进那些令人难忘的房间：我和父亲下棋的书房、我们举行圣诞晚会的大厅。家具不见了，到处都冷冷清清的。

当我来到玄关，濑户宫、小野田和一直负责家务的女佣站在那里。他们是为了给我送行。我和他们一一握手，最后面向他们道别。

"我，城崎亚久斗在此宣布，我将离开这座宅邸。感谢大家长期以来对这座宅邸的照顾。在这里的生活经历对我而言是一笔宝贵的财富。对于过去给各位带来的不便，我深表歉意。在过去的这几年里，我进行了深刻的反思。所有关心我、照顾我、不放弃我的人的善意让我深受感动。真的非常感谢你们。我即将走上一条崭新的道路，我永远不会忘记在这座宅邸学习到的事，希望今后也能一直与各位保持联系。"

在前世的工薪族生涯中，一位即将退休的前辈最后的演讲给了我很大启发。讲完我低下头，听到他们三个人为我鼓掌。气氛很友好，我松了一口气，幸好没有被强行驱逐。

"我很感动。"

濑户宫用手帕按着眼睛擦泪，女佣也开始抽泣。是不是有点太夸张了？不过我抓住了这次与她说话的机会。

"谢谢你一直留在家里照顾我，但你为什么不像别人一样去找别的工作呢？"

"那是因为……"

她没有说下去，小野田替她开了口。

"她是为了报答亚久斗阁下的恩情。"

"报答我的恩情？"

我为她做过什么？完全不记得了。我歪了歪脑袋，她终于下定决心开了口。

"我妈妈其实已经病了很久了……她得了白血病，住在医院里，承受着巨大的痛苦和折磨。抗癌药物不起作用，她变得越来越虚弱。我和母亲差点都放弃了，但去年，我们奇迹般地找到了一位骨髓捐献者。接受完骨髓移植，她的生命得以延续。医生告诉我，我母亲之所以能活下来，是因为捐献人数突然增加了……我相信这一切都是亚久斗阁下的功劳。由于大量捐款，电视上也开始播放白血病的公益广告，渐渐的，捐献人数终于增加。"

她擦着眼泪，低头致敬。

"我们佣人都知道，您变卖了所有财产，捐了许多钱。您的所作所为我们都看在眼里。然而现在您的所有行李就只有这一个小包……这个世界上一定有很多很多人因为您的行为而得救……"

她捂着脸，肩膀颤抖。

我走出门，雨后的阳光照耀着大地。我回头看了一眼，向他们三个人行礼。在这个世界线中，我的老家是贵族生活的西式洋房，这里有广阔的庭院和花园，这一切就像在做梦。我背对城崎家的宅邸，跨步向前。

我开始一个人生活在公寓里，房间只有四叠半，但我很快就适应了。这可能要归功于前世的记忆。接下去我必须找一份兼职，在那之前，我只能靠手头的现金生活。我开始在附近的超市买即将过期的打折盒饭吃。

有一天，警察来到我的房间。

"我们接到报告，说这栋楼里住着暴徒……"

也许指的就是我。当我告诉他们自己只是长了一张凶恶的脸时，他们似乎松了一口气，然后就离开了。

八月三十一日深夜，我盯着手表看日期变化。暑假结束了，九月的第一天到来了。我紧张地给叶山波留发送了一条短信。

好久不见，我是城崎亚久斗。今天和你联系是为了确认一些事，你的身体状况有没有什么大变化？没有患上急性移植物抗宿主病，也没有遭受任何严重的器官损伤吧……

在收到她回复之前我无法平静下来。夜深了，她可能已经睡了。我感到在房间里待不住了，于是穿上鞋走到外面。夏目町的天空中有许多星星。我拿起智能手机，走出家门。在公寓周围的小巷里徘徊时，手机响了，是叶山波留的回复。

晚上好，城崎君。
你的短信还是像工薪族一样。
但我觉得这样很好哦。
我的身体没问题，很健康。
谢谢你为我担心。
来自叶山波留。

暑假已过，她依然活着。我确信现在已经完全偏离了动画片《和你同行》的剧情。我举起双拳，对着月亮大声喊道：我成功了！我拯救了她！附近楼房的窗户开始陆续亮起灯光，我急忙逃离现场。那是一个明亮的月夜。

# 尾　声

"哎……"

我在夏目町街角的长椅上叹气。就在几分钟前，我的打工面试失败了，不知道这是第几次了。便利店、超市、搬家公司、清洁工、加油站……我向很多不同的地方投了简历，但没有一个地方愿意雇用我。果然这副面容有问题。我的眼睛和鼻子被设计成恶棍的样子，这让我看起来有威慑力。有几个面试我的人甚至在我进入房间时便哭着求我饶命。

"哎……这可怎么办呀……"

离开宅邸时带的现金已经所剩无几。如果求朋友，也许可以借我点钱，但这是最后的手段。不争气的是，我还是饿了。

闲来无事，我看着过往的行人，发现了一个我认识的女孩。她身材苗条，睫毛很长，手脚像玻璃制品般纤细。这是我很不愿意见到的人，本想在她注意到我之前跑开，但我没跑。

我发现有三个大学生模样的男孩正向这位美丽的女孩走去，男孩们邀请她一起玩，她拒绝了，于是男孩们变得有点强硬。

"请不要这样……"

女孩一脸尴尬地拒绝。我犹豫了一下，还是决定上前。

"北见泽同学，你没事吧？"

她的名字叫北见泽柚子，去年年底曾试图杀我。说实话，她挥刀追我的那一幕成为我的心理阴影。听到我的声音，在场的所有人纷纷回头。北见泽柚子睁开眼睛，表情转为愤恨。

"城崎亚久斗……!"

"你好，好久不见……"

搭讪的男孩们一看到我的脸，纷纷后退。我这张凶狠的面相只有在这种时候是有用的。

"这个人看起来不妙啊……"

"一定杀过好几个人，一定。"

"我们走吧……"

男孩们落荒而逃。说实话，我也想和他们一起逃跑——从北见泽柚子的手里。街头只剩我们两个人四目相对，女孩口吐怨恨。

"过完夏天，我本想去取你的性命。"

"我确实承诺过。所以每当路过拐角，都担心你是不是拿着刀在等我。"

在拯救叶山波留之前，我不能被杀，所以我跪下求她晚点复仇。

"我明白为什么你想杀我，我在云英学院小学对你的所作所为是无法得到原谅的。现在道歉已经太晚了，不过真的非常抱歉。"

我闭上眼睛，深深地低下头。

一秒钟后，她的拳头打中了我的太阳穴。我像青蛙一样尖叫起来。突如其来的疼痛让我无法呼吸。北见泽柚子纤细的手臂发出的右拳，力量大得难以想象。

"我想明白了，复仇无法解决问题。"

她表情忧郁地喃喃自语。喂，你刚才打了我好吗？这不叫复仇？我在内心喊道，决定默默忍受。

"上天在我之前惩罚了你，所以我现在感觉好多了。"

"那就不要再和我纠缠了，我已经为自己在小学的所作所为道过歉了，可以翻篇了吧……"

"好吧，你的衣服破破烂烂的，看起来很寒酸，这种感觉真好。我从没想过有一天能用如此怜悯的眼神俯视你。"

太好了，由于城崎家破产，我似乎得到了宽恕，我可以就这样消失了。

"那么我就告辞了。"

"等一下。"

"还有什么事？"

"我要去参加一个关于 UFO 的线下交流会，你有兴趣吗？"

后来我从叶山波留那里得知，北见泽柚子认为我的大脑被外星人改造了。她想把我介绍给她那些对 UFO 相关问题感兴趣的朋友，将我作为研究案例。现在想想，还好我当时跑了。

勇斗和日向来公寓找我玩。

"居然比我家还小！"

"勇斗哥哥，你这么说太没礼貌了……"

这里距离佐佐木一家的公寓大约步行十五分钟。

"城崎君，今天我们家吃火锅，你来吃吗？"

佐佐木莲太郎有时会这样邀请我去吃饭。我作为反派，居然可以去动画片《和你同行》的男主角家里吃火锅。前世我读过很多衍生漫画和小说，但从未见过这种情况。佐佐木家很温暖，很热闹，让我想起了前世父母的家。

"要是饿了，随时来我们家吃饭。"

莲太郎的父母很关心我。自从城崎家破产，我认识到人性的善良。在动画片《和你同行》中，我遭到许多人唾骂、嘲笑，最后被赶出这座城市，没有一个人帮我，然而在这个世界线中，许多人向我伸出援手。

第二学期我依旧在云英学院上学，同学们用各种各样的眼神看着步行上学的我，有的是怜悯，有的是好奇。幸好出云川和樱小路的态度和以前没有任何变化。

"亚久斗阁下，早上好。见你从路的另一头快步走来的样子，仿佛在看一部经典电影。出云川史郎今天也会好好服侍你。"

"早上好，亚久斗阁下，我有一个提议，从你的新居到学校的这段路改造成自动扶梯怎么样？我会立即让樱小路家制订施工计划。"

二人跟在我身后，前方的学生让开了路，等我们走过去。明明城崎家已经倒台，我已经没有任何力量了。

出云川的母亲和樱小路的长辈似乎都命令过他们，不要再和城崎亚久斗来往了。如今的城崎亚久斗不值得费心，是浪费时间。然而，他们拒绝执行。出云川对母亲的话置若罔闻，而樱小路则反驳了长辈的意见。

"因为我不服从命令，母亲大发雷霆。她真的很可怕，不过没关系。即使她放弃了我，我也想和亚久斗阁下做朋友。"

"我也是，反驳的时候，长辈们的表情真有趣。我让他们很失望，但没关系，我是我，不是他们的财产。"

他们看起来都神清气爽的，我从心底里感谢他们。

"我和出云川君的视野都变得开阔了，过去对我们来说，家族荣誉是第一位。"

"看到亚久斗阁下我才明白，我们可以更自由地生活。"

"我决定了，一定不能和长辈给我挑选的对象结婚，我要自己寻找另一半！"

樱小路竖起食指指向天，竖卷头发像弹簧一样弹动。

一切都与动画片《和你同行》的最后一集不同。我没有被赶出夏目町，而是能够继续生活在这里。我也终于找到了一份兼职，是交通指挥员的工作，我站在商业停车场的出入口引导车辆进出。就在我工作的时候，一位曾经为城崎家工作过的佣人经过，惊讶得站停。我低头鞠躬行礼，昔日的佣人也深深地鞠躬还礼。

我还遇到了开出租车的大田原。

"亚久斗阁下，很高兴看到您安好。"

他似乎是在送完乘客返程的路上发现了我，我当时正在指挥交通。他把出租车停在了停车场，等我结束打工，才来和我说话。

"大田原先生，好久不见，工作顺利吗？"

"托您的福。对了，请让我送您回家。"

"坐你的出租车？不行，我没钱。"

"不需要钱，我只是想送您。"

我想拒绝，但他十分坚持，所以我只好坐上车。虽然乘坐舒适度比不上城崎家的豪华轿车，但他开车还是一如既往地小心谨慎。

"大田原先生的刹车不会有任何颠簸，非常优雅。拦到大田原先生出租车的乘客真幸运。"

"亚久斗阁下居然说'拦'出租车，这种说话方式真像有社会经验的人。"

"我前世应该是一个工薪族吧。"

透过后视镜，我看到大田原笑嘻嘻的表情。

我在公寓楼前下车，大田原看到建筑物的外貌时吓了一跳。

"亚久斗阁下居然住在这种地方。"

"房间很不错哦，住起来很舒服。"

在那之后，大田原不知为何经常来我的房间看我，他似乎很担心我的生活。他还嘱咐我，如果有什么想去的地方，就和他联系。他真是一个好人。

和我一起去雪国旅行的南井五郎也带着下属来看过我。他的口袋里依旧装满了零食，一有空就吃巧克力和点心。他一踏进房间，我感觉地板都要塌陷了，于是我们站在外面聊天。

"亚久斗阁下，毕业之后打算干什么呀？"

"还没决定，能不能毕业也是个问题。今年的学费已经支付过了，但我肯定交不起明年的学费。"

"求一下出云川阁下或樱小路阁下呢，他们应该会为你垫付的。"

"这是最后的办法。"

"亚久斗阁下，如果对将来的工作没有想法，毕业了可以先来我们公司，我随时欢迎。"

"谢谢，不过你为什么愿意雇我？"

南井从口袋里拿出一个便携式游戏机。

"我调查过了，亚久斗阁下是许多游戏的幕后开发者。你脑中一定还有许多其他创意吧？"

"我想你高估我了，不过还是谢谢你。"

南井说完后，和我握了握手。

"好吧，先再见了，亚久斗阁下。"

他的手指很柔软，上面布满了脂肪。

"寻找捐献者之旅承蒙你关照了，现在叶山波留很健康哦！"

"我也听说了。对了，亚久斗阁下有没有看新闻？今天有个特大好消息哦。"

"什么好消息？"

"日本一家研究机构研制出了一种有效的白血病药物，听说即将获得批准并量产。"

据南井所说，这种药物将使全世界许多人免受苦难。虽然新闻很少提及，但医学界的每个人都知道，这种药物的研发资金来自城崎家族的大额捐款。

秋天到了，积雨云不见了，云朵就像是用沾了水的画笔涂抹在天空上一样。我拥有前世记忆已经五年了。

有人敲门，是她的声音。

"早上好，城崎君，你醒了吗?"

我打开公寓的门，发现叶山波留站在那里，她穿着便装。我认得那件衣服，是动画片《和你同行》中她和男主角佐佐木莲太郎一起去海边的那一集里穿的。连衣裙在海风中摇曳的画面非常漂亮，每一帧我都暂停下来仔细欣赏过。

"怎么了，城崎君?"

"突然想起了一些旧事，好怀念。"

"可怕的脸突然变得温柔，所以我很好奇你在想什么。"

我穿上鞋，走到外面。我以前一直穿的奢侈品运动鞋都穿破了。我们并排往前走，她个子比我高，所以我微微仰视着她。

"理绪阿姨还好吗?"

"嗯，她在努力工作。听说今天城崎君陪我去医院，她说让我谢谢你。"

叶山波留边说边整理刘海，她有一头从母亲那里继承的美丽黑发。虽然还没长回原来的长度，不过正在慢慢变长。

我们坐上开往圣柏梁医院的公交车，今天是定期复诊日。学校午休时我向她提议要不要陪她去复诊，于是才有了今天这次出行机会。

"城崎君依旧很爱操心啊。"

她调侃道。我毕竟在动画片里见过她死亡的场景，操心很正常。

我们来到圣柏梁医院，她接受检查时，我决定在候诊室消磨时间。我坐在长椅上，发现路过的护士和医生很在意我，不知道是不是因为我可怕的长相吓坏了其他患者。我站了起来，决定找一个没人的地方。然而一名护士叫住了我。

"你是城崎先生吧？"

就结论而言，他们并不是害怕我的长相。护士深深地向我鞠了一躬，说了一声谢谢。看来南井那天跟我说的话是真的，她非常感谢我提供了新药的研发资金。

"我亲眼见到许多孩子就这样死去，不过今后一定会有更多生命得救的，为此我们不知道该如何向你表达感谢才好……"

也许在医疗领域工作的人才会更加感到无助。如今世界正在发生变化，原本无法挽救的生命得以挽救。创造这种药物的研究人员应该获得荣誉，而我什么也没做，于是尴尬地逃离了那里。

叶山波留检查完后与我会合。她的表情十分明朗，看来血液检查的结果很好。哥哥提供给她的造血干细胞已经渗入骨髓，并持续增加。正常的白细胞正在生成，使叶山波留免受细菌和病毒的侵袭。

"药量似乎在逐渐减少。"

"太好了，叶山波留。"

这个世界线与动画片《和你同行》的世界线轨迹不同，正朝着不同的未来前进。

午饭时间到了，我们决定找个地方吃饭。圣柏梁医院外面有一家连锁家庭餐馆，我们点了畅饮饮料和饭菜。

"今天我来请客，理绪给了我零花钱，让我请你吃一顿好的。"

"连她也听说了我的贫苦现状？"

"镇上的人都知道了吧。"

"是哦。不过今天还是我自己付吧，刚刚收到了打工赚的钱，不至于那么穷。"

我在饮料吧台倒了一杯甜甜的碳酸饮料，一饮而尽。碳酸饮料沁人心脾。坐在我对面的叶山波留一脸奇怪地看着我。

"有钱人家的少爷城崎君居然喜欢喝饮料吧台的饮料，不可思议。而且你是用好几种饮料混合了一杯自创饮品对吧？这可是饮料吧台的匠人行为！"

我喝的是可乐、甜瓜汽水和其他果汁的混合物。我一直都想试试这样喝。前世成年后，我不好意思这么做。现在个子矮，看起来像小学生或初中生，所以可以这么干。

"其实大家可能更期待有钱人家的少爷搞不懂饮料吧台是怎么回事，一头雾水的样子吧。"

"出云川君或樱小路同学可能就会这样。"

"城崎君有一些像平民的地方，所以才能适应家庭餐馆对吧？"

饭菜端上来了，我们一边聊天，一边大口大口地吃着意大利面。以前家里厨师做的饭菜很美味，但这里也相当不错，能感到餐饮公司在努力。

"叶山同学，你和现在班上的同学一起玩吗？"

"玩的，我已经完全融入这个集体了，大家似乎不介意我比他们大一岁。对了，班上的女生看到我在走廊上和出云川君打招呼，都很尊敬我。"

"他的粉丝无处不在。"

"早乙女同学想知道出云川君用什么洗发水和护发素，如果你告诉她，她会给你酬劳的。"

"等我缺钱了就把情报卖给她。"

"你最近在家里做什么？房间里没有电视吧？"

"最近我在用手机录制自己哼唱的歌。"

"哼唱的歌？"

"我想把以前听过的歌曲保存起来，这样就不会忘记了。"

都是我在前世听过的经典曲目，与其让歌曲在我脑海中消失，不如给谁听一听。叶山波留放下餐具，一脸好奇地看着我。

"你想听吗？"

"想听。"

我拿出手机和耳机，这是一款老式的有线耳机。

"我们一起听吧。"

在她的建议下，我们决定一个人戴一个耳机。我们把餐盘挪到一边，并排坐下。我把耳机戴在右耳上，她把耳机戴在左耳上。我开始播放录音，耳机里传来我在房间里哼唱的歌曲。这是我前世经常听的她的歌。记得那时，我穿着西装疲惫不堪地乘上拥挤的电车，一路上都在听这首歌。

叶山波留的脸就在我旁边，由于耳机线不够长，我们必须尽量把脸贴在一起。在这样的距离下她居然不害怕我，好厉害。

"这是我很久以前常听的一首歌，这首歌承载着我的许多回忆……"

叶山波留用手肘抵着桌子，闭上眼睛。我能感觉到她的气息，看得见她脸颊的弧度，于是害羞起来，想离远一些，但由于耳机线的限制，我动不了。

离开家庭餐馆后，我们都没什么事，于是决定去哪里玩一会儿。我们有很多想法：动物园、水族馆、游戏中心、电影院，但最终还是决定去海边。我们乘坐公共汽车换电车前往海边，闻到风中有海的味道，听到了海浪的声音。地平线向远方延伸。如果是夏天，海滩上一定挤满人，但这个季节，海滩上只有零星几个人在散步。

"嗯，和画的一样。"

我挽起双臂，凝视着沐浴在海风中的叶山波留。她头发摆动的样子，连身裙布料上的褶皱——这一幕经典画面出现在我的眼前，在感动的同时，我也对动画师的工作赞叹不已。

"喂，你要不要站在这里啊？对，就是这个角度，这个构图……"

"城崎君又在说听不懂的话了。"

我用双手的拇指和食指比出一个长方形，就像摄影师做的那样。这一幕与动画片中的场景如出一辙。叶山波留则是一脸怪异和困惑。

我们沿着沙滩走了一段路。

"我妈妈生活的小镇是在海边对吧？"

"那里更像是严冬的大海，拥有不一样的美和力量。"

"我本想暑假时去一趟，但不巧发烧了，没去成。"

"那么等寒假的时候，大家一起去吧？"

"好啊，真期待。"

海浪冲上沙滩，激起白色泡沫。站在沙滩的边缘，能看见海水清澈见底，连沙子也看得一清二楚。我脱掉鞋子，把脚踩在沙子上。她笑着说，水很凉，能感觉到自己还活着。沙粒钻进我的脚趾间，所有的感觉都被放大，很痒。

"城崎君，一同前行吧。"

叶山波留用她的声音说道。

但最近，我不像以前那样经常想起她了，这让我感到有点难过。前世得知她去世时，我是那么绝望。然而现在，这种悲伤化作怀念。我对消失的她的感情已经变淡，和面前的这个人在一起的时光才更重要。但我会永远感激她的。

叶山波留赤着脚走在海滩上。

沙滩上到处都是她的脚印。

我听到她在风声与海浪声中哼着小曲，是刚才用耳机听的她的歌。我闭上眼睛倾听，这是我的第二次人生。不知道今后会发生什么，但我确信一定会幸福的。因为这是她所存在的世界线。